MARIE HERMANSON

IM FINSTER WALD

Kriminalroman

Aus dem Schwedischen von
Regine Elsässer

Insel Verlag

Die Originalausgabe erschien 2024 unter dem Titel
Längst in i skogen bei Albert Bonniers Förlag, Stockholm.

Erste Auflage 2025
Deutsche Erstausgabe

Umschlaggestaltung: Rothfos & Gabler, Hamburg
Umschlagabbildungen: Unsplash/Rothfos & Gabler, Hamburg
Satz: Dörlemann Satz, Lemförde
Druck: CPI books GmbH, Leck
Printed in Germany
ISBN 978-3-458-64489-7

Insel Verlag Anton Kippenberg GmbH & Co. KG
Torstraße 44, 10119 Berlin
info@insel-verlag.de
www.insel-verlag.de

1

Maj trug den kleinen Ingmar auf der Hüfte und betrachtete die Käfer hinter der Scheibe. Es war, als würde sie in eine Schatzkiste schauen, voller bunter Edelsteine, Smaragde, Saphire und Rubine. Sie stellte sich vor, wie kühl die glänzenden Steine sich in der Hand anfühlten, wie sie klirrten, hart und gläsern, wenn man sie zwischen den Fingern hindurchfallen ließ. Wahrscheinlich würden sie kaputtgehen, am Ende nur noch Krümel sein. Sie waren sehr empfindlich.

Sie war lieber hier auf der Galerie als in den großen Sälen mit den Säugetieren, wo die ausgestopften Tiere mit ihren künstlichen Augen leer vor sich hin starrten. Warum interessierten die Menschen sich so sehr für tote Tiere? Die Tiere selbst scherten sich nicht um andere tote Tiere, nicht einmal um ihre eigenen Jungen. Für Tiere zählt nur das, was lebt. Außer den Hyänen und Aasgeiern, für die sind tote Körper Futter.

Es war still im Museum, die Scheiben der Vitrinen reflektierten das blasse winterliche Licht. Das Baby auf ihrer Hüfte legte den Kopf an ihre Schulter und gähnte. Auch Maj war müde. Ihr Blick fiel auf die Vitrine mit dem Bienenstock aus Stroh. Der sah richtig gemütlich aus! Wie wunderbar wäre es, in den warmen Honigduft zu kriechen und zum leisen Summen der Bienen einzuschlafen.

Sie schüttelte ein wenig den Kopf, wie um sich selbst

zu wecken, dann schaute sie um sich, ob alle Kinder da waren.

In einer Ecke stand Tore und betrachtete einen riesigen Termitenbau im Querschnitt. In der schützenden Scheibe sah sie das Spiegelbild seines geöffneten Mundes und seiner großen, erstaunten Augen unter dem Schirm der Tweedmütze.

Britt und Marianne liefen umher, in ein unbegreifliches Spiel vertieft, sie stießen kurze, begeisterte Rufe aus, die in der Stille widerhallten. Britts Kleider waren von geschmolzenem Schnee durchnässt, aber das schien sie nicht zu merken. Maj durfte nicht vergessen, sie sofort umzuziehen, wenn sie zu Hause waren, damit sie sich nicht erkältete.

Alice, die Älteste, blond gelockt und mit einem roten Mantel wie ein kleiner Soldat, lehnte an einem Schrank mit Schmetterlingen und schaute die lange Galerie entlang. Ruhig, beinahe gelangweilt, jedoch mit einer unberechenbaren Energie.

Maj versuchte, sie für die Schmetterlinge zu begeistern, da tauchte einer der Wärter auf.

»Seid ihr noch da!«, sagte er. »Wir haben geschlossen.«

Es war der nette Wärter, nicht der barsche, er sah eher erstaunt als ärgerlich aus. Er hatte schon einmal gesagt, sie würden in fünf Minuten schließen, daran erinnerte Maj sich jetzt.

»Oje, ist es schon so spät!«, rief sie aus. »Wir gehen gleich.«

Der Wärter nickte und trottete weiter.

»Kommt, Kinder, wir müssen jetzt gehen! Alice, nimm Marianne an die Hand. Tore, du nimmst Britt.«

Mit Ingmar auf dem Arm ging sie nun voran durch die Galerie, auf den Ausgang zu und schaute über die Schulter zurück.

Tore riss sich widerwillig vom Termitenbau los und nahm Britt an die Hand.

Alice stand immer noch an den Schmetterlingsschrank gelehnt, sie schien nicht gehört zu haben, was Maj gesagt hatte.

Maj trat zu ihr hin und sagte, so leise und sanft sie konnte: »Wir müssen gehen, Liebes.«

Alice schloss die Augen, biss die Zähne zusammen und schüttelte heftig den Kopf.

»Wir können bald wieder herkommen«, fuhr Maj fort und legte die freie Hand um ihre Schultern, um sie mitzunehmen.

Das Mädchen zuckte zusammen, als hätte man sie geschlagen. Sie drehte sich so heftig um, dass das Glas der Schmetterlingsvitrine klirrte, und lief durch die Galerie davon.

»Alice! Nicht in die Richtung!«, rief Maj ihr nach.

Aber Alice lief einfach weiter in die Galerie, immer schneller, mit fliegenden Locken und laut knallenden Schuhsohlen.

Maj blieb hilflos mit den anderen Kindern stehen und sah, wie sie zwischen den Schränken aus Eichenholz und Glas verschwand.

2

Das Jahr 1926 hatte für Wachtmeister Nils Gunnarsson nicht gut angefangen.

Am Samstag, den 2. Januar, war er ins Stadtzentrum gefahren, um einen neuen Wintermantel zu kaufen. Es stellte sich jedoch heraus, dass der Mantel, den er haben wollte, zu teuer war.

Der Verkäufer hatte ihm einen billigeren gezeigt. »Ausgezeichnete Qualität für den Preis. Sehr beliebt.«

Der Mantel war in Ordnung, er war bestimmt warm und bequem. Aber er wollte nun mal den teuren haben. Er beschloss, bis zum nächsten Zahltag zu warten. Dann würde er wieder Geld haben. Er hatte das Geschäft verlassen und war die Kungsgatan hinaufgegangen, er fror in der feuchten Kälte. Als er an der Kathedrale vorbeikam, bemerkte er vor der Kirche eine Gruppe Menschen. Sie wären ihm gar nicht aufgefallen, wenn nicht einer der Herren einen sehr eleganten Mantel getragen hätte. Sein Blick war auf Mäntel eingestellt. Was so einer wohl kostet, hatte er gedacht.

Dann erkannte er den Mann im Mantel. Es war Ellens Bruder. Und die ältere Dame, mit der er sich unterhielt, war ja Ellens Tante. Es handelte sich ganz offensichtlich um eine familiäre Zusammenkunft, und da niemand Trauerkleidung trug, ging er davon aus, dass es eine Hochzeit war. Da trat auch schon das Brautpaar aus der Kirche.

Sie blieben vor der Tür stehen und lächelten und winkten den Hochzeitsgästen zu. Der Bräutigam war sehr elegant, im Frack und mit dunklen, zurückgekämmten Haaren. Der Schleier der Braut lag dicht am Kopf an und war mit einem silbrig glitzernden Stirnband mit Stoffblumen an den Ohren befestigt, sie glich einer orientalischen Prinzessin. Auf den Schultern trug sie eine weiße Pelzboa, vielleicht Nerz. Ja, natürlich war es Nerz. Die Braut war Ellen, Nils' ehemalige Verlobte. Und der Bräutigam war der Direktor Georg Forsell.

Er hatte gewusst, dass sie verlobt waren. Aber als er das letzte Mal von ihr gehört hatte, irgendwann Ende Oktober, schien sie keine Hochzeitspläne zu haben, im Gegenteil. Und jetzt, zwei Monate später, war sie also verheiratet.

Wäre es nicht besser gewesen, mit der Hochzeit bis zum Frühjahr oder Sommer zu warten? Warum diese Eile? Vermutlich aus dem üblichen Grund.

Unwillkürlich trat er näher, er stand hinter den anderen Gästen und schaute zu, wie das Brautpaar die Glückwünsche entgegennahm. Er hatte hier nichts verloren, aber er blieb wie verhext stehen, konnte den Blick nicht vom Brautpaar lösen.

»Ich brauche Zeit zum Nachdenken«, hatte Ellen ihm in einem Brief geschrieben.

Er hatte ihr Zeit gelassen.

Er bereute zutiefst, ihr eine Weihnachtskarte geschickt zu haben, als diskrete Erinnerung an seine Existenz. Ein buckliger Weihnachtswichtel mit dem Gruß »Frohe Weihnachten wünscht Nils«. Er hatte eine Neujahrskarte zurückbekommen. Eine aufwändige Karte mit einer

Engelsschar vor einem nachtblauen Himmel und glitzernden Sternen, nebst dem Gruß »Ein gutes neues Jahr wünscht Ellen«. Sie musste schon mitten in den Hochzeitsvorbereitungen gewesen sein, als sie das schrieb.

Während man vor der Kirche wartete, hatte es angefangen zu schneien. Große, weiche Flocken. Es war bisher ein schneearmer Winter gewesen, hauptsächlich Regen und Wind und feuchte Kälte. Alle blickten in den Schneefall hinauf. Ein junges Mädchen hob ihre behandschuhte Hand hoch und fing die Flocken auf, dabei lachte sie entzückt.

»Schnee in der Brautkrone, was bedeutet das?«, fragte jemand.

»Bedeutet das nicht Tod?«, sagte das junge Mädchen, das die Schneeflocken gefangen hatte, ihre Stimme klang leicht und unschuldig.

»Still, das bedeutet es überhaupt nicht!«, zischte ein anderes Mädchen. »Ich habe gehört, es bedeutet Fruchtbarkeit. Das Brautpaar wird viele Kinder bekommen.«

Ein leichter Wind wehte, die Schneeflocken wirbelten durch die Luft. Ein glänzender Cadillac fuhr auf den Platz vor der Kirche, die Hochzeitsgäste traten zur Seite. Der Chauffeur sprang heraus und hielt dem Brautpaar die Tür auf. Die Braut strahlte und winkte zum Abschied mit ihrem Strauß, dann stieg sie ein, gefolgt von ihrem frischgebackenen Ehemann.

Da brach die Verzauberung, Nils wandte sich zum Gehen, bevor jemand ihn bemerkte.

»Reichtum«, hörte er hinter sich. Eine trockene, resolute Stimme, es musste Ellens Tante sein. »Schnee in der Krone der Braut bedeutet Reichtum.«

Das könnte stimmen, dachte Nils und ging schnellen Schritts Richtung Straßenbahnhaltestelle. Ellen würde zweifellos eine wohlhabende Frau.

Er fror in seinem abgetragenen Mantel. Er hätte den billigen Mantel kaufen sollen, den der Verkäufer ihm empfohlen hatte. Es war noch lange bis zum nächsten Zahltag.

Der Cadillac verschwand im Schneetreiben der Västra Hamngatan. Er wurde den Gedanken nicht los, dass hier ein schrecklicher Irrtum begangen und eine Spur im Universum neu gezeichnet wurde.

Würde er Ellen jemals wieder begegnen?

Einen Monat später ergab sich die Gelegenheit.

3

Die Kälte hielt die Stadt in einem eisernen Griff. Das ganze Kattegat war zugefroren. Von Vinga aus hatte man eine Fahrrinne bis in den Hafen aufgebrochen, auf dem größeren der beiden städtischen Eisbrecher arbeitete die Besatzung vierzehn Stunden am Tag, um die Zufahrt offen zu halten.

Nils ging die Treppe hinauf zu seinem Arbeitszimmer im ersten Stock des Polizeireviers. Er hatte Spätschicht, von ein Uhr am Nachmittag bis neun Uhr am Abend. Diese Arbeitszeit war ihm sehr recht. Er konnte morgens ausschlafen und am Vormittag ein paar Dinge erledigen. Nach der Arbeit fuhr er direkt nach Hause, aß noch ein Brot und ging dann direkt zu Bett. Und hoffte, dass das Kleinkind der Nachbarn eine ruhige Nacht hatte und er im wohligen Schlaf versinken konnte. Mit einer ganzen Nacht zusammenhängendem Schlaf konnte er nicht rechnen. Diese Gottesgabe war ihm schon lange nicht mehr vergönnt, eine Folge der vielen Jahre unregelmäßiger Dienste, zu allen Tages- und Nachtzeiten. So leise wie möglich ging er den Flur entlang. Er war früh dran. Das passierte ihm oft, er kam zu früh und ging spät nach Hause. Die Zeit, die er allein in seinem kleinen Zimmer verbrachte, tat ihm gut. Er konnte sich vorbereiten und nachdenken. Hauptsache war, dass sein Chef im Nebenzimmer ihn nicht hörte. Das Haus war alt, die Böden knarrten, aber Nils wusste, welche Dielen gefährlich waren, und wich ihnen geschickt aus. Lautlos wie eine Katze setzte er seine großen, in Stiefeln steckenden Füße ab und erreichte Schritt für Schritt die Tür. Er drückte langsam die Klinke herunter, öffnete – und lief Kommissar Nordfeldt direkt in die Arme. Die Tür, die ihre Zimmer verband, stand weit offen und das Licht von Kommissar Nordfeldts Schreibtischlampe strömte in Nils' Zimmer.

»Guten Mittag, Herr Hauptwachtmeister«, sagte Nordfeldt und lächelte triumphierend.

Hatte der Kommissar ihn durch das Fenster gesehen? Er hatte ihn nicht im Flur hören können. Nils war sicher, er hatte sich lautlos bewegt.

»Guten Mittag, Herr Kommissar. War der Vormittag ruhig?« Er nahm seinen Hut ab, schüttelte leicht den Schnee von der Krempe und hängte ihn an einen Haken an der Wand.

»Nein, hier war der Teufel los. Im Naturhistorischen Museum ist ein kleines Mädchen verschwunden.«

»Im Museum?«

»Dort ist sie auf jeden Fall zuletzt gesehen worden.«

»Und wann?«

»Gestern, um drei Uhr, als das Museum geschlossen wurde. Verdammt merkwürdige Geschichte. Ihr Vater rief heute gegen halb elf an und meldete sie als verschwunden.«

»Warum hat er nicht schon gestern angerufen?«, fragte Nils erstaunt.

»Unglückliche Umstände. Er war gestern Abend nicht zu Hause und bemerkte erst heute, dass die Kleine vermisst wurde.«

Der Kommissar war nicht so groß wie Nils, aber er war breitschultrig und muskulös. Wenn sie nebeneinanderstanden, wurde es sehr eng in dem kleinen Zimmer.

Nils bemerkte, dass er immer noch seinen Mantel anhatte. Er zog ihn aus, hängte ihn auf und konstatierte, dass sein Dienst bereits begonnen hatte.

»Und die Mutter?«, fragte er und machte die Lampe auf seinem Schreibtisch an.

»Schwer krank. Bettlägerig. Ein Kindermädchen kümmert sich um die Kinder. Sie war mit ihnen im Museum. Das Mädchen verschwand in den Ausstellungsräumen, als das Kindermädchen mit den jüngeren Geschwistern beschäftigt war. Seither wurde sie nicht mehr gesehen. Die Wärter haben alle Räume durchsucht, sie jedoch nicht gefunden, man muss also davon ausgehen, dass sie das Museum verlassen hat. Die Familie wohnt in der Nähe, in der Nordenskiöldsgata. Das Mädchen hatte vielleicht die Absicht, nach Hause zu gehen, ist möglicherweise irgendwo stehen geblieben, um zu spielen, und dann versehentlich in einem Keller oder so eingeschlossen worden.«

»Heute Nacht waren es vierzehn Grad minus, wir wollen also hoffen, dass sie die Nacht nicht im Freien hat zubringen müssen«, sagte Nils. »Wie alt ist sie?«

»Neun. Ich habe Öberg und Hellström losgeschickt, sie sollen sich in der Gegend umhören. Und ein paar Männer, die Keller, Brunnendeckel und so untersuchen. Der Vater sucht ebenfalls in der Umgebung. Ich habe ihn gebeten, herzukommen und eine formelle Anzeige zu erstatten, aber er sagte, er habe keine Zeit, er müsse suchen. Er klang verdammt nervös.«

»Das kann ich verstehen.«

»Ich habe ihn gebeten, das Kindermädchen herzuschicken, ich möchte ihre Version hören.«

Kommissar Nordfeldt holte seine Taschenuhr hervor, betrachtete sie mit gerunzelter Stirn und brummte: »Ich verstehe nicht, wo sie bleibt. Ich habe dem Vater gesagt, er soll sie sofort herschicken.«

»Weiß sie, wo das Polizeirevier ist?«

Nordfeldt schnaubte. »Das weiß doch jeder. Vielleicht hat sie sich verlaufen. Schlampiges Mädchen. Erst geht das Kind, auf das sie aufpassen soll, verloren und dann sie selbst.« Er schaute noch einmal auf die Taschenuhr. »Sie sind früh dran, Gunnarsson.«

»Ich habe Papierarbeit zu erledigen.«

Der Kommissar nickte und ließ die Taschenuhr in seine Westentasche gleiten. »Na, dann fangen Sie mal an damit.«

Er drehte sich auf dem Absatz um, ging in sein Zimmer und schloss die Tür hinter sich.

Nils setzte sich und holte seine Mappen hervor.

Das mit dem eigenen Zimmer hatte schon seine Vorteile, auch wenn es nicht viel größer war als ein Schrank. Nils hatte keine Probleme mit engen Räumen und Alleinsein, im Gegenteil, es vermittelte ihm ein Gefühl von Ruhe und Konzentration. Manchmal dachte er, er wäre der ideale Gefangene. Wenn nur sein Zimmer nicht Wand an Wand mit dem des Chefs gelegen hätte, und auch noch mit einer Tür dazwischen.

Er hatte nie um ein eigenes Zimmer gebeten. Aber der Kommissar hatte ihn unter seine schützenden Fittiche genommen, das war bisweilen angenehm, aber oft auch anstrengend. Manchmal wäre es ihm lieber, er würde in dem großen Raum am Ende des Flurs sitzen, da, wo die anderen Polizisten saßen, in der Gesellschaft von klingelnden Telefonen und kollegialem Gekabbel. Er wusste nicht, wie sie über ihn sprachen, konnte es sich jedoch vorstellen.

Als er noch Streifenpolizist gewesen war, war eifrig über das sogenannte »System der krummen Rücken« geredet worden, das darauf hinauslief, dass die einzige Möglichkeit zum Aufsteigen darin bestand, vor den Vorgesetzten zu kriechen, die Kameraden wegen des geringsten Fehlers anzuzeigen und dem Chef gegenüber loyal zu sein, auch wenn der sich grobe Fehler zuschulden kommen ließ. Niemand wollte ein Weichrücken sein, aber wenn man sich weigerte, konnte man den Gedanken an einen Aufstieg vergessen und wegen einer Bagatelle aus dem Dienst entfernt werden. Das System begünstigte die Feigen und Ungeeigneten und verdarb das ganze Polizeiwesen von unten nach oben.

Hoffentlich würde das mit dem neuen Polizeigesetz, das gerade in Kraft getreten war, besser werden. Danach würden die gleichen Regeln für alle Polizisten im ganzen Land gelten, gleiche Uniformen und Dienstmarken, eine einheitliche Ausbildung und ein Ende der willkürlichen Kündigungen und Beförderungen. Es war wirklich an der Zeit, dass der lange Arm des Gesetzes ein eigenes Gesetz bekam und ein wenig Ordnung auch bei der Ordnungsmacht einkehrte.

In aller Ruhe ging er seine Papiere durch. Aber er kam nicht weit, sondern unterbrach sein Tun und spitzte die Ohren. Eigenartige Geräusche waren aus dem Zimmer von Kommissar Nordfeldt zu hören. Plötzliches Rumpeln, helles Lachen, protestierende Rufe von Nordfeldt und ... Babygeschrei!

Nils stand auf, klopfte an die Tür und rief:

»Herr Kommissar? Alles in Ordnung?«

»Kommen Sie rein, verdammt, Gunnarsson!«, rief sein Chef mit einer Andeutung von Verzweiflung in der Stimme.

Nils trat ein. Im Zimmer herrschte ein schreckliches Durcheinander. Ein kleines Mädchen im Wollmantel und mit Ohrenschützern auf den goldroten Locken war auf Nordfeldts Schreibtisch geklettert und stand jetzt da, rosenwangig und breitbeinig, und schaute triumphierend um sich. Ein weiterer kleiner Schlingel war unterwegs zum Bücherregal, wo er, vielleicht war es auch eine Sie, einen Ordner ergriff, ihn öffnete, sodass alle Papiere herausfielen. Ein etwas älterer Junge knuffte das Kind, es fiel hin, dann sammelte er mit einem entschuldigenden Blick zum Kommissar die Papiere auf und ließ das Kind schreien.

»Lass sie in Ruhe, Tore«, rief eine junge Frau mit einem Baby auf der Hüfte.

Sie eilte zu dem schreienden Kind. Um es zu trösten, musste sie das Baby auf den Boden setzen. Das Baby war in dem Alter, wo man noch nicht alleine stehen kann, aber gerne Gegenstände in der Nähe als Stütze benutzt. Es krabbelte in Richtung der Beine von Kommissar Nordfeldt, packte seine Hose und zog sich hoch.

In diesem Moment hatte das kleine Mädchen auf dem Schreibtisch genug Mut gefasst und stürzte sich nach einigen wilden Armbewegungen mit Todesverachtung in die Tiefe. Sie landete vor Nils' Füßen. Zusammengesunken schaute sie zu ihm auf und lächelte ihn mit tiefen Grübchen an.

»Ich bin gesprungen!«, sagte sie stolz.

Nils blinzelte ihr zu.

»Ja, tatsächlich.«

»Sie hat die Skispringer an der Brageschanze gesehen«, erklärte die junge Frau ruhig.

»Gehen Sie Fräulein Brickman suchen und holen sie her«, flüsterte Kommissar Nordfeldt heiser.

Er stand mitten im Zimmer, völlig unbeweglich, die rundlichen Arme des Babys umschlossen das eine Bein mit festem Griff. Nils hatte seinen Chef schon in vielen gefährlichen Situationen erlebt. Aber noch nie hatte er einen solchen Ausdruck von purer Angst in den hellgrauen Augen gesehen. Als würde jemand eine ungesicherte Browning auf ihn richten. Er musste an sich halten, um nicht zu lächeln.

Kommissar Nordfeldt lebte in einer kinderlosen Ehe. Seine Welt bestand ausschließlich aus Erwachsenen, viele davon dumm, verlogen oder gewalttätig, aber dennoch mit einer Sicht auf die Welt, die seiner eigenen glich. Jetzt war er von Wesen umgeben, die ganz anders dachten. Unbegreiflich und völlig unvorhersehbar. Er wusste nicht, wie er sie ansprechen sollte, sie schienen nicht einmal seine Sprache zu verstehen.

»So beeilen Sie sich doch, Gunnarsson«, zischte er.

»Fräulein Brickman ist auf der Beerdigung ihres Vaters in Småland«, sagte Nils.

»Verdammt, war das heute?«

Nordfeldt stand mit geschlossenen Augen da, die

junge Frau beugte sich zu dem Kind hinunter und löste vorsichtig dessen Arme von den Hosenbeinen des Kommissars.

»Dann rufen Sie jemand anders her«, rief er, als das Kind wieder in den Armen der jungen Frau ruhte. »Irgendwer muss sich um die Kinder kümmern, damit wir das Kindermädchen in Ruhe verhören können. Die Frau von Hauptwachtmeister Rahm wohnt doch in der Nähe. Rufen Sie sie an. Die haben neun Kinder, sie hat Erfahrung mit so was.«

Er bürstete das Hosenbein mit der Handfläche ab.

»Sie hat genug mit den neun eigenen zu tun«, sagte Nils.

»Man wird doch Herrgott noch mal irgendeine Frau auftreiben können!«, rief Nordfeldt verzweifelt aus.

Nils dachte nach. »Ich will es versuchen, Herr Kommissar.«

4

Die Haushälterin nahm ab.

»Sechs, eins, acht, zwei, fünf. Direktor Forsell ist im Moment nicht zu Hause«, sagte sie hochtrabend.

»Hier ist Hauptwachtmeister Gunnarsson. Ich möchte nicht mit dem Herrn Direktor sprechen. Ich suche *Frau* Forsell«, sagte Nils.

Frau Forsell. So eigenartig, eine Frau so zu nennen, deren nackten Körper er so eng an seinem gespürt hatte und die so bestimmt erklärt hatte, niemals die Ehefrau von jemandem zu werden.

»Einen Moment, ich werde nachsehen, ob die gnädige Frau zu sprechen ist.«

Er hörte Ellens Stimme im Hintergrund.

»Meine Güte, Maggie, natürlich bin ich zu sprechen. Wer ist es denn?«

»Ein Hauptwachtmeister Gunnarsson, gnädige Frau.«

Stille, undeutliche Kratzgeräusche. Und dann, sehr deutlich, ein erstauntes Keuchen in seinem Ohr:

»Nils? Bist *du* es?«

Sein Herz überschlug sich, aber es gelang ihm, ruhig und professionell zu klingen. »Störe ich?«

»Nein, nein. Ich bin nur überrascht.«

»Ich werde mich kurz fassen. Wir würden hier auf dem Revier deine Hilfe brauchen. Nichts Gefährliches dieses Mal.«

Er erklärte ihr rasch, worum es ging.

»Ich bin in zehn Minuten da«, sagte Ellen und legte auf.

Nils ging zurück ins Zimmer des Kommissars und teilte ihm mit, das Problem sei gelöst.

Er war zufrieden mit seiner Idee. Falls der Grund für Ellens rasche Eheschließung der war, den er vermutete, würde ein wenig Übung sicher nicht schaden.

Es dauerte eine Weile, die Kinder aus dem Zimmer des Kommissars und die Treppe hinunter zu bugsieren. Der Junge hatte eine kleine Schwester an der Hand, Nils das andere Mädchen und schließlich folgte das Kindermädchen mit dem Baby auf dem Arm.

Kaum waren sie unten angelangt, da öffnete sich die Tür und Ellen trat ein, sie trug einen wadenlangen Mantel aus teurem Pelz mit passendem Hut. Sie war rasch gegangen und ein wenig außer Atem. Gesund und rotwangig. Wunderbar.

»Wie toll, dass du kommen konntest, Ellen. Das ist das Kindermädchen, von dem ich dir erzählt habe. Maj Stenberg. Und das ist Frau Forsell, sie wird sich um die Kinder kümmern«, erklärte Nils, an das Kindermädchen gewandt. »Ihre Schützlinge sind bei ihr in den allerbesten Händen, während Sie mit dem Kommissar sprechen.«

Maj machte einen Knicks und nahm Ellens ausgestreckte Hand.

»Wir können in den Kungspark gehen«, sagte Ellen und lächelte den Kindern zu.

»Das gefällt ihnen ganz bestimmt«, sagte Maj. »Tore

kann sich um die Kleinen kümmern. Er ist sechs Jahre alt und sehr reif für sein Alter.«

Der Junge stellte sich vor Ellen hin. Er trug eine Wollmütze mit Ohrenklappen, unter seinem Mantel steckte ein Plüschteddy, der wie ein Känguru aus dem Ausschnitt schaute.

»Und das sind Britt, drei Jahre, und Marianne, zwei Jahre. Und dann noch Ingmar, neun Monate.« Das Kindermädchen schaute das Kleinste auf ihrem Arm liebevoll an. »Die Mädchen haben einen Schlitten dabei. Und Ingmar seinen Wagen.«

Sie nickte in Richtung eines Kinderwagens und eines Schlittens, die in einer Pfütze aus Schmelzwasser im Eingang standen.

»Ich habe mich nicht getraut, sie draußen zu lassen, auch wenn das hier eine Polizeistation ist. Es gibt einfach böse Menschen, und ich wüsste nicht, was ich mache, wenn jemand sie stehlen würde. Der gnädige Herr wird bestimmt keine neuen besorgen. Marianne kann auf dem Schlitten sitzen und Tore wird ihn ziehen. Britt läuft selbst, sie ist stark für ihr Alter. Sie schafft schon richtig weite Strecken.«

»Seid ihr so den ganzen Weg von der Nordenskiöldsgatan hierher gegangen?«, fragte Nils.

»Ja, sicher. Die Kinder sind so brav.« Sie klopfte Tore auf die Schulter. »Und so haben wir das Geld für die Straßenbahn gespart. Meinen Sie, dass Sie zurechtkommen, Frau Forsell? Wenn etwas ist, können Sie einfach Tore fragen.«

»Das wird schon gut gehen«, sagte Ellen.

Sie beugte sich zu dem Baby, das Maj auf dem Arm

hatte, und strich ihm vorsichtig über die runde Wange. Es schaute sie erstaunt an, sie zog sich zurück, um es nicht zu ängstigen.

»Er ist ein richtiges Marzipanstückchen, nicht wahr?«, sagte Maj lachend und kniff ihm in die andere Wange.

Nils hob den Kinderwagen und den Schlitten auf die Straße. Das Kindermädchen packte Ingmar in sein Lammfell im Wagen, und Nils verstaute Marianne auf dem Schlitten.

»Seid schön brav und gehorcht Frau Forsell. Wir sehen uns bald wieder«, sagte Maj und gab jedem Kind einen Abschiedskuss.

Dann machte die kleine Gesellschaft sich auf den Weg, die Östra Hamngatan entlang. Nils folgte ihnen mit den Augen. Der Anblick von Ellen, von einer Kinderschar umgeben, stach wie ein Dorn in sein Herz. Er hatte sich immer vorgestellt, dass sie ihren gemeinsamen Kindern eine gute Mutter sein würde.

Ich reiße die Wunde auf, dachte er. Immer wieder. Wie um mich selbst zu quälen.

Ihm war sein eigenes Verhalten zuwider.

»So, ja«, sagte er und wandte sich dem Kindermädchen zu. »Jetzt gehen wir hinauf zum Kommissar.«

Kommissar Nordfeldt saß am Schreibtisch und versuchte, die Papiere zu sortieren, die er vom Boden aufgesammelt hatte. Sein Blick hatte etwas Verwirrtes, als hätte er sich noch nicht von den Kindern erholt.

»Aha, da sind Sie also. Setzen Sie sich, Fräulein«, sagte er und zeigte auf den Besucherstuhl. »Nein, Gunnarsson, bleiben Sie!«, rief er, als Nils sich zur Tür wandte. Es klang eher wie eine Bitte als wie ein Befehl. »Sie können

Notizen machen und ich kümmere mich um das Verhör. Es gibt immer was zu lernen«, sagte er dann noch in einem etwas strengeren Ton.

»Selbstverständlich, Herr Kommissar.« Nils nahm den Stift und den Block, den der Kommissar ihm reichte, holte einen Stuhl und setzte sich neben Nordfeldt an den Schreibtisch.

»Also«, begann der Kommissar. »Sie sind also Maj Stenberg, Kindermädchen der Familie Guldin?«

»Genau, Herr Kommissar.«

»Warum haben Sie so lange gebraucht, um herzukommen? Und finden Sie es wirklich angemessen, die Kinder mitzubringen?«

Maj schaute ihn erstaunt an. »Ich konnte sie doch nicht ohne Aufsicht zu Hause lassen, Herr Kommissar. Als ich sie gerade alle angezogen hatte, musste Marianne auf den Topf. Und während ich mit ihr im Badezimmer war …«

»Danke, bitte keine Einzelheiten. Jetzt sind Sie auf jeden Fall hier. Wie alt sind Sie?«

»Ich werde im Mai siebzehn.«

»Im Mai? Wir haben jetzt Februar. Sie sind also sechzehn?«

»Ja, Herr Kommissar.«

»Dann sagen Sie das. Seit wann arbeiten Sie als Kindermädchen bei der Familie Guldin?«

»Seit zweieinhalb Jahren.«

Maj Stenberg antwortete ruhig und lächelnd auf die Fragen des Kommissars, seine brüske Art schien sie nicht zu stören.

Nils betrachtete sie. Sie hatte ein großes, rundes Gesicht und kastanienbraune, nach hinten gekämmte Haare. Die Augen lagen unter den dichten dunklen Brauen weit auseinander. Die Lippen waren füllig, wohlgeformt und natürlich dunkelrot. Ein lebhaftes Gesicht, die Natur hatte nicht mit Formen und Farben gespart.

Hin und wieder zog sie die dunklen Brauen zusammen, dachte über eine Frage nach, und wenn sie die Antwort gefunden hatte, kehrten die Züge wieder zu einem Lächeln zurück, als wäre dies ihr angeborener Gesichtsausdruck, der nur mühsam verändert werden konnte.

Sie ist die Art von Mädchen, die beim Tanzen immer aufgefordert wird, dachte Nils. Gesund, unkompliziert und fröhlich. Ein Mädchen, bei dem Männer sich geborgen fühlen. Die freundlich lacht, wenn man ihr auf die Füße tritt, und die Annäherungen so leicht und elegant zurückweist, dass man sich danach besser fühlt, als wenn sie nachgegeben hätte.

»Erzählen Sie, was ist gestern im Museum passiert«, sagte Kommissar Nordfeldt.

»Wir waren zum Schlittenfahren im Schlosspark. Aber es war schrecklich kalt, deshalb sind wir ins Museum gegangen. Das machen wir recht oft. Die Kinder lieben es. Besonders Alice. Kinder unter sieben Jahren haben freien Eintritt. Ja, Alice ist zwar schon neun, aber sie sieht jünger aus. Wenn der nette Wärter am Eingang sitzt, darf ich auch umsonst rein.« Sie schwieg und schaute plötzlich ängstlich drein. »Das hätte ich vielleicht nicht sagen sollen.«

»Weiter«, murmelte Nordfeldt mit einer ungeduldigen Geste. »Erzählen Sie, wie das Kind verschwunden ist. Wo haben Sie es zuletzt gesehen?«

»Im Erdgeschoss. Bei den Schmetterlingen und Käfern. Der Wärter hatte zu uns gesagt, das Museum habe geschlossen und wir sollten gehen. Ich habe den Kindern erklärt, dass wir gehen müssen, aber Alice wollte nicht. Sie ist sehr eigensinnig, müssen Sie wissen. Sie ist ein sehr liebes Mädel, nicht böse. Aber sie kann unglaublich wütend werden, wenn sie nicht bekommt, was sie will. Ich versuchte, auf sie einzureden, aber da lief sie davon. Und ich konnte ja nicht … ich konnte ihr nicht gleich hinterherlaufen, ich musste mich ja um die anderen … Kinder kümmern.« Bei den letzten Worten brach ihre Stimme und sie schwieg. Ihr Gesicht zog sich zusammen, sie biss sich auf die Unterlippe, als würde sie gegen das Weinen ankämpfen.

»Sie ist also weggelaufen? In welche Richtung?«

»Sie ist ins Museum gelaufen«, fuhr das Kindermädchen fort, beinahe flüsternd. »Ich rief sie natürlich, aber sie kam nicht zurück. Ich ging ihr nach, mit Ingmar auf dem Arm und den anderen Kindern neben mir, sie waren alle sehr folgsam. Der Wärter half mir suchen, und wir suchten und riefen sie alle zusammen.« Sie sprach jetzt lauter, schnell und ängstlich. »Dann fing Ingmar an zu weinen, er brauchte auch eine frische Windel. Die Wärter sagten, wir sollten nach Hause gehen. Sie würden weitersuchen und anrufen, wenn sie Alice gefunden hätten. Ich gab ihnen die Telefonnummer und ging mit den Kindern nach Hause.« Sie stolperte beinahe über die Worte. »Ich dachte, Alice hat vielleicht das Museum verlassen, ohne dass die Wärter sie bemerkten, und sie würde zu Hause auf uns warten. Aber das tat sie ja nicht …«

Nordfeldt stoppte sie mit einer Handbewegung. »Können Sie folgen, Gunnarsson?«

Nils nickte und schaute von seinem Notizblock hoch.

Nordfeldt wandte sich wieder dem Kindermädchen zu. »Wann haben Sie den Eltern erzählt, dass das Mädchen verschwunden ist?«

»Frau Guldin ist sehr krank. Sie schlief, als wir nach Hause kamen. Ich wollte sie nicht beunruhigen, habe also nichts gesagt. Ich dachte, Alice würde bald nach Hause kommen.«

»Und Herr Guldin?«

»Er war nicht zu Hause. Ich bin den ganzen Abend aufgeblieben und habe auf ihn gewartet, aber er war offenbar mit seinen Freunden im Restaurant, und da wird es meistens spät. Schließlich bin ich im Sessel eingeschlafen und erst aufgewacht, als Ingmar gegen fünf Uhr weinte. Ich machte ihm ein Fläschchen und schaute ins Schlafzimmer des gnädigen Herrn, aber er war nicht nach Hause gekommen. Dann legte ich mich in mein Bett im Kinderzimmer und schlief bis acht Uhr, danach machte ich Frühstück für die Kinder. Da lag auch der Herr in seinem Zimmer und schlief. Ich versuchte ihn zu wecken, aber das war nicht möglich. Er schlief sehr tief.«

»War er betrunken?«

Maj zuckte unangenehm berührt mit den Schultern. »Kann schon sein. Er war voll angezogen eingeschlafen. Das kommt recht oft vor. Gegen zehn Uhr konnte ich ihn endlich wecken. Es dauerte eine Weile, bis er verstand, was ich sagte. Als er begriffen hatte, dass Alice verschwunden war, schimpfte er mich aus und rief die Polizei an.«

»Hätten Sie nicht selbst schon früher die Polizei anrufen können?«, fragte Nils.

»Ich?« Maj schaute ihn erstaunt an. »Das wäre doch nicht an mir gewesen. Ich musste es doch zuerst dem gnädigen Herrn erzählen. Er wäre außer sich gewesen, hätte ich ohne sein Wissen die Polizei gerufen. Ich wartete, dass er nach Hause kam. Und dann wartete ich, bis er aufwachte.«

»Und jetzt«, sagte Nordfeldt und schaute besorgt auf seine Taschenuhr, »ist sie also seit fast einem Tag verschwunden. Das ist eine lange Zeit für ein Kind. Kann sie zu jemandem nach Hause gegangen sein? Zu einem Spielkameraden?«

»Alice hat keine Spielkameraden.«

»Gibt es Erwachsene, die sie kennt?«

Maj schüttelte den Kopf.

»Hätte sie einen Grund, sich zu verstecken?«

»Nein.« Die Antwort kam schnell und ohne jeden Zweifel, ihr Blick hatte jedoch ein wenig geflackert, als würde die Frage des Kommissars etwas in ihr anrühren.

»Aha, so, so. Sie haben einen gründlichen und guten Bericht abgegeben. Haben Sie alles mitgeschrieben, Gunnarsson?«

»Ich glaube schon, Herr Kommissar.«

»Wir werden sie finden, ganz bestimmt«, sagte Nordfeldt selbstsicher.

»Danke, Herr Kommissar«, sagte Maj.

Und jetzt lächelte sie wieder, strahlend und warm, wie wenn die Sonne nach einem Regenschauer hervorbricht.

5

Ellen war keine fünfzig Meter weit gekommen, als sie einsehen musste, dass sie die Probleme, die ihr Auftrag mit sich brachte, unterschätzt hatte.

»Britt ist stark, sie kann weit gehen«, hatte das Kindermädchen gesagt. Schon, aber *wohin* ging sie? Auf jeden Fall nicht in die gleiche Richtung wie Ellen. Mit erstaunlicher Energie flitzte sie hin und her. Sie fand einen vereisten Schneeklumpen und versuchte, ihn auf die Möwen auf dem zugefrorenen Kanal zu werfen. Dann kletterte sie auf einen Schneewall, stand da oben mit rudernden Armen. Wenn ihr großer Bruder nicht so geistesgegenwärtig gewesen wäre und sie heruntergezogen hätte, dann wäre sie geradewegs auf die Fahrbahn und vor ein Auto gesprungen.

Nach einem Spaziergang, der unter normalen Umständen fünf Minuten gedauert hätte und für den sie jetzt vier Mal so lange brauchten, waren sie angekommen und Ellen konnte aufatmen. Der Park lag unter einer Schneedecke. Am Abhang zum Wallgraben versuchte eine Gruppe Kinder, eine Festung aus Schnee zu stürmen, die tapfer von einer anderen Gruppe verteidigt wurde.

Der kleine Ingmar war unter seinem Lammfell eingeschlafen. Ellen parkte den Kinderwagen auf dem Weg und versuchte, einen Schneeball zu rollen, der schnell größer wurde.

»Schaut mal, der Schnee ist perfekt für einen Schneemann«, rief sie.

Die kleinen Mädchen liefen umher und bewarfen sich mit Schnee, Ellen und Tore bauten derweil einen Schneemann.

»Wie schön er geworden ist«, sagte Ellen.

»Er hat keinen Hut«, bemerkte Tore.

»Braucht er einen?«

»Alle Schneemänner haben einen Hut.«

»Aber vielleicht ist es gar kein Mann, vielleicht ist es ein Bär«, sagte Ellen.

Sie nahm ein wenig Schnee auf und formte daraus zwei runde Bärenohren. Dann machte sie einen kleinen Schneeball, drückte ihn fest und formte ihn, bis er aussah wie eine Schnauze.

»Ein Schneebär«, sagte sie zufrieden.

»Aber es gibt keine Schneebären«, sagte Tore. »Nur Eisbären. Und Braunbären und Grizzlybären und Nasenbären.«

»Und Teddybären«, sagte Ellen und stupste den Plüschbären, der aus der Jackenöffnung des Jungen herausschaute.

Er drehte sich weg. »Der Nasenbär ist allerdings kein richtiger Bär. Er ist ein Kleinbär«, sagte er sachkundig.

»Was du alles weißt! Wo hast du das gelernt?«

»Im Museum. Da gibt es jede Menge Tiere.«

»Geht ihr oft ins Museum?«

»Ja. Aber ich mag das Museum nicht. Dort gibt es gefährliche Tiere.«

»Aber die sind doch nicht lebendig«, sagte Ellen. »Die können sich nicht bewegen.«

»Doch, können sie wohl! Wenn man sie rauslässt, bewegen sie sich.« Er klang sehr sicher.

Ellen hockte sich zu ihm in den Schnee, schaute ihm in die Augen und sagte sanft: »Die Tiere im Museum sind tot, Tore. Sie sehen lebendig aus, aber sie sind nicht lebendiger als dein Teddybär.«

Er legte schnell die Hände über den Bären, als wolle er ihn vor weiteren Berührungen schützen.

»Putte ist lebendig«, sagte er verletzt.

Ellen merkte, dass sie einen Fehler gemacht hatte. »Selbstverständlich. Ich meine nur, die Tiere im Museum können deiner Schwester nichts tun. Hast du davor Angst? Ich bin sicher, die Polizei wird sie finden. Sie wird zurückkommen, Tore.«

Der Junge schaute an ihr vorbei in die Luft, die Arme hatte er über seinem Bären verschränkt. Er schüttelte heftig den Kopf. »Nein! Sie werden sie nicht finden. Sie ist weg. Und das ist gut so. Ich will nicht, dass sie zurückkommt.«

»Warum sagst du das?«, fragte Ellen erstaunt.

»Sie war böse und dumm. Sie hat das Glas eingeschlagen und es kam heraus. Dann ist sie davongelaufen.«

Ellen schaute ihn verblüfft an. »Was kam heraus?«

»Es«, sagte Tore. Dann flüsterte er: »Das Untier.«

Er schaute Ellen an, und als er bemerkte, wie erschrocken sie war, lächelte er vorsichtig, wie um sie zu beruhigen.

Er macht sich über mich lustig, dachte Ellen.

Da fiel ihr auf, wie ruhig es war. Sie drehte sich um. Die Kinder an der Schneefestung waren nach Hause gegangen. Die kleine Marianne auf dem Schlitten lutschte am Daumen. Es hatte angefangen zu schneien, heftig und dicht, die großen weichen Flocken schluckten fast alle Geräusche. Die Autos fuhren langsam, fast im Kriechtempo, die Allee entlang. Obwohl alles um sie herum weiß war, hatte Ellen das Gefühl, von Dunkelheit umgeben zu sein.

»Wo ist Britt?«, fragte Tore.

Ellen sah sich rasch in dem verlassenen Park um. Ein paar Sekunden schien ihr Herz stillzustehen.

»Da!«, rief Tore.

Er zeigte auf einen großen Baum, hinter dessen Stamm sich etwas bewegte. Ellen lief hin und bekam eine heftig kichernde Britt zu fassen, die Verstecken spielte. Gott sei Dank! Es wäre schrecklich gewesen, zum Polizeirevier zurückzukommen und berichten zu müssen, dass noch ein Kind der Familie Guldin verloren gegangen war.

Es war jetzt an der Zeit, umzukehren. Ellen ging zum Kinderwagen und schaute unter das Verdeck. Das kleine runde Gesicht war unter dem Lammfell kaum zu sehen. Der Junge lag ganz still da. Er war doch nicht erstickt? Sie musste seine Lippen und seine Nase berühren, um seinen Atem zu spüren. Ingmar wachte auf und fing sofort zu schreien an. Er weinte auf dem ganzen Weg zurück zum Polizeirevier.

In dem frisch gefallenen Schnee glitt der Schlitten viel besser, Tore konnte die beiden Mädchen ziehen. Mit dem Kinderwagen ging es nicht so gut, der Schnee klebte an den Rädern, die drehten sich nicht mehr, Ellen musste immer wieder stehen bleiben und den Schnee wegtreten.

Das Kindermädchen und Nils standen vor dem Polizeirevier und warteten auf sie.

»Du liebe Zeit, er hat Hunger«, sagte Maj und beugte sich über das schreiende Baby. »Er müsste schon lange gefüttert worden sein.«

»Ist alles gut gegangen?«, fragte Nils in einem munteren Ton, der Ellen ärgerte.

Sie holte tief Luft. Sie war schweißgebadet. »Das geht so nicht, Nils. Sie können nicht zu Fuß zur Nordenskiöldsgatan zurückgehen. Die Polizei muss sie transportieren.«

Nils lachte. »Für so etwas stehen wir normalerweise nicht zu Diensten.«

»Dieses Mal müsst ihr es einfach machen. Die Polizei hat sie herbestellt, und ihr seid dafür verantwortlich, dass sie heimkommen. Lass den Streifenwagen kommen!«

Nils betrachtete die schniefenden kleinen Mädchen auf dem Schlitten, ihren müden großen Bruder und die wütende Ellen. Das Baby schrie, dass der Kinderwagen wackelte.

»Hm«, sagte er vor sich hin. »Ist nicht sicher, dass der Streifenwagen frei ist. Aber ich will sehen, was ich tun kann. Wartet hier.«

Er ging ins Revier.

Eine Viertelstunde später kam ein großer blauer Wagen mit vergitterten Fenstern und dem Wappen der Stadt Göteborg auf den Seiten. Ein uniformierter Polizist stieg aus, öffnete die hintere Tür und klappte die Fußstütze aus.

»Bitte sehr, meine Damen und Herren«, sagte Nils.

Tore stieg fröhlich ein und Nils hob den Schlitten in den Wagen. Aber das Kindermädchen schüttelte heftig den Kopf und zog die beiden Mädchen zu sich.

»Nein«, sagte sie. »Nein, nein.«

In einem Fahrzeug zu fahren, in dem sonst Diebe und Verbrecher transportiert wurden, beunruhigte sie offenbar.

»Hab keine Angst, Maj. Ich fahre auch mit«, sagte Ellen.

Nils und die Polizisten hoben den Kinderwagen mit Ingmar hinein, Ellen nahm Britt an die Hand, und nach kurzem Zögern stieg auch Maj mit Marianne auf dem Arm ein. Sie setzten sich einander gegenüber auf die Bänke, den Schlitten und den Kinderwagen zwischen sich.

Die Türen wurden geschlossen, dann rollten sie los. Der Kinderwagen schaukelte heftig. Maj hielt ihn am Lenker fest, aber dem Baby schien das Schaukeln zu gefallen, und nach ein paar Schluchzern hörte es auf zu weinen.

Tore blickte interessiert um sich. »Wozu braucht man die?«, fragte er und zeigte zur Decke.

Im schwachen Licht der vergitterten Fenster sah man lange Ketten, die über den Bänken aufgewickelt waren.

»Ich glaube, an denen befestigt man die Handschellen der Verbrecher«, sagte Ellen. »Damit sie nicht abhauen können.«

»Oho«, sagte Tore beeindruckt.

Maj schien einer Ohnmacht nahe zu sein. Das lag vielleicht daran, dass der Streifenwagen wegen der schlechten Straßenverhältnisse sehr unruhig fuhr, oder an dem ekligen Geruch nach Erbrochenem und billigem Scheuerpulver, der immer intensiver wurde, je länger sie fuhren.

Die kleine Marianne streckte die Hand aus und streichelte Ellens Pelz. »Bist du ein Tier?«, fragte sie.

Alle lachten.

Sie stiegen an der Haustür der Familie Guldin in der Nordenskiöldsgatan aus. Maj dankte den Polizisten fürs Nachhausefahren und Ellen fürs Kinderhüten, aber nun erreichte das Lächeln ihre Augen nicht mehr. »Alice ist jetzt vielleicht nach Hause gekommen«, murmelte sie und suchte nervös nach dem Schlüssel in der Manteltasche. »Sie sitzt vielleicht da oben und wartet auf uns.«

Sie warf einen Blick hinauf zu den Fenstern. Das bläuliche Schneelicht zeigte Schatten unter ihren Augen, die Ellen bisher nicht bemerkt hatte. Maj war offensichtlich sehr müde.

Ingmar im Wagen fing auch wieder an zu weinen.

»Ich komme mit hoch in die Wohnung«, sagte Ellen.

6

»So ein kleiner Schlingel«, sagte Ellen lachend, als Ingmar den Löffel, den sie ihm hinhielt, zur Seite schlug, sich stattdessen zum Teller vorbeugte, und sich eine Handvoll Kartoffelbrei ins Gesicht drückte.

»Stell den Teller weiter weg, damit er nicht drankommt«, rief Maj vom Herd. »Er wirft ihn sonst auf den Boden.«

Sie ging zu Ingmar, wischte sein Gesicht mit einem Lappen sauber und schöpfte dann Suppe in die Teller der anderen Kinder.

»Ich kann ihn gleich nehmen«, sagte sie und band Marianne und Britt ihre Lätzchen um.

»Ich schaff das schon«, sagte Ellen. »Setz dich hin und iss selbst etwas.«

Seit sie die große, schöne Wohnung betreten hatten, war Maj unentwegt in Bewegung gewesen. Nachdem sie festgestellt hatte, dass Alice nicht da war, hatte sie den Kindern die Mäntel ausgezogen, die beiden Mädchen auf je einen Topf im Badezimmer gesetzt, dem Baby die Windeln gewechselt, den Kachelofen im Kinderzimmer angefeuert, die nassen Kleider davor auf Stuhllehnen gehängt, danach war sie in die Küche geeilt, um die Suppe aufzuwärmen und eine Kartoffel für den Brei des Kleinsten zu schälen.

Ellen hatte geholfen, so gut es eben ging, vor allem,

indem sie die Kinder unterhielt. Als die kleine Marianne auf einmal weg war, hatte Ellen sie im Flur gefunden, das Gesicht in ihren Pelzmantel gedrückt, sie schien ganz besessen davon zu sein. Um sie zu erfreuen, hatte Ellen den Pelzmantel angezogen und war auf allen vieren im Kinderzimmer umhergekrochen, sie hatte großen Erfolg als Bär. Maj hatte sich in der Küche zu schaffen gemacht, die begeisterten Kinder durften auf dem Bären reiten und sein Fell streicheln. Georgs luxuriöses Weihnachtsgeschenk war noch nie so geschätzt worden.

Maj setzte sich mit den anderen Kindern an den Tisch.

»Ich mag keine Suppe«, sagte Britt.

»Wir hatten gestern auch schon Suppe«, bemerkte Tore.

»Aber das ist keine Blumenkohlsuppe«, sagte Maj fröhlich. »Das hier ist eine ganz andere Suppe. Das ist eine Gold-Silber-Bronze-Suppe.«

Sie setzte sich zwischen die Mädchen und fütterte Marianne.

Tore schaute verblüfft auf seinen Teller, die dunklen Stirnfransen bedeckten seine Augen. Aus Gold, Silber und Bronze machte man Medaillen, wie Skifahrer und andere Sportler sie bekamen. Wie passte das zu einer Suppe?

»Siehst du nicht die Bronzestückchen?«, fragte Maj.

Sie nahm ein viereckiges Karottenstückchen auf Mariannes Löffel und hielt ihn Tore hin, dann schob sie ihn schnell der kleinen Schwester in den Mund.

»Vielleicht hast du keine Bronzestückchen in deiner Suppe, Tore? Man bekommt nicht immer welche«, fuhr sie fort und wandte sich dann an Britt, die auf der anderen Seite saß.

»Hast du Bronzestückchen?«, fragte sie und rührte mit dem Löffel in Britts Suppe. »Aber schau nur«, rief sie dann begeistert aus. »Hier gibt es ja *Silber*stückchen!«

Sie hielt den Löffel mit zwei Stückchen Pastinake hoch, sodass alle um den Tisch ihn sehen konnten.

»Goldstückchen hat wohl niemand? Wisst ihr, wie die aussehen?«, fragte sie und führte den Löffel zu Britts Mund, die ihn aus purem Erstaunen öffnete.

»Ist es vielleicht das?«, fragte Tore und zeigte mit dem Löffel auf ein paar Steckrübenstückchen.

Maj beugte sich vor und nickte eifrig. »Ja, das sind welche. Du hast Goldstückchen gefunden«, sagte sie. »So was essen die Sportler. Gold-Silber-Bronze-Suppe. Jetzt werdet ihr so stark und so schnell wie sie.«

»Außer Ingmar«, sagte Britt.

»Ja, er ist noch zu klein. Gold-Silber-Bronze-Suppe ist nur für große Kinder.«

Konzentriert suchte Tore nach Edelmetall und schlürfte gierig die Suppe. Auch Britt löffelte eifrig, und die kleine Marianne machte den Mund auf und schluckte folgsam jeden Löffel Suppe, den Maj zu ihrem Mund führte. Innerhalb weniger Minuten hatten alle ihre Suppe aufgegessen.

Nach dem Essen schaute Maj nach Frau Guldin, die krank in ihrem Schlafzimmer lag, dann kam sie zurück und ließ heißes Wasser zum Abspülen ein. Die Familie schien keine Haushälterin zu haben, was Ellen erstaunte, wenn man bedachte, wie groß und elegant die Wohnung war. Ellen bot sich an, abzuwaschen, aber das wollte Maj auf keinen Fall.

»Ich bin so dankbar, Frau Forsell, dass Sie mir mit den

Kindern geholfen haben. Das ist mehr als genug«, sagte sie.

Ja, auf diese Lausebande aufzupassen, das war wirklich mehr als genug, dachte Ellen. Sie hätte sich nicht vorstellen können, dass Kinderhüten so anstrengend sein konnte.

»Sie sind so lieb. Und nenn mich bitte nicht Frau Forsell. Ich heiße Ellen. Ich kann mich um sie kümmern, während du den Abwasch machst.«

Das Kinderzimmer war hell und luftig. Obwohl Betten für das Kindermädchen und die drei Kleinsten darin standen, gab es reichlich Platz zum Spielen. Ellen holte ein paar Kuscheltiere aus einer großen Kiste und setzte sich mit Marianne und Ingmar auf den Boden.

Britt holte ein Spielzeug nach dem anderen hervor und hielt es Ellen stolz vors Gesicht, und Ellen sagte jedes Mal »Oh, wie schön!« und »Das gefällt mir!«.

»Willst du meinen Meccano sehen?«, fragte Tore.

Mit Ingmar auf dem Arm folgte sie ihm in das angrenzende Zimmer, das er mit seiner älteren Schwester teilte. Die beiden Betten waren ordentlich gemacht, an der Wand hingen zwei Morgenmäntel aus kariertem Flanell, darunter je ein Paar Pantoffeln. Auf einer Kommode stand so ein dreistöckiges, komplett möbliertes Puppenhaus, wie Ellen es sich immer gewünscht, aber nie bekommen hatte. Sie wollte es sich genauer anschauen, aber Tore zog sie zum Schreibtisch. Darauf stand eine offene Kiste und daneben ein kleines Bauwerk aus Balken, Platten und Kugellagern, die mit Schrauben und Muttern zusammengefügt waren.

»Das wird ein Kran«, erklärte Tore.

Er faltete eine Zeichnung auf dem Schreibtisch auf.

»Oh, das sieht schwierig aus«, sagte Ellen.

»Ja, ist es auch. Ich habe den Meccano-Baukasten von meinem Papa zum vierten Geburtstag bekommen.«

Ellen fand, dies war ein sehr anspruchsvolles Geschenk für einen Vierjährigen.

»Aber als ich fünf wurde, habe ich nichts bekommen, denn da hatte er kein Geld mehr.« Er betrachtete seine Konstruktion auf dem Schreibtisch und dann die Zeichnung des fertigen Krans und fügte entschuldigend hinzu: »Ich habe erst gestern mit dem Bauen angefangen, weil ich wusste, dass Alice nicht nach Hause kommen würde. Sie macht immer alles kaputt, was ich baue. Ich werde wohl ungefähr eine Woche brauchen, um ihn fertig zusammenzuschrauben.«

»Aber Tore!«, protestierte Ellen. »Du hast doch nicht wissen können, dass Alice nicht nach Hause kommt?«

»Doch«, sagte Tore kurz.

Er schaute die Zeichnung an und suchte konzentriert nach dem passenden Teil.

Ellen blieb stehen und wartete auf eine Erklärung, aber er ging voll und ganz in seinem Tun auf und schien ihre Anwesenheit vergessen zu haben. Sie betrachtete die kleinen Finger, die in der Schachtel suchten, und sah die Begeisterung im Gesicht des Jungen, wenn er gefunden hatte, was er brauchte. Ein so frühreifes Kind sollte doch verstanden haben, wie ernst das Verschwinden der Schwester war, dachte Ellen. Aber er schien sich keine Sorgen darüber zu machen, was mit ihr passiert war.

Ellen ging verblüfft zurück ins Kinderzimmer und schloss die Tür hinter sich.

Britt hatte ein neues Spielzeug gefunden, einen kleinen Soldaten, der an einem Fallschirm aus dünnem Stoff hing. Immer wieder warf sie ihn in die Luft, der Fallschirm entfaltete sich und segelte zu Boden, das Spiel schien Ingmar und Marianne zu gefallen, sie waren ganz aufgeregt. Jedes Mal, wenn der Soldat auf dem Teppich landete, gab es Streit. Als Maj ins Kinderzimmer kam, seufzte Ellen erleichtert.

»Hört mal, ich glaube, wir machen jetzt etwas Ruhiges, Gemütliches«, sagte das Kindermädchen, als hätte sie Ellens Gedanken gelesen. »Wie wäre es mit Vorlesen?«

Sie holte *Die Katzenreise* von Ivar Arosenius und setzte sich in einen Lehnstuhl. Britt und Marianne krochen auf ihren Schoß, Ellen setzte sich mit Ingmar im Arm auf eines der Betten. Mit großer Einfühlung las Maj die einfachen Verse und schien sehr überrascht, was für spannende Dinge passierten. Als sie beim Krokodil angelangt waren, hörte man schwere Schritte im Flur, ein Mann um die vierzig trat ins Kinderzimmer. Er trug einen mit Lammfell verbrämten Mantel und Stiefel und war hochrot im Gesicht. Die rotblonden Haare hatte er mit Pomade nach hinten gekämmt, ein paar Strähnen hatten sich gelöst und hingen über dem einen Auge.

»Ist sie nach Hause gekommen?«, fragte er atemlos.

»Leider nicht, gnädiger Herr«, sagte Maj und schaute vom Bilderbuch hoch.

Der Mann, ganz offensichtlich Herr Guldin, seufzte schwer.

»Ich war auf dem Polizeirevier und habe mit einem Kommissar gesprochen«, fuhr Maj fort. »Frau Forsell war so freundlich, mich nach Hause zu begleiten und mir mit den Kindern zu helfen.«

Herr Guldin warf Ellen einen uninteressierten Blick zu.

»Mit einem Kommissar? War das dieser unfähige Idiot, mit dem ich telefoniert habe? Und was hat er gesagt? Gab es Neuigkeiten?«

»Nein, er wollte von mir wissen, was passiert war.«

»Aber das weiß er doch! Ich habe doch mit ihm gesprochen! Sie ist inkompetent, die ganze Polizei. Völlig inkompetent.«

Er stiefelte aus dem Kinderzimmer und hinterließ nasse, schmutzige Schuhabdrücke auf dem Teppich.

»Es gibt noch Suppe, wenn der gnädige Herr welche möchte«, rief Maj ihm nach.

Die Eingangstür schlug mit einem Knall zu, und Herr Guldin war weg.

»Papa«, sagte die kleine Marianne. Sie rief nicht nach ihm, es war eher eine kurze, sachliche Feststellung. Dann steckte sie den Daumen in den Mund.

Maj holte einen Besen und eine Schaufel und versuchte, den Schmutz vom Teppich zu kehren. Als sie fertig war, setzte sie sich mit den kleinen Mädchen in den Sessel und las ihnen weiter aus dem Bilderbuch vor, mit der gleichen engagierten Stimme wie vor der Unterbrechung. Sie besaß die bewundernswerte Gabe, in Gegenwart der Kinder bei Laune zu bleiben.

Dann war es an der Zeit, die Kleinsten ins Bett zu bringen. Während Maj die Mädchen badete, hatte Ellen den kleinen Ingmar auf dem Schoß. Er roch wunderbar nach Babyseife und Babyhaut. Sie legte ihre Wange an seinen Kopf und dachte, vielleicht wäre es doch ganz schön, Kinder zu haben. Aber nicht mehr als eins. Georg wollte viele Kinder, das hatte er gesagt.

Ach ja, Georg. Sie warf einen Blick auf ihre Armbanduhr, wahrscheinlich war er schon nach Hause gekommen. Sie hatte sich noch nicht so recht daran gewöhnt, verheiratet zu sein.

Als Maj aus dem Badezimmer kam, gab Ellen ihr das Baby und sagte, sie müsse nun nach Hause gehen. Sie klopfte an Tores Tür, um sich zu verabschieden. Er saß immer noch am Schreibtisch, mit seinem Meccano-Bauwerk beschäftigt. Es war nicht gewachsen, eher kleiner geworden, seit sie es zuletzt gesehen hatte.

»Ich habe es auseinandergeschraubt und noch einmal angefangen«, erklärte Tore. »Ich habe wohl irgendwo einen Fehler gemacht.«

»Du bist gründlich und hartnäckig, das ist gut«, sagte Ellen. »So lernt man etwas.«

»Heute sind draußen jede Menge Polizisten herumgelaufen«, sagte Tore, nickte in Richtung Fenster und schraubte eine Mutter fest.

Ellen schaute in den Hof hinunter. Über den Eingängen zum Hinterhaus brannten Lampen.

»Sie haben sogar in den Mülltonnen gesucht!« Tore lachte vor sich hin, als wäre das lustig.

»Sie müssen überall suchen«, sagte Ellen. »Kinder können sich gut verstecken.«

»Ja, Alice ist sehr gut im Verstecken.«

Ellen schaute ihn nachdenklich an. Er war ein hübscher Junge mit erstaunlich langen und dunklen Wimpern. Er schaute amüsiert und ein wenig überheblich.

»Tore«, sagte sie. »*Weißt* du, wo Alice ist?«

Er nickte langsam, ließ seine Konstruktion jedoch nicht aus den Augen.

»Wo ist sie?«

»Sie hat sich versteckt«, sagte Tore leichthin.

»*Wo* hat sie sich versteckt?«

»Im Laub. Ganz tief im Wald. Bei den Elchen.«

»Jetzt machst du dich aber über mich lustig. In welchem Wald? Du musst es sagen, damit die Polizei sie finden kann.«

»Ich will gar nicht, dass die Polizei sie findet«, sagte er ärgerlich. »Ich will meinen Kran fertig bauen.«

»Tore«, sagte Ellen bittend. »Du musst …«

»Ich möchte meinen Kran fertig bauen.« Er klang jetzt richtig ärgerlich. »Du störst mich, ich mache dauernd Fehler!«

»Entschuldige. Ich gehe jetzt nach Hause. Ich wollte nur ade sagen. Und wenn du etwas weißt …«

»Ade«, sagte Tore kurz und schraubte konzentriert zwei Teile zusammen.

Als Ellen nach Hause kam, war es schon halb acht und sie hatte ein schlechtes Gewissen. Sie hatte sich noch nicht daran gewöhnt, dass sie einen Ehemann hatte, der zu Hause auf sie wartete.

»Georg! Ich bin jetzt zu Hause!«, rief sie fröhlich und zog ihren Mantel aus.

Maggie, die Haushälterin, trat in den Flur.

»Guten Abend, gnädige Frau. Der gnädige Herr ist nicht zu Hause, er macht heute Überstunden«, erklärte sie.

»Ach ja«, sagte Ellen und tat so, als wüsste sie das eigentlich.

Was nicht der Fall war. Aber es war ihr ganz recht, dass er nicht da war. Sie war zu müde, um ihm von ihren Erlebnissen zu berichten.

Sie legte den Hut auf die Ablage und richtete vor dem Spiegel ihre Frisur, bis Maggie sich entfernte. Dann nahm sie den Telefonhörer ab, rief auf dem Polizeirevier an und fragte, ob Hauptwachtmeister Gunnarsson noch anwesend sei. Kurz darauf hörte sie seine ruhige, wohlbekannte Stimme.

»Nils«, sagte sie. »Ich glaube, ihr sucht am falschen Ort nach dem Mädchen. Ihr Bruder sagt, sie ist im Wald.«

7

Um acht Uhr am nächsten Morgen saß Nils Gunnarsson im Besucherstuhl vor dem Schreibtisch von Kommissar Nordfeldt. Der Kommissar fasste die Lage zusammen.

»Das Mädchen ist jetzt seit zwei Nächten verschwunden. Das ist sehr beunruhigend«, sagte er. »Ich habe gerade eine Suchmeldung herausgegeben. Aber Filip Guldin ist uns zuvorgekommen. Er hat Annoncen in der *Göteborgs-Posten*, der *Handelstidningen* und der *Ny Tid* aufgegeben.«

»Auf dem Weg hierher habe ich handgeschriebene Zettel gesehen«, sagte Nils.

»Er hat sie in der ganzen Stadt aufgehängt.«

Nils versuchte, sich an die hingeschmierten Zeilen mit der Personenbeschreibung zu erinnern:

9-jähriges blondes Mädchen verschwunden. Sie wurde zuletzt am Sonntag, den 31. Januar, im Naturhistorischen Museum gesehen, sie trägt einen roten Mantel. Beobachtungen bitte melden: Herr Filip Guldin, Telefonnummer 2915.

Kein Wort über Frau Guldin oder die Polizei.

»Wir haben überall im Museum und um die Wohnung herum gesucht«, fuhr Nordfeldt fort. »Wahrscheinlich war sie auf dem Weg nach Hause oder zu einer Freundin.«

»Das Kindermädchen sagte, sie hätte keine Freundinnen«, gab Nils zu bedenken.

»Woher will sie das wissen? Als ich Kind war, da hatte ich Freunde, von denen meine Eltern keine Ahnung hatten. Oh ja, wenn die gewusst hätten!« Nordfeldt grinste verschlagen.

»Aber Sie waren ein Junge«, bemerkte Nils. »Alice ist ein Mädchen. Aus einer feinen Familie. Sie läuft nicht einfach so herum.«

»Von wegen fein. Unsere Beamten sind gestern in der Gegend von Tür zu Tür gegangen. Die Haushälterin im Stockwerk darunter wusste so einiges über die Familie Guldin zu berichten. Sie war mit Guldins früherer Haushälterin gut befreundet. Sie gingen immer zusammen in die Markthalle zum Einkaufen, und sie tratschten natürlich ausgiebig über ihre Arbeitgeber.«

»Und was konnte sie über die Familie Guldin berichten?«

»Dass die Familie früher sehr vermögend war. Neben der Haushälterin und dem Kindermädchen arbeitete eine Köchin für sie. Wenn man Feste feierte, wurde noch zusätzliches Personal angestellt. Was ziemlich oft geschah. Guldins hatten einen großen Bekanntenkreis und veranstalteten vornehme Feste. Der gnädigen Frau gehörte das Geld. Sie hat offenbar ein Vermögen geerbt, das ihr Mann ziemlich schnell durchgebracht hat. Das Paar lebte über seine Verhältnisse und verschuldete sich, um die Fassade aufrechtzuerhalten.«

»Und das alles wusste die Haushälterin der Nachbarn?«, fragte Nils erstaunt.

»Haushälterinnen wissen alles. Das sollten Sie bedenken, Gunnarsson, falls Sie sich irgendwann eine zulegen wollen. Bei uns zu Hause kümmert sich meine Schwägerin um den Haushalt. Da bleibt es in der Familie. Die Hausangestellten sind die Ersten, die es zu spüren bekommen, wenn das Geld nicht mehr reicht. Guldins Haushälterin beschwerte sich bei ihrer Kollegin darüber, dass sie zu wenig Haushaltsgeld bekam. Von dem wenigen Geld, das Herr Guldin ihr gab, konnte sie nicht kaufen, was die gnädige Frau verlangte. Als sie zwei Monate lang keinen Lohn bekommen hatte, kündigte sie. Da war die Familie bereits ohne Köchin. Nur das Kindermädchen blieb. Seltsam, dass sie nicht auch gekündigt hat.« Nordfeldt kratzte sich den kurzgeschorenen Kopf. »Fünf Kinder, mehr wild als zahm, und eine große Wohnung. Die Hausherrin rührt keinen Finger und der Hausherr versäuft das Wenige, was er verdient. Warum bleibt sie?«

»Weil sie das besitzt, was ihrer Herrschaft fehlt: Verantwortungsgefühl«, sagte Nils. »Die Kinder brauchen sie, und sie würde sie niemals im Stich lassen. Frau Forsell hat gestern Abend im Revier angerufen …«

»Ihre ehemalige Flamme?«

Nils errötete bei der respektlosen Wortwahl des Kommissars. »Wenn Sie es so ausdrücken wollen, ja. Wie Sie wissen, war Frau Forsell so freundlich, auf die Kinder aufzupassen, während wir gestern das Kindermädchen verhörten.«

»Dafür bin ich ihr *kolossal* dankbar, weiß Gott. Das war heldenhaft von ihr. Aber warum hat sie am Abend hier angerufen? Wollte sie Geld?«

»Selbstverständlich nicht«, sagte Nils ärgerlich.

»Gut. Das wäre sonst ein teures Verhör geworden. Die Heimfahrt mit dem Streifenwagen hat schon genug gekostet. Nun, was wollte sie?«

»Frau Forsell ist mit Maj Stenberg nach Hause gefahren, um ihr ein wenig mit den Kindern zu helfen. Sie bemerkte, wie viel das Kindermädchen zu tun hat und dass sie den Kindern wie eine Mutter ist. Die Mutter selbst hat sich den ganzen Nachmittag und Abend nicht gezeigt. Sie ist offenbar sehr krank.«

»Alles Einbildung, meint die Haushälterin der Nachbarn.«

»Frau Forsell hat auch mit dem Sohn gesprochen. Er sagte etwas, was vielleicht keine Bedeutung hat, was sie jedoch mitteilen wollte. Er behauptete zu wissen, wo die Schwester ist.«

»Aha?«

Nils holte einen Zettel aus seiner Jackentasche. »Der Junge sagt, sie sei ...« Er räusperte sich und las: »Ganz tief im Wald. Im Laub. Bei den Elchen.«

Kommissar Nordfeldt hob skeptisch eine Augenbraue. »So, so?«

»Die Fantasien eines sechsjährigen Jungen, natürlich. Aber wir können sie nicht völlig ignorieren. Haben wir wirklich gründlich genug gesucht? Frau Forsell konnte nicht herausfinden, welchen Wald er meinte. Aber das Museum befindet sich im Schlosspark.«

»Der Schlosspark ist kein Wald«, sagte Nordfeldt trocken, »sondern ein Park.«

»Mit mehreren Waldstücken«, stellte Nils fest. »Die Kinder waren vielleicht schon einmal in so einem Waldstück. Und der Junge denkt aus irgendeinem Grund, dass seine Schwester dorthin gegangen sein könnte, nachdem sie das Museum verlassen hatte.«

Nordfeldt murmelte ungläubig. »War da nicht auch von Laub die Rede? In der orakelhaften Antwort, die das Wunderkind hinterlassen hat und die Sie so ehrfürchtig aufgezeichnet haben.« Er deutete auf den Zettel in Nils' Hand. »Sie haben es vielleicht nicht bemerkt, Gunnarsson, aber es ist jetzt Winter. Im Schlosspark gibt es zurzeit kein Laub.«

Nils steckte den Zettel zurück in seine Innentasche. Er schaute den Inspektor trotzig an und sagte: »Aber es gibt Elche.«

8

Das Elchgehege im Schlosspark war hügelig und hoch gelegen, seine Bewohner hatten eine hinreißende Sicht auf die bewaldeten Berge im Osten. Vielleicht sehnten sie sich dorthin. Für die Könige des Waldes musste der Baumbestand im Gehege ausgesprochen betrüblich sein. Ein paar vom Wind zerzauste Kiefern und einige Laubbäume mit abgenagter Rinde, mehr wuchs da nicht.

»Aha«, sagte der eine Polizist und räusperte sich vernehmbar. »Dann nichts wie rein.«

Der Parkwächter schloss das Tor hinter ihnen.

Der Polizist drehte sich um und fügte hinzu: »Sie bleiben doch hier und machen auf, wenn wir wieder herauswollen?«

Er bekam ein Brummen als Antwort.

Vorsichtig bahnten die beiden Polizisten sich ihren Weg durch den frisch gefallenen Schnee, der von Klauenspuren durchzogen war.

Im ebenen Teil des Geheges lag ein Bündel Weidenzweige als Futter für die Elche. Daneben ruhten zwei Elchkühe, sie hatten sich eine Fläche vom Schnee freigescharrt und knabberten an den Zweigen, schienen nicht interessiert. Aber ihre langen fellbewachsenen Ohren drehten sich ständig in alle Richtungen und lokalisierten so die beiden Polizisten.

Ein Stück weiter weg sah man ein Kalb, das bei der

letzten Königsjagd in Hunneberg elternlos geworden war und das sich jetzt im Park zurechtfinden musste. Es lief planlos hin und her und schnüffelte an der oberen Schneeschicht.

Der Elchbulle war nicht zu sehen.

»Was ist das?«, fragte der eine Polizist. Er packte seinen Kollegen am Arm und zeigte mit der anderen Hand auf etwas, das das Kalb gefunden hatte.

»Es ist etwas Rotes«, sagte der andere Polizist.

Sie blieben stehen und warteten, dass das Kalb davonging. Aber das Kalb schien genauso neugierig wie sie zu sein. Es schnüffelte an dem roten Etwas, das sich grell gegen den Schnee abzeichnete, stupste es mit der Schnauze an. Dann packte es den Gegenstand mit den Zähnen, zog ihn mit einer heftigen Halsbewegung aus dem Schnee und schleuderte ihn davon, sodass er ein paar Meter vor den Polizisten landete.

Der eine stupste den Gegenstand mit den Füßen.

Es war ein roter Blecheimer mit der Aufschrift: *Feuer. Göteborgs Straßenbahnen.* Vermutlich hatte ein Scherzbold ihn in einer Straßenbahn gestohlen und aus reinem Übermut in das Gehege geworfen, um den Elchbullen zu ärgern. Es kam öfter vor, dass Betrunkene sich auf diese Art und Weise im Park amüsierten.

»Idioten«, schnaubte der Polizist und gab dem Eimer einen lauten Tritt, sodass der weit ins Gehege flog.

Das Kalb schaute ihm interessiert zu und fragte sich vielleicht, ob das ein Spiel war.

Die Polizisten stapften weiter durch den Schnee.

Hinter einem kleinen Hügel stießen sie unerwartet auf den Bullen, ein Riesentier mit einem enormen Geweih, der seinen Mittagsschlaf hielt, es war wohl sein heimlicher Lieblingsplatz, weil die Besucher ihn hier nicht sehen konnten. Sie waren alle drei gleichermaßen überrascht. Der Elch kam auf die Beine, so schnell und ruckartig, dass der Schnee nur so aufwirbelte und der Boden bebte. Die Polizisten rannten zum Tor. Als sie jenseits des Zauns in Sicherheit waren, beschlossen sie, das Elchgehege durchsucht zu haben.

Sie durchkämmten auch das Hirschgehege, wie Hauptwachtmeister Gunnarsson ihnen befohlen hatte – ein Kind konnte einen Hirsch leicht mit einem Elch verwechseln –, aber auch da fanden sie nichts.

Sie durchforsteten alle Waldstücke in dem großen Park. Unter einer Tanne mit lang herabreichenden Zweigen sahen sie etwas, was einen Moment lang ihr Interesse weckte, was sich jedoch bei näherer Untersuchung als ein paar Lumpen herausstellte, die ein Landstreicher hier zurückgelassen hatte.

Die beiden Polizisten bürsteten sich den Schnee ab und kehrten aufs Revier zurück.

9

Die Augen unter dem Mützenschirm waren grau und wässrig. Der Blick drückte Langeweile, Gleichgültigkeit und tiefe Unzufriedenheit mit der ganzen Menschheit aus.

»Herr Hauptwachtmeister? Ja?«, sagte der Wärter gereizt. »Es geht um das verschwundene Mädchen, hab ich recht?«

»Haben Sie letzten Sonntag hier am Eingang Dienst gehabt?«, fragte Nils und holte sein Notizbuch aus der Manteltasche.

»Ja, das habe ich. Und durch diesen Eingang hat sie das Haus nicht verlassen, so viel ist sicher. Hier kommt niemand rein oder raus, ohne dass ich es sehe.«

»Wissen Sie noch, wann sie ungefähr gekommen ist?«

»Ich habe das Kindermädchen mit allen Kindern um zwei Uhr hereingelassen. Eigentlich haben sie hier nichts zu suchen. Die Kinder sind noch viel zu klein, um mit den Sammlungen des Museums etwas anfangen zu können. Aber sie wollten unbedingt rein.«

Das war ganz offensichtlich nicht der Wärter, den Maj Stenberg als »der Nette« bezeichnet hatte.

Nils hauchte seine kalten Finger an, dann machte er sich Notizen. »Kommen sie öfter her?«

»Einmal pro Woche vielleicht. Es kommt aufs Wetter an. Das Kindermädchen kommt mit den Kindern hierher, um sich aufzuwärmen. Den Kinderwagen stellt sie dort ab.« Er schnaubte ärgerlich und zeigte auf eine Nische direkt neben der Eingangstür. »Am Sonntag hatten sie auch noch einen Schlitten dabei. Und jede Menge Schnee, der in einer großen Pfütze schmolz. Einmal hat sie den Kleinsten im Wagen schlafen lassen, während sie mit den anderen Kindern in den Sälen umherging. Das Kind wachte nach einer Weile auf und fing an zu schreien, ich musste hier sitzen und mir das Geheule anhören. Das ist doch verantwortungslos, oder? Es gibt ja nach unten keine Altersgrenze, und Kinder unter sieben dürfen umsonst rein. Und das nützt sie aus. Manchmal versucht sie, auch umsonst reinzukommen. Mein Kollege drückt da wohl ein Auge zu, ich nicht.« Er räusperte sich zufrieden. »Und wenn sie kein Geld hat, muss sie mit ihrer ganzen Kinderschar kehrtmachen. Wenn sie den Eintritt bezahlt, muss ich sie ja reinlassen. Aber nach allem, was am Sonntag passiert ist, wird sie wohl selbst an die Luft gesetzt worden sein, könnte ich mir denken.«

Ein zufriedenes Grinsen erhellte sein mürrisches Gesicht.

»Wie lange sind Sie hier am Eingang geblieben?«, fragte Nils.

»Wir schließen um drei Uhr. Aber ich bleibe immer hier, bis meine Kollegen mir sagen, dass alle Besucher gegangen sind. Dann verschließe ich die Eingangstür, zähle die Kasse und gehe nach Hause. Letzten Sonntag musste ich noch ziemlich lange hierbleiben. Schließlich kam mein Kollege, der Aufsicht in den Sälen hat, und sagte, ein Kind sei verschwunden und wir könnten nicht nach Hause gehen, bevor wir es gefunden haben. Viertel vor vier habe ich das Kindermädchen und die Kinder rausgelassen und hinter ihnen abgeschlossen. Dann haben mein Kollege und ich noch über eine Stunde gesucht. Wir haben kein Mädchen gefunden, aber wir haben gesehen, was diese verdammten Bälger angestellt haben.«

»Was denn?«

»Zerbrochene Scheiben und so«, sagte der Wärter in einem Ton, als wäre von dieser Art von Besuchern auch nichts anderes zu erwarten.

»Aha?«, sagte Nils interessiert. »Meinen Sie Fensterscheiben?«

»Was? Nein, nein, die Scheiben einer Vitrine.«

»Wo war das?«

»Ich glaube, in der Weichtierabteilung. Mein Kollege hat es bemerkt, und er musste sich darum kümmern.«

Nils runzelte die Stirn. »Und Sie sind sicher, dass die Kinder der Familie Guldin die Scheibe kaputt gemacht haben? Könnte es nicht auch ein anderer Besucher gewesen sein?«

»Wohl kaum. Es war letzten Sonntag sehr ruhig im Museum. Lauter ordentliche Leute. Keine Schulklassen.«

Nils machte sich rasch Notizen und fragte dann: »Welche Ausgänge gibt es noch, außer der Eingangstür?«

»Es gibt diverse Ausgänge für uns, das Personal. Aber für die braucht man einen Schlüssel. Sie sind immer abgeschlossen.«

»Immer? Auch letzten Sonntag?«

»Davon gehe ich aus. Aber ich bin nur für die Eingangstür verantwortlich.«

»Ich würde gerne mit Ihrem Kollegen sprechen. Wo finde ich ihn?«

»Um diese Tageszeit ist er bestimmt oben in der Vogelgalerie.«

»Und wie finde ich dorthin?«

»Am schnellsten über die Treppe in der unteren Eingangshalle.«

Der Wärter beugte sich aus seinem Kabäuschen und zeigte in die Richtung. Nils dankte ihm und drückte sich an das Drehkreuz, aber es bewegte sich nicht. Er schaute zum Wärter hinüber, der genoss ein paar Sekunden seine Macht, ehe er dann gnädigst auf einen unsichtbaren Knopf oder ein Pedal hinter dem Tresen drückte. Es klickte, das Kreuz drehte sich und Nils konnte eintreten.

Er ging durch die leere Halle und dann die Treppe hinauf. Die Vogelgalerie hatte zwei Eingänge, einen rechts und einen links. Er entschied sich für den linken.

Er hatte die Abteilungen für Straußenvögel, Hühnervögel und Tauben bereits passiert, als der andere Wärter, den Maj als »den Netten« bezeichnet hatte, sich näherte, die Hände auf dem Rücken. Mit seinem dicken Bauch und einem leicht wiegenden Gang erinnerte er an einen freundlichen alten Königspinguin, der für einen kleinen Spaziergang aus seiner Vitrine geklettert war. Nils ging auf ihn zu und stellte sich vor.

Der Wärter bestätigte, was sein Kollege am Eingang gesagt hatte. Kurz vor drei hatte er das Kindermädchen darauf hingewiesen, dass sie bald schließen würden. Er hatte seine Runde durch die Säle fortgesetzt, um sich zu vergewissern, dass es keine Nachzügler mehr gab. Er traf nur ein paar Touristinnen aus Dänemark, aber die waren bereits auf dem Weg zum Ausgang.

»Dann hörte ich Stimmen, und als ich in der unteren Galerie auf dem Weg zum Ausgang war, sah ich, dass das Kindermädchen und die Kinder immer noch da waren, obwohl es schon zehn nach drei war«, fuhr der Wärter fort.

»Wo genau waren sie?«

»In der Gliederfüßerabteilung. Also dort, wo wir die Schmetterlinge und anderes Kleingetier haben. Ich sagte ihnen, das Museum sei geschlossen und sie müssten sofort das Gebäude verlassen. Das Kindermädchen versprach es. Ich ging dann ein Stockwerk höher und machte meine Inspektionsrunde in der Vogelgalerie. Als ich auf dem Rückweg war, sah ich sie schon wieder. Ich wollte sie schon ausschimpfen, weil sie meiner Aufforderung, das Museum zu verlassen, nicht gefolgt war. Aber als ich näher kam, sah ich, wie erregt sie war. Ja, sie war völlig außer sich, die Ärmste. Sie sagte, das älteste Mädchen sei davongerannt und sie könne das Museum nicht verlassen, bevor sie es nicht gefunden habe. Und wie sollte sie suchen, sie musste sich ja um die anderen Kinder kümmern, das habe ich verstanden. ›Kümmern Sie sich um die Kleinen, ich gehe das Mädchen suchen. Das geht schneller‹, sagte ich. Dann bin ich wieder hinauf in die Säugetierabteilung, ich war mir ziemlich sicher, dass sie dort war. Das ist der beliebteste Saal, besonders bei Kindern. Ich durchsuchte den Saal sehr gründlich, aber ich fand sie nicht. Ich sagte dann dem Kindermädchen, sie solle mit den anderen Kindern nach Hause gehen, ich würde mit meinem Kollegen noch einmal alle Säle durchsuchen. Sie hat mir die Telefonnummer der Familie gegeben, und mein Kollege hat sie rausgelassen. Wir haben weitergesucht. Schließlich gaben wir auf, ich habe bei der Familie Guldin angerufen und gesagt, das Mädchen sei nicht hier.«

»Wer hat abgenommen?«

»Das Kindermädchen.«

»Wie hat sie reagiert? Klang sie besorgt?«

»Nicht besonders. Sie sagte, das Mädchen würde sicher bald nach Hause kommen. Sie sei wohl in den Schlosspark gelaufen, um im Schnee zu spielen. Es war ja erst fünf Uhr, ungefähr, es war also noch nicht sehr spät. Oh, entschuldigen Sie, meine Dame.« Der Wärter trat zur Seite, um ein junges Paar durchzulassen, das ihnen zwischen den Vitrinen entgegenkam.

»Aber der Schlitten war noch da?«

»Ja, der Schlitten und der Kinderwagen standen im Eingang, bis das Kindermädchen mit den anderen Kindern nach Hause ging.«

Nils machte sich Notizen. »Ihr Kollege hat etwas von einer zerbrochenen Scheibe gesagt.«

»Ja, genau. Das war in der unteren Galerie, in der Weichtierabteilung. Ich habe schon von weitem das Formalin gerochen, und als ich näher kam, sah ich, dass eine Vitrine eingeschlagen war und ein Glasbehälter auf dem Boden davor lag, auch zerbrochen, der Inhalt lag daneben.«

»Was war das für ein Inhalt?«

»Das weiß ich nicht. Etwas Unförmiges.« Der Museumswärter rümpfte die Nase. »Ziemlich unangenehm. Ich ziehe die Tiere in den Säugetiersälen vor, genau wie unsere Besucher. Die Weichtierabteilung ist nicht sehr gut besucht.« Er senkte die Stimme und fügte hinzu, wie im Vertrauen: »Ehrlich gesagt, ich habe nie richtig verstanden, warum wir diese Geleeklumpen in Gläsern haben. Man sieht doch gar nicht, was es ist. Wie konserviertes Gemüse. Nur nicht so appetitlich.« Er blinzelte schelmisch.

Das junge Paar, das gerade vorbeigegangen war, stand ein Stück weiter weg. Der Mann schaute zu dem Albatros hinauf, der mit ausgebreiteten Flügeln unter der Decke schwebte, während die Frau sich in einer Scheibe spiegelte und ihren Hut zurechtrückte.

»Wann haben Sie das zerbrochene Glas bemerkt?«, fragte Nils.

»Als wir nach dem Mädchen suchten.«

»Nachdem das Kindermädchen mit den Kindern nach Hause gegangen war?«

»Ja. Ich habe die Putzfrau geholt und sie hat sich um die Glassplitter und die Flüssigkeit gekümmert.«

»Und was haben Sie mit dem ... Geleeklumpen gemacht?«

»Ich habe in der Kammer der Putzfrau ein Handtuch gefunden und das Ganze in einen Putzeimer gelegt. Es war ja Sonntag und niemand war da, weder in den Ateliers der Konservatoren noch in den Räumen der Forscher. Dann fiel mir ein, dass wir eine Gastforscherin haben, die ist Weichtierexpertin, ich habe also in der Wohnung der Gastforscherin angerufen und das Ganze dort abgegeben. Dozentin Iversen hat versprochen, sich darum zu kümmern.«

»Und Sie haben nicht gehört, dass eine Scheibe zerbrach?«

Der Wärter schüttelte den Kopf. »Nein, ich muss in einem anderen Teil des Museums gewesen sein, als es geschah. Es ist ja alles ziemlich weitläufig hier.«

»Haben Sie sonst etwas Ungewöhnliches an diesem Tag bemerkt? Besucher, die sich eigenartig verhalten haben?«

Der Wärter dachte nach. »Nein, nicht dass ich wüsste. Am Sonntag waren sehr wenige Besucher da. Ein paar Studenten, die sich in der geologischen Abteilung Mineralien angeschaut haben. Die Damen aus Dänemark. Und vielleicht noch ein paar, an die ich mich nicht erinnere.«

Nils steckte sein Notizbuch ein. »Ich würde mir das Museum gern gründlich anschauen«, sagte er.

»Die ganze Ausstellung, alle Säle?«

»Alles.«

»Auch die Magazine? Die Räume der Forscher?«

»Ja, bitte.«

»Da sollten Sie mit dem Museumsleiter, Professor Jägerskiöld, sprechen. Warten Sie hier, ich schaue nach, ob er da ist.«

Der Wärter ging davon, so schnell seine steifen Glieder es vermochten. Nils war allein in der Vogelabteilung.

Er schaute sich um. Das junge Paar war weitergegangen. Aus einer großen Vitrine schauten ihn zwei Lämmergeier an. Mit ihren ausgebreiteten Flügeln und offenen Schnäbeln verbreiteten sie eine Art lüsternen Wahnsinn. Der eine hatte eine Beute in den Klauen, ein wolliges Küken.

Nils ließ den Blick die Galerie entlangwandern. Eine Vitrine hinter der anderen, in einer unendlichen Reihe.

Das Mädchen war nun seit zwei Nächten verschwunden. Wo immer sie sich befand, sie war bestimmt nicht bei jemandem, der ihr wohlwollte. Er wusste nicht, was dies für eine Geschichte war, aber er wusste, dass sie wohl kaum ein glückliches Ende haben würde.

Er holte sein Notizbuch wieder hervor und blätterte es durch.

Der Bericht des Wärters war sehr klar und vernünftig. Aber etwas hatte ihn gestört: Als der Wärter das zweite Mal auf das Kindermädchen gestoßen war, nachdem das Museum schon geschlossen hatte, da war sie »erregt« und »völlig außer sich« vor Sorge gewesen. Aber als er dann später mit ihr telefonierte und ihr mitteilte, dass man das Mädchen nicht gefunden habe, da war ihre Reaktion »nicht besonders besorgt«. Hätte seine Nachricht sie nicht noch *mehr* beunruhigen sollen?

Dann hörte er Schritte, die sich aus der oberen Halle näherten. Er ließ das Notizbuch in die Manteltasche gleiten.

10

Obwohl Professor Leonard Jägerskiöld auf die sechzig zuging, war er immer noch ein kräftiger Mann, hochgewachsen und breitschultrig, mit einer Haltung, wie es sich für einen Mann aus altem finnlandschwedischen Offiziersadel gehörte. Der ergraute Schnurrbart war rau wie eine Wildschweinbürste. Die Haut war glatt und rosig, gewissermaßen blankgeschliffen vom Wind während seiner Arbeit im Feld. Wegen einer Augenkrankheit trug er eine Brille mit kreisrunden, sehr dicken Gläsern, die aus manchen Winkeln seine Augen vergrößerten und sie aus anderen gespenstisch in zwei leeren, milchweißen Kreisen verschwinden ließ.

»Sie bewundern die Arbeit von Herrn Konservator Skoog, Herr Hauptwachtmeister?«, sagte er mit einem Nicken in Richtung der Vitrine mit den Lämmergeiern. »Aber ich weiß schon, dass der Grund für Ihre Anwesenheit hier das Verschwinden des kleinen Mädchens ist. Schrecklich, das Ganze, aber ich kann mir nicht vorstellen, dass sie noch hier ist.«

»Ich habe gerade mit dem Wärter am Eingang gesprochen. Er behauptet, sie habe das Museum nicht durch die Eingangstür verlassen, und das war, soweit ich es verstanden habe, die einzige nicht verschlossene Tür. Er war sich seiner Sache sehr sicher«, sagte Nils.

Professor Jägerskiöld nickte nachdenklich. »Und jetzt

wollen Sie selbst das Museum durchsuchen? Unsere beiden Wärter haben schon überall gründlich nachgeschaut.«

»Ich könnte mir denken, dass es hier viele Ecken und Nischen gibt«, sagte Nils.

»Nun ja, ich weiß nicht so recht. Es ist schließlich ein neues und modernes Museum. Ich habe es selbst, zusammen mit dem Architekten, geplant. Aber Sie dürfen sich selbstverständlich gerne umschauen. Sind Sie schon einmal hier gewesen?«

Nils musste zugeben, dass er das Museum noch nicht besucht hatte. Es war vor drei Jahren im Zusammenhang mit der Jubiläumsausstellung eröffnet worden, in diesem magischen Sommer, als so viel Neues entstanden war, das die Stadt völlig verändert hatte. Es war im nationalromantischen Stil gebaut, und obwohl es neu war, sah es überhaupt nicht modern aus, eher wie ein mittelalterliches Schloss, oben auf seinem Hügel. Die Besucher waren vor allem Touristen, Menschen, die sich für die Natur interessierten, und Schulkinder. Nils war nichts davon, und zwar lag das Museum gar nicht weit von seiner Wohnung am Masthuggsberg, aber er hatte es noch nicht geschafft, es zu besuchen.

»Dann ist es mir eine große Freude, Sie führen zu dürfen«, sagte der Museumsdirektor und strahlte. »Aber da müssen wir natürlich im Erdgeschoss anfangen.«

»Verstehen Sie«, fuhr er fort, als sie die Treppe hinuntergingen, »das Museum ist pädagogisch angelegt, nach dem zoologischen System. Die untere Galerie enthält die Abteilungen für Schwämme, Nesseltiere und Würmer. Danach werden die Besucher entsprechend der Evolution zu den Spinnen, Krebstieren und so weitergeleitet. Wenn sie die Galerie umrundet haben, kommen sie aus der Reptilienabteilung hier unten in der Halle heraus und begeben sich dann über die Treppe gemäß der Evolution nach oben.« Professor Jägerskiöld drehte sich um und zeigte mit einer Armbewegung auf die Treppe aus braunem Kalkstein. »Sodann erreicht man die Vogelgalerie, von wo Sie gerade gekommen sind und welche den großen und, wenn ich so sagen darf, recht imponierenden Säugetiersaal umgibt. Der sollte also *zum Schluss* besucht werden.«

»Man darf also nicht schummeln und die Nesseltiere überspringen und direkt zu den Tigern gehen? Keinen Nachtisch, wenn man das Hauptgericht nicht aufgegessen hat?«, sagte Nils.

Professor Jägerskiöld lachte. »Nichts ist unmöglich, Herr Hauptwachtmeister. Der Säugetiersaal hat natürlich eine unwiderstehliche Anziehungskraft auf die Schüler, die uns besuchen. Aber ein guter Pädagoge versteht es, alle Tiere interessant zu machen.«

Als sie in die Weichtierabteilung kamen, sah Nils sofort, dass in einer Vitrine die Scheibe fehlte.

»Ein kleines Missgeschick«, sagte Jägerskiöld entschuldigend. »Unsere Besucher sind manchmal sehr eifrig und das Glas ist spröde. Der Glaser war schon da, hat die zerbrochene Scheibe entfernt, aber er hat es noch nicht geschafft, eine neue einzusetzen. Das sind ja ganz spezielle Maße.«

»Ja, einer der Wärter hat den Vorfall erwähnt«, sagte Nils. »Es ist wohl auch ein Glasbehälter mit einem Tier auf den Boden gefallen. Wissen Sie, Herr Professor, was das für ein Tier war?«

»Ein Oktopus. Ein achtarmiger Tintenfisch. Ein recht robustes Wesen, ich glaube nicht, dass ihm etwas zugestoßen ist.«

Sie gingen weiter, von Abteilung zu Abteilung. Nils verstand, dass dieser Rundgang seine Zeit dauern würde. Der Professor erzählte von all den Besonderheiten des Museums, und Nils schaute sich alles genau an. Er suchte nach einem Ort, wo ein Kind sich möglicherweise verstecken könnte. Eine Kiste, ein Schrank, eine unverschlossene Tür. Aber er sah nur Flächen mit ordentlichen Vitrinen und Türen, die verschlossen waren, wenn er sie zu öffnen versuchte.

»Und jetzt der Nachtisch!«, sagte Professor Jägerskiöld stolz.

Der Säugetiersaal war wirklich imponierend, sehr weitläufig und hoch, mit riesigen ausgestopften Tieren und Skeletten. Die Fenster waren unter der Decke angeordnet und tauchten den Raum in ein weiches, schwebendes Oberlicht.

Der Direktor folgte seinem Blick. »Wie Sie sehen, sind die Ausstellungsräume ganz durch natürliches Licht beleuchtet. Diese großen Säle mit elektrischem Licht zu beleuchten, wäre sehr teuer. Das natürliche Licht ist auch sehr viel angenehmer.«

»Schließt das Museum deshalb schon um drei Uhr?«

»Ja, im Winter ist das so. Aber im Sommer haben wir bis sieben Uhr abends geöffnet. Wir folgen der Sonne«, sagte Professor Jägerskiöld lächelnd und zeigte auf die hohen Fenster.

Unter der Leitung des Professors durchschritten sie die Säle, von den Fledermäusen bis zu den großen exotischen Tieren und schließlich zum Ziel: den Menschenaffen ganz hinten im Saal.

»Näher kommen wir der Krönung der Schöpfung in ausgestopftem Zustand nicht«, sagte Professor Jägerskiöld mit einem Nicken in Richtung eines Orang-Utans, der von einem Zweig hing. »Aber wie Sie merken, haben wir ein Säugetier verpasst«, sagte er, als sie wieder in der oberen Halle standen.

»Oh, das macht nichts«, sagte Nils rasch. Die Vorlesung hatte schon viel zu lange gedauert.

»Unser allergrößtes Säugetier«, fuhr Professor Jägerskiöld fort und schaute ihn aufmunternd an.

Nils kam sich vor wie ein Schüler, der etwas gefragt wurde. Zum Glück beantwortete der Professor die Frage selbst: »Nämlich den Blauwal. Es war nicht möglich, den Blauwal in das zoologische System des Museums einzufügen. Natürlich aus Platzgründen – ein Blauwal lässt sich nicht einfach irgendwo dazwischenklemmen. Hinzu kommt, dass Wale einen nicht sehr angenehmen Trangeruch ausströmen. Der Wal hat also ein eigenes Gebäude bekommen. Wir werden es gleich besuchen. Keine Sorge. Wir haben sehr moderne Ventilatoren, der Geruch ist durchaus auszuhalten.«

Professor Jägerskiöld ging raschen Schrittes durch den Gang, der zum Walgebäude führte.

In der Mitte blieb er plötzlich stehen und drehte sich zu Nils um. Seine Augen leuchteten. »Aber zuerst müssen Sie das Fantastischste unseres Museums sehen. Die Geschmäcker sind natürlich verschieden. Aber meiner Ansicht nach sind die Dioramen noch erstaunlicher als alle Walrosse, Giraffen und Blauwale zusammen.«

Er bog nach links ab und Nils folgte ihm in einen Raum, der ihm zunächst kohlschwarz erschien. Nach ein paar Sekunden konnte er die braunen Wandpaneele erkennen. Die Dunkelheit, die Erdfarben und die niedrige Deckenhöhe ließen an die Höhle eines Tiers denken. Die einzige, ziemlich schwache Beleuchtung kam von den recht weit oben platzierten Fenstern, die den Raum umgaben. Ein paar Treppenstufen führten zu jedem der Fenster. Darüber gab es Schilder mit abgedunkelter Beleuchtung, und eigentlich konnte man sich nur mithilfe dieser kleinen Lampen einigermaßen orientieren. Das Licht von den Fenstern war eigenartig schwach und schien nicht recht hereinzudringen.

Professor Jägerskiöld ging zu einem der Fenster.

»Möchten Sie vielleicht einmal schauen, Herr Kommissar? Bitte sehr«, sagte er.

Nils stellte sich auf die unterste Treppenstufe und beugte sich zur Scheibe vor. Er schaute in einen Wald. Einen normalen schwedischen Urwald mit Laub- und Nadelbäumen, hohen Blattpflanzen, moosbewachsenen Steinen und umgefallenen, vermoderten Stämmen. Vögel, die mit der Umgebung zu verschmelzen schienen, und dann erkannte er kleine, anspruchslose Blumen. Das war kein Gemälde, alles war dreidimensional und besaß in jedem Detail den vollen Reichtum der Wirklichkeit: die trockenen Flechten auf den Zweigen der Tannen, der ausgebreitete, abgetrennte Flügel eines Vogels, der zur Beute eines Raubtieres geworden war, die vergilbten Ränder von wurmzerfressenen Blätterpflanzen. Je mehr er schaute, desto mehr vertiefte der Wald sich vor seinem Auge. Hinter den Blättern entdeckte er eine Elchkuh, die im Farn lag, ihr Kalb neben sich. Und immer weiter: Wald und dichter Bewuchs so weit das Auge reichte.

»Eine einzigartige Illusion, nicht wahr?«, sagte Professor Jägerskiöld neben ihm. »Der Erbauer ist Direktor Olof Gylling, mein genialer Kollege in Malmö. Alle Pflanzen sind künstlich. Jedes kleine Blatt, jedes Gras und jedes Moosfragment besteht aus speziell angefertigtem Papier, das befeuchtet, in Dextrin getaucht und danach in Gipsformen gepresst wird. Die Blattnerven bestehen aus dünnen Baumwollfäden. Gylling wollte kein natürliches Pflanzenmaterial verwenden, weil das mit der Zeit ausbleicht und vertrocknet.«

»Aber das sind sehr viele tausend Blätter«, wandte Nils ein. »Sind die wirklich alle von Hand gemacht?«

»Ja, gewiss. Gyllings Tochter war für das Pressen verantwortlich. Niemand außer ihr und ihm selbst durfte während der Arbeit das Diorama betreten. Wenn die Blätter dann getrocknet waren, hat Gylling sie angemalt, jedes einzelne, Blatt für Blatt, mit Pinsel und Farben, die er selbst hergestellt hatte. Jedes Blatt ist ein Unikat. Aber es sind vielleicht nicht so viele Blätter, wie es scheint. Gylling hat zu jedem Diorama auch einen Hintergrund gemalt. Das Auge kann sie nur schwer von den dreidimensionalen Gegenständen unterscheiden.«

»Und die Vögel?«

»Das sind echte, ausgestopfte Vögel. Gylling ist auch Konservator. Seine Dioramen zeigen fünf sehr unterschiedliche schwedische Landschaften: einen Vogelfelsen auf der Insel Stora Karlsö, den Berg Tjiska in Lappland, den Hornbogasee, die Måkläppen-Sandbank außerhalb von Falsterbo und diesen alten Urwald in

Jämtland. Alles sehr naturgetreu. Was die Besucher jedoch am meisten fasziniert, das ist die trügerische Perspektive. Was das Auge als tiefen Wald erlebt, ist in Wirklichkeit ein recht kleiner Raum. Die Illusion entsteht dadurch, dass die Horizontlinie auf der Augenhöhe des Betrachters ist. Der Hintergrund ist konvex, und er wölbt sich paradoxerweise zum Betrachter hin und nicht von ihm weg. Das Gefühl des Abstands entsteht durch die Perspektivtechnik im Gemälde. Das ist hervorragend gemacht. In ganz Europa gibt es das nicht noch einmal.«

Während er sprach, passierte etwas im Diorama. Die Veränderung war sehr subtil. Die Schatten der Zweige schienen zu verschmelzen. Die Farben waren auf einmal gedämpft und verloren ihre Leuchtkraft. Und kurz darauf war alles wieder wie vorher.

»Wie eigenartig«, sagte Nils. »Ich hatte gerade das Gefühl, als würde eine Wolke über den Wald ziehen.«

Professor Jägerskiöld lächelte. »Wahrscheinlich ist genau das passiert. Die Dioramen werden, genau wie die Ausstellungshallen, durch natürliches Licht beleuchtet. Es dringt durch ein verglastes Dachgeschoss über diesem Raum ein. In der Welt der Dioramen gibt es Morgen- und Abenddämmerung, bewölkte und klare Tage, genau wie in der Welt draußen. Direkte Sonneneinstrahlung dämpfen wir mit weißen Baumwollgardinen, um die Farben zu schützen. Das ist ziemlich schön, nicht wahr?«

Aber Nils hörte nicht mehr zu. Ihm war gerade aufgegangen, was er sah. Er lehnte sich immer näher ans Glas, sein Blick wurde immer tiefer ins Diorama gezogen.

Ins Laub hinein. Zu den Elchen. *Im tiefen Wald.*

11

Ellen stand am Fenster und betrachtete die nackten Bäume im Park der Gartengesellschaft. Aus dem Inneren der Wohnung hörte sie das Motorengeräusch von Maggies Staubsauger. Die Wanduhr zeigte elf. Georg würde nicht vor sechs Uhr nach Hause kommen. Oder vielleicht erst um sieben, Ellen wusste es nicht genau. Sie könnte Maggie, die Haushälterin, fragen, sie wusste immer, wann Georg nach Hause kommen würde. Maggie wusste alles über Georg. Aber Ellen wollte sie nicht fragen.

Sie sah sich in dem properen, altmodisch möblierten Wohnzimmer um, und dann wieder aus dem Fenster.

Was sollte sie heute machen? Georg und sie hatten nie darüber gesprochen, was Ellen tagsüber machen würde. Ihre Gespräche hatten sich vor allem um die praktischen Dinge rund um die Hochzeit und Ellens Einzug in die Wohnung gedreht.

Alles war sehr schnell gegangen.

Ende September war sie von Bronsholmen – im Volksmund Pestinsel genannt – nach Hause gekommen. Die Ellen, die da zurückkam, war eine andere als die fröhliche, angstfreie junge Frau, die dorthin gefahren war, um Nils in einem schwierigen Fall zu helfen. Sie wollte nicht, dass ihre Eltern etwas merkten, aber sie wusste, wie sehr die schrecklichen Erlebnisse dort sie verändert hatten.

Als sie wieder zu Hause war, hatte sie die Geborgenheit genossen, sich kindisch über alltägliche Kleinigkeiten gefreut und ihrer Mutter gerne beim Putzen, Waschen und Backen geholfen. Die Eltern hatten sich über ihre Verwandlung gewundert. Sie vermuteten, dass es mit dem Nähkurs in der Volkshochschule von Vinslöv zusammenhing. In Wirklichkeit hatte Ellen nie einen Fuß nach Vinslöv gesetzt.

Ihr war sehr merkwürdig zumute gewesen. Während ihrer Spaziergänge am See konnte es passieren, dass plötzlich eine tiefe Traurigkeit in ihr aufstieg, und ebenso unvermittelt konnte ein rosafarbener Abendhimmel oder das Wiegen des Schilfs sie in einen Zustand der Euphorie versetzen. Aber meistens fühlte sie nur eine große Leere. Sie fragte sich, ob sie wohl verrückt wurde.

Als sie mit dem Vorortzug nach Göteborg hineinfuhr, um Georg zu treffen, hatte sie keine besonderen Erwartungen gehabt. Er war zwei Monate lang auf Geschäftsreise in Südamerika gewesen, und er wollte ihr Wiedersehen mit einem Essen im Grandhotel Haglund feiern. Georg war zwar ihr Verlobter, aber wenn sie an ihn dachte, fühlte sie nichts Besonderes. Tatsache war, sie hatte seine Existenz beinahe vergessen.

Irgendetwas stimmt nicht mehr mit mir, dachte sie, als sie ihr undeutliches Spiegelbild im Zugfenster sah. Aber wenn ich mich sehr bemühe, dann merkt man es vielleicht nicht.

Georg gehörte zum Bekanntenkreis ihrer Brüder, und so hatte sie ihn auch kennengelernt. Ein fröhlicher junger Mann, der Sport trieb, Banjo spielte und Jazz tanzte, so hatte sie ihn anfangs erlebt. Nach einer Weile erkannte sie, dass er auch ein hart arbeitender Geschäftsmann war und es hinter der ungezwungenen Oberfläche sowohl Intelligenz als auch Zielstrebigkeit gab.

Sie hatten sich verlobt, aber ihre Beziehung war ihr mehr wie ein Spiel als wie Ernst vorgekommen. Während des Sommers hatte sie oft das Gefühl, dass sie ihm vielleicht schon gleichgültig war. Er verhielt sich ihr gegenüber kühl und eher kameradschaftlich, und er traf sich mit ihr lieber in Gesellschaft als allein. Als er dann auf diese lange Auslandsreise aufgebrochen war, hatte sie den Eindruck gehabt, ihre Beziehung würde im Sande verlaufen. Sie war deshalb überhaupt nicht auf den weiteren Verlauf des Essens im Grandhotel Haglund vorbereitet gewesen.

Während des Essens erzählte Georg lebhaft und unterhaltsam von seinen Besuchen bei Plantagenbesitzern und Kaufleuten, von abenteuerlichen Ausreden und peinlichen Missgeschicken. Nach einer Weile unterbrach er sich und bat sie, ihm von dem Nähkurs zu erzählen, den sie besucht hatte, während er unterwegs war. Ellen wischte das mit einem Lachen beiseite. Der Kurs war ganz einfach schrecklich langweilig gewesen, und es gab überhaupt nichts zu erzählen. Seine Geschichten waren viel lustiger, und sie wollte gerne noch mehr hören.

Aber dann hatte er seine Serviette auf den Tisch gelegt und sie mit einem Blick voller Ernst und Entschlossenheit angeschaut. Das Leichte war wie weggeblasen.

Zu ihrer Überraschung beugte er sich über den Tisch, fasste ihre Hand und sagte: »Oh, Ellen! Du hast ja keine Ahnung, wie wunderbar es für mich ist, mit dir zusammen zu sein! Komm, lass uns hier weggehen, damit ich dich richtig in die Arme nehmen kann. Du möchtest doch kein Dessert, oder?«

»Nein. Aber du hast doch schon zwei Crème brulée bestellt«, bemerkte sie.

Er lachte nervös. »Ja, stimmt. Ich bestelle sie wieder ab.«

Sie waren noch nicht richtig im Brunnsparken angekommen, da nahm er sie in die Arme und küsste sie so fest, dass sie fast erstickt wäre. Dann hielt er sie von sich und schaute sie an, dabei liefen ihm die Tränen über die Wangen. Noch ehe die schockierte Ellen etwas sagen konnte, zog er sie wieder an sich.

Er klammerte sich an ihr fest wie ein Ertrinkender an seinen Retter und schniefte in ihr Ohr: »Oh, Ellen, ich war so weit weg! So schrecklich weit weg.«

Zweifellos. Auf der anderen Seite der Erde. Aber Ellen hatte das Gefühl, er meinte etwas anderes. Dass er nicht von einem geografischen Ort sprach. Sie konnte dieses Gefühl nachvollziehen. Auch sie war sehr, sehr weit weg gewesen.

»Jetzt heiraten wir, Ellen!«, entschied er. »Ich bestelle sofort das Aufgebot.« Als er die Überraschung in ihrem Gesicht bemerkte, trat er einen Schritt zurück und fragte sie erschrocken: »Möchtest du denn nicht?«

»Doch, schon …«, stammelte Ellen. »Wir waren ja so lange voneinander getrennt. Ich bin noch nicht richtig … Ich bin ein wenig durcheinander, Georg.«

Er nickte verständnisvoll. »Ich weiß, mein Schatz. Ich weiß, ich weiß. Und wenn es während dieser Zeit einen anderen gegeben hat, dann macht das nichts. Es ist mir gleichgültig, und ich möchte nichts darüber hören. Jetzt geht es um uns beide, Ellen. Wir werden Mann und Frau. Wenn du mich immer noch haben willst, versteht sich.«

»Ja, sicher. Natürlich«, antwortete sie verwirrt.

Er küsste sie wieder.

»Obwohl«, fügte sie hinzu, als sie endlich wieder Luft bekam, »du kannst nicht erwarten, dass du eine nähkundige Ehefrau bekommst. Ich habe bei diesem Kurs in Vinslöv nichts gelernt. Ich habe keine Begabung fürs Nähen.«

»Ach, Schatz! Meine Ehefrau braucht nicht zu nähen! Es gibt schließlich Näherinnen.« Er lachte befreit.

Der dramatische Ernst war verschwunden. Jetzt war er wieder der unbekümmerte Jazzer, den sie in Erinnerung hatte. Der lachte wie ein Gott und seine Haartolle schüttelte, wenn er Banjo spielte.

Und dann war alles in Gang gekommen, wie ein Zug, der nicht mehr zu bremsen war. Die Tage waren voller Vorbereitungen. Tausend Dinge mussten erledigt, Auswahlen und Entscheidungen getroffen werden. Sie hatte keine Zeit mehr für planlose Spaziergänge um den See. Sie war in den Zug eingestiegen, und nun musste sie einfach mitfahren.

Als die erste Verwirrung sich gelegt hatte, fühlte es sich richtig gut an. Die Zukunft lag nicht mehr im Nebel wie ein hoffnungsloses Streben nach unerreichbaren Idealen. Es gab eine Richtung, der sie folgen konnte.

Sie konnte den Seufzer der Erleichterung ihres Vaters beinahe hören, als klar wurde, dass Georg es tatsächlich ernst meinte und die Hochzeit stattfinden würde. Endlich würde Ellens Leben in geordneten Bahnen verlaufen. Ihre Mutter war ganz außer sich vor Begeisterung, den eleganten Georg als Schwiegersohn zu bekommen.

»Georg wird mein Schwager, wie toll!«, rief ihr Bruder Axel aus und klopfte ihr auf den Rücken.

Ture, ihr ältester Bruder, nahm die Neuigkeit mit einer kleinen, nachdenklichen Falte auf der Stirn auf.

»Tatsächlich?«, sagte er.

Dann gratulierte er Ellen, weil sie diesen schwer zu fangenden Junggesellen an die Angel bekommen hatte.

Alle waren positiv auf eine Winterhochzeit eingestellt. Als würde man befürchten, Georg könnte es sich anders überlegen, wenn man bis zum Sommer wartete.

Und jetzt war sie also hier. In einer eleganten Wohnung im Zentrum von Göteborg. Sie war nun seit einem Monat verheiratet. Das war nett. Aber vielleicht auch ein bisschen langweilig.

Sie würde sich bald um eine Arbeit bemühen. Georg war ein moderner Mann, er hatte nichts gegen eine Ehefrau, die einen Beruf ausübte. Im Moment war das jedoch noch nicht aktuell. Vielleicht sollte sie die freien Tage genießen, solange es sie noch gab. Das gestrige Zusammentreffen mit den Guldin-Kindern war wie ein Schock gewesen. Ellen hatte keine Ahnung gehabt, dass Kinder so unglaublich anstrengend sein konnten. Sie rechnete damit, bis zum Ende des Jahres schwanger zu sein.

Der Lärm von Maggies Staubsauger verstummte. Kurz darauf tauchte die Haushälterin im Salon auf und steckte den Staubsauger dort in die Steckdose. Der Lärm begann von neuem. Mit resoluten Bewegungen zog Maggie die Bodendüse über den Orientteppich.

»Guten Morgen, Maggie«, sagte Ellen vom Fenster her.

Keine Reaktion.

Vielleicht war es falsch, »Guten Morgen« zu sagen, wenn es schon elf Uhr war? Maggie war bestimmt schon seit sechs Uhr auf den Beinen.

Oder es war auch nicht richtig, sie Maggie zu nennen?

Oder Ellens Stimme war im Lärm des Staubsaugers untergegangen, und Maggie hatte sie überhaupt nicht gehört? Vielleicht war Maggie ein wenig schwerhörig?

So viele Fragen, auf die Ellen keine Antwort hatte.

Maggie arbeitete schon seit vielen Jahren für Georg. Damals hatte sie sich als Greta vorgestellt, und das war auch der Name auf dem ausgezeichneten Zeugnis des vorherigen Arbeitgebers. Aber als Georg sah, dass sie auf den Namen Margareta getauft war, nannte er sie Maggie. Er sagte oft »meine Maggie«. Oder »my girl Maggie«, worauf sie errötete, ob aus Wut oder Begeisterung, das wusste man nicht. Seit Ellen eingezogen war, nannte er sie öfter auch »unsere Maggie«. Ellen war sich nicht sicher, ob Maggie diese Variante gefiel. Sie war eindeutig Georgs Maggie. Nicht Ellens.

Ellens Familie hatte keine Dienstboten. Frau Lindgren kam manchmal und half ihrer Mutter bei der großen Wäsche, beim Weihnachtsputz oder bei der Zubereitung des Essens vor einem großen Fest. Die beiden Frauen arbeiteten Seite an Seite und lachten viel miteinander, ungefähr wie zwei Freundinnen. Die Beziehung zwischen Ellen und Maggie war von ganz anderer Art.

»Wie möchte die gnädige Frau es haben?«, fragte Maggie bisweilen mit Kälte in der Stimme. Die Frage war eine reine Formalität, und die Antwort lautete immer: »Ach, Maggie, machen Sie es wie immer. Sie wissen es bestimmt am besten.« Jede andere Antwort wäre eine Beleidigung gewesen.

Ellen hatte eine Ausbildung auf der Haushaltsschule genossen und kannte sich in der Küche aus. Während der ersten Tage in Georgs Wohnung hatte sie sich angeboten, Maggie beim Plätzchenbacken zu helfen, das konnte sie nämlich ziemlich gut. Diese Initiative hatte keinen Gefallen gefunden, und seither hatte Ellen sich aus der Küche ferngehalten.

Sie hatte versucht, diese komplizierte Situation mit Georg zu besprechen, aber er hatte nur gelacht.

»Maggie ist, wie sie ist. Sie ist vielleicht ein wenig ungehobelt, aber in ihr ist nichts Böses.«

Ja, er hatte gut reden, er verbrachte seine Tage schließlich im Büro und brauchte sich nicht in ihrer Nähe aufzuhalten.

Maggie hatte sich inzwischen in den Teil des Salons gestaubsaugt, in dem Ellen stand. Sie bearbeitete den handgeknüpften Buchara, als würde sie einen Holzboden mit der Wurzelbürste scheuern. Sie wird diesen Teppich kaputt machen, dachte Ellen.

Die Saugdüse kam ihren Füßen immer näher. Ellen betrachtete die Situation mit Spannung. Fährt sie mir über die Zehen, wenn ich stehen bleibe?, fragte sie sich.

Am Tag zuvor hatte sie für sich und Georg zwei Marzipantörtchen gekauft. Sie wusste, dass Maggie für die Essenseinkäufe zuständig war, aber die Törtchen wurden doch nicht zum Essen gerechnet?

Maggie hatte in den Karton geschaut und entsetzt

ausgerufen: »Marzipantörtchen! Die gnädige Frau weiß doch, dass der gnädige Herr Marzipan verabscheut?«

»Aha, und welche Art von Törtchen mag er?«, hatte Ellen gefragt.

Maggie hatte sie mit einem listigen Lächeln angeschaut. Diese Art von Informationen über Georgs Gewohnheiten und Präferenzen waren eine harte Währung, die sie nicht so leicht hergeben würde.

»Wenn Sie Gebäck zum Kaffee haben möchten, dann sagen Sie einfach Bescheid und ich werde etwas kaufen, was der gnädige Herr mag«, hatte sie in einem überlegenen Tonfall mitgeteilt.

Aber heute würde Ellen sich nicht um Maggie scheren.

Sie würde das Essen selbst zubereiten. Sie wusste, dass Georg Schweinekoteletts mochte, das hatte er gesagt, als sie einmal zusammen im Restaurant Weise zu Mittag gegessen hatten.

Ellen spürte einen leichten, jedoch ziemlich aggressiven Schubser, als die Staubsaugerdüse an ihren linken Fuß stieß.

Maggies Gesicht war ausdruckslos.

Wieder traf die Düse Ellens Fuß, dieses Mal ein wenig fester. Ohne ein Wort verließ Ellen den Raum. Sie ging in den Flur und zog ihren Mantel an.

12

»Und wie kommt man in die Dioramen hinein?«, fragte Nils.

Er drehte sich auf dem kleinen Absatz um und schaute auf Professor Jägerskiöld hinab.

»Gar nicht. Jedes Diorama wird von einer brandsicheren Backsteinwand umschlossen. Als Gylling und seine Tochter fertig waren, verließen sie ihr Werk, mauerten die Öffnungen zu und verschlossen sie mit Teerfugen, um das Eindringen von Staub und Schadinsekten zu verhindern.«

»Aber wenn jemand hineingehen muss, um etwas zu verändern?«, wandte Nils ein. »Wenn Sie etwas reparieren müssen oder etwas austauschen, was kaputtgegangen ist?«

Der Direktor lächelte milde. Die dicken Gläser seiner Brille vergrößerten seine Pupillen ins Übermenschliche. Wie ein großes Nachttier beobachtete er Nils aus dem Dunkel des Dioramaraums.

»Warum sollte man etwas ändern wollen? Die Dioramen sind vollkommen. Naturwissenschaftlich, künstlerisch und handwerklich. Nichts kann kaputtgehen. Solange niemand die Versiegelung aufbricht, sind sie vor Zerstörung geschützt.«

Nils ging die beiden Treppenstufen hinunter und schaute sich im Dunkeln um.

»Wohin führt diese Tür?«, fragte er.

Er zeigte auf eine schmale Tür, die mit der Wandverkleidung zu verschmelzen schien. Ein schwach glänzender Türgriff war das Einzige, was ihre Existenz andeutete.

Professor Jägerskiöld drehte sich um. »Sie führt zum Obergeschoss der Dioramen, von dem ich gerade erzählt habe. Der Wärter geht jeden Tag hinauf, um mithilfe der Gardinen den Lichteinfall zu regulieren.«

»Könnte ich da auch hinaufgehen?«, fragte Nils.

»Selbstverständlich. Aber dafür muss ich den Hausmeister suchen. Nur er hat den Schlüssel. Warten Sie hier.«

Der Professor hatte den Raum kaum verlassen, da war er schon wieder da. Bei sich hatte er einen mageren Mann mit einem langen schmalen Hals, er trug einen braunen Arbeitskittel und schleppte eine große Tasche aus abgewetztem Leder.

»Ich hatte Glück«, sagte der Professor. »Herr Oskarsson war gerade hier im Flur. Herr Oskarsson, das ist Hauptwachtmeister Gunnarsson, er leitet die Ermittlungen zum Verschwinden des kleinen Mädchens. Er möchte gerne einen Blick in das Dioramaobergeschoss werfen.«

Der Hausmeister schaute Nils aus kleinen, tief liegenden Augen an. »Der Herr Kommissar glaubt doch wohl nicht, dass das Mädchen dort hinaufgeklettert ist? Ich war heute Vormittag oben und habe die Gardinen beiseitegezogen, und da habe ich sie auf jeden Fall nicht gesehen.« Er hatte eine helle und etwas angestrengte Stimme.

»Wenn es nicht zu viel verlangt ist, würde ich dennoch gerne schauen, wie es da oben aussieht«, sagte Nils.

Der Wärter murmelte etwas Unverständliches. Er stellte die Tasche auf dem Boden ab. Es klirrte metallisch, als würde sie Werkzeug enthalten. Mit ungeduldigen Bewegungen holte er einen Schlüsselbund heraus und schloss die Tür auf. »Da gibt es nicht viel zu sehen. Aber bitte schön.«

Hinter der Tür gab es eine Treppe, so steil und schmal, dass es fast eine Leiter war.

»Gehen Sie hinauf, ich komme nach«, sagte Professor Jägerskiöld zu Nils.

Oben erwartete Nils eine Plattform mitten in einem runden, sehr hellen Raum. So etwas hatte er noch nie gesehen.

Unter ihm breiteten sich, wie große Eisschollen unter einer Brücke, fünf tortenstückförmige Glasdächer aus. Die Szenen der Dioramen waren schemenhaft zu erkennen, getrennt durch dicke, grob gemauerte Backsteinwände. Ohne die verwirrende Tiefenperspektive sah man, wie klein die Dioramen in Wirklichkeit waren.

Um den ganzen Raum liefen Fenster, dicht nebeneinander, in einem ununterbrochenen Kreis. Sie waren mit weißen Baumwollgardinen ausgerüstet, die in einer komplizierten Anordnung aus Ösen und Leinen aufgehängt waren. Unter den Fenstern gab es einen etwa einen Meter breiten Absatz aus einem einfachen Schutzgitter. Nils vermutete, dass der Wärter hier stand, wenn er den Lichteinfall regulierte.

Das Dach neigte sich auf eine merkwürdige Weise nach innen und nach unten, wie ein Trichter, mit dem tiefsten Punkt in der Mitte des Raumes. Die Decke war, genau wie der Rest des Raumes, weiß angestrichen und reflektierte das Licht fast blendend.

Nils hatte das Gefühl, sich inmitten einer großen Laterne zu befinden.

»Ja, das ist also der Himmel der Dioramawelt«, sagte Professor Jägerskiöld. Er stand auf der obersten Stufe der Treppe, den Oberkörper an die Plattform gelehnt. »Jetzt sehen Sie, wie das Gebäude konstruiert ist.«

»Es ist also ein runder Turm?«

»Sechseckig. Die sechste Wand schließt an das übrige Museumsgebäude an. Ich werde Sie nicht mit architektonischen und optischen Details langweilen. Aber das Ganze ist eine geniale Konstruktion. Wenn ich damals verstanden hätte, wie genial Gyllings Ideen waren, hätte ich dafür gesorgt, dass er ein größeres Gebäude zur Verfügung bekommt. Haben Sie gesehen, was Sie sehen wollten?«

»Ja, vielen Dank.«

Einer nach dem andern kletterten sie vorsichtig die Treppe hinunter, traten aus der Tür und waren umschlossen von der blindmachenden Dunkelheit des Dioramaraums.

»Was habe ich gesagt? Nicht viel zu sehen«, brummte der Wärter und schloss die Tür hinter ihnen ab.

»Waren Sie letzten Sonntag hier?«, fragte Nils.

»Ich bin immer hier«, sagte der Wärter kurz.

»Herr Oskarsson wohnt in der Dienstwohnung des Museums«, erklärte Professor Jägerskiöld.

»Ist Ihnen an jenem Tag etwas Besonderes aufgefallen? Waren Sie im Dienst oder hatten Sie frei?«

»Frei?«, schnaubte der Wärter. »Hier hat man nie frei. Irgendetwas ist immer. Aber nein, ich habe nichts Besonderes gesehen.«

Im Flur vor dem Dioramaraum blieb der Professor stehen. Seine aristokratische Nase schien etwas zu vernehmen. »Streiken die Ventilatoren im Walsaal schon wieder, Oskarsson?«

»Ja«, sagte der Wärter. »Wie üblich. Ich habe getan, was ich konnte.« Er klapperte demonstrativ mit der Werkzeugtasche.

»Wir müssen die Firma, die sie installiert hat, herbestellen.«

Er drehte ihnen den Rücken zu und trottete in Richtung der Vogelgalerie und der oberen Halle davon.

13

Die Markthalle war voller Leute und spannender Gerüche. Ellen stand am Fleischstand, eingeklemmt zwischen einem Persianer und einem rauen Wollmantel. Sie hielt ihr Nummernkärtchen fest in der Hand und versuchte zu verstehen, welche Nummer aufgerufen wurde. Das war nicht so einfach, die Stimmen der Verkäufer ertranken beinahe in dem Brausen unter dem hohen, verglasten Stahlgewölbe, wie die Gebete der Gemeinde in einer Kathedrale. Während sie wartete, fiel ihr Blick auf eine junge Frau, die halb hinter dem Tresen stand und mit einem Verkäufer in einer blutbefleckten Schürze sprach. Sie hatte ihren Hut tief ins Gesicht gezogen und den Mantelkragen hochgeschlagen. Der Verkäufer kratzte sich unter der Schirmmütze, verschwand dann hinter einer Wand, kam kurz darauf zurück und schlug etwas in ein Papier ein. Er war sehr flink, aber Ellen konnte dennoch sehen, was es war. Hühnerfüße. Und in ein anderes Papier ein paar Schweinsknochen, fast ohne Fleisch, nur blauweiße Knochen und weiße Sehnen. Hundefutter, vermutete Ellen.

Dann kam sie endlich an die Reihe. Sie streckte ihr Nummernkärtchen hoch und drängte sich an den Tresen. Sie sagte mit lauter Stimme, die hoffentlich wie die einer erfahrenen Hausfrau klang: »Ich hätte gerne ein paar richtig schöne Schweinekoteletts.«

Der Verkäufer legte zwei große Koteletts in ein Papier und zeigte sie Ellen.

»Sind die recht so, gnädige Frau?«

Am Ende des Tresens steckte die junge Frau ihre Pakete in einen Korb und wandte sich zum Gehen. Erst da bemerkte Ellen, dass es Maj war.

Im nächsten Moment war das Kindermädchen im Gewimmel verschwunden.

Aber die Familie Guldin hatte keinen Hund. Ellen hatte zumindest keinen gesehen, als sie dort war. Sie dachte an die Suppe, die Maj serviert hatte. Sie hatte deutlich nach Huhn geschmeckt, obwohl Ellen kein Hühnerfleisch darin gefunden hatte.

»Legen Sie noch ein paar Koteletts dazu. Sieben, acht Stück möchte ich«, sagte sie zum Verkäufer. »Und ein Kilo Wiener Würstchen, bitte.«

Mit den Einkäufen in einer Stofftasche bahnte sie sich den Weg durch das Gedränge und hielt nach Maj Ausschau. Sie entdeckte sie bei den Eingangstüren, sie schien gerade auf dem Weg nach draußen zu sein.

»Maj, warte!«, rief sie.

Das Kindermädchen drehte sich um. Sie blickte unangenehm berührt, fast erschrocken drein. »Guten Tag, Frau Forsell.«

»Sag bitte Ellen. Es verwirrt mich, wenn jemand Frau Forsell sagt.«

Sie mussten ein paar Schritte zur Seite gehen, damit sie nicht im Weg standen, es gingen viele Leute ein und aus.

»Gibt es etwas Neues zu Alice?«, fragte Ellen.

Maj schüttelte den Kopf.

»Wo sind denn die anderen Kinder?«

»Sie sind zu Hause mit dem gnädigen Herrn. Ich muss mich beeilen. Entschuldigen Sie mich.«

Sie ging durch die Tür und Ellen folgte ihr. Es war kalt, und Maj ging mit raschen Schritten zur Straßenbahnhaltestelle.

Ellen blieb neben ihr und sagte: »Das Essen gestern bei euch war so nett. Ich würde euch ebenfalls gerne einladen. Magst du Schweinekoteletts?«

»Danke, aber das geht überhaupt nicht. Ich muss schnell nach Hause.«

»Ich dachte, wir könnten bei euch zu Hause essen.«

Maj schaute sie erstaunt an.

»Ich habe Schweinekoteletts und Wiener Würstchen gekauft«, fuhr Ellen fröhlich fort und hielt die Stofftasche hoch. »Es reicht auch für Herrn und Frau Guldin. Schweinekoteletts kann ich richtig gut braten. Das habe ich in der Haushaltsschule gelernt. Bitte, Maj, sag ja!«

Das Kindermädchen zögerte. »Ich weiß nicht, was der gnädige Herr dazu sagen würde.«

»Nun, gestern schien er nichts gegen mich zu haben, nicht wahr? Er hat mich ja kaum bemerkt. Und Schweinekotelett mag er bestimmt, das mögen alle Männer. Ist das nicht unsere Bahn?«, sagte Ellen und zeigte auf eine Straßenbahn, die gerade kam.

Sie lief zur Haltestelle, Maj folgte ihr.

14

Von der Empore aus konnten Nils und Professor Jägerskiöld über den Walsaal schauen. Das riesige Meerestier füllte ihn beinahe ganz aus, das Skelett stand wie ein magerer Zwilling daneben.

»Ich habe gehört, man kann durch das Maul des Wals ins Innere gehen«, sagte Nils.

»Jetzt nicht mehr. Er ist zwar so montiert, dass der Oberkiefer aufgeschraubt werden kann, und im Bauch gibt es Sitzbänke. Im alten Museum war das Maul immer offen. Sehr beliebt bei Liebespaaren, die hineinschlichen und ungestört zusammen sein konnten. Aber dann wurden zwei junge Leute auf frischer Tat ertappt, in einem sehr unpassenden Augenblick. Seither hat die Museumsleitung beschlossen, das Maul geschlossen zu halten. Das finde ich ganz richtig. Es ist eine Frage des Anstands.«

»Selbstverständlich«, stimmte Nils zu. »So was gehört sich nicht in der Öffentlichkeit. Man muss auch an die anderen Besucher denken.«

»Ich denke vor allem an den armen Wal. Ein anständiges, wohlgestaltetes Säugetier hat keinen beweglichen Oberkiefer. Das ist gegen die Natur.«

Gar nicht davon zu reden, wie gegen die Natur es ist, neben seinem eigenen Skelett zu stehen, dachte Nils.

Sie gingen zurück in den ersten Stock und beendeten ihren Rundgang in der geologischen Abteilung.

»So. Nun haben Sie das ganze Museum gesehen«, sagte Professor Jägerskiöld. »Die Personalräume werden Sie wohl kaum interessieren?«

»Wenn der Herr Professor noch etwas von seiner kostbaren Zeit opfern könnte, würde ich gerne auch die sehen.«

»Selbstverständlich, wie Sie wollen. Aber es ist nicht sehr wahrscheinlich, dass das Mädchen sich dorthin verirrt hat. In diese Räume kommen die Besucher nicht hinein.«

Sie traten in einen hübschen Innenhof, der ganz mit Schnee bedeckt war. In der Mitte stand eine Skulptur aus drei Pinguinen, die mit dem Rücken zueinander in einem Brunnenbecken standen. Sie hatten die Köpfe gesenkt und die Schnäbel an die Brust gedrückt, demütig und zugleich standhaft angesichts der Kräfte der Natur.

Der Hof war von Museumsgebäuden umgeben, dem Zierturm mit Spitze und dem Dioramaturm mit dem eigenartigen Oberbau aus Glasfenstern und Kuppel. Alles war wie um einen Burghof gebaut.

Vom Hof aus zweigte ein dunkler Gewölbegang ab, der schwach von einer Laterne erleuchtet war. Nils trat ein paar Schritte hinein. Der Gang endete an einer massiven Doppeltür.

»Der Personaleingang. Ist immer abgeschlossen«, erläuterte der Professor hinter ihm.

In den Mauern an den Seiten des Gewölbegangs gab es zwei gegenüberliegende Türen.

»Die Wohnung des Hausmeisters und die Wohnung der Gastforscher«, fuhr der Professor fort. »Sie werden verstehen, dass ich Ihnen die nicht zeigen kann. Es sind private Räumlichkeiten. Aber ich kann Sie in unsere Arbeitsräume im Stockwerk darüber führen.«

Sie betraten das Personalgebäude, gingen die Treppe hinauf und standen bald in einem großen Atelier voller Tierkörper in höchst unterschiedlichem Zustand. Skelette, Tiermodelle aus Lehm, Tierhäute, die über Stahlgestelle gespannt waren. An den Wänden hingen Zeichnungen und Fotos. Zwei Männer in weißen Kitteln, ein älterer und ein jüngerer, saßen an ihren Arbeitstischen und waren intensiv mit ihrem Handwerk beschäftigt. Sie betrieben Bildhauerei, aber nicht in Stein oder Bronze, sondern mit organischem Material.

»Das hier sind die fähigsten Konservatoren Schwedens«, sagte der Professor.

Der jüngere schaute auf und lächelte Nils freundlich an. Der ältere nickte kurz, ohne seine Arbeit zu unterbrechen.

Professor Jägerskiöld ging zu den beiden Männern hin, schaute sich an, was sie gerade machten, und plauderte eine Weile mit ihnen.

Auf einmal hörte Nils ein zischendes Geräusch. Er schaute sich um. Auf dem Boden ein Stück vor ihm saß ein lebendiger Affe. Sein rosa Gesicht war gespenstisch menschlich. Er erinnerte an einen vornehmen, versoffenen alten Herrn mit langer flacher Nase, buschigen Augenbrauen und Koteletten. Der Affe schaute ihn misstrauisch an, zog die Oberlippe hoch und entblößte zwei lange, spitze Eckzähne. Zu seiner Erleichterung konstatierte Nils, dass er an einer großen Holzkiste festgekettet war, ganz offensichtlich einem Käfig.

Professor Jägerskiöld beendete sein Gespräch mit den

Konservatoren. Er machte einen großen Bogen um den Affen und entging so geschickt der Spucke, die der auf ihn richtete.

Als sie im Treppenhaus waren, sagte Jägerskiöld leise: »Meine beiden Konservatoren können sich nicht besonders gut leiden. Ich habe sie gegen ihren Willen zusammengesetzt. Es musste sein. Skoog, der ältere, besitzt ganz außerordentliche Fähigkeiten und Kenntnisse, er ist unschätzbar wertvoll für das Museum. Aber er ist ja nicht mehr der Jüngste, und in letzter Zeit hatte er immer wieder gesundheitliche Probleme. Es wäre ein großer Verlust, wenn er seine Berufsgeheimnisse mit ins Grab nehmen würde. Sjölander, der jüngere, ist sehr begabt, und ich möchte, dass Skoog ihm alles beibringt.«

»Und funktioniert das?«, fragte Nils.

»Es geht so. Am Anfang tat Skoog so, als würde der jüngere Kollege gar nicht existieren. Sie sind sehr verschieden. Sjölander ist ein sehr begabter Naturfotograf. Er fängt das lebendige Tier in der Bewegung ein und verwendet die Bilder für ein naturgetreues Montieren. Eine ausgezeichnete Arbeitsmethode, finde ich, Skoog verabscheut jedoch solche neumodischen Dinge. Aber es hat den Anschein, als hätte er ein wenig resigniert. Wie Sie gesehen haben, erlaubt er jetzt Sjölander, Fotos an den Wänden aufzuhängen. Das hatte ich bisher noch nicht bemerkt. Aber die komplizierteren Montierungsarbeiten macht er immer noch selbst und überlässt dem Kollegen nur die einfacheren. Oft Dinge, die weit unter Sjölanders Fähigkeiten liegen. Der scheint sich damit abzufinden. Seine Zeit wird kommen. Ich bin davon überzeugt, dass er eines Tages etwas richtig Großes schaffen wird.«

»Und der Affe?«

»Es ist ein Weibchen. Skoogs Maskottchen. Ein schreckliches Untier. Wenn ich etwas zu sagen hätte, dann wäre sie schon lange ausgestopft und im Säugetiersaal ausgestellt. Skoog hängt sehr an ihr. Sie war seine einzige Gesellschaft im Atelier, bevor Sjölander kam. Der hasst den Affen und der Affe hasst ihn. Ja, meine Güte, keine leichte Situation für niemanden.«

Sie setzten ihre Wanderung fort, durch eine Reihe von Räumen, in denen die Assistenten und Gastforscher ihren Tätigkeiten nachgingen. Der Professor machte die Türen auf und stellte Nils die verschiedenen Herren vor.

Es gab auch eine Frau. Sie trug einen Laborkittel und stand an einem Arbeitstisch, vollgestellt mit Mikroskopen, flachen Holzschachteln und Gläsern, in denen unförmige Inhalte schwammen. Professor Jägerskiöld stellte sie als »Dozentin Beate Iversen, Weichtierspezialistin« vor.

Die Frau drehte sich zu ihnen um. Sie war groß und besaß eine eigenartige Schönheit mit deutlichen Wangenknochen. Die blonden Haare hatte sie in einem altmodischen Knoten hochgesteckt. Nils fand, sie glich einer Göttin aus einer nordischen Saga.

»Ich habe gehört, dass einem Ihrer Schützlinge letzten Sonntag ein Missgeschick widerfahren ist«, sagte Nils.

»Ja, diesem hier«, sagte sie und klopfte auf einen größeren Glasbehälter. »Die Konservatoren waren ja am Sonntag nicht hier, ich habe mich um ihn gekümmert und ihn neu präpariert.« Sie sprach mit einem deutlichen norwegischen Akzent. Sie hatte schmale türkisfarbene Augen.

»Sie waren also hier, am letzten Sonntag?«

»Ich wohne hier«, sagte Dozentin Iversen. »Vorübergehend.«

»Dozentin Iversen ist als Gastforscherin hier«, erklärte Professor Jägerskiöld. »Sie wohnt in der Gästewohnung unter uns.«

»Waren Sie letzten Sonntag in Ihrer Wohnung?«

»Ja. Einer der Wärter klopfte an, er brachte mir den Tintenfisch in einem Eimer und bat mich, mich darum zu kümmern. Ich nahm ihn mit hierher, suchte ein passendes Gefäß und versorgte ihn.«

»Und Sie haben nirgendwo im Museum ein kleines Mädchen gesehen?«

»Nein. Aber ich war ja auch im Personalgebäude, nicht im Museumsgebäude.«

»Und wie erging es ... ihm da?« Nils deutete auf das zusammengedrückte Wesen in dem Glasbehälter. »Geht es ihm gut?«

Er fragte nicht, weil er sich Sorgen um den Tintenfisch machte, sondern aus einem starken, ihm selbst unverständlichen Wunsch, diesen Moment mit Beate Iversen zu verlängern.

»Völlig unverletzt, bis auf eine Glasscherbe in den Tentakeln«, antwortete die Frau ruhig. »Ich vermute, er besteht inzwischen zu fünfundneunzig Prozent aus Formalin. Er ist gewissermaßen unverletzlich.«

Ein Lächeln blitzte auf in den türkisblauen Augen. Nils spürte einen leichten Wirbelsturm aus einer unbekannten Tiefe in sich aufsteigen. Kleine, silbrige Blasen von etwas, das da unten lebte und atmete. Die Frau drehte sich wieder zu ihrem Arbeitstisch um und machte da weiter, wo sie unterbrochen worden war.

Nils blieb noch ein paar Sekunden stehen, es fiel ihm aber keine Frage mehr ein. Er nahm noch ein letztes Mal den Nacken und die blonde Haartolle von Dozentin Iversen in den Blick, dann folgte er Professor Jägerskiöld aus dem Zimmer.

»Stattliche Frau, nicht wahr?«, sagte der Professor mit leiser Stimme. »Und eine sehr gute Wissenschaftlerin.«

Und dann standen sie wieder im Treppenhaus. Sie gingen hinunter in den ersten Stock, aber Nils stellte fest, dass die Treppe noch weiter nach unten führte.

»Ach, da unten ist nur noch die Kadaverkammer«, sagte der Professor, noch bevor Nils fragen konnte. »Da wollen Sie nicht hin, das kann ich Ihnen versichern.«

»Da haben Sie sicher recht, Herr Professor. Aber ich fürchte, es ist meine berufsmäßige Pflicht.«

»Nun ja, selber schuld.«

Sie gingen hinunter in den Keller und blieben vor einer massiven Tür stehen. Der Professor holte tief Luft, drückte seine aristokratische Nase zu und öffnete die Tür.

Da drin gab es etwas, das aussah wie eine ungewöhnlich große Badewanne, die mit einem Deckel verschlossen war.

»Kann man den Deckel öffnen?«, fragte Nils.

»Aber nur ganz kurz.«

Während seiner Zeit als Polizist hatte Nils es ein paar Mal mit »überreifen« Leichen zu tun gehabt. Der Anblick und der Gestank waren widerwärtig. Aber das hier übertraf alles, was er in dieser Beziehung bisher erlebt hatte.

Das Tier in der Wanne war ungefähr eineinhalb Meter lang. Zu seinem Entsetzen lag es nicht still, es drehte und wand sich in wellenartigen Bewegungen. Dann erkannte er, dass nicht das Tier selbst sich bewegte, sondern die Millionen von bräunlichen Larven, die es wie einen Pelz bedeckten.

»Wenn man einen Tierkadaver skelettieren will, lässt sich das Fleisch direkt am Knochen nur schwer entfernen«, hörte er die nasale Stimme des Professors hinter sich. »Man kann es natürlich durch Kochen lösen, aber dann besteht die Gefahr, dass die feineren Knochen beschädigt werden. Insekten sind die schonendste und effektivste Methode. Es geht erstaunlich schnell. Wir verwenden Pelzkäfer. Solange sie hier drinnen bleiben, sind sie unsere Freunde. Aber außerhalb sind sie unsere schlimmsten Feinde. Sie können unsere ganzen Sammlungen in einem Hui auffressen.«

»An was für einem Tier knabbern sie hier gerade?«, fragte Nils.

Anstatt in die Wanne zu schauen, ging Professor Jägerskiöld zu einem Arbeitstisch. Mit seiner freien Hand schob er die Brille zurecht und beugte sich über ein Papier.

»Wildschwein«, sagte er, immer noch mit zwei Fingern an der Nase.

Nils ließ den Deckel fallen.

»Haben Sie genug gesehen?«, fragte der Professor.

Nils nickte, dabei kämpfte er gegen die Übelkeit an.

Sie verließen die Kadaverkammer, gingen aus dem Keller nach oben und in den Hof. Nils hob sein Gesicht und sog die kalte, frische Luft in tiefen Atemzügen ein. Der Professor ging voran, zur gewölbten Eichentür auf der entgegengesetzten Seite des Hofs. Er stampfte den Schnee von den Schuhen, hielt Nils die Tür auf, und dann standen sie wieder in der Eingangshalle.

»So. Dann sind wir also wieder da, wo wir angefangen haben. Das war ja eine ordentliche Runde«, sagte der Professor munter und blickte in Richtung Ausgang. »Ich hoffe, Herr Kommissar, Sie haben gesehen, was Sie sehen wollten.«

Das war eine deutliche Verabschiedung, aber Nils tat so, als würde er nichts merken.

»Einer der Wärter hat ein Magazin erwähnt«, sagte er.

Dem Professor entschlüpfte ein Seufzer. Sein bisheriger Stolz und seine Begeisterung hatten sich merklich abgekühlt.

»Dort herrscht eine schreckliche Unordnung«, sagte er, als wäre er eine Hausfrau, die sich bei unangemeldeten Gästen entschuldigte. »Aber wenn Sie unbedingt wollen, bitte sehr.«

Das Magazin lag direkt unter dem Säugetiersaal und war ebenso groß. Aber hier gab es keine Fenster. Nachdem der Professor die elektrische Deckenbeleuchtung angemacht hatte, sah man ein Labyrinth aus Regalen, Schränken und aufeinandergestapelten Holzkisten.

»Wir haben nach dem Umzug aus dem alten Museum immer noch nicht alles ausgepackt. Das Wichtigste waren ja die Ausstellungsräume, das Magazin bearbeiten wir nach und nach, so wie wir Zeit haben. Alles muss ja an den richtigen Platz kommen, nach einem ganz genauen Plan, verstehen Sie, und das dauert eben.«

Nils ließ seinen Blick über den großen, übervollen Raum wandern. Ein Eldorado für ein Kind, das spielen, Dinge erforschen und sich verstecken wollte. Oder für einen Erwachsenen, der etwas verstecken wollte.

»War das Magazin letzten Sonntag abgeschlossen?«

»Selbstverständlich«, sagte der Professor fast beleidigt. »Diese Sammlungen sind von unschätzbarem Wert und wir geben sehr gut acht darauf. Die Tür ist brandsicher und immer verschlossen.«

»Immer? Wenn jemand vom Personal hereingeht, um etwas zu holen, was nur eine Minute dauert, ist es da nicht denkbar, dass er während dieser Minute die Tür nicht verschließt?«

Der Professor schaute ihn verblüfft an. »Ja, vielleicht. Aber in diesem Fall hätte er sich ja selbst im Magazin befunden und gemerkt, wenn ein Kind hier hereingekommen wäre.«

Da war Nils sich nicht so sicher. Der Raum war groß, und wenn ein Angestellter hier hereingekommen wäre, dann hätte er sich auf sein Anliegen konzentriert. Das Mädchen könnte etwas Spannendes gefunden haben und in eine Kiste geklettert sein. Und später, wenn sie genug hatte von dem Spiel, war der Erwachsene vielleicht schon gegangen und hatte die Tür abgeschlossen.

Er ging durch das Labyrinth von Kisten und rief den Namen des Mädchens, weich und freundlich.

»Alice!«

Er lauschte aufmerksam nach einer Stimme, einem Jammern oder Seufzen.

»Alice! Bist du da?«

Es war völlig still.

Der Professor tauchte hinter einem Regal mit herausziehbaren Schubladen auf und schloss sich ihm wieder an.

»Aber Sie glauben doch wohl nicht, dass das Mädchen hier ist?«, fragte er erstaunt.

Nils blieb stehen und zuckte mit den Schultern. Es würde Stunden dauern, hier alles zu durchsuchen.

»Unsere Polizisten werden den Raum so bald wie möglich durchsuchen«, sagte er.

»Gerne, aber rufen Sie mich vorher an. Kein Außenstehender kommt hier ohne meine Erlaubnis herein.«

Sie verließen das Magazin, und Professor Jägerskiöld schloss hinter ihnen ab.

»Dann will ich Sie nicht länger aufhalten«, sagte Nils. »Vielen Dank, dass Sie sich die Zeit genommen haben.«

»Nichts zu danken. Sie wissen, wo der Ausgang ist«, sagte der Professor etwas müde, wie zu einem Gast, der zu lange geblieben war.

Sie verabschiedeten sich, der Professor verschwand durch die Tür zum Innenhof.

Nils war kaum ein paar Schritte durch die menschenleere Halle gegangen, da hörte er etwas hinter sich. Er blieb stehen und drehte sich um.

Hinter einer verschlossenen Tür direkt neben dem Magazin war ein fließendes, plätscherndes Geräusch zu hören, als würde jemand einen Eimer mit Wasser füllen.

Kurz darauf wurde die Tür geöffnet und eine Frau in einem braunen Arbeitskittel und mit einem Tuch um den Kopf kam aus einer kleinen Kammer. Sie war ziemlich jung, hatte starke, sehnige Unterarme. Mit der einen Hand trug sie einen wassergefüllten Zinkeimer und in der anderen eine Scheuerbürste mit langem Stiel.

»Ach ja«, sagte Nils zu sich selbst. »Die Putzfrau. Sie hätte ich fast vergessen.«

15

Filip Guldin saß in einem Sessel, in der Hand ein Cognacglas, die Beine hatte er übereinandergeschlagen. Mit dem einen Fuß schaukelte er ziemlich unachtsam seine jüngste Tochter und summte dabei ein Kinderlied. Die kleine Marianne klammerte sich an sein Schienbein. Ihr Kopf schaukelte hin und her, ihr Gesichtsausdruck war unsicher, als wisse sie nicht so recht, ob es ihr gefiel oder ob sie Todesangst hatte.

Maj lief hin und nahm sie auf den Arm.

»Sind die anderen im Kinderzimmer?«, fragte sie.

Herr Guldin schaute sie mit verschwommenem Blick an und schien über die Frage nachzudenken. Die rötlichen Bartstoppeln bedeckten Wangen und Kinn wie eine dünne Rostschicht.

»Ja. Sie spielen. Sie haben Spaß. Keine Angst«, sagte er.

Mit Marianne auf der Hüfte verließ Maj das Zimmer und kam kurz darauf mit einem etwas entspannteren Gesichtsausdruck zurück.

»Wer zum Teufel sind Sie?«, rief Herr Guldin aus, der eben erst Ellen bemerkte.

»Guten Tag«, sagte Ellen und streckte die Hand aus. »Ich heiße Ellen.«

Filip Guldin erhob sich etwas mühsam aus dem Sessel. Er nahm Ellens Hand und drückte seine feuchten Lippen auf die Oberseite. Maj schaute peinlich berührt.

»Sie war gestern schon hier«, bemerkte sie. »Der gnädige Herr hat sie kurz getroffen.«

Filip Guldin studierte Ellen blinzelnd und schüttelte dann den Kopf. »Nein, nein, wir kennen uns nicht. Daran würde ich mich erinnern.«

»Ich bin eine gute Freundin von Maj«, erklärte Ellen, entfernte ihre Hand aus dem Griff von Herrn Guldin und wischte sie diskret an der Hüfte ab. »Ich durfte gestern eine wunderbare Suppe bei ihr essen. Und da dachte ich, ich könnte mich heute revanchieren. Ich kann mir gar nicht vorstellen, was Ihre Familie zurzeit durchmacht. Aber essen muss man. In schwierigen Zeiten muss man Nahrung zu sich nehmen, damit man es schafft. Mögen Sie Schweinekoteletts, Herr Guldin?«

Filip Guldin schaute sie an, als wäre sie ein Engel, der sich ihm offenbart hatte. Seine feuchten Augen flossen über und er flüsterte: »Oh, wie konnten Sie das ahnen? Das ist mein Lieblingsgericht!«

Sie gingen in die Küche und Maj zeigte Ellen, wo die Küchengeräte und das Porzellan waren.

»Soll ich im Esszimmer decken?«, fragte Ellen.

»Nein«, sagte Maj. »Wir essen nie mehr im Esszimmer. Alle essen in der Küche, auch der gnädige Herr. Und versuch gar nicht erst, ein komplettes Service zu finden. Du musst nehmen, was es gibt. Kartoffeln, Milch und Margarine sind im Vorratsschrank. Wirst du auch eine Sauce machen? Das Mehl steht da.«

Sie zeigte auf einen blau-weißen Porzellanbehälter, auf dem »Mehl« stand.

»Ich komme zurecht, Maj. Kümmere du dich um die Kinder.«

»Es ist wirklich lieb von dir, für uns alle zu kochen.«

»Ich koche gern«, sagte Ellen und holte einen großen Topf aus dem Schrank. »Zu Hause darf ich nicht kochen. Ich darf meine eigene Küche nicht einmal betreten.«

»Was?«, sagte Tore, der gerade aufgetaucht war. »Warum nicht?«

»Weil es da einen Drachen gibt, der Maggie heißt.«

Tore spitzte die Ohren. »Einen richtigen Drachen?«

»Ja.«

»Der Maggie heißt?«, fragte er ungläubig.

»Ja, genau. Sie ist ganz schrecklich.«

Maj lachte.

»Hat der Drachen da einen Schatz?«, fuhr Tore fort. »Darfst du deshalb nicht in die Küche?«

Ellen dachte nach. »Ich glaube, mein Mann ist der Schatz. Sie wacht über ihn.«

Tore keuchte in einer Mischung aus Angst und Begeisterung. »Hat der Drachen deinen Mann gefangen genommen? Ist das wahr?« Aber dann wurde er nachdenklich. »Im Märchen ist es immer eine Prinzessin. Aber wenn sie Maggie heißt, dann ist es ein weiblicher Drachen. Und dann will sie natürlich lieber einen Mann haben«, sagte er sachlich.

»Kann sie auch Feuer spucken?«, scherzte Maj.

»Vermutlich. Aber meistens glüht sie nur ein bisschen bedrohlich mit den Augen. Oder bläst Rauch durch die Nasenlöcher aus. So.« Ellen schnaubte ein paarmal ganz bedrohlich.

»Huh!«, sagte Maj. »Das sind die schlimmsten Drachen. Da ist es besser, wenn sie viel Feuer speien, und dann ist gut.«

Eine kleine Weile war die Küche erfüllt von Scherzen und Lachen. Eine Insel der alltäglichen Geborgenheit inmitten der Katastrophe.

»Alice hat ein Buch über Drachen«, sagte Tore. »Willst du es sehen?«

»Ellen möchte das Buch sicher gerne sehen. Später«, sagte Maj. »Aber jetzt wollen wir sie nicht mehr stören. Komm mit mir ins Kinderzimmer.«

Eine Stunde später saßen alle um den Esstisch. Filip Guldin steckte sich die Leinenserviette wie ein Lätzchen in den Kragen. Er leckte sich den Mund und bediente sich tüchtig von der Platte, die Ellen ihm reichte. Er hatte einen breiten Mund mit schmalen Lippen, zusammen mit den rotblonden Haaren sah er ein wenig aus wie ein Fuchs. Ellen zog die Platte weg, bevor er sich alles aufgetan hatte, und sie sorgte dafür, dass das größte Kotelett auf Majs Teller landete, trotz der Proteste des Kindermädchens.

»Das ist etwas anderes als die dünne Suppe!«, schmatzte Herr Guldin zwischen den Bissen. »Deine Freundin ist eine hervorragende Köchin, Maj. Vielleicht sollte ich sie anstellen.«

Maj antwortete nicht, sie zerdrückte Kartoffeln mit Bratensaft und Wurststückchen und fütterte Ingmar, der auf seinem Kinderstuhl neben ihr saß.

Ellen nahm sie in Schutz. »Das Schwierigste ist, aus einfachen Zutaten etwas Gutes zu machen. Diese Kunst beherrscht Maj bis zur Vollendung.«

Maj dankte ihr mit einem scheuen Lächeln.

»Du kannst deine Freundin gerne wieder einladen, Maj. Oder was meint ihr, Kinder? Das Essen hat euch geschmeckt, nicht wahr?«

Tore nickte. Er schnitt sein Kotelett in passende Stücke und aß ordentlich mit Messer und Gabel.

Filip Guldin blinzelte Ellen aufmunternd zu.

Dann wurde er plötzlich ernst, als würde er sich an etwas erinnern.

»Ich habe eigentlich noch eine Tochter«, sagte er. »Sie ist verschwunden. Weg. Einfach weg!« Er machte eine hilflose Geste mit den Händen. »Sie ist im Naturhistorischen Museum verschwunden.«

»Das weiß sie«, sagte Maj.

Herr Guldin spießte ein halbes Wiener Würstchen auf die Gabel, biss ein paarmal ab und fuhr dann, an Ellen gewandt, fort: »Ich verstehe nicht, warum Maj sie immer dorthin mitnimmt. In einem Museum muss man sich benehmen können. Das kann Alice nicht.«

»Sie liebt das Museum«, sagte Maj leise und wischte Ingmar das Kinn ab.

Herr Guldin schnaubte.

»Sie liebt es, eine Szene zu machen und sich schlecht zu benehmen. Das liebt sie. Ich suche seit gestern Morgen nach diesem verdammten Kind. Bin in der ganzen Stadt herumgelaufen und habe Zettel aufgehängt. Die Polizei ist verständigt. Ich bin todsicher, dass sie irgendwo sitzt und uns auslacht. Sie wird eine ordentliche Tracht Prügel bekommen, wenn ich sie erwische.«

Er trank sein Milchglas aus und stellte es mit einem Knall ab.

Ellen schaute ihn entsetzt an.

»Sie glauben doch wohl nicht, dass Alice freiwillig verschwunden ist?«, sagte sie. »Sie ist doch noch ein kleines Kind.«

»Ein kleines Kind!« Herr Guldin lachte höhnisch. »Wissen Sie was, das hier ist die ruhigste Mahlzeit, die ich seit Monaten in diesem Haus eingenommen habe. Eine Mahlzeit, bei der man das Essen genießen und ein zivilisiertes Gespräch führen kann. Ohne Geschrei und Ausbrüche und kaputt geschlagene Teller. Wir besitzen *drei* große Porzellanservice. Aber jetzt haben wir kaum mehr Porzellan. Es ist so weit gekommen, dass ich es vermeide, zu Hause zu essen. Ich fliehe aus meinem Zuhause und esse im Gasthaus.«

Die laute und immer wütendere Stimme machte Marianne Angst. Sie schaute ihren Vater mit zitternder Unterlippe an und brach dann in Weinen aus. Sie war ein empfindsames Kind.

»Da, da sieht man es«, rief Herr Guldin. »Jetzt fängt sie auch noch an. Maj, sieh zu, dass sie still ist.«

Maj stand auf. Sie ging rasch zu Mariannes Platz, beugte sich über das Mädchen und streichelte ihr beruhigend über die Wangen. Das half nicht.

»Was für ein Getätschel!«, schnaubte Herr Guldin. »Ich sollte ein anderes Kindermädchen anstellen. Das hätte ich schon lang tun sollen. Dieses hier ist unbrauchbar.«

Nun fing auch Ingmar zu weinen an. Ellen beugte sich hinüber zu seinem Kinderstuhl, und in einem verzweifelten Versuch, ihn zu trösten, spielte sie Kuckuck. Sie verbarg ihr Gesicht hinter der Serviette und schaute dann mit verschiedenen lustigen Gesichtsausdrücken hervor. Streckte die Zunge heraus, schielte, blies die Backen auf.

»Ein Tollhaus!«, rief Herr Guldin. »Ich wohne in einem Tollhaus!«

Und, wie als Illustration zu seinen Worten, erschien eine Frau in der Türöffnung. Sie trug einen fußlangen Morgenrock aus roter Seide. Die dunklen, ein wenig graugesprenkelten Haare waren offen und zerzaust und reichten ihr bis zur Taille. Ellen fand, sie glich einer Spukgestalt aus einem gotischen Schauerroman.

»Hat jemand geweint?«, fragte die Frau ängstlich. »Ich bin aufgewacht, jemand hat geweint.«

»Natürlich hat jemand geweint. Hier weint immer jemand«, sagte Herr Guldin und schob sich ein paar Gabeln Kartoffeln in den Mund, ohne seine Frau anzuschauen.

Die Frau ließ ihren Blick durch die Küche wandern, erstaunt und mit aufgerissenen Augen, als befände sie sich auf einem fremden Planeten und nicht bei sich zu Hause.

»Ich bringe Ihnen gleich ein Tablett, gnädige Frau«, sagte Maj.

»Leg dich wieder hin, Irma«, befahl ihr Mann.

Die Frau blieb stehen.

Mit einem lauten Klirren warf Herr Guldin sein Besteck auf den Teller. Immer noch kauend stand er auf, legte den Arm um seine Frau und zog sie resolut aus der Küche, als hätte ein unerzogener Hund seine Mahlzeit gestört.

Marianne und Ingmar hatten sich beruhigt und aufgehört, zu weinen. Die Kinder schienen alle nicht besonders beeindruckt vom Auftauchen der Mutter. Sie hatten fast nicht bemerkt, dass sie da gewesen war.

Herr Guldin kam allein zurück und setzte sich wieder an seinen Platz. Er hatte gerade sein Besteck aufgenommen, als die Frau wieder in der Küche auftauchte, als wäre ihr etwas eingefallen. Ihr Blick hatte eine ganz neue Schärfe. Sie zeigte auf Ellen und sagte streng:

»Wer ist das?«

»Es ist nur eine Freundin von Maj«, sagte ihr Mann und begann wieder zu essen.

»Sie sitzt auf dem Platz von Alice.«

»Oh, Entschuldigung«, sagte Ellen und machte Anstalten aufzustehen, aber Herr Guldin beugte sich über den Tisch und drückte sie wieder auf den Stuhl.

»Bleib sitzen, verdammt. Sie geht gleich wieder.«

Frau Guldin betrachtete sie mit schmalen, misstrauischen Augen. Dann ereilte sie noch eine Einsicht.

»Aber Alice ist ja gar nicht da!«

»Sie ist in der Schule«, log Herr Guldin unbekümmert zwischen den Bissen.

»Aber ich habe sie auch heute Morgen nicht gehört! Und gestern auch nicht! Den ganzen Tag nicht!«, rief Frau Guldin mit zunehmender Panik in der Stimme aus. »Ich wusste, dass etwas nicht stimmt. Ich *wusste* es! Ich habe die Stimme von Alice nicht gehört!«

Sie klammerte sich an ihren Mann und schüttelte ihn, dabei erregte sie sich immer mehr. »Wo ist sie, Filip? Ist etwas passiert?«

Herr Guldin ignorierte sie mit einer fast gespenstischen Passivität. Er ließ sich hin und her schütteln, ohne eine Miene zu verziehen, wie ein seelenloser Gegenstand.

Als schließlich eine Reaktion kam, war sie explosionsartig. Er sprang auf, packte seine Frau mit beiden Händen und drückte sie gegen den Schrank, sodass das Porzellan darin schepperte. Mit einem Ruck riss er sich die

Leinenserviette aus dem Kragen und warf sie auf den Boden.

»Ich rufe jetzt Doktor Krappe an«, entschied er und ging hinaus in die Halle.

Ellen eilte zu Frau Guldin, die sich keuchend am Schrank festhielt.

»Alles in Ordnung?«, fragte Ellen und streckte ihr die Hand hin.

»Fass mich nicht an!«, zischte Frau Guldin heiser.

»Lass sie in Ruhe«, sagte Maj und stand auf.

Sie holte einen Teller und füllte ihn rasch mit Essen für Frau Guldin.

»Die gnädige Frau sollte ein wenig essen«, sagte sie mit sanfter Stimme, so wie sie mit den Kleinen sprach. »Das hat Ellen gekocht. Es schmeckt sehr gut.«

Aber Frau Guldin hatte keine Zeit zum Essen. Sie stürzte aus der Küche, Maj folgte ihr. Ellen hörte, wie die arme Frau nach ihrer Tochter rief, Schranktüren aufriss, Möbel beiseiteschob, während Maj vergeblich versuchte, sie zu beruhigen.

Offenbar hatte niemand der Mutter von Alice die Wahrheit gesagt. Vielleicht war sie nicht in dem Zustand, sie zu hören.

16

»Ich komme von der Polizei, ich bin Detektiv«, sagte Nils und hielt die Polizeimarke hoch. »Ich bin hier wegen des kleinen Mädchens, das letzten Sonntag verschwunden ist. Sie sind die Putzfrau, ja?«

Die Frau stellte den Zinkeimer ab. Das Knallen auf dem harten Steinboden dröhnte durch die Halle. Sie strich eine blonde Haarsträhne, die sich gelöst hatte, unter das Kopftuch.

»Eine der Putzfrauen«, sagte sie. »Wir sind zu dritt. Zwei in der Vormittagsschicht und eine in der Nachmittagsschicht. Aber wir heißen alle die Putzfrau. Also ja, ich bin die Putzfrau.«

»Wer hatte die Nachmittagsschicht letzten Sonntag?«

»Das war ich.«

»Ist Ihnen etwas Besonderes aufgefallen?«

Die Frau bekam etwas Wachsames im Blick.

»Was meinen Sie damit?«

»Das Mädchen blieb im Museum, nachdem geschlossen war. Haben Sie es in einem der Säle gesehen? Oder haben Sie vielleicht einen anderen Besucher gesehen, der ebenfalls noch da war?«

»Ich war nicht in den Ausstellungssälen. Die Säle werden am Vormittag geputzt, wenn es hell ist. Nachmittags werden Treppen, Flure und andere Räume mit elektrischer Beleuchtung geputzt.«

»Und Sie haben nirgends etwas Ungewöhnliches bemerkt?«

Die Putzfrau zuckte mit den Schultern.

»Ich weiß nicht, was Sie unter ungewöhnlich verstehen. Einer der Wärter kam und sagte, in der Weichtierabteilung sei ein Missgeschick geschehen. Er wollte, dass ich dort putze. Ich ging mit ihm hin. Eine Glasscheibe war zerbrochen und ein Glasbehälter lag kaputt auf dem Boden. Und ein ekliges Tier in einer Pfütze mit einer stinkenden Flüssigkeit. Das ist doch ziemlich ungewöhnlich, nicht wahr? Aber ich weiß nicht, was man heutzutage als ungewöhnlich bezeichnet«, fuhr sie fort, in einem Tonfall, den Nils nicht so recht deuten konnte.

»Haben Sie es gehört, als die Glasscheibe kaputt geschlagen wurde?«

»Nein, ich habe ja, wie gesagt, nicht in diesem Teil des Museums gearbeitet. Aber ich musste hingehen, als der Wärter mich darum bat. Die Glasscherben konnten ja nicht bis zum nächsten Vormittag dort liegen bleiben. Er wollte auch, dass ich das Tier wegbringe. ›Nie im Leben‹, sagte ich. Ich fass das nicht an. Da geht meine Grenze. Der Wärter nahm es mit einem Handtuch auf, legte es in einen leeren Eimer und trug es weg. Ich kehrte das Glas zusammen, wischte die Flüssigkeit auf und putzte alles sauber. Dann machte ich in meinem Bereich weiter. Das mit dem Weichtier war unangenehm. Richtig gruselig. So etwas passiert hier öfter. Es gefällt mir nicht, Herr Kommissar. Ehrlich gesagt, ich überlege, zu kündigen.«

»Wirklich? Ist denn noch mehr passiert?«

»Vielleicht bilde ich es mir nur ein.«

»Was bilden Sie sich ein?«

Sie schwieg eine Weile und sagte dann mit leiser Stimme: »Wenn ich Vormittagsdienst habe und in den Ausstellungsräumen putze, habe ich manchmal das Gefühl, dass die Tiere sich bewegen. Nicht viel. Vielleicht ein paar Zentimeter. Sie glauben bestimmt, dass ich verrückt bin, Herr Wachtmeister?«

Sie studierte sein Gesicht, um zu sehen, wie ihre Worte ankamen.

Als sie weder den Spott noch das Mitleid, das sie offenbar erwartet hatte, fand, fuhr sie fort: »Aber das Gruseligste ist im November geschehen. Der Herr Wachtmeister wird mir nicht glauben.«

»Was ist denn im November passiert?« Nils nickte ihr aufmunternd zu.

»Ich habe eine Doppelschicht gearbeitet und war bis spät am Abend da. Ich brauchte am nächsten Tag frei, um beim Fest zum fünfzigsten Geburtstag meiner Mutter zu helfen. Wir können das machen, Hauptsache, die Arbeit wird gemacht. Ich habe im Personalgebäude geputzt, meine übliche Schicht, mich ein wenig ausgeruht und dann mit den Hallen und den Treppen hier im Ausstellungsgebäude weitergemacht. Am Schluss die Toiletten dort hinten. Da war es schon beinahe Mitternacht. Ich bin durch die Halle gegangen, wo wir jetzt stehen, war unterwegs zur Putzkammer, um das Schmutzwasser auszuschütten. Und da habe ich etwas gesehen. Dort auf der Treppe.«

Sie drehte sich um und zeigte auf die Treppe, die in die obere Halle führte. Die Geste war resolut, aber ihre Finger zitterten ein wenig.

»Was haben Sie gesehen?«

Sie warf einen Blick über die Schulter, wie um sich zu vergewissern, dass sie allein waren. Dann beugte sie sich vor und flüsterte mit deutlichen Lippenbewegungen: »Ich habe ein Wesen gesehen, es war weder Tier noch Mensch.«

Nils drehte sich zur Treppe um. »Können Sie das Wesen etwas näher beschreiben?«

»Es hatte Hörner.«

»Wie ein Geißbock?«

»Nein, nein. Wie ein Hirsch.«

»Ein Hirschgeweih? Wie viele Beine? Vier?«

»Zwei.«

»Also wie ein Mensch?«

»Ja. Aber es war kein Mensch.«

Nils nickte nachdenklich.

»Farbe?«

Die Putzfrau dachte nach. »Braun. Oder eher graubraun.«

»Stand es still oder bewegte es sich?«

»Es bewegte sich.«

»In welche Richtung? Schnell oder langsam?«

»Sehr schnell.« Sie machte eine Handbewegung. »Hinauf in das obere Stockwerk.«

»Wie lange haben Sie es gesehen?«

»Nur ein paar Sekunden. Aber das hat gereicht.«

»Hm.«

Nils ging ein paar Stufen die Treppe hinauf. Sie führte auf einen Absatz und von da in die entgegengesetzte Richtung weiter in das obere Stockwerk. Er legte den Kopf in den Nacken und schaute hinauf zu den Deckengemälden von prähistorischen Muscheln und zu der Jugendstillampe, die an einer Kette baumelte.

»War die Lampe an?«, fragte er.

»Die an der Treppe nicht«, sagte die Putzfrau. »Aber hier unten in der Halle war Licht.«

»Und in der oberen Halle?«

»Da war kein Licht.«

»Dann muss es dunkel gewesen sein im Treppenhaus, wenn es Mitternacht war«, bemerkte Nils.

»Ja, das war es. Aber ich habe dieses Wesen dennoch gesehen«, sagte die Putzfrau bestimmt.

Nils nickte.

»Vom Innenhof dringt ein wenig Licht herein. Direkt hier draußen ist eine Laterne.« Er zeigte auf ein schmales Fenster am Treppenabsatz. »Können Sie hochgehen und sich genau da hinstellen, wo Sie das Wesen gesehen haben?«

Die Putzfrau zögerte.

»Damit ich mir ein deutlicheres Bild machen kann«, fügte er hinzu.

Widerwillig ging sie die Treppe hinauf und blieb auf dem Absatz stehen.

»Hier ungefähr war es.«

Nils machte das Licht im Treppenhaus aus, die Putzfrau stieß ein Keuchen aus. Es wurde nicht ganz dunkel, aber dunkler als zuvor. Nils machte das Licht wieder an.

»Kann ich wieder runterkommen?«

»Ja, sicher.«

Die Putzfrau ging rasch die Treppe hinunter.

»Vielen Dank, Fräulein … Ja, wie heißen Sie übrigens?«

»Spielt es eine Rolle?«

»Sie sind eine Zeugin. Ich muss wissen, wie Sie heißen.«

Hinter ihnen waren schwere, müde Schritte zu hören. Nils drehte sich um. Der Wärter vom Eingang stand mitten in der Halle.

»Sind Sie immer noch da?«, sagte er mürrisch zu Nils. »Wir schließen jetzt. Ich habe gerade die Tür abgeschlossen, aber ich muss wohl wieder aufschließen und Sie hinauslassen.«

Er seufzte und schlurfte wieder zum Eingang.

Die Putzfrau nahm den vollen Eimer auf.

»Ich möchte ein gutes Zeugnis von hier bekommen«, sagte sie. »Ich möchte nicht, dass jemand glaubt, ich wäre verrückt. Ich habe Ihnen schon viel zu viel gesagt. Ich bin die Putzfrau. Das reicht. Muss jetzt arbeiten. Adieu, Herr Wachtmeister.«

Sie drehte sich um und ging mit ihren Putzutensilien ans andere Ende der Halle.

Nils steckte sein Notizbuch ein und eilte zum Eingang, um hinausgelassen zu werden, bevor der mürrische Wärter es sich anders überlegte.

17

Der Mann, der Familie Guldins Wohnung betrat, sah eher aus wie ein Patient als wie ein Arzt, dachte Ellen. Er war alt und gebückt und stützte sich auf einen Stock.

»Oh, Doktor Krappe, Gott sei Dank!«, rief Herr Guldin aus. »Sie ist irgendwo da drinnen.« Er wedelte mit der Hand in Richtung eines der vielen Zimmer der Wohnung, Maj half dem Doktor aus dem Mantel. »Irma! Doktor Krappe ist da!«

Der Doktor reichte Maj seinen Hut, nickte freundlich in alle Richtungen und bewegte sich, auf seinen Stock gestützt, vertraut durch die Wohnung. Er war mager und gebeugt und ging mit schlurfenden Schritten. Der leberfleckige Schädel war kahl, bis auf ein paar weiße Strähnen über den Ohren.

Frau Guldin tauchte auf der Schwelle zum Kinderzimmer auf und schaute aufmerksam in den Flur.

»Guten Abend, Irma«, sagte der Doktor ruhig. »Was für einen strengen Winter wir haben! Aber hier drin ist es warm und gemütlich, weiß Gott!«

Er nahm den Stock in die linke Hand, richtete sich auf, so gut es ging, und bot Frau Guldin mit einer ritterlichen Geste seinen rechten Arm, als wollte er sie bei einer feinen Einladung zu Tisch führen.

»Wie geht es, liebe Irma? Ihr Mann sagt, Sie seien ein

wenig kränklich. Nichts Beunruhigendes. Überreizte Nerven, sonst nichts.«

Frau Guldin richtete ihren Morgenrock, und Arm in Arm ging das ungleiche Paar in Richtung von Frau Guldins Schlafzimmer.

»Doktor Krappe ist der Einzige, der sie beruhigen kann, wenn sie nervös ist«, flüsterte Maj Ellen zu.

Kurz darauf kam der Doktor allein aus dem Schlafzimmer.

»So, ja, so«, sagte er zu Filip Guldin. »Jetzt wird sie eine Weile schlafen. Sie muss ihre Medikamente nehmen, das ist wichtig.«

Er bemerkte die Kinder, die um Maj herumstanden.

»Und ihr, meine Kleinen«, sagte er lachend. »Ihr sollt auch eure Medizin bekommen.«

Britt trat mutig vor und folgte den Bewegungen des Doktors, der in seiner Jackentasche kramte. Dann strahlte er, holte eine zerknitterte Tüte heraus und bot sie den Mädchen an. Britt wühlte in der Tüte und brachte einen Klumpen verklebter Hustenbonbons hervor. Sie steckte den ganzen Klumpen in den Mund und zerdrückte ihn mit ihren kleinen starken Zähnen. Marianne lutschte langsam und genussvoll an ihrem Bonbon. Tore, der offenbar schlechte Erfahrungen mit den Hustenbonbons des Doktors gemacht hatte, lehnte dankend ab.

»Die schmecken alt«, erklärte er.

Doktor Krappe schien das nicht übelzunehmen. Er lachte ein wenig und reichte Maj die Tüte. Sie brach ein Bonbon ab, knickste höflich, steckte es jedoch nicht in den Mund.

»Ja, du bist noch zu klein«, sagte der Doktor und

stupste den kleinen Ingmar mit dem Stock, als wäre er ein Gegenstand.

Das Baby packte den Stock, der alte Mann zog am anderen Ende, und dann kämpften sie eine Weile um den Stock, bis der Doktor gewann. Er wollte gerade seine Tüte wieder in die Tasche stecken, da fiel ihm etwas ein.

»Das große Mädchen soll aber auch ein Bonbon bekommen. Fräulein Goldlocke. Wo ist sie denn?«

»Sie ist gerade nicht zu Hause«, sagte Herr Guldin rasch.

»Das ist schade. Wie geht es ihrer Wunde?«

»Die ist gut verheilt.«

»Schön. Eigentlich hätte ich sie mit ein paar Stichen nähen sollen. Aber meine Finger sind so steif geworden.«

»Das ist nicht schlimm, Herr Doktor. Sie hat gutes Heilfleisch.«

Ellen, die sich bisher im Hintergrund gehalten hatte, trat nun hervor, sodass Doktor Krappe sie bemerkte. Sie war empört darüber, wie Herr Guldin das Verschwinden der Tochter bagatellisierte. Und über was für eine Wunde sprachen sie eigentlich?

»Alice ist seit Sonntag verschwunden«, sagte sie ernst zum Doktor.

»Unsere neue Köchin«, erklärte Herr Guldin mit einer Handbewegung in Ellens Richtung. »Sie kocht verdammt gut. Aber jetzt wollen wir den Herrn Doktor nicht länger aufhalten. Er hat sicher viele Patienten, die auf ihn warten. Maj, kannst du bitte einen Wagen für den Doktor bestellen?«

Doktor Krappe öffnete seine Arzttasche, legte ein Papier auf die Kommode und räusperte sich leicht.

»Das Honorar ist das übliche.«

»Sie werden es nächste Woche auf dem Konto haben«, sagte Herr Guldin verbindlich.

Er nahm den Mantel des Doktors vom Bügel und half dem alten Mann beim Anziehen. Dann reichte er ihm den Hut und den Stock und begleitete ihn zum Aufzug.

Nachdem der Doktor gegangen war, nahm Herr Guldin die Rechnung von der Kommode, knüllte sie lässig zu einem Ball zusammen und warf ihn in den Papierkorb.

»Es hat keinen Sinn, diesem alten Narren die Sache mit Alice zu erzählen«, sagte er.

Er nahm seinen Mantel und Hut.

»Ich gehe jetzt suchen«, sagte er und verschwand aus der Tür.

»Hat er wirklich die Rechnung des Doktors weggeworfen?«, fragte Ellen, als sie etwas später in der Küche zusammen abspülten.

Maj stand an der Spülschüssel, Ellen trocknete ab, und die Kleinkinder spielten mit Schneebesen und Topfdeckeln auf dem Boden.

»Doktor Krappe ist alt und verwirrt. Aber er ist der einzige Arzt, dem die gnädige Frau vertraut. Und der einzige, den der gnädige Herr sich noch leisten kann. Doktor Krappe hat seit zwanzig Jahren sein Honorar nicht erhöht. Und jetzt bezahlt der Herr überhaupt nichts mehr. Es ist ihm egal. Und der Doktor scheint es nicht zu merken. Er kontrolliert wohl sein Bankkonto nicht sehr oft. Nein, so nicht, Britt!«

Maj unterbrach ihre Arbeit und drehte sich zu Britt

um, die gerade versuchte, ihrem kleinen Bruder beizubringen, wie man zwei Topfdeckel wie ein Instrument zusammenschlug.

»Das ist besser, Ingmar«, sagte sie, nahm ihm den Topfdeckel ab und gab ihm stattdessen einen Holzlöffel.

»Was ist das für eine Wunde, von der der Doktor gesprochen hat?«, fragte Ellen.

Maj spülte sorgfältig einen Teller ab, dann reichte sie ihn Ellen. »Das war vor ein paar Wochen. Alice wurde so wütend, das wird sie ziemlich oft. Sie rannte hinaus, der gnädige Herr rannte ihr hinterher, damit sie nicht davonlaufen konnte. Sie stolperte an der Treppe und schlug sich den Kopf an. Es blutete tüchtig und wir haben den Doktor kommen lassen. Aber die Wunde ist gut verheilt, genau wie der gnädige Herr gesagt hat.«

Ellen dachte darüber nach, während sie den Teller mit dem Küchenhandtuch abtrocknete. Es war schon ganz fadenscheinig und trocknete nicht sehr gut.

»Kommt es öfter vor, dass sie davonläuft?«, fragte sie.

»Sie hat es versucht, aber wir haben sie immer erwischt.« Maj reichte Ellen einen weiteren Teller, aber die hatte immer noch den vorigen in der Hand.

»Könnte es sein, dass es nun passiert ist?« Ellen schaute Maj ernst an. »Dass sie davongelaufen ist?«

»Was du alles fragst«, sagte Maj ärgerlich. »Woher soll ich das wissen?«

Ellen verstand, dass sie ihre Neugier zügeln musste. Aber sie konnte den Gedanken nicht loslassen. Alice hatte also schon einmal versucht, davonzulaufen. Ob Nils das wohl wusste?

Als sie mit dem Abwasch fertig waren, gingen sie

zusammen ins Kinderzimmer. Ellen hätte gerne allein mit Maj gesprochen, aber dazu gab es keine Gelegenheit. Die Kinder waren die ganze Zeit um sie herum. Kletterten auf sie, wischten ihre Nasen an ihrer Bluse ab, plapperten eifrig, zogen an ihr und erforderten ihre Aufmerksamkeit.

Und Maj hörte zu, antwortete, hob sie hoch und setzte sie auf den Schoß. Sie und die Kinder schienen wie zusammengewachsen.

»Möchtest du jetzt das Drachenbuch sehen?«, fragte Tore.

»Gern«, sagte Ellen.

Sie ging mit ihm in das Zimmer, das er sich mit seiner Schwester teilte. Er holte ein schönes Buch aus dem Regal. Es hieß *Die Wunder der Märchen im Licht der Wissenschaft.* Er legte das große Buch auf den Schreibtisch und ließ Ellen blättern. Der Text richtete sich an Erwachsene, aber die Bilder faszinierten bestimmt auch ein fantasievolles Kind. Sie zeigten Tiere aus der Urzeit, so wie man sich vorstellte, dass sie ausgesehen hatten. Höhlenbären, Mammute, Säbelzahntiger, Wollnashörner und alle möglichen Dinosaurier. Manche der Dinosaurier sahen wirklich aus wie Drachen. Tore erzählte ihr von den Tieren. Das meiste waren reine Fantasien, aber er klang so überzeugend wie ein kleiner Professor.

»Wer hat dir das alles erzählt?«

»Alice. Aber sie möchte das Buch nicht mehr anschauen.«

»Findet sie die Tiere schrecklich?«

Tore nickte kurz.

»Ich habe im Kino Dinosaurier gesehen«, fügte er

hinzu. »Sie sind so groß wie ein Haus. Sie können Menschen tottreten.«

Tore zog das Buch zu sich und blätterte eifrig, als würde er etwas Bestimmtes suchen. Bei einem Seeungeheuer mit langen Tentakeln hielt er inne.

»*Das* findet Alice schrecklich«, sagte er bestimmt und klopfte mit dem Finger auf das Bild.

»Das ist eine Art Tintenfisch«, sagte Ellen und las den Text durch. »Ein Riesentintenfisch.«

»So einer ist im Museum aus dem Glas gekrochen«, sagte Tore mit feierlicher Stimme.

»Wann?«

»Als Alice verschwand. Aber der war natürlich nicht so groß. Und er war blasser. Weil er so lange eingesperrt war.«

Ellen schaute ihn erstaunt an. Wie sollte sie das deuten?

»Meinst du wirklich, dass er herauskriechen konnte?«, fragte sie.

»Ja.« Er nickte heftig. »Alice hat die Scheibe zerschlagen, das Glas fiel auf den Boden und ging auch kaputt. Und das Tier kroch heraus. Alice bekam schreckliche Angst. Sie schrie. Alle bekamen Angst. Auch Maj.«

»Das verstehe ich«, sagte Ellen. »Ich hätte auch Angst bekommen.«

»Das Tier wollte Alice *packen*! Es streckte die Arme nach ihr aus!«

Er streckte seine eigenen Arme aus, als wollte er Ellen packen, dabei verzog sich das Gesicht zu einer wütenden Grimasse. Dann ließ er die Arme fallen.

»Aber sie lief davon«, sagte er zufrieden.

»Und verschwand?«, fragte Ellen. »In den Wald?«

»Ja.«

Er schlug das Buch mit einem Knall zu.

»Willst du sehen, was ich mit dem Meccano gebaut habe?«, fragte er in einem munteren Ton.

Er wollte ganz offensichtlich das Thema wechseln.

»Gleich, Tore. Eins muss ich dich noch fragen. Durch welche Tür lief Alice hinaus?«

Er blinzelte konzentriert, dachte eine lange Weile nach und sagte schließlich: »Ich weiß nicht.« Dann breitete sich ein Lächeln auf seinem Gesicht aus. »Ich habe es fertig gebaut! Willst du es sehen?«

Er ging zu einem Schrank, holte vorsichtig seine Meccano-Konstruktion heraus und stellte sie auf den Schreibtisch.

»Was für ein toller Kran! Hast du den selbst gebaut?«, rief Ellen aus und versuchte, begeistert zu klingen, obwohl sie sich ärgerte, dass er seinen Bericht nicht beendet hatte.

Er schaute sie enttäuscht an. »Das ist kein Kran. Das ist ein Tyrannosaurus, das sieht man doch!«

»Ja, jetzt sehe ich es.«

»Aber ich kann ihn zu einem Kran umbauen. Das ist keine Kunst.«

»Du bist sehr geschickt, Tore«, sagte Ellen und klopfte ihm auf die Schulter.

Sie ging zurück zu Maj und half ihr, die kleinen Kinder zu waschen und schlafen zu legen. Tore war mit seinem Meccano beschäftigt. Ingmar und Marianne schliefen brav ein, aber Britt war voller Energie. Sie hüpfte und lärmte in ihrem Bett, warf das Kissen auf ihre schlafende

Schwester, Maj musste sie streng ermahnen. Darüber lachte sie nur. Mitten in einer Lachsalve sank sie zusammen und war weg wie nach einem Schlag. Maj bettete sie vorsichtig in ihre Decke.

»Schläft sie?«, flüsterte Ellen.

»Ja. Und du brauchst nicht zu flüstern. Wenn Britt erst einmal schläft, kann nicht mal ein Erdbeben sie aufwecken«, sagte Maj sanft.

Sie strich ihr die rotblonden Locken aus dem Gesicht und küsste das Kind auf die Stirn.

Endlich war es still in der Wohnung, und Ellen hatte eine ruhige Stunde allein mit Maj in der Küche.

»Wie schaffst du das nur?«, fragte sie, als Maj ihnen einen frisch gebrühten Tee einschenkte.

Das Kindermädchen lächelte müde. »Ich muss einfach, oder? Die Kinder sind so lieb. Ich habe sie so gern, als wären es meine eigenen.«

»Sie sind nett«, pflichtete Ellen bei. »Tore hat eine lebhafte Fantasie.«

»Hat er dir das Drachenbuch gezeigt? Seit der gnädige Herr mit ihm im letzten Herbst einen Kinofilm gesehen hat, ist Tore ganz besessen von Riesenechsen und so etwas.«

»Das war der Film *Eine verschwundene Welt,* nicht wahr?«, sagte Ellen. »Ich habe ihn selbst nicht gesehen, aber er soll sehr gut gemacht sein.«

»Ja, ich würde ihn nicht sehen wollen«, sagte Maj. »Ich mag lieber Liebesfilme.«

»Wie lange bist du schon bei der Familie Guldin?«

»Im Sommer werden es drei Jahre.«

»Du warst nicht sehr alt, als du angefangen hast?«

»Ich war vierzehn.«

»Du warst also selbst noch ein Kind.«

»Ja, aber damals war es viel leichter«, antwortete Maj und tunkte einen Zwieback in ihre Teetasse. »Die gnädige Frau war gesund. Und die Firma des Herrn lief gut. Es gab keine Probleme. Ich habe mich um Alice und Tore gekümmert, die gnädige Frau versorgte Britt. Es gab eine Haushälterin, die gekocht hat, und eine Putzfrau kam zweimal in der Woche.«

»Seit wann ist die gnädige Frau krank?«, fragte Ellen.

»Seit der Geburt von Marianne. Seither ist alles anders.«

»Inwiefern?«

Maj senkte die Stimme und beugte sich vor:

»Die gnädige Frau war schon guter Hoffnung, als ich bei ihnen anfing. Aber das sagte sie nicht. Marianne kam im Oktober auf die Welt. Zwischen Britt und Marianne ist nicht einmal ein Jahr. Sie sind viel zu nah beieinander. Deshalb bekam die gnädige Frau solche Probleme.«

»Bei der Geburt?«

Maj nickte. »Marianne und sie waren über einen Monat im Krankenhaus. Der gnädige Herr war völlig außer sich. Er dachte, sie würde sterben. Als sie nach Hause kam, war sie sehr schwach und konnte sich nicht um Marianne kümmern. Die Firma des gnädigen Herrn hatte Konkurs gemacht, und er hatte fast kein Geld mehr. Er konnte der Haushälterin keinen Lohn mehr bezahlen, sie kündigte. Die Putzfrau kam auch nicht mehr. Und zu alledem wurde die gnädige Frau wieder schwanger.« Maj verdrehte die Augen und seufzte. »Der Herr machte sich große Sorgen vor der Geburt. Er glaubte nicht, dass sie es noch einmal schaffen würde. Ja, daran hätte er früher denken können, nicht wahr. Aber alles ging gut, es war viel einfacher als mit Marianne. Der gnädige Herr war so froh, dass es ein Sohn war. Aber sie wollte das Kind nicht einmal sehen. Seit Ingmar auf der Welt ist, hat sie fast nur im Bett gelegen, mit geschlossenen Vorhängen. Sie wollte ihn nie in den Arm nehmen, nicht ein einziges Mal. Er hat von Anfang an die Flasche bekommen. Und jetzt das mit Alice.«

Sie schwieg und schaute in ihre Teetasse.

»Das Ganze ist wie ein Fluch«, flüsterte sie. »Mein Gott, wie soll das enden? Was soll aus uns werden?«

Ihre Stimme brach und Tränen liefen ihr über die Wangen. Ellen legte ihre Hand auf Majs Hand.

»Du trägst eine unglaubliche Arbeitslast«, sagte sie. »Du musst völlig erschöpft sein.«

»Ach, das ist nicht so schlimm. Ich bin es gewohnt, zu arbeiten. Das ist nicht das Problem. Es ist Alice. Dass sie verschwunden ist, als ich mich um sie hätte kümmern müssen.« Ihr Gesicht verzog sich schmerzhaft.

Ellen rückte mit ihrem Stuhl näher an Maj heran, sie legte beide Arme um sie in einem Versuch, sie zu trösten. Diese Umarmung schien etwas in ihr aufzubrechen, sie weinte heftig an Ellens Schulter.

»So, ja«, flüsterte Ellen und strich ihr über den zitternden Rücken.

Sie spürte die Wange des Kindermädchens an ihrer, warm und unglaublich weich, und den sauberen, angenehmen Duft von ihren Haaren.

Die Minuten vergingen, aber Maj konnte nicht aufhören zu weinen. Jedes freundliche Wort von Ellen löste neue Schluchzer aus, ein Weinen, das immer mechanischer wurde, wie bei einem übermüdeten Kind, das am Ende nicht mehr weiß, warum es weint. Schließlich ebbte der Anfall ab. Maj schluchzte noch ein paarmal, holte zitternd Luft und zog ein Taschentuch aus der Schürzentasche.

»Entschuldige«, sagte sie und wischte die Tränen ab. »Ich weiß nicht, was über mich gekommen ist. Ich weine sonst nicht. Niemals.« Sie hickste noch einmal.

Ellen wartete, bis sie sich beruhigt hatte, dann sagte sie: »Ich verstehe, wie schrecklich das Ganze für dich ist und dass du dir große Sorgen machst. Aber glaubst du wirklich, du musst dir Vorwürfe machen, weil Alice verschwunden ist? Du bist doch nicht schuld daran, dass sie im Museum davongelaufen ist. Ich habe gerade ein wenig mit Tore gesprochen. Er erzählte, Alice habe aus Versehen die Glasscheibe einer Vitrine zerschlagen und ein Tintenfisch sei auf den Boden gefallen und habe sie erschreckt.«

Maj blickte auf.

»Ein Tintenfisch? Ja, ich weiß nicht, was es war. Ein ekliger Klumpen. Er faltete sich aus und glitt in der austretenden Flüssigkeit davon. Es sah aus, als würde er sich bewegen. Alice erschrak fürchterlich, ich auch.«

»Ist sie deshalb davongelaufen?«

Maj nickte und schnäuzte sich.

»Wohin ist sie gelaufen?«

»Weg. In die Fischabteilung.«

»Hast du das der Polizei erzählt?«

»Nein!« Maj schaute entsetzt. »Warum sollte ich? Da

müsste der gnädige Herr die kaputte Scheibe bezahlen und das zerstörte Tier und alles. Dafür hat er kein Geld. Er hat fast gar kein Geld mehr.«

»Aber er kann es sich leisten, ins Restaurant zu gehen«, bemerkte Ellen.

»Seine Freunde laden ihn ein.«

»Maj«, sagte Ellen streng. »Wenn die Polizei Alice finden soll, dann musst du ihnen alles erzählen, was du weißt. Alles! Dass sie schon einmal versucht hat, davonzulaufen. Dass sie aus Versehen eine Scheibe im Museum kaputt gemacht hat. Man weiß nie, was vielleicht wichtig ist. Die Polizei muss alle Puzzleteile kennen.«

Maj schnaubte und steckte das Taschentuch wieder in die Schürzentasche.

»Die Polizei kann hier überhaupt nicht helfen. Und es ist auch kein Puzzle. Es ist ein Fluch, das ist es. Ich habe doch gesehen, was das für ein Tier war. Es war ein Untier, ein Monster!«

»Sehr viel wahrscheinlicher war es ein Tintenfisch«, sagte Ellen trocken.

Maj schaute sie an, mit einem ganz neuen Blick, kühl, beinah verächtlich.

»Weißt du was, Ellen, du solltest jetzt nach Hause gehen. Es war sehr lieb von dir, das Essen zu machen und mir mit den Kindern zu helfen. Aber das wäre nicht nötig gewesen. Ich schaffe das nämlich allein.«

Ellen errötete. Offenbar hatte sie Maj verletzt, aber sie wusste nicht, womit. Vielleicht schämte das Kindermädchen sich, weil es seine Verzweiflung offenbart hatte, und versuchte nun, seine Würde zurückzugewinnen.

»Ich weiß, du schaffst es selbst. Und zwar ganz ausgezeichnet. Ich habe tatsächlich noch niemanden getroffen, der eine so gute Hand mit Kindern hat wie du. Ich fand es einfach nett, für euch zu kochen, zu Hause darf ich das nämlich nie. Und die Kinder sind so lieb, ich mag sie sehr gern. Und dich auch, Maj. Ich bitte tausendmal um Verzeihung, wenn ich etwas falsch gemacht habe.«

Maj schaute geradeaus, ohne zu antworten.

Ihre gefühlsmäßige Verwandlung verwirrte Ellen. Sie stand auf, suchte ihre Tasche in der Diele und holte ein Notizbuch und einen Stift heraus. Sie schrieb rasch ihre Telefonnummer auf, riss die Seite heraus und legte sie auf den Küchentisch.

»Ich gehe jetzt. Wenn du willst, dass wir uns wiedersehen, dann kannst du einfach anrufen. Ich habe fast immer Zeit.«

Sie beugte sich über den Zettel und schrieb noch eine Nummer auf.

»Das Polizeirevier«, erklärte sie. »Falls du noch etwas erzählen willst. Damit sie Alice vielleicht finden können.«

Maj warf einen flüchtigen Blick auf den Zettel, ohne ihn an sich zu nehmen. Ihre Augen waren immer noch rötlich vom Weinen, aber sie war ganz ruhig.

»Ich mache mir überhaupt keine Sorgen um Alice«, sagte sie. »Ich hätte besser nach ihr schauen sollen. Aber sie ist nicht in Gefahr. Ich weiß, dass es ihr gut geht. Ich bin da ganz sicher.«

In ihrer Stimme war kein bisschen Zweifel.

Ellen hatte nicht das Herz, sie daran zu erinnern, dass Alice inzwischen zwei ganze Tage weg war und ihr Optimismus nicht sehr vernünftig war.

18

Eine Straßenbahn bremste an der Haltestelle, aber Ellen nahm keine Notiz von ihr, sie wollte lieber zu Fuß gehen. Die Kälte war wie Balsam auf ihren heißen Wangen. Der Besuch bei der Familie Guldin hatte sie erregt. Eine so merkwürdige und tragische Familie!

Sie lief mit raschen Schritten den Bürgersteig entlang. Die Schneekristalle in den aufgeschaufelten Wällen am Straßenrand spiegelten das Licht der Straßenlaternen in kleinen blitzenden Reflexen.

Vor der Bierkneipe Zum Greif standen ein paar angetrunkene junge Männer und unterhielten sich lautstark. Als sie Ellen sahen, riefen sie ihr Unverschämtheiten zu. Der Atem wirbelte aus ihren Mündern wie dünne weiße Gespenster.

Sie ging geradeaus weiter, ohne Notiz von ihnen zu nehmen. Sie sah zur Seite, damit sie ihren Blicken nicht begegnen musste, in die Scheibe der hell erleuchteten Bierkneipe. Sie sah Männer in Wolljacken, erhobene Gläser und lachende Gesichter. Kurz darauf war sie vorbei, und der menschenleere Bürgersteig mit den glitzernden Schneewällen lag wieder vor ihr.

Obwohl sie nur einen kurzen Blick auf die Gäste der Bierkneipe erhascht hatte, war ihr doch der rothaarige, unrasierte Mann in der Gesellschaft direkt am Fenster aufgefallen. Herr Guldin hatte offenbar seine Suche für heute Abend aufgegeben. Wenn er sie denn überhaupt begonnen hatte.

Die Familie Guldin erstaunte sie immer mehr.

Als sie die Tür zur Wohnung in der Stora Nygatan öffnete, strömte ihr Musik entgegen. Kraftvolle, resolute Töne eines klassischen Komponisten.

Sie schnürte ihre Stiefel auf, zog den Mantel aus und ging ins Wohnzimmer.

Georg saß im Sessel neben dem Radio. Der oberste Hemdknopf war geöffnet und der Schlipsknoten gelöst. Mit halb geschlossenen Augen und temperamentvollen Kopfbewegungen dirigierte er ein imaginäres Orchester. Als er Ellen bemerkte, streckte er sich nach dem Apparat und drehte die Lautstärke herunter.

»Du bist spät, Schatz«, sagte er und strich sich über die Haare. »Du hast Maggies berühmten Lachspudding verpasst, aber sie wärmt dir bestimmt etwas auf.«

»Danke, aber ich habe schon gegessen«, sagte Ellen.

Georg schaute sie erstaunt an.

»Wo bist du gewesen? Maggie sagte, du seist verschwunden, ohne zu sagen, wohin.«

Sie lachte und setzte sich in den anderen Sessel neben dem Radio.

»Ich brauche ihr wohl nicht alles zu erzählen.«

»Aber *ich* möchte vielleicht wissen, wo du bist.«

»Und warum? Ich weiß doch auch nicht immer, wo *du* bist.«

»Doch, das weißt du sehr wohl«, sagte er mit einem Lächeln. »Ich arbeite. Und da alles, was mit meiner Arbeit zu tun hat, dich langweilt, erzähle ich nichts. Oder möchtest du vielleicht hören, was ich heute gemacht habe?«

Sie dachte einen Moment nach.

»Ich glaube nicht.«

»Aber vielleicht möchtest *du* erzählen, was du erlebt hast.«

»Gern«, sagte Ellen munter. »Ich bin in die Markthalle gegangen, um Schweinekoteletts für das Essen zu kaufen.«

»Was?« Georg starrte sie an, als hätte sie gesagt, sie wäre zum Järntorget gegangen, um ein paar Flaschen Selbstgebrannten zu kaufen. »Und warum?«

»Warum nicht? Wie du weißt, habe ich eine Haushaltsausbildung, und meine gebratenen Schweinekoteletts sind genauso berühmt wie Maggies Lachspudding.«

»Und was passierte dann?«

Ellen erzählte die ganze Geschichte von der verschwundenen Alice, dem Kindermädchen Maj und der problematischen Familie Guldin.

»Du hast also beschlossen, für diesen armen Herrn Guldin zu kochen anstatt für deinen Ehemann?« Georg lachte amüsiert. »Und sich um seine Kinder zu kümmern? Hat er es zu schätzen gewusst?«

»Er hat auf jeden Fall mit gutem Appetit gegessen. Er sagte, es sei das Beste gewesen, was er seit langem bekommen habe. Morgen koche ich gerne für dich und mich.«

»Hm. Was hast du für die Schweinekoteletts bezahlt?«

»Zwei achtzig das Kilo«, antwortete Ellen munter, stolz darauf, dass sie es noch wusste.

Georg schüttelte besorgt den Kopf.

»Du bist vermutlich übers Ohr gehauen worden. Lass Maggie das Essen einkaufen. Sie ist seit vielen Jahren Stammkundin in der Markthalle. Sie weiß, bei wem sie kaufen muss, und sie bekommt immer die besten Stücke. Zu einem günstigen Preis.«

Ja, natürlich. Georg war schließlich Geschäftsmann. In ihrer Unschuld hatte Ellen geglaubt, dass alle den gleichen Preis bezahlten und alle die gleichen Waren bekamen. Aber es gab offenbar verschiedene Preise für verschiedene Waren für verschiedene Kunden. Die besten Stücke legte man für bestimmte Kunden beiseite. Und andere Waren – Hühnerfüße, magere Schweineknochen und sehnige Abfallstücke, Dinge, mit denen Maggie sich nie befassen würde –, die verkaufte man unter der Hand an Kunden wie Maj.

Sie hätte gerne noch länger mit Georg über die Familie Guldin und Alice' Verschwinden gesprochen. Darüber, wie merkwürdig die Familienmitglieder sich benahmen und wie besorgt ihr Aufenthalt sie gemacht hatte.

Aber für ihn schien das Thema beendet zu sein. Er streckte sich nach dem Lautstärkeknopf des Radios, und kurz darauf dröhnte die Musik wieder aus den Lautsprechern. Georg lehnte sich zurück und schloss die Augen.

Ellen ging in die Diele und machte die Tür hinter sich zu. Sie wählte die Nummer des Polizeireviers in der Spannmålsgatan. Ein müder Polizist antwortete. Er sprach undeutlich, als würde er etwas essen.

»Arbeitet Hauptwachtmeister Gunnarsson heute Abend?«, fragte sie.

Sie versuchte es auf gut Glück. Ihr Herz klopfte.

»Nein, gnädige Frau, er …« Der Polizist kaute, trank

etwas und schluckte geräuschvoll. »Er kommt morgen um neun.«

»Vielen Dank.«

Enttäuscht legte sie auf und ging wieder ins Wohnzimmer.

Die Musik war jetzt ruhiger, eine weiche und melodiöse Partie. Georg dirigierte mit ausladenden Bewegungen. Die Augen waren immer noch geschlossen, seine langen, empfindsamen Finger schienen die Luft im Raum zu streicheln.

»Haydn«, sagte er. »Sie senden direkt aus dem Konzerthaus in Göteborg. Das ist doch fantastisch, nicht wahr?«

»Ja«, sagte Ellen kurz.

Sie blieb einen Moment lang stehen und betrachtete ihn, ohne dass er es merkte. Sie waren in verschiedenen Welten. Sie drehte sich um und verließ wieder den Raum.

19

Eine blasse Wintersonne suchte sich ihren Weg durch die schmutzigen Fensterscheiben von Majkens, dem Stammcafé der Polizei in der Nordstadt. Nils stampfte den Schnee von den Schuhen und schaute sich im Lokal um, ob da Kollegen waren, mit denen er sich ein wenig unterhalten konnte.

Während seiner Zeit als Streifenpolizist war er oft hierhergekommen, um Pause zu machen. Er hatte diese Gewohnheit beibehalten, obwohl er jetzt in der Detektivabteilung arbeitete. Meistens war er hier der einzige Hauptwachtmeister.

Die Hauptwachtmeister hatten ihr eigenes Stammlokal. Er war ein paarmal dort gewesen und hatte sich an ihren Tisch gesetzt. Er hatte nicht direkt das Gefühl gehabt, abgelehnt zu werden, aber auch nicht, in der Gemeinschaft aufgenommen worden zu sein. Der Grund war rein praktischer Natur. Die meisten Sticheleien und Scherze bezogen sich auf alltägliche Kleinigkeiten, die er nicht kannte, weil sein Arbeitsplatz nicht im Raum der Hauptwachtmeister war. Stumm daneben zu sitzen, wenn die anderen lachten, da fühlte man sich wie ein Griesgram, aber über einen Scherz zu lachen, den man nicht verstanden hatte, da kam man sich vor wie ein Idiot.

Zwischen den normalen Polizisten fühlte er sich am wohlsten. Die meisten kannte er schon lange. Aber selbst hier war seine Anwesenheit nicht selbstverständlich. Die Streifenpolizisten konnten ihre Vorgesetzten nicht leiden, weil es deren Aufgabe war, sie zu überwachen und unangemeldete Kontrollen in ihren Revieren zu machen, damit sie nicht vor Kälte und Regen in eine Hofeinfahrt verschwanden. Als Hauptwachtmeister in der Detektivabteilung hatte Nils natürlich nichts mit ihrer Arbeit zu tun, aber allein der Titel löste reflexartig eine erhöhte Wachsamkeit bei ihnen aus.

Er blinzelte durch den wohlbekannten Dunst aus Essensgeruch und Zigarettenrauch. Die Detektive Berggren und Pettersson saßen an ihrem Lieblingstisch am Fenster. Nils nahm Kurs auf sie, blieb dann jedoch stehen.

An einem kleinen Tisch in der Ecke saß – erstaunlicherweise – eine junge Frau. Die einzigen Frauen, denen Nils in diesem Lokal begegnete, waren Kellnerinnen. Und – noch erstaunlicher – sie war ganz allein, ohne männliche Gesellschaft. Und – das Allererstaunlichste – sie winkte ihm zu!

Einen kurzen, unverzeihlichen Moment lang glaubte Nils, es handelte sich um eine Dame aus dem leichten Milieu, die unverständlicherweise am falschen Ort war und zudem zur ganz falschen Tageszeit. Hinterher schob er es auf den dichten Rauch, die Dunkelheit in der Ecke und die Tatsache, dass Ellen einen anderen Hut trug als letztes Mal.

Er änderte den Kurs und eilte zu ihrem Tisch.

»Was in aller Welt! Frequentiert Frau Forsell so primitive Orte!«, sagte er scherzhaft. »Ich dachte, Sie würden heutzutage nur im Grandhotel verkehren.«

Vor ihr auf dem Tisch befanden sich eine ausgetrunkene Kaffeetasse, ein Teller mit einem halb gegessenen Brötchen und ein aufgeschlagenes Buch. Sie schob alles näher zu sich, um auf seiner Seite des Tischs Platz zu machen.

»Ich dachte mir, dass du kommen würdest, Nils.«

Er setzte sich.

»Wie lange sitzt du schon hier?«

»Ein paar Stunden. Ich habe erst im Revier angerufen, gestern Abend und heute Morgen, hab dich aber nicht erreicht.«

Die Kellnerin kam, und er bestellte eine große Tasse Kaffee.

»Was liest du?«, fragte er und rührte den Zucker um.

»Oh, das Buch ist nur zum Schein. Ich habe es mitgenommen, falls mir langweilig würde, aber ich habe noch keine Zeile gelesen. Ich war vollauf damit beschäftigt, all den interessanten Gesprächen zu lauschen. Ich habe jede Menge über Diebe und Banditen erfahren, bescheuerte Kommissare und schändliche Intrigen bei der Polizei. Der Kaffee ist hier ausgezeichnet. Aber das belegte Brötchen ist zu mächtig für mich.«

Sie nickte in Richtung des riesigen belegten Brötchens mit gebratenem Ei, Fleischwurst und Senf.

»Wenn du stundenlang bei Minusgraden und scharfem Wind patrouillieren musst, dann verschlingst du es im Handumdrehen«, sagte Nils. »Bist du sicher, dass du es nicht mehr möchtest?«

»Ganz sicher.«

Er nahm das Brötchen und biss ab.

Ein deutliches Zeichen, dass man miteinander intim war oder ist, dachte Ellen für sich. Etwas vom Teller des anderen zu nehmen. Dass man ohne Ekel den Löffel eines anderen in den Mund steckt oder aus dessen Glas trinkt. Hoffentlich hat niemand im Lokal etwas bemerkt.

»Habt ihr eine Spur von dem verschwundenen Mädchen?«, fragte sie.

Nils schüttelte den Kopf und schluckte den Bissen hinunter.

»Habt ihr mit ihrem Vater gesprochen? Filip Guldin?«

»Nur am Telefon. Er sagte, er hätte keine Zeit, zum Revier zu kommen. Und als wir ihn in der Wohnung besuchen wollten, war er nicht zu Hause.«

»Ich habe ihn gestern getroffen.«

Nils hielt inne, gerade als er wieder abbeißen wollte.

»Und wo?«

»Bei ihm zu Hause.«

»Warum in aller Welt warst du bei Filip Guldin zu Hause?«, fragte er.

Ellen reichte ihm eine Papierserviette und deutete diskret auf ihr eigenes Kinn.

Er nahm die Serviette und wischte ein wenig Senf ab.

»Weg?«

Sie nickte.

Während er den Rest des Brötchens vertilgte, erzählte Ellen, wie sie Maj in der Markthalle getroffen hatte, und dann von ihrem Besuch in der Nordenskiöldsgatan.

»Eine eigenartige Familie«, sagte Nils, als sie geendet hatte.

»Ihr solltet vielleicht dort suchen. Und nicht im Museum.«

»Unsere Beamten haben das ganze Viertel durchkämmt. Das Mädchen ist dort nicht.«

»Was glaubst du, wo sie ist?«

»Ich habe keine Ahnung, Ellen.«

»Glaubst du, dass sie noch lebt?«

Er schaute sie an, ohne zu antworten. Sein Blick drückte nicht viel Hoffnung aus.

Sie schwiegen eine Weile. Die Kellnerin kam zu ihrem Tisch und füllte die Kaffeetassen auf. Vom Tisch der Streifenpolizisten dröhnte Lachen.

»Es muss schrecklich sein, Kinder zu haben«, sagte Ellen leise.

»Wie meinst du das?«

»Sie sind so klein und weich und hilflos. Alles Mögliche kann ihnen passieren. Fast jeden Tag steht in der Zeitung etwas über ein Kind, das auf schreckliche Weise umgekommen ist. In einen Brunnen gefallen, ins Eis eingebrochen, an einem Kiesberg gespielt, der zusammengerutscht ist, an etwas Elektrisches gekommen oder unter ein Auto oder eine Landwirtschaftsmaschine geraten. Die Welt ist nicht gemacht für kleine Kinder. Mein Gott, man muss sich doch ständig um sie Sorgen machen!«

»Viele dieser Kinder haben ja Eltern, die keine Zeit haben, nach ihnen zu schauen«, bemerkte Nils. »Die arbeiten den ganzen Tag hart. Die Kinder bewegen sich draußen und finden gefährliche Spielplätze. Die Kinder von den Leuten, die es besser haben, sind nicht so gefährdet. Du wirst Zeit genug für dein Kind haben, Ellen. Du wirst es bewachen wie eine richtige Glucke.«

Sie hob die Augenbrauen.

»*Mein* Kind?«

»Daran denkst du doch, oder? Es ist doch ganz natürlich, dass man sich Sorgen macht, wenn man selbst Mutter wird.«

Ellen lachte laut auf.

»Ich werde nicht Mutter! Wie kommst du denn darauf?«

»Nicht?« Er schaute sie verwirrt an. »Aber warum …?«

»Warum ich Georg geheiratet habe, obwohl ich nicht musste, meinst du das?«

»Tja«, sagte Nils unsicher. »Es ging so schnell. Ich dachte, du willst unabhängig sein. Ein lediges Mädchen. *Die neue Frau.* Das war doch so? Aber das geht mich ja nichts an. Du scheinst eine ausgezeichnete Partie gemacht zu haben.«

Ihre Augen blitzten. »Georg ist mehr als eine ausgezeichnete Partie. Er ist zärtlich und fürsorglich. Er respektiert mich und hört mir zu. Ich habe es vielleicht nicht geschafft, *die neue Frau* zu werden. Aber ich habe tatsächlich *den neuen Mann* geheiratet.«

Jetzt musste Nils lachen. Laut und brutal wie die Streifenpolizisten am Tisch weiter weg.

Ellen ärgerte sich. Sie musste einsehen, dass sie etwas Dummes gesagt hatte, aber sie mochte es nicht, ausgelacht zu werden.

»Du brauchst nicht so bitter zu sein, Nils«, sagte sie. »Das wäre nichts geworden mit uns beiden, wenn wir geheiratet hätten. Wenn unsere Kinder in diesem schrecklichen Elendsquartier da oben am Masthuggsberg hätten aufwachsen müssen. *Da* hätte ich mir wirklich Sorgen machen müssen. Wohnst du übrigens immer noch dort?«

»Nein«, sagte er. »Die Häuser sind abgerissen worden. Sie bauen dort Mietshäuser.«

»Gott sei Dank.«

Er sagte nicht, dass er nur zwei Straßen weitergezogen war, in eine ähnlich elende Hütte. Er wollte billig wohnen. Er sah nicht ein, viel Geld für Miete auszugeben, wo er doch seine meiste wache Zeit bei der Arbeit zubrachte. Und er hatte nie die Vorstellung gehabt, zusammen mit Ellen in so einem Haus zu wohnen. Sein Plan war gewesen, sie würden heiraten, wenn er einen höheren Lohn bekäme. Zuerst würde er Wachtmeister und dann Kommissar. Aber Ellen hatte nicht warten wollen.

»Wie auch immer«, sagte Ellen, »ich wollte dich treffen und dir von der Familie Guldin erzählen. Da stimmt etwas nicht, in dieser Familie. Das wollte ich nur sagen.«

Sie steckte das Buch in die Tasche und winkte die Bedienung herbei.

»Gut«, sagte Nils kurz. »Nein, nein, das bezahle ich«, fügte er hinzu, als die Bedienung näher kam und Ellen ihr Portemonnaie aus der Tasche holte. »Das ist das Mindeste, was ich tun kann. Du hast mir sehr interessante Informationen gegeben.«

»Und einen Lunch«, sagte Ellen und nickte in Richtung des leeren Tellers.

Sie stand auf und zog den Mantel an.

»Nicht nur Georg respektiert dich und hört dir zu«, sagte er ernst. »Ich auch. Ich habe das immer gemacht.«

»Das weiß ich, Nils. Das weiß ich.«

Sie nahm ihre Tasche und ging mit raschen Schritten durch den Dunst, offenbar bemerkte sie die Blicke der Gäste nicht, und verschwand auf der Straße.

20

»Ich habe die Beamten gestern das Magazin des Museums durchsuchen lassen, ganz wie Sie es vorgeschlagen haben«, sagte Kommissar Nordfeldt.

»Ja?«, sagte Nils und beugte sich vor, er saß auf dem Besucherstuhl auf der anderen Seite des Schreibtischs.

»Bis spät am Abend waren sie damit beschäftigt. Der Direktor war die ganze Zeit dabei und bewachte sie wie ein Falke. Sie durften nichts anfassen. Wenn etwas bewegt werden musste, dann machte er das selbst.«

»Habt ihr etwas Interessantes gefunden?«

»Viel zu viel. Jede Menge Skelette und Totenköpfe. Von Tieren und Menschen. Das ist das reinste Horrorkabinett«, brummte Nordfeldt. »Wachtmeister Berggren, der Ärmste, wäre fast mit einem Skelett in einer dunklen Ecke zusammengestoßen. Einem Gorilla, meinte der Professor. Berggren hat fast der Schlag getroffen. Er war nach der Begegnung mit dem Elch gestern Morgen immer noch ein wenig wackelig auf den Beinen.«

»Aber kein Mädchen?«

»Nein, kein Mädchen.«

»Es sind jetzt drei Tage vergangen seit ihrem Verschwinden«, bemerkte Nils. »Keine Neunjährige bleibt so lange freiwillig weg.«

»Nein, es sieht nicht gut aus«, pflichtete Nordfeldt bei. »Schauen wir mal, was wir haben.«

Er setzte die Brille auf und blätterte den Papierstapel mit Berichten auf dem Schreibtisch durch.

»Also: Das Mädchen verlässt das Kindermädchen im Museum kurz nach drei Uhr, als das Museum schließt. Alle Türen nach außen sind abgeschlossen, und der Haupteingang wird von einem pflichtgetreuen Wärter bewacht, der schwört, dass kein Mädchen auf diesem Weg nach draußen gegangen ist. Hm.« Nordfeldt schwieg einen Moment. »Pflichtgetreu, aber vielleicht auch ein wenig schwerhörig? Die Abteilung mit den Weichtieren liegt zwar am anderen Ende des Erdgeschosses, aber sollte er nicht den Lärm gehört haben, als die Vitrinenscheibe kaputtging?«

»Vielleicht schien es ihm nicht wert, es zu berichten. Die Kinder der Familie Guldin waren offensichtlich ziemlich laut und lebhaft. Dass sie etwas kaputt machen, er scheint nichts anderes erwartet zu haben. Ich bekam den Eindruck, dass er Kinder nicht sehr mag.«

»Alle Kinder oder nur die Kinder der Familie Guldin?«

»Ich glaube, alle Kinder. Aber ganz besonders die Kinder der Familie Guldin.«

»Sehr verständlich«, sagte Nordfeldt. »Insofern seine Ablehnung nicht mehr ist als normale Irritation?«

Er schaute Nils über den Rand seiner Brille an, mit einem neuen Ernst im Blick.

Nils dachte nach. »Ich bekam den Eindruck, dass er ihnen am liebsten den Hals umgedreht hätte. Aber ehrlich gesagt glaube ich, dass er zu faul ist, um überhaupt etwas zu machen.«

»Nun ja, weiter im Text. Wenn niemand gehört hat,

wie die Vitrinenscheibe kaputtging, wissen wir nicht, wann es passiert ist. Oder wer es gemacht hat.«

»Doch, das ist geklärt. Es war das Mädchen.«

»Woher wissen Sie das?«

Nils berichtete alles, was Ellen ihm erzählt hatte.

Als er geendet hatte, verfinsterte sich Nordfeldts Gesichtsfarbe auf unheilverkündende Weise. »Sie haben also Ihre Freundin in die polizeilichen Ermittlungen hineingezogen?«

»Frau Forsell hat sich mit dem Kindermädchen angefreundet«, erklärte Nils ruhig. »Ich habe sie heute Morgen getroffen, und sie wollte mir das erzählen. Sind Sie der Meinung, Herr Kommissar, dass ich hätte gehen und ihr nicht zuhören sollen? Das hätte ich natürlich tun können. Aber dann wüssten wir weniger, als wir jetzt wissen.«

»Hm.« Die Gesichtsfarbe von Kommissar Nordfeldt wechselte von Pflaumenlila zu Erdbeerrot. »Nun ja, dann können wir den geheimnisvollen Museumsbesucher vergessen, der umhergeht und Vitrinenscheiben kaputt schlägt. Schreiben Sie bitte einen Bericht über das, was Frau Forsell erzählt hat. Wo waren wir?« Er blätterte den Papierstapel auf dem Schreibtisch durch, hielt ab und zu inne und fasste dann zusammen: »Ein ruinierter Vater, Alkoholiker. Eine geisteskranke Mutter. Ein Kindermädchen, das der Polizei wichtige Informationen vorenthält. Ein schwerhöriger Museumswärter, der Kinder nicht ausstehen kann. Eine Reihe von Museumsangestellten, über die wir nicht sehr viel wissen. Außerdem gibt es eine Art gehörntes Wesen, das nachts im Museum umherschleicht, ausgestopfte Tiere, die sich bewegen, und einen höchst lebendigen, angriffslustigen Affen. Und falls das Mädchen trotz allem das Museum verlassen haben sollte, haben wir die üblichen Verdächtigen im Schlosspark. Aber im Moment ist wohl keine Saison für Exhibitionisten. Sie zeigen ihre Kronjuwelen nicht vor dem 1. Mai, ein deutliches Zeichen für den Frühling, genau wie die Buschwindröschen im Botanischen Garten.«

Einer von ihnen, Lasse Kuckuck, wurde jedes Jahr ungefähr zur gleichen Zeit und am gleichen Ort wegen Sittlichkeitsverbrechen festgenommen. Er stand meistens an einem Weg im Schlosspark, hielt den Hut vor die offene Hose und wartete auf ein passendes Opfer. Er wurde Kuckuck genannt, weil er das rief, wenn er den Hut wegnahm und zeigte, was darunter war.

»Aber es ist doch nicht völlig undenkbar, dass jemand mit bösen Absichten ein kleines Mädchen im Park gesehen und sie mitgenommen hat, in die Wärme. Jemand, der normaler aussieht als Lasse Kuckuck. Vielleicht jemand, den sie kennt«, überlegte Nils.

»Sie scheint nicht viele Leute zu kennen. Sie ist ein einsames Kind, sagt das Kindermädchen.«

»Ich meine, jemanden, den sie *erkennt.* Ein bekanntes Gesicht. Einen Verkäufer in einem Geschäft, einen Müllmann, den Briefträger. Jemanden, dem sie normalerweise in vertrauter Umgebung begegnet, und auf den sie jetzt stößt, ängstlich und ohne erwachsene Begleitung.«

»Durchaus möglich«, bestätigte Nordfeldt. »Das setzt allerdings voraus, dass die Museumswärter sich irren, wenn sie sagen, dass alle Ausgänge des Museums verschlossen waren. Der Vater ist natürlich verdächtig, ihn müssen wir genauer unter die Lupe nehmen. Und das Museumspersonal. Gibt es sonst noch jemanden, über den wir mehr wissen müssen?«

»Ja«, sagte Nils. »Alice.«

»Was für eine Alice?« Nordfeldt schaute ihn verständnislos an. Dann erhellte sich sein Blick.

»Sie meinen das Mädchen?«

»Da sehen Sie selbst. Sie wissen nicht einmal mehr, wie sie heißt. Wir nennen sie die ganze Zeit ›das Mädchen‹. Aber wir wissen nicht sehr viel über sie.«

»Wir haben eine Beschreibung: roter Mantel, blonde Locken«, sagte Nordfeldt etwas beleidigt.

»Aber wir suchen nicht nach einem Gegenstand, Herr Kommissar.«

»Launisch. Schwierig im Umgang mit anderen«, fügte Nordfeldt hinzu und blätterte rasch durch den Papierstapel.

»Und auch nicht nach einem Tier. Ihr Bruder sagt, sie sei gemein. Das ist interessant, nicht wahr? Ein kleines Mädchen!«

»Geschwisterstreit«, grinste Nordfeldt. »Mein Bruder hätte in dem Alter das Gleiche über mich gesagt. Vielleicht zu Recht. Und Mädchen können genauso gemein wie Jungen sein. Sie kommen nur besser davon.«

»Wir sollten vielleicht jemanden fragen, der nicht zur Familie gehört?«

»Und das wäre?«

Nils dachte einen Moment nach.

»Ihre Lehrerin?«

Nordfeldt sammelte die Berichte auf seinem Schreibtisch zusammen und stieß sie auf der Schreibtischplatte zu einem ordentlichen Stapel zusammen.

»Guter Vorschlag, Gunnarsson. Alice geht in die Nordhemsschule.« Er holte seine Uhr aus der Westentasche und warf einen Blick darauf. »Sie schaffen das noch, bevor die Schule aus ist.«

21

Kein Kind ging leichten Schrittes in die Nordhemsschule. Der nationalromantische Ziegelkoloss war auf einem hohen Felsplateau errichtet worden, von allen Seiten umgeben von hohen Mauern und steilen Wegen, wie eine befestigte Burg. Sie sollte vielleicht daran erinnern, dass man Wissen nicht leichtfertig erobert, sondern nur durch harten Kampf und Mühe.

Wenn man den Anstieg geschafft hatte und sich im Schulhof befand, war der Eindruck etwas sympathischer. Die Sprossenfenster, die Holztüren und die Gewölbegänge, die die verschiedenen Gebäudeteile verbanden, erinnerten mehr an ein mittelalterliches Kloster als an eine Burg.

Aber die ganze Anlage war sehr groß. 2400 Schüler wurden hier unterrichtet. Alice muss sich wie eine Ameise gefühlt haben.

Eine Glocke ertönte, und kurz darauf war der klösterliche Frieden gebrochen. Aus dem Innern des Gebäudes hörte man das Dröhnen Hunderter Schuhsohlen auf Steintreppen, und kurz darauf strömten die Kinder aus den geöffneten Türen. Schreiende, lachende, schubsende Kinder jeglichen Alters, es wurden immer mehr, es schien überhaupt nicht mehr aufzuhören. Die meisten liefen auf den großen Schulhof und fingen sofort an, Schneebälle zu werfen, auf dem Eis zu schlittern, miteinander zu ringen oder auf die Steinmauern zu klettern. Andere schlenderten ruhig in kleinen Gruppen durch die Gewölbegänge und sprachen miteinander. Manche lehnten allein an den Hauswänden oder versteckten sich in einer dunklen Ecke.

Nils wartete, bis der Strom aufgehört hatte, und betrat dann durch eine der Türen das Gebäude. Nachdem er eine Weile in den Korridoren und Treppenhäusern gesucht hatte, fand er schließlich den Teil, wo die Klassen der Grundschule waren.

Fräulein Lind stand am Katheder und korrigierte Schulhefte. Sie war um die vierzig, trug eine Bluse und eine gemusterte Jacke. Eines der Fenster stand weit offen, die hereinströmende Kälte war beißend, aber das schien sie nicht zu stören. Als Nils den Raum betrat, schaute sie auf. Der Blick aus den hellblauen Augen war scharf und forschend, aber nicht unfreundlich.

Er ging zum Katheder und stellte sich vor.

Sie nickte kurz, schlug das Heft zu, holte tief Luft, als würde sie sich auf das Schlimmste vorbereiten. »Es geht um Alice, nicht wahr? Hat man sie gefunden?«

»Nein, leider nicht, unsere Nachforschungen haben bisher zu keinem Ergebnis geführt. Wir versuchen jetzt, so viel wie möglich über sie herauszubekommen und über die Menschen, die sie normalerweise traf. Sie können uns vielleicht helfen, Fräulein Lind. Was haben Sie gedacht, als Alice letzten Montag nicht zur Schule kam?«

»Ich war erstaunt. Alice ist sehr selten krank. Ich glaube, sie hat noch keinen einzigen Tag gefehlt. Auf dem Nachhauseweg sah ich Zettel an den Laternen, dass sie verschwunden sei. Und gestern hatte die Familie eine

Annonce in die Zeitung gesetzt. Unter der Rubrik persönlich. Da habe ich mir natürlich Sorgen gemacht.«

»Wie würden Sie Alice beschreiben?«

Fräulein Lind dachte einen Augenblick nach.

»Wenn Sie mich vor einem Jahr gefragt hätten, dann hätte ich geantwortet, dass sie ein ganz fantastisches kleines Mädchen ist. Höflich gegenüber Erwachsenen. Freundlich und hilfsbereit gegenüber den Schulkameraden. Intelligent. Aber sie hat sich verändert.«

»Inwiefern?«

Nils setzte sich in eine der schmalen Schulbänke und holte sein Notizbuch und den Bleistift aus der Jackentasche.

»Als Alice bei mir in der ersten Klasse anfing, war sie die wissbegierigste und begabteste Schülerin, die ich jemals hatte. Manche Kinder können ein paar Buchstaben, wenn sie in die Schule kommen, manche können sogar lesen. Alice konnte nichts davon, aber sie lernte unglaublich schnell, ganz von selbst verband sie die Buchstaben zu Wörtern, obwohl wir da noch gar nicht waren. Es war, als würde sie spüren, wie sie es machen musste. Noch bevor das erste Halbjahr vorbei war, konnte sie fließend lesen. Genauso war es mit den Zahlen. Sie verstand sofort das Prinzip von Addition und Subtraktion. Aber was sie wirklich interessierte, das waren Tiere.«

Nils schaute von seinem Notizbuch auf. »Was für Tiere?«

»Alle Tiere«, sagte die Lehrerin mit einem kleinen Lächeln. »Es fing damit an, dass die Klasse einen Studienbesuch im Naturhistorischen Museum machte. Danach redete sie von nichts anderem mehr als von Zebras und Walen und Käfern und all dem anderen, was sie dort gesehen hatte. An den Sonntagen ging sie mit ihrem Kindermädchen und ihren Geschwistern hin. Wenn die anderen Schüler sich mit Buchstaben und Ziffern abmühten, ließ ich sie illustrierte Zoologiebücher anschauen, damit sie beschäftigt war. Ich hatte das Problem, dass sie und die anderen auf so verschiedenen Stufen waren. Sie durfte ein Buch über Tiere in der afrikanischen Savanne mit nach Hause nehmen, und ich bekam es ein paar Tage später zurück. In einem perfekten Zustand. Als Dank dafür machte sie ein eigenes Buch über Tiere und gab es mir. Ich zeige es Ihnen.«

Fräulein Lind wurde plötzlich eifrig. Sie bückte sich, öffnete die Klappe ihres Katheders und holte das Buch von Alice heraus. Es bestand aus gefalteten Papierbögen, die im Rücken ordentlich mit rotem Seidenfaden vernäht waren. Die Seiten waren mit Bleistiftzeichnungen von wilden Tieren illustriert, die mit Wasserfarben angemalt waren, ausgesprochen avanciert für ein Kind in diesem Alter. Unter jeder Zeichnung stand der Name des Tieres, in ordentlichen Großbuchstaben in Schwedisch und Latein geschrieben.

Nils blätterte vorsichtig durch die Seiten. »Hat sie das selbst gemacht? Das ist wirklich beeindruckend.«

Fräulein Lind legte das Buch wieder in den Kathederschrank und fuhr fort: »Im Herbst war sie mit ihrem Vater im Kino und sah *Eine verschwundene Welt*. Danach erzählte sie viel über Dinosaurier. Ich lieh ihr ein weiteres Buch von mir. Ein neu erschienenes Bildwerk über vorzeitliche Tiere, ich dachte, es könnte ihr gefallen. Aber das habe ich nicht zurückbekommen. Alice ist leider sehr viel unordentlicher geworden.«

»Ja, genau, Sie hatten erwähnt, dass sie sich verändert hat. Wann genau geschah diese Veränderung?«

»Während des Sommers. Als Alice aus den Sommerferien zurückkam, war sie auf einmal unkonzentriert und unordentlich. Sie konnte nicht mehr stillsitzen, hörte nicht zu, wenn man sie ansprach, und konnte ihre Aufgaben nicht mehr erledigen. Sie hatte überhaupt keine Geduld mehr. Wenn etwas nicht so lief, wie sie wollte, wurde sie wütend. Dann konnte es vorkommen, dass sie ihr Rechenheft auf den Boden warf und darauf herumtrampelte. Wenn Kameraden im Weg standen, wurden sie geschubst und getreten. Letzte Woche schlug sie einem Jungen mit einem Lineal auf den Kopf, und als ich sie zurechtwies, lief sie aus dem Klassenzimmer und rannte auf dem Schulhof im Kreis, ohne Mantel in der Kälte. Als der Rektor hinunterging, um sie zu holen ...« Fräulein Lind senkte die Stimme zu einem Flüstern, als sie das Unerhörte aussprach: »... *spuckte sie ihm ins Gesicht.*«

In ihren hellblauen Augen war weder Aufregung noch Verurteilung, nur eine tiefe Traurigkeit.

»Haben Sie mit ihren Eltern gesprochen?«, fragte Nils.

»Sowohl ich als auch der Rektor haben mit ihrem Vater gesprochen.«

»Hatte er eine Erklärung für das Verhalten des Mädchens?«

»Nein. Sie war zu Hause offenbar genauso. Seine Strafen hatten keinen Effekt.«

»Haben Sie eine Erklärung, Fräulein Lind?«

Sie schüttelte resigniert den Kopf. »Es ist zu merkwürdig. Sie sitzt da in der Bank mit ihren blonden Locken und ihrem niedlichen Gesicht. Sie ist ein sehr hübsches Kind, habe ich das bereits gesagt? Aber das ist nur eine Schale. Innen drin ist sie ein ganz anderes Mädchen. Ich finde es schrecklich, dass ich das sagen muss. Denn natürlich ist das die gleiche Alice. Als sie ihren Schulkameraden mit dem Lineal schlug und ich sie ausschimpfte, da bedrohte sie mich mit dem Lineal, als wäre es eine Waffe. Ich bekam wirklich Angst, auch wenn ich versuchte, es nicht zu zeigen. Ihre Augen verdunkelten sich, sie war unglaublich wütend. Ich hörte das Lineal, in der Luft sausen, aber sie traf mich nicht. Und plötzlich sah ich in ihren Augen, dass sie genauso viel Angst hatte wie ich. Sie schaute mich an, entsetzt und bittend zugleich, als wolle sie sagen: ›Verzeih mir, ich kann nichts dafür.‹ Und dann warf sie plötzlich das Lineal auf den Boden und rannte hinaus. Als müsste sie sich davon entfernen, um mir nicht weh zu tun.«

Fräulein Lind schwieg. Durch das offene Fenster hörte man das Rufen und Lachen der Schulkinder. Im Klassenzimmer war es sehr kalt geworden.

»Hat sie keine Freundin in der Klasse?«, fragte Nils. »Jemand, mit dem sie sich nach der Schule trifft?«

»Nein. Sie kommt nicht mehr mit den anderen Kindern zurecht.«

»Aber bis letzten Montag ist sie auf jeden Fall noch hergekommen? Sie sagten, Sie seien erstaunt gewesen, als sie nicht auftauchte.«

»Ja, sie ist jeden Morgen gekommen. Und sie ist nie zu spät. Obwohl sie ihre Hausaufgaben nicht ordentlich macht und mit ihren Kameraden streitet, hatte ich das

Gefühl, dass sie hier sein will. Als wäre das Klassenzimmer eine Art Sicherheit für sie.«

»Vielleicht sind ja Sie die Sicherheit, Fräulein Lind? Sie mag Sie, nicht wahr?«

Die Lehrerin errötete leicht. »Ich glaube schon.«

Die Schulglocke läutete, als Zeichen dafür, dass die Pause zu Ende war. Nils steckte sein Notizbuch in die Jackentasche.

»Bevor Sie gehen, möchte ich Ihnen noch etwas zeigen«, sagte Fräulein Lind.

Sie ging zu einer Schulbank und öffnete den Deckel. Sie seufzte über das Durcheinander von Büchern und Zetteln, suchte ein wenig und zog schließlich ein Schreibheft heraus. »Sie haben doch gesehen, wie Alice vor einem Jahr geschrieben hat?«

»In perfekten Großbuchstaben«, sagte Nils.

»So schreibt sie heute.«

Fräulein Lind schlug das Heft auf und reichte es ihm. Die Buchstaben waren unförmig und unsicher geschrieben. Sie waren verschieden groß und hielten sich nicht an die Linien. Der Text war fast unleserlich.

»Man sollte nicht glauben, dass dies dasselbe Kind ist«, sagte er.

»Es hat vermutlich mit einer anderen Sache zu tun, die mich erstaunt.«

Die Glocke läutete ein weiteres Mal. Schuhgetrampel dröhnte auf den Treppen des Schulgebäudes. Im Korridor wurde es immer lauter.

»Als Alice in die erste und zweite Klasse ging, war sie rechtshändig«, fuhr Fräulein Lind fort. »Aber als sie nach diesem Sommer zurückkam, war sie linkshändig.«

»Ganz und gar?«

»Ganz und gar. Ich sagte, sie solle den Stift in der rechten Hand halten wie bisher. Sie versuchte es. Aber da konnte sie fast gar nicht mehr schreiben. Sobald ich mich umdrehte, nahm sie den Stift wieder in die linke Hand.«

»Ist das üblich, dass Kinder die Händigkeit wechseln?«

»Nein. Ich habe so etwas noch nie erlebt.« Fräulein Lind nahm das Schreibheft wieder an sich und legte es in Alice' Bank. »Entschuldigen Sie mich, Herr Kommissar, aber jetzt muss ich mit dem Unterricht weitermachen.«

Sie schloss das Fenster, ging dann zur Tür und machte sie weit auf.

Der Lärm wurde sofort weniger, die Kinder stellten sich rasch in zwei geraden Reihen im Korridor auf. Nils ging zwischen den Reihen hindurch, weiter durch das Schulgebäude und hinaus in die Kälte.

Der Schulhof war jetzt leer, ein weißes Feld unter dem grauen Himmel, übersät von Fußspuren, als wäre ein Kriegsheer vorbeigezogen.

Er zog seine Handschuhe an. Die Geräusche der Stadt stiegen zu ihm hinauf, klar und metallisch in der stillstehenden Luft.

Er versuchte, sich Alice hier draußen vorzustellen, bezaubernd blond gelockt und völlig außer sich. Im Kreis laufend. Bis der Rektor sie einfing und sie ihm ins Gesicht spuckte.

22

Als Nils wieder ins Polizeirevier kam, war es drei Uhr. Auf die ihm eigene langsame und umständliche Art schrieb er seine Notizen auf der Schreibmaschine ins Reine. Als sein Zeigefinger nach der Taste für den Buchstaben Z wie in »Zoologiebuch« suchte, trat Kommissar Nordfeldt ein und schloss die Tür hinter sich.

»Schon zurück? Sie haben also die Lehrerin getroffen? Ausgezeichnet, aber jetzt möchte ich Sie bitten, zu mir zu kommen«, sagte er, gerade als Nils gefunden hatte, was er suchte.

Es war die am wenigsten abgenutzte Taste, das hätte er sich denken können. Er drückte sie herunter und sah zu seinem Vorgesetzten hoch.

»Ich habe Filip Guldin bei mir sitzen«, zischte der Kommissar. Er zeigte mit dem Daumen über die Schulter und grinste stolz, als hätte er ein seltenes Tier eingefangen. »Ich habe ihn am Telefon erwischt. Er versuchte sich herauszuwinden, aber ich habe ihm klargemacht, dass er zu einem Zeugenverhör geladen ist und ich ihn von meinen Beamten holen lassen würde, wenn er nicht freiwillig käme. Da kam er dann schnell wie ein Pfeil.«

Der Kommissar blinzelte Nils zu und öffnete dann die Tür, die ihre Zimmer trennte.

Filip Guldin saß nicht auf dem Besucherstuhl. Stattdessen lief er unruhig hin und her, er erinnerte wirklich an ein wildes Tier in einem Käfig und hinterließ eine Spur von geschmolzenem, schmutzigem Schnee.

Als die Kommissare hereinkamen, blieb er stehen und rief aus: »Zeugenverhör? Was soll das heißen? Was soll ich denn bezeugen? Wäre es nicht besser, wenn ich versuchen würde, meine Tochter zu finden? Ihre nichtsnutzigen Polizisten machen das ja nicht.«

»Setzen Sie sich!«, brüllte Kommissar Nordfeldt mit seiner Offiziersstimme, die er nur bei ganz besonderen Gelegenheiten verwendete. Sie hatte immer einen erstaunlichen Effekt, zumindest bei Männern, die ihren Wehrdienst gemacht hatten.

Guldin setzte sich sofort auf den Stuhl, den Nordfeldt ihm anwies.

»Nun ja, aber machen Sie bitte schnell«, sagte er.

Der Kommissar setzte sich auf die andere Seite des Schreibtisches. Nils holte einen Stuhl und setzte sich neben ihn.

»Das hier ist Hauptwachtmeister Gunnarsson«, sagte Nordfeldt mit ruhiger Stimme. »Er und ich, wir wollen so viel wie möglich über Ihre Tochter erfahren. So können wir die Suche effektiver gestalten. Da Sie ihr Vater sind, gehe ich davon aus, dass Sie eine der Personen sind, die sie am besten kennt. Ihre kranke Ehefrau wollen wir natürlich nicht stören. Mit dem Kindermädchen haben wir bereits gesprochen. Und Hauptwachtmeister Gunnarsson hat kürzlich die Lehrerin von Alice getroffen. Jetzt fehlen nur noch Sie, Herr Guldin. Deshalb sind Sie hier.«

»Aha. Und was wollen Sie wissen?«

»Wie würden Sie Ihre Tochter beschreiben?«

»Niedlich wie ein kleiner Engel«, kam es prompt. »Aber leider ein richtiger Tunichtgut.«

»Inwiefern?«

»Ungehorsam. Benimmt sich schlecht. Macht Dinge kaputt. Schlägt ihre kleinen Geschwister. Prügelt sich in der Schule.« Guldin kratzte sich hörbar seine roten Bartstoppeln und schaute betrübt drein. »Es ist nicht schön, so etwas über die eigene Tochter sagen zu müssen, Herr Kommissar. Besonders dann nicht, wenn sie verschwunden ist. Aber es ist die Wahrheit. Und genau deshalb mache ich mir Sorgen.«

»Sie meinen also, dass ihr Verhalten etwas mit ihrem Verschwinden zu tun haben könnte?«

»Ganz genau. Sie benimmt sich auch gegenüber Erwachsenen ungehörig, verstehen Sie. Völlig respektlos. Können Sie sich vorstellen, sie hat ihrem Rektor ins Gesicht gespuckt! Ich bin in die Schule gerufen worden. Sehr unangenehm. Es wundert mich, dass er ihr nicht eine Tracht Prügel mit dem Stock verpasst hat. Das hätte man zu meiner Zeit wahrlich getan. Das ist natürlich wegen der engelsgleichen Locken.« Er schnaubte. »Ich hätte sie besser erziehen müssen. Aber ich hatte keine Zeit. Es ist nicht die Aufgabe eines Mannes, Kinder zu erziehen. Ihre Mutter ist kränklich. Das Kindermädchen verhätschelt sie nur. Ich hätte ein anderes Kindermädchen anstellen sollen. Ja, das hätte ich tun sollen.« Er nickte eifrig für sich selbst, als wäre ihm diese Erkenntnis gerade eben gekommen. »Das jetzige ist einfach viel zu jung. Ich hätte ein älteres anstellen sollen. Ein ausgebildetes Kindermädchen mit Erfahrung.«

»Und warum haben Sie das nicht getan?«

»Die Situation war akut. Ich brauchte schnell jemanden.«

»Aber Alice ist nicht immer so gewesen, nicht wahr?«, bemerkte Nils.

»Nein, sie war anfangs ein ganz liebes Mädchen. Aber ihre Erziehung ist vernachlässigt worden. Niemand hat die schlechten Angewohnheiten gestoppt.«

»Was hat Ihre Familie im letzten Sommer gemacht?«, fuhr Nils fort.

Filip Guldin drehte sich erstaunt zu ihm um. »Im letzten Sommer? Warum ist das wichtig?«

»Alice' Lehrerin hat gesagt, die Veränderung sei während der Sommerferien eingetreten. Ist da etwas Besonderes passiert?«

Guldin machte eine Geste des völligen Unverständnisses. »Nein.«

»Sind Sie in den Ferien irgendwohin verreist?«

»Ferien!«, rief Guldin aufgebracht aus. »Glauben Sie, ich hätte Zeit, mir Ferien zu nehmen? Ich war vollauf damit beschäftigt, die wirtschaftliche Lage meiner Familie zu ordnen. Meine Frau hatte gerade ein Kind geboren. Sie hat es an den Nerven und wollte sich nicht um das Kind kümmern. Die Haushälterin kündigte ohne Vorwarnung und verschwand. Das Kindermädchen war untauglich. Unser Leben war ein einziges Chaos. Also, nein, Herr Hauptkommissar, wir sind nicht in Urlaub gefahren.«

»Sie waren also den ganzen Sommer zu Hause?«

»Ja! Ich habe gearbeitet. Finanziers gesucht.«

»Und Alice? War sie auch zu Hause? Sie war nicht in einem Kinderheim oder bei Verwandten?«

»Nein, nein.«

Nils merkte, dass er das Verhör übernommen hatte. Er schaute Kommissar Nordfeldt fragend an, der ihm mit einem fast unmerklichen Nicken sein Einverständnis gab, weiterzumachen.

»Was machte Alice tagsüber, wenn Sie arbeiteten?«

Filip Guldin schnaubte, als würde Nils' Sturheit ihn ermüden. »Meine Güte, ich habe keine Ahnung! Sie war mit dem Kindermädchen und ihren Geschwistern zusammen. Sie waren wohl im Schlosspark oder so. Das sind sie meistens. Spielen, füttern die Tiere, kaufen Eis, was weiß ich? Ich hatte anderes im Kopf.«

»Es ist also, soweit Sie wissen, im letzten Sommer nichts Besonderes geschehen?«

»Hören Sie mir eigentlich zu? Ich habe doch gerade erzählt, dass wir im Chaos lebten. Etwas Besonderes?« Er warf den Kopf nach hinten und stieß ein gellendes Lachen aus. »Nein, nein. Außer dass ich am Rand des Abgrunds stand und von Gläubigern gejagt wurde, die schlimmer sind als blutdurstige Hyänen. Und von einem Neugeborenen terrorisiert wurde, das Tag und Nacht schrie, von einer Ehefrau mit einem akuten Nervenzusammenbruch und einer sogenannten *treuen Dienerin,* die uns verraten hat und ihre Sachen packte, als sie am dringendsten gebraucht wurde.«

»Ach ja, genau«, erinnerte sich Nordfeldt. »Wo ist die Haushälterin hingegangen, nachdem sie Sie verlassen hatte?«

Guldin schien erstaunt zu sein über eine so uninteressante Frage. Er machte eine unbestimmte Handbewegung.

»Keine Ahnung! Sie hat uns verlassen! Aber ich habe sie ein paarmal in der Stadt gesehen«, fügte er bitter hinzu. »Ich nehme an, sie arbeitet jetzt bei einer anderen Familie, wo es ruhiger zugeht.«

»Was glauben Sie selbst, was ist mit Ihrer Tochter geschehen?«

Die gestikulierenden Hände fielen in seinen Schoß. Ein paar Sekunden lang saß Filip Guldin völlig bewegungslos da und starrte auf den Boden. Nordfeldts direkte Frage schien seinen egozentrischen Verdruss verdrängt zu haben und etwas erheblich Dunkleres in ihm zu entblößen.

»Ich glaube«, sagte er mit finsterer Stimme, »dass sie sich vielleicht gegenüber jemandem schlecht benommen hat. Jemandem, der nicht so gutmütig ist wie ihre Lehrerin oder der Rektor oder das Kindermädchen. Jemandem, der sie richtig hart angefasst hat.« Er nickte langsam. »Das fürchte ich. Leider.«

»Kommt es vor, dass Sie selbst richtig hart zufassen?«

Nordfeldts Ton war neutral, fast uninteressiert, aber Guldin verstand den Unterton. Seine Kiefermuskeln strafften sich, und er schaute dem Kommissar starr in die Augen.

»Gegenüber Alice?«

Nordfeldt nickte.

»Nein! Aber ich wünschte, ich hätte es getan. Rechtzeitig. Dann würde ich vielleicht heute nicht hier sitzen.«

»Was haben Sie letzten Sonntag gemacht? Von drei Uhr an?«

»Das habe ich bereits erzählt. Ich habe Geschäftsfreunde getroffen. Ich möchte eine neue Firma aufziehen und suche einen Teilhaber. Wir haben über Geschäftsideen diskutiert.«

»Wo waren Sie?«

»An verschiedenen Orten. Unter anderem habe ich im Continental zu Abend gegessen. Es ist schön, wenn man zur Abwechslung mal gut zubereitetes Essen bekommt. Haben Sie noch mehr Fragen, Herr Kommissar, oder kann ich jetzt gehen?«

»Wenn Hauptwachtmeister Gunnarsson nicht noch etwas fragen möchte, dann sind wir fertig«, sagte Nordfeldt mit einem Blick auf Nils.

»Ich habe noch eine Frage«, sagte Nils. »Ist Alice Links- oder Rechtshänderin?«

Nordfeldt, der Nils' Bericht noch nicht gelesen hatte, schaute ein wenig erstaunt.

»Was ist das für eine Frage!«, zischte Guldin. »Machen Sie sich über mich lustig?«

»Welche Hand verwendet sie meistens?«, fuhr Nils ruhig fort. »Wenn sie schreibt oder zeichnet, zum Beispiel.«

»Rechts, nehme ich an. Ich weiß es nicht. Ich schaue ihr nicht zu, wenn sie schreibt oder zeichnet. Das müssen Sie das Kindermädchen fragen. Jetzt habe ich keine Zeit mehr für weitere Fragen. Adieu.«

Er stand auf und ging zur Tür, blieb dort jedoch stehen und schaute über die Schulter: »Aber es würde mich nicht wundern, wenn diese kleine Meerkatze die linke Hand verwenden würde. Nur so zum Spaß.«

Filip Guldin verließ den Raum und schlug die Tür hinter sich zu.

»Warum um Himmels willen haben Sie das mit den Händen gefragt?«, sagte Kommissar Nordfeldt.

Nils erzählte ihm von der Beobachtung der Lehrerin.

»Hm. Ja, das ist ziemlich ungewöhnlich. Aber über diesen Herrn«, Nordfeldt zeigte auf die Tür, »möchte ich noch mehr wissen. Stimmt es, dass er sich in der Bierkneipe Zum Greif aufzuhalten pflegt, haben Sie das gesagt?«

»Frau Forsell hat ihn zumindest letzten Dienstagabend dort gesehen.«

»Hauptwachtmeister Rahm soll hingehen und diensthalber ein Bier trinken. Inkognito. Wir müssen auch das Personal im Continental befragen.«

»Und versuchen, die Haushälterin zu finden, die gekündigt hat«, fügte Nils hinzu.

23

»Suchen Sie etwas, gnädige Frau?«, fragte Maggie.

Ellen stand in der großen Abstellkammer im Flur und kramte zwischen großen Koffern, eleganten Aktentaschen, Bergen von Notenheften und Grammophonplatten, Golf- und Tennisschlägern. Und Schuhen! Sie hatte keine Ahnung gehabt, dass Georg so viele Schuhe besaß.

»Meine Schreibmaschine. Ich weiß, dass ich sie hier hereingestellt habe, als ich einzog«, sagte sie.

»Der gnädige Herr hat sie wohl in den Keller gebracht«, sagte Maggie. »Die gnädige Frau braucht sie ja nicht mehr, oder?«

Ellen suchte weiter, ohne zu antworten.

»Möchten Sie einen wichtigen Brief auf der Maschine abgeschrieben haben, gnädige Frau? Darum kann sich Frau Engdahl kümmern. Geben Sie den Brief dem gnädigen Herrn mit ins Büro.«

Frau Engdahl war Georgs Sekretärin, eine Dame gleichen unbestimmbaren Alters wie Maggie. Obwohl die beiden Frauen sich noch nie von Angesicht zu Angesicht getroffen hatten, herrschte zwischen ihnen eine Art Schwesterlichkeit, die sich auf dem gemeinsamen Interesse für Georgs Wohlergehen gründete und die eigenartigerweise von jeglicher Rivalität befreit war. Maggie war dankbar, dass Georg während seiner Arbeitszeit unter dem Schutz einer so klugen und fürsorglichen Frau wie Frau Engdahl stand, und sie war überzeugt davon, dass diese ihr die gleiche Dankbarkeit entgegenbrachte, weil sie sich die restliche Zeit so gut um ihren Schützling kümmerte.

»Haben Sie nichts in der Küche zu tun, Maggie?«, fragte Ellen aus der Abstellkammer.

»Ich wollte der gnädigen Frau nur helfen, zu finden, was sie sucht«, sagte Maggie. »Ich weiß, wo fast alles in diesem Haus zu finden ist.« Der ausladende Körper füllte nun fast ganz die Öffnung der Abstellkammer und verdeckte das Licht aus dem Flur. »Die Schuhe stehen in einer bestimmten Ordnung, die Sommerschuhe ganz oben. Ich glaube nicht, dass es dem Herrn recht ist, wenn die gnädige Frau sie woanders hinstellt.«

»Das habe ich auch nicht getan.«

»Und in diesem Karton ist der Weihnachtsschmuck. Es sind Erbstücke aus seinem Elternhaus, sehr alte und empfindliche Sachen.«

»Das ist kein Karton«, sagte Ellen triumphierend. »Das ist meine Schreibmaschine!«

Ja, tatsächlich. Da war sie, unter ihrer dunkelgrünen Haube. Freude durchfuhr sie, als hätte sie einen alten Freund wiedergefunden. Sie wuchtete die schwere Maschine heraus.

»Könnten Sie bitte ein wenig zur Seite gehen, Maggie, damit ich sie herausbekomme.«

Sie schleppte die Schreibmaschine ins Schlafzimmer, stellte sie auf den niedlichen kleinen Damenschreibtisch und schloss die Tür. Dann kontrollierte sie, dass das Farbband noch drin war, und holte ihr Notizbuch aus der Tasche. Jetzt brauchte sie nur noch Papier. In der Schreibtischschublade fand sie einen Stapel Briefpapier von feinster Qualität. Sie spannte ein Blatt ein und schrieb *Ein Tag in der Markthalle.*

Dort hatte sie nämlich den Vormittag verbracht, nach ihrem Treffen mit Nils im Polizeicafé. Sie wollte dieses Mal nichts einkaufen, sondern Kunden und Verkäufer beobachten, heimlich Gespräche belauschen und vor allem die Atmosphäre in sich aufnehmen. Die Idee war ihr gestern gekommen, als sie am Fleischwarenstand hatte warten müssen. Eine stimmungsvolle Reportage oder eine geistreiche Glosse. Vielleicht mit einer kleinen satirischen Spitze. Über die verschiedenen Kunden, die sich vor den Ständen drängten. Die Wohlhabenden, die Delikatessen kauften, ohne nach dem Preis zu fragen, und solche wie Maj, die übrig gebliebene magere Schweineknochen bekamen. Preisbewusste alte Haushälterinnen wie Maggie und frisch verheiratete Frauen wie sie selbst, die man leicht übers Ohr hauen konnte. Und natürlich jede Menge Düfte, Farben und Geschmackserlebnisse. Ein wenig wie Zolas *Die Hallen.* Sie war über eine Stunde mit ihrem Notizbuch in der Markthalle umhergegangen, und als sie nun an ihrer Schreibmaschine saß, ging ihr das Schreiben spielerisch leicht von der Hand.

Als sie fertig war, spannte sie sofort ein neues Papier in die Maschine und fuhr mit einer weiteren Glosse fort, *Ein Tag am Schlittenhang.* Dafür hatte sie keine Notizen, sie schrieb aus der Erinnerung von ihren Spaziergängen im Schlosspark.

»Entschuldigen Sie, dass ich so einfach hereinkomme«, sagte Maggie, die plötzlich im Schlafzimmer stand.

»Und wie wäre es mit Anklopfen?«, sagte Ellen.

»Ich habe ein paarmal angeklopft. Aber die gnädige Frau hat mich nicht gehört, weil dieser Apparat so unglaublich laut ist. Und es geht auch um diesen Apparat, der so schrecklich laut klappert und dröhnt. Ja, darum geht es. Um den Lärm.«

»Die Maschine ist nun einmal so laut. Ich kann nicht leiser schreiben. Genauso wenig, wie man leiser staubsaugen kann, nicht wahr, Maggie? Fühlen Sie sich gestört?«

»Ach, um mich geht es nicht. Ich kann das aushalten. Aber der gnädige Herr möchte oft Radio oder Grammophonplatten hören, wenn er nach Hause kommt. Und er möchte es ruhig und still haben.«

»Das weiß ich, Maggie. Wenn ich arbeiten darf, ohne dass Sie mich unterbrechen, dann werde ich rechtzeitig fertig sein, bevor Georg nach Hause kommt.«

»Arbeiten«, murmelte Maggie. Es gelang ihr, in dieses eine kaum hörbare Wort tonnenweise Verachtung und Hohn zu legen. Dann verließ sie sofort das Zimmer.

Ellen schrieb weiter, aber sie hatte ein wenig den Spaß verloren. Als sie fertig war, las sie ihre Texte noch einmal durch. Sie war mit beiden recht zufrieden. Ja, sie waren erstaunlich gut, wenn man bedachte, wie eingerostet sie war. Ein kleines bisschen Bearbeitung, und man konnte sie publizieren. Sie könnte ganz einfach in eine Zeitungsredaktion gehen und sie dort abgeben. An die feine Handelszeitung brauchte sie nicht zu denken. Aber sie könnte es mit der *Göteborgs-Posten* versuchen. Sie klopfte den Papierstapel auf die Tischplatte und legte ihn säuberlich neben die Schreibmaschine.

24

Nachdem alle Besucher gegangen waren und das Museum geschlossen hatte, machte Leonard Jägerskiöld seine übliche Runde, die Hände hatte er hinter dem Rücken verschränkt. Ein mildes Abendlicht ruhte über den menschenleeren Sälen. Wie es sich gehörte, begann er bei den einfachen Schwamm- und Nesseltieren und wanderte weiter hinauf durch die Evolution.

In der Weichtierabteilung notierte er, dass der Tintenfisch wieder an seinem Platz war, in einem neuen Glasgefäß präpariert. Die Glasscheibe der Vitrine fehlte immer noch. Der Glaser war da gewesen, hatte die kaputte Scheibe entfernt und für eine neue Maß genommen, sie sollte spätestens am Freitag geliefert werden. Professor Jägerskiöld nickte vor sich hin und ging weiter.

Er kannte das Museum wie seine Westentasche. Zusammen mit dem Architekten hatte er alles bis ins kleinste Detail geplant. Von der Konstruktion der Vitrinen bis zur Platzierung der Fenster im Säugetiersaal. Unter so schwierigen Bedingungen wie Weltkrieg, Materialmangel und davongaloppierenden Preisen hatte er persönlich mit Lieferanten und Handwerkern verhandelt, mit Politikern argumentiert und die Eitelkeit von Spendern gekitzelt.

Mit fester Hand hatte er dann den großen Umzug aus dem alten Museum organisiert und überwacht. Eigentlich hatte niemand eine Ahnung gehabt, wie viel in dessen Kellern und Kammern Platz gehabt hatte. Hübsche, aber für die Wissenschaft völlig wertlose Sammlungen von Muscheln, Steinen und Federn, die nach einem System geordnet waren, das nur der Sammler selbst verstand. Braungelbe Menschenschädel. Skandinaviens größte Sammlung von Eingeweidewürmern. Schrumpelige, übelriechende Objekte, deren Etikette so verblasst waren, dass niemand mehr wusste, was es war. Sie hatten keine Zeit gehabt, die Sachen zu bewerten und auszusortieren, alles musste mit.

Es war ihm gelungen, eine Schar von Freiwilligen zu begeistern. Biologielehrer, Studenten, Ornithologen und Amateursammler. Mithilfe von Tausenden zusammengebettelten Fischkisten und geliehenen Fahrzeugen aller Art wurden die Sammlungen aus dem Ostindienhaus am großen Hafenkanal in das neue Museum im Schlosspark gebracht. Auf Lastwägen und mit handgezogenen Karren wurden Tiger, Löwen und Eisbären durch die Straßen Göteborgs gezogen wie eine Zirkuskarawane. Es ging das Gerücht, dass der Verband der Antialkoholiker an diesen Tagen viele neue Mitglieder bekommen hatte, die nach diesen beängstigenden Halluzinationen Besserung schworen. Der Wal war da schon lange an Ort und Stelle. Er war verfrachtet worden, bevor das Museum fertig gebaut war, und erst danach wurden die Mauern des Walsaals hochgezogen. Bis zum Schluss hatte man gearbeitet, damit die Ausstellungssäle zum Tag der Eröffnung fertig wurden. Und am 8. Juli 1923, während der Jubiläumsausstellung und der Zusammenkunft der Skandinavischen Naturforscher, waren die

Türen des neuen Museums geöffnet worden. Alles war nach Plan verlaufen. Die Presse nannte es einen Erfolg. Professor Jägerskiöld hatte einen tiefen Seufzer der Erleichterung getan.

Das Museum war genauso geworden, wie er gehofft hatte, und er tat nichts lieber, als es anderen zu zeigen. Am allerliebsten machte er jedoch diese Runde allein, wenn das Museum geschlossen war, durch die stillen, dämmrigen Säle, von den niederen Tierarten zu den höheren, wie ein Gott, der seine Schöpfung betrachtet und findet, dass es gut ist.

Aber an diesem Nachmittag störte ihn etwas. Eine kleine, subtile Veränderung. Über den Sälen schien eine Unruhe zu schweben, vibrierend und elektrisch geladen wie die Luft vor einem Gewitter. Es war das gleiche Gefühl, wie wenn ein neues Tier in einem der Säle aufgestellt worden war. Ein kurzer Moment des Ungleichgewichts, bis dessen Anwesenheit sich natürlich anfühlte. Bevor es, gewissermaßen, in die Herde aufgenommen wurde.

Es musste mit dem verschwundenen Mädchen zu tun haben. Die Suche und die polizeilichen Verhöre des Personals. Ungeschickte Polizisten in den Magazinräumen, die jede Kiste und jedes Regal durchsuchten. Nur um festzustellen, dass das Mädchen nicht da war. Natürlich nicht. Das hätte er ihnen von Anfang an sagen können.

Er ging weiter durch die Säle. Überall konnte er diese vage Unruhe spüren.

In der Mitte des Säugetiersaals blieb er stehen und schaute sich um. Da war etwas mit den Vitrinen. Mit den Tieren. Als hätten sie sich ein wenig bewegt. Näher ans Glas heran oder davon weg, ein bisschen nach rechts oder nach links.

Vermutlich war es seine Augenkrankheit in Kombination mit dem Dämmerlicht, die ihm einen Streich spielte.

Er ging in die Vogelgalerie und schaute jede Art mit einem kritischen Blick an. Die vielen Exemplare unterschiedlicher Papageien verwirrten ihn.

Es war keiner verschwunden, überhaupt nicht, im Gegenteil, er hatte das Gefühl, als seien sie absurderweise *mehr geworden*! Natürlich eine Sinnestäuschung, es waren keine neuen Exemplare eingestellt worden. Aber waren sie wirklich in dieser Reihenfolge ausgestellt gewesen? Und konnte man es überhaupt eine Reihenfolge nennen? Er hatte schon immer gefunden, dass diese merkwürdigen Vögel etwas Aufrührerisches hatten – die schreienden Farben, die leicht struppigen Federn und der trotzige Blick. Auf seinen Forschungsreisen hatte er hin und wieder lebende, gezähmte Exemplare angetroffen. Wenn sie den Schnabel öffneten und ihn mit Beschimpfungen und Schwüren überschütteten, war ihm unbehaglich zumute gewesen. Als kämen die Töne aus dem hasserfüllten Innern der Vögel und nicht von einem angeborenen Nachahmungsreflex.

Jetzt hatte er das Gefühl, die Papageien säßen ziemlich durcheinander in ihrer gemeinsamen Vitrine, ohne Rücksicht auf Taxonomie oder wissenschaftliche Ordnung. Ein paar wandten ihm sogar den Rücken zu.

Er ging rasch weiter zu den nordischen Arten.

Und hier, in der Abteilung der Raubvögel, wurde deutlich, dass wirklich etwas nicht stimmte.

Der Jagdfalke saß wie immer in seinem Nest aus Zweigen. Professor Jägerskiöld wusste mit Sicherheit, dass in diesem Nest früher auch vier ganze Eier gelegen hatten. Jetzt waren nur noch drei Eier ganz. Das vierte bestand aus kaputten Schalenteilen, als wäre gerade ein Vogel geschlüpft.

Er schaute die Vitrine von allen Seiten an. Es war keine aufsehenerregende Veränderung zu bemerken. Ein normaler Besucher würde das kaputte Ei vermutlich als ein pikantes, aber naturgetreues Detail betrachten. Morgen würde er mit dem Verantwortlichen für die Vogelgalerie sprechen. Vielleicht hatte der eine Erklärung.

Jägerskiöld hatte schon öfter von solchen Ereignissen gehört. Gegenstände verschwanden oder bewegten sich unerklärlicherweise in den Vitrinen des Museums. Er hatte solche Berichte immer angezweifelt.

Im Magazin gab es jede Menge Stücke, die auch jetzt, drei Jahre nach dem Umzug aus dem alten Museum, noch nicht ihren Platz gefunden hatten. Und vielleicht nie finden würden. Bestimmte Dinge hatten sie im Überfluss. Zum Beispiel Geweihe. Jäger schenkten dem Museum gerne die Geweihe von Elchen oder Hirschen. Und alle wollten natürlich, dass ihre Trophäen einen prominenten Platz in einem der Ausstellungssäle bekämen, mit dem Namen des Spenders. Insektensammlungen zu spenden, war auch sehr beliebt. Das waren meistens leidenschaftliche Amateure, die am Ende ihrer Tage ihr Lebenswerk der Wissenschaft schenken wollten. Bedauerlicherweise enthielten diese Sammlungen selten etwas, was das Museum nicht schon hatte. Aber er nahm höflich alles entgegen und tat so, als seien die Gaben ausgesprochen wertvoll. Und tatsächlich kam es vor, dass eine Sammlung etwas Einzigartiges enthielt. Man musste alles sorgfältig durchgehen, die Bestimmung jeder Art musste kontrolliert werden, und das war sehr zeitraubend.

Bei dieser Menge von katalogisiertem und noch nicht katalogisiertem Material konnten Dinge schon mal am falschen Platz landen. Das war nicht merkwürdig. Aber dass ausgestellte Gegenstände verschwanden, daran hatte er bislang nicht geglaubt. Die Schlösser der Vitrinen waren sicher, er hatte sie beim besten Schlosser des Landes bestellt.

Und doch musste er konstatieren, dass in der Vitrine des Jagdfalken jemand etwas beschädigt hatte. Nur ein kaputtes Ei, keine große Sache. Aber das Museum war also doch nicht so sicher, wie er geglaubt hatte. Er dachte wieder an das Mädchen, das hier drinnen verschwunden sein sollte. Das Ganze war ausgesprochen merkwürdig und unangenehm.

Wie immer beendete er seine Runde bei den Dioramen. Das Dunkel in dem eckigen kleinen Zimmer umschloss ihn freundlich, und er hatte das Gefühl, sich in einem Vakuum zu befinden. Einem Warteraum, einer Gebärmutter, einer vergessenen Ecke des Universums. Einem absolut reinen Ort, wo noch nichts geschehen war und deshalb immer noch alles möglich war. In den Fenstern der Dioramen waren die verschiedenen Landschaften zu erkennen. Er schweifte gerne zwischen ihnen umher, um lange an jeder Scheibe stehen zu bleiben und Erinnerungen wieder aufleben zu lassen. Wanderungen, Jagden, Segeltörns, kameradschaftliches Leben.

Auch die Perspektive der Dioramen gefiel ihm, sie war so anders als die in seinen Erinnerungen. Den Vogelberg auf der Insel Stora Karlsö betrachtete man von weiter oben, von einem Felsvorsprung, zwischen Trottellummen, die dort brüteten und ihre Federn rupften, völlig unbeeindruckt von seiner Gegenwart, eine Situation, die kein Mensch je in Wirklichkeit erleben konnte.

Oh, die vielen Stunden, die er mit seinem Fernglas im Gebüsch gewartet hatte, um endlich etwas Interessantes zu sehen! Und dabei immer das Gefühl, das wirklich Interessante würde passieren, wenn er gegangen war. Oder war bereits vor seiner Ankunft passiert. Man kam immer zu früh oder zu spät, befand sich am falschen Ort, bekam nie das ganze Bild zu sehen. Wie sehr man auch versuchte, sich zu verstecken, wie leise man auch war. Der Traum war, sich selbst völlig verschwinden zu lassen und dennoch gegenwärtig und beobachtend zu sein. Diesen Traum zu verwirklichen, das war Olof Gylling in seinen Dioramen gelungen. Er hatte das Problem gelöst, mit dem sich alle Naturforscher und Jäger seit den Tagen der Höhlenmenschen beschäftigt hatten: die destruktive Gegenwart des Menschen. Der Jäger begehrte den kraftvollen, eleganten Hirsch, aber wenn er ihn erlegt hatte, war er nur noch ein schlaffer Sack aus Fleisch und Fell. Den Hirsch gab es nicht mehr. Das Tier entkam immer. Kein Konservator, wie geschickt er auch war, konnte daran etwas ändern.

Die Aufgabe des Museums war, die Natur und das Leben zu zeigen. Aber alles darin war tot. Ein riesiges Leichenhaus, das war es! Säle voller Leichen!

Er war schockiert, als ihm klar wurde, was er gerade

gedacht hatte. Diese Art von Gedanken beherrschte ihn sonst nicht. Er trat ein paar Schritte zurück und blieb im Dunkeln stehen, umgeben vom melancholischen, traumhaften Licht des Dioramafensters. Leichte Schatten flogen vorbei, sie stammten von den Schneeflocken, die draußen in der normalen Welt fielen. Er ging zum Jämtlandwald, stellte sich auf die unterste Treppenstufe und schaute in die Scheibe.

Ein Haus voller Tod. Aber nicht hier. Im Diorama fand das Leben statt.

Er hatte Gylling einmal gefragt, wie lange die Welt der Dioramen bestehen würde. Gylling hatte gesagt: »Mindestens hundert Jahre. Vermutlich länger.«

Ihm kam ein neuer Gedanke. Wenn eine Katastrophe eintreffen würde, die alle Geschöpfe vernichten und die ganze Natur vergiften würde, dann würden diese Dioramawelten in ihren Mauern immer noch weiter bestehen. Dieser Augenblick, tief im Wald von Jämtland, an einem Tag um die Mittsommerzeit, wenn die Elchkuh sich mit ihrem Kalb ausruht und das Schneehuhn sich im Moos versteckt, dieser Augenblick würde bestehen.

Und mit diesem aufmunternden und schönen Gedanken verließ er die Dioramen und ging in sein Arbeitszimmer im Personalgebäude.

Er setzte sich an seinen großen Schreibtisch, zündete seine Pfeife an und widmete sich dem Jahresbericht des Museums, eine Arbeit, die ins Hintertreffen geraten war wegen des Tumults um das verschwundene Mädchen. In einem behaglichen Nebel von Pfeifenrauch arbeitete er dann konzentriert weiter, während draußen im Dunkeln Schneeflocken, so groß wie Schmetterlinge, fielen.

25

Maj wollte die Lampen noch nicht anmachen. Aus den geöffneten Messingtüren des Kachelofens fiel der Feuerschein über das Parkett, rot und magisch, das übrige große Wohnzimmer lag im Dunkeln.

Sie hatte vier Sessel mit den Rücken zueinander aufgestellt und mit Hilfe von Wolldecken eine Höhle gebaut. Von da drinnen hörte sie das Lachen und Murmeln der Kinder. Maj ging auf alle viere, schob eine Decke beiseite und schaute hinein.

»Wir sind in Indien«, sagte Tore. »Im Dschungel.«

»Habt ihr auch schon Tiger gesehen?«, fragte Maj. »Dort gibt es viele. Ich habe gerade einen gesehen. Ich glaube, er ist immer noch da. Ihr bleibt also besser da drinnen.«

Sie ließ die Wolldecke fallen. Dann kroch sie auf allen vieren um die Höhle und brüllte so dumpf sie konnte. Die Kinder in der Höhle schrien vor Angst und Begeisterung.

»Habt ihr ihn gehört?«, fragte sie mit ihrer normalen Stimme.

»Jaa!«, schrien die Kinder.

Maj hörte, wie Britt mit den Fersen auf den Boden trommelte, das machte sie immer, wenn sie aufgeregt war.

Sie knurrte ein wenig, kratzte an den Wänden der

Hütte, und dann steckte sie ihre Hand zwischen zwei Decken hindurch und berührte einen kleinen Arm. In der Hütte brach ein lauter Tumult aus, sie fiel fast zusammen. War sie zu weit gegangen?

»Keine Angst, ich habe ihn verscheucht!«, rief sie freundlich und hoffte, dass sie Ingmar, der im Kinderzimmer schlief, nicht geweckt hatte.

Dann schaute sie noch einmal nach den Kindern, die in einem Berg aus Kissen in der Dunkelheit saßen, aufgeregt, aber fröhlich. Sie hatten nicht wirklich Angst.

»Ich habe eine Giftschlange nach ihm geworfen«, sagte Maj. »Er ist davongerannt, so schnell wie ein Schuss.«

Britt und Tore schauten sich an und kicherten.

»Habt ihr gewusst, dass hier in der Nähe ein See ist?«, fuhr Maj fort.

»Ein See?«

»Ja, mit schönem warmem Wasser. Kommt, ich zeige ihn euch.«

Tore kroch aus der Höhle, Britt und Marianne kamen hinterher. Sie schauten sich vorsichtig um, ob der Tiger sich wohl noch irgendwo versteckte. Sie folgten Maj durch das dunkle Wohnzimmer in den Flur.

»Wo war denn nur dieser See gleich wieder?«, fragte Maj und schaute suchend um sich. »Ich hoffe, ich finde ihn wieder.«

Sie ging weiter durch die Wohnung, die Kinder hinter sich, blieb dann am Badezimmer stehen und öffnete die Tür.

»Ah, da ist er ja!«, rief sie und zeigte auf die Badewanne, in die sie gerade Wasser eingelassen hatte. »Rein mit euch, alle drei, nehmt ein richtiges Dschungelbad!«

Sie half den Kindern aus den Kleidern und hob sie ins Wasser.

»Ist das nicht schön? Das Beste an solchen Dschungelseen ist, dass es meistens auch einen Wasserfall gibt«, sagte sie, öffnete den Wasserhahn und ließ frisches Wasser ein. Begeistert streckten die Kinder die Hände unter den Strahl.

Maj schaute zu und lachte. Spielen zu dürfen! Das war wie Magie. Ein Wunder, das jeden Tag geschah, in jedem Kinderzimmer, auf jedem Hinterhof, in jeder Waldlichtung.

Ein Kind steckt vier Stöckchen in einen Tannenzapfen, stellt ihn auf den Boden und sagt zu einem anderen Kind: »Hier kann die Kuh weiden.«

Denn man kann so tun, als wäre ein Tannenzapfen eine Kuh. Das genügt.

Aber das große Wunder geschieht, wenn das andere Kind sagt: »Wir müssen einen Zaun bauen, damit der Wolf sie nicht holt.« Dann ist es echt. Wenn jemand die gleiche Welt sieht wie man selbst, sie ohne Einwände akzeptiert und daran weiterbaut.

Maj wusste, wie wichtig diese Welten sein konnten, vor allem für Kinder, die ängstlich und traurig waren, und deshalb versuchte sie, die Guldin-Kinder so oft wie möglich zum Spielen zu ermuntern. Sie waren zu still und ernst gewesen, als sie in der Küche ihren abendlichen Brei aßen. Dachten sie viel an Alice? Wie viel verstanden sie?

Maj selbst versuchte, so wenig wie möglich an das verschwundene Mädchen zu denken. Es war zu schwer, es belastete sie zu sehr.

Ach, wenn sie das Museum doch verlassen hätten, als der Wärter sie zum ersten Mal aufforderte! Sie hätte Zeit genug gehabt, Alice zu überreden. Sie hätte sie von Vitrine zu Vitrine führen können, immer näher an den Ausgang. Sie hätte sie mit Geplauder und Scherzen ablenken können, so musste man es machen. Nicht drängen oder zwingen. Aber Maj hatte beim Anblick der glitzernden Käfer die Zeit vergessen. Sie war wie verzaubert. Und dann kam schon wieder der Wärter, und auf einmal hatten sie es eilig. Alice widersetzte sich und lief davon in Richtung der Säugetierabteilung, auf einmal war das Unglück geschehen. Oh, warum waren sie nicht früher nach Hause gegangen! Warum hatte sie nicht ...

Nein! Es half nichts, so zu denken. Sie musste sich jetzt auf die anderen Kinder konzentrieren. Sie schützen und trösten und unterhalten und sie vor allem nicht ihre eigene Sorgen und ihren Schmerz spüren lassen.

Maj war Sorgen und Schmerz gewohnt. Sie wusste, wie man mit so etwas lebte. Als sie sieben Jahre alt war, hatten die Ärzte Tuberkulose bei ihr festgestellt, die gleiche Krankheit, an der ihr Vater im Jahr zuvor gestorben war. Sie hatte zwei lange Jahre in einem Sanatorium zubringen müssen. Im ersten Jahr war ihre Mutter an jedem Sonntag mit dem Zug gekommen und hatte sie besucht. Die Zeit zwischen den Besuchen war schrecklich gewesen. Die Mutter hatte sich schrecklich nach ihrem kleinen Mädchen gesehnt und Maj sich nach ihrer Mutter. Im Jahr darauf hatte die Mutter wieder geheiratet. Nun konnte sie nicht mehr so oft kommen, ihr neuer Mann wollte sonntags nicht alleine sein. Die Besuche wurden immer seltener. Die Mutter war oft müde und hatte keine Kraft mehr für die beschwerlichen Zugfahrten. Sie erwartete ein Kind, ein Halbgeschwister von Maj, und deshalb durfte sie sich nicht zu sehr anstrengen.

Maj hatte sich an das Leben im Sanatorium gewöhnt, an die Krankheit und die Behandlungen, und sie hatte ihre Besuche nicht mehr sonderlich vermisst. Sie hatte viel gelernt, Dinge, die sie nicht kannte, bevor sie hierhergekommen war, und alles wurde besser. Vor allem hatte sie gelernt, zu spielen. Doktor Ullgard hatte gesagt, die Luft des Nadelwaldes und die Behandlungen hätten sie gesund gemacht. Aber Maj wusste, dass es die Spiele waren.

Es klopfte an die Badezimmertür, Frau Guldin schaute herein, sie trug ihren Morgenrock. Maj drehte sich zu ihr um.

»Ich bade die Kinder, gnädige Frau«, erklärte sie. »Sind sie zu laut? Wir spielen ein wenig.«

»Nein, nein. Es ist gut«, sagte Frau Guldin lächelnd und schloss wieder die Tür.

Die gnädige Frau verstand, dass man manchmal spielen musste. Der Herr verstand das auch. Aber Ellen – verstand sie das?

Zunächst hatte Maj das geglaubt. Ihr Scherzen mit den Kindern, ihre Geschichten über Drachen. Aber das war nur Einschmeichelei. Ihre neugierigen Augen hatten schnell die Wohnung abgesucht und alles in sich aufgenommen, dabei hatte sie fröhlich und unbekümmert geplaudert. Maj wurde richtig ärgerlich, wenn sie an Ellen dachte. Wie sie in der Markthalle aufgetaucht war, sich Maj mehr oder weniger aufgedrängt hatte und mit ihr nach Hause gegangen war. Wie sie die Küche betreten und in allen Schränken und Schubladen gewühlt hatte, als würde sie da wohnen. Wie sie sich bei dem gnädigen Herrn eingeschmeichelt und alle mit dem herrlichen Duft von gebratenem Fleisch berauscht hatte, wie sie die gnädige Frau verwirrt und aufgeregt hatte, bis der gnädige Herr die Geduld verlor. Es hätte richtig schlimm ausgehen können. Und dann hatte sie Maj Dinge gefragt, die sie traurig machten, an Alice denken ließen. Maj wurde auf einmal richtig wütend auf sich selbst, als sie daran dachte, was sie alles über die Familie erzählt hatte, dass sie sogar zu weinen angefangen hatte und sich von Ellen umarmen ließ. Was war nur in sie gefahren? Sie weinte sonst nie, was auch geschah. Nicht einmal bei den schrecklichen Behandlungen im Sanatorium, wenn man sie mit großen Nadeln gestochen oder ihr Schläuche in den Hals geschoben hatte.

Wer war diese Ellen eigentlich? Eine neugierige Dame im Pelzmantel, die offenbar der Polizei half. Nein, Ellen würde nie ihre Freundin werden. Maj schwor sich, sie nie wieder in die Wohnung zu lassen.

Sie seifte Mariannes kleinen Körper ein, lauschte dem Plätschern des Wassers und den hellen Stimmen der Kinder. Dampf stieg aus der Badewanne auf, weich und wohlriechend. Jetzt war sie wieder ganz ruhig.

Mit einem Lächeln dachte sie an Lottie, ihre Kinderfreundin, und an all die Spiele, die sie miteinander gespielt hatten. Sie hatten sich im Sanatorium kennengelernt, aber Lottie war nicht im gleichen Saal wie Maj untergebracht, sondern in einem Einzelzimmer, deshalb hatte es etwas gedauert, bis sie einander entdeckten. Als es beiden etwas besser ging, trafen sie sich im Kranken hauspark und waren bald unzertrennlich. Dank Lottie hatte Maj spielen gelernt. Maj setzte die Rahmen für die Spiele, Lottie verstand alles so gut und spielte ihre Rollen so lebhaft und wirklichkeitsgetreu, dass Maj ständig neue Ideen hatte. Lottie war die perfekte Spielkameradin. So eine Freundin würde Maj nie wieder finden.

Doktor Ullgard musste gemerkt haben, wie gut die beiden Mädchen einander beeinflussten, und er war sehr zufrieden, dass sie so gerne draußen waren. Sie durften sich frei im Park und im Wald hinter dem Krankenhaus bewegen. Ins Dorf oder zum See durften sie auf gar keinen Fall gehen, und auch sonst nicht weiter weg, als sie die Essensglocke hören konnten. Seine Ermahnungen waren überflüssig. Maj und Lottie blieben immer in der gleichen Gegend, zehn, zwanzig Meter in den Wald hinein. Dort, zwischen den großen, nach Harz duftenden Tannen und den moosbedeckten Felsen war ihre Welt, unendlich reich und immer in Veränderung. Dort waren sie Entdeckungsreisende im Dschungel, segelten mit großen Schiffen zu unbekannten Inseln und flogen im Luftschiff über den Nordpol. Oft spielten sie, dass sie die Elfen Sternauge und Mondglanz waren und umherschwebten. Einmal spielten sie, dass Riesen den Wald eingenommen hatten. Überall entdeckten sie deren Spuren, umgeknickte Baumstämme, enorme Fußabdrücke, und sie hörten auch ihr Keuchen in der Ferne. Ängstlich versteckten sie sich unter einer Tanne, und als die Essensglocke läutete, trauten sie sich nicht, herauszukommen, eine Helferin muss sie holen.

Sie spielten natürlich auch Krankenhaus. Als die sadistischen Krankenpflegerinnen Schwester Bolla und

Schwester Blenda nahmen sie unangenehme Behandlungen an ihren Patienten vor, dabei lachten sie höhnisch über deren Schmerzensschreie. Wenn Maj nicht Schwester Bolla war, dann spielte sie den blutdürstigen Doktor Skalpell, der mit seinem scharfen Messer zwischen den Tannen umherschlich und Ausschau hielt nach Opfern, die er operieren konnte. Doktor Skalpell nahm jeden, den er zu fassen bekam, denn wenn er nicht operieren konnte, wurde er verrückt.

Wenn sie Krankenhaus gespielt hatten, dann war Lottie oft ganz erschöpft und musste sich nach dem Essen gleich hinlegen. Die Mädchen wurden streng ermahnt, nicht zu wilde Spiele zu spielen. Aber wenn niemand es sah, dann schlich Maj zu Lotties Zimmer, machte die Tür einen Spalt auf und zischte mit Doktor Skalpells zitternder, verzweifelter Stimme: »Ist hier jemand, den ich operiiieren kann? Bitte, bitte, kann ich wenigstens einen kleinen Zeh abschneiden?«

Dann musste Lottie so lachen, dass sie unter der Decke einen Hustenanfall bekam. Eine Schwester kam herbei, und Doktor Skalpell musste fliehen.

Während ein paar langweiliger Wochen im Herbst hatte Lottie überhaupt nicht nach draußen gehen dürfen. Sie hatte in ihrem Zimmer bleiben müssen, und Maj musste allein im Wald spielen. Maj hatte schon immer eine lebhafte Fantasie gehabt, und bevor sie ins Krankenhaus musste, hatte sie oft für sich alleine gespielt. Aber diese Spiele waren anders. Die Figuren waren namenlos, diffus und schnell vergessen. In den Spielen mit Lottie hatten sie Körper und Persönlichkeit bekommen. Doktor Skalpell, Schwester Bolla und Schwester Blenda waren ihr oft wirklicher vorgekommen als Doktor Ullgard und die Schwestern im Sanatorium. Maj hatte sie erschaffen, aber ohne Lottie konnten sie nicht leben.

Als Weihnachten näher kam, war Maj zu Doktor Ullgard gerufen worden. Er hatte sie freundlich angeschaut und gefragt, was sie sich zu Weihnachten wünschte. Erstaunt, aber froh hatte Maj geantwortet, sie wünsche sich ein Fieberthermometer mit Silberfutteral, wie Lottie eins hatte. Da hatte Doktor Ullgard gesagt, sie würde ein viel besseres Weihnachtsgeschenk bekommen. Mit einem eigenartigen Lächeln hatte er Majs Journal hervorgeholt und ihr gezeigt, was er ganz unten hingeschrieben hatte. *Entlassen* stand da. Maj hatte dagestanden wie eine Idiotin und nichts verstanden, der Doktor hatte sie ausgelacht und ihr erklärt, dass sie zu Weihnachten nach Hause fahren durfte. »Ein wunderbares Weihnachtsgeschenk, nicht wahr?«

Maj konnte darin nichts Wunderbares erkennen. Nach Hause? Sie hatte das Sanatorium als ihr Zuhause betrachtet und gedacht, dass sie hier bis ans Ende ihres Lebens bleiben durfte. Sie wollte überhaupt nicht weg von dort.

Aber das musste sie, denn sie war jetzt gesund. Doktor Ullgard hatte ihre Genesung als Majs eigenes Verdienst beschrieben. Sie war eine so gute Patientin gewesen, ein Vorbild für die anderen Kinder. Sie hatte immer ihren Teller leer gegessen und ihre Medizin genommen, sie hatte sich viel in der guten Waldluft aufgehalten und sich, ohne zu jammern, in die Behandlungen gefügt.

Maj wäre beinahe in Tränen ausgebrochen vor Wut und Verzweiflung. Wie dumm sie gewesen war! Sie hatte sich wie eine Musterpatientin verhalten, damit die Ärzte und Krankenschwestern zufrieden mit ihr waren, und als Dank dafür wurde sie nun hinausgeworfen. Wenn sie nicht gegessen oder sich den Behandlungen widersetzt hätte, dann hätte sie bleiben dürfen. Warum hatte sie das nicht gewusst? Es war, als würde man ihr den Boden unter den Füßen wegziehen.

Und dann war sie also »nach Hause« gefahren.

In den zwei Jahren, die sie im Sanatorium gewesen war, hatten die Mutter und ihr neuer Mann ein neues Haus gekauft. Sie kam also in ein fremdes Zuhause, zu einem fremden Mann, den sie »Papa« nennen sollte, und zu einer Mutter, die ganz anders zu sein schien als die Mutter, an die sie sich erinnerte. Außerdem gab es da eine kleine Schwester. Ein süßes, rundliches kleines Mädchen, in das Maj sich sofort verliebte. Aber die Eltern erlaubten nicht, dass sie in die Nähe der Kleinen kam. Sie waren nicht sicher, ob Maj ganz gesund war. »Es schadet nichts, vorsichtig zu sein«, sagte die Mutter nervös.

Maj fand, dass die kleine Schwester ein Wunderwerk war. Wenn niemand sie sah, dann schlich sie zu ihrem Bett und bewunderte sie beim Schlafen. Einmal wachte die Kleine auf und lächelte Maj an. Da konnte Maj nicht länger an sich halten. Sie hob ihre kleine Schwester aus dem Bett, drückte sie fest an sich und legte ihre Wange an den zarten Kopf.

Die Mutter eilte herbei, riss die Kleine aus ihren Armen, und der Stiefvater gab ihr eine Ohrfeige.

Auch in der Schule ging es nicht so gut. Im Sanatorium hatte Maj lesen und schreiben gelernt, aber die Kinder in der richtigen Schule hatten viel mehr gelernt, und sie war hoffnungslos im Hintertreffen. Es war auch nicht leicht, Freunde zu finden. Alle wussten, dass sie Tuberkulose gehabt hatte, und die Klassenkameraden waren von ihren Eltern ermahnt worden, »vorsichtig« zu sein, dieses Wort schien Maj ständig zu verfolgen. Dass sie die beste der Klasse im Turnen war, stärker als die meisten Jungen und nicht einen einzigen Tag im ganzen Jahr wegen Krankheit gefehlt hatte, das schien nicht wichtig zu sein. Ihr Talent für Spiel und Fantasie wurde weder von ihren Lehrern noch von den Schülern wertgeschätzt. Man sagte, sie würde lügen.

Es hatte ganz einfach keinen Platz für sie gegeben, weder in der Familie noch in der Schule. Sie war zu lange weg gewesen.

Mit vierzehn hatte sie eine Annonce in der Zeitung gesehen. Ohne ihrer Mutter etwas zu sagen, hatte sie eine Tasche gepackt und war in die Stadt gereist, um sich für einen Platz als Kindermädchen bei der Familie Guldin zu bewerben. Sie hatte noch am gleichen Tag anfangen können. Niemand hatte irgendwelche Fragen gestellt. Hier wurde sie gebraucht.

Maj drehte den Wasserhahn der Badewanne zu. Die emaillierte Seifenschale, die sich im Wirbel des Wasserfalls gedreht hatte, schaukelte jetzt friedlich auf der Oberfläche. Tore belud sie mit etwas Seifenschaum und gab seinem Schiff einen kleinen Schubser in Richtung der ruhigen Lagune hinter Britts Rücken.

26

Die Bierkneipe Zum Greif war voll, obwohl es ein gewöhnlicher Mittwochabend war. Der Geruch nach nasser Wolle und Zigarettenrauch erfüllte das Lokal, der schachbrettgemusterte Fußboden war schmutzig von schmelzendem, mit Sand gemischtem Schnee.

Hauptwachtmeister Rahm saß allein an einem kleinen Tisch an der Wand und trank langsam ein Glas Pilsner. Den Hut hatte er an einen Haken direkt daneben gehängt, aber den Mantel hatte er, wie die meisten Gäste, anbehalten.

An einem größeren Tisch am Fenster saßen Filip Guldin und ein anderer Herr. Guldin beugte sich abwechselnd über den Tisch und sprach intensiv auf den anderen ein, dann wieder lehnte er sich zurück und schaute an die Decke oder aus dem Fenster. Meistens sprach Guldin, der andere Herr nickte nur. Es war sehr laut in dem Lokal, und Hauptwachtmeister Rahm konnte nicht verstehen, was gesagt wurde. Immer noch laut sprechend stand Herr Guldin auf, warf mit einer nonchalanten Geste ein paar Münzen auf den Tisch und ging zur Tür. Unter dem Arm hatte er eine große Rolle Papier.

Rahm wartete ein paar Minuten, bis Guldin sicher verschwunden war, aber nicht so lange, bis der andere Herr vielleicht bezahlte und auch ging. Mit dem Bierglas in der Hand näherte er sich dem Tisch des Mannes.

»Entschuldigen Sie, aber ich finde es öde, allein zu trinken«, sagte Rahm. »Haben Sie etwas dagegen, wenn ich mich zu Ihnen setze? Ich lade Sie gern zu einer Runde ein.«

»Ja, setzen Sie sich nur. Wenn Sie nur nicht so eine Plaudertasche sind wie der Mann, der gerade gegangen ist«, sagte der Mann mit einem Nicken in Richtung Tür.

Dem höflichen und zurückhaltenden Rahm gelang es meistens, die Leute ins Vertrauen zu ziehen. Er dankte, machte bei der Bedienung mit zwei hochgereckten Fingern eine Bestellung und setzte sich.

»Nein, ich glaube nicht, dass ich eine Plaudertasche bin«, sagte er mit einem schüchternen Lächeln.

»Nun ja, vielleicht ist es gemein, ihn so zu nennen«, sagte der Mann. »Er ist halt nervös. Hat große Probleme. Seine älteste Tochter ist verschwunden, verstehen Sie. Haben Sie die Plakate gesehen, die er hat drucken lassen?«

»Ich habe handgeschriebene Zettel gesehen.«

»Heute war er in der Druckerei und hat auch Plakate drucken lassen. Ich habe ihm dafür ein paar Kronen geliehen. Ich rechne nicht damit, sie zurückzubekommen. Aber ich hatte nicht das Herz, nein zu sagen.«

»Warum sollten Sie Ihr Geld nicht zurückbekommen?«, fragte Rahm.

»Er hat Probleme. Seine Geschäfte sind in letzter Zeit nicht gut gegangen. Die Frau ist kränklich. Und jetzt noch das mit der Tochter. Armer Teufel.«

Rahm schmatzte mitleidig und schüttelte den Kopf. Die Bedienung stellte zwei volle Biergläser auf ihren Tisch. Der Mann prostete Rahm zu, und sie tranken.

»Er ist also Geschäftsmann?«, fragte Rahm vorsichtig.

Der Mann wischte sich mit der Hand den Schaum aus dem Schnurrbart. »Ja, ein ziemlich missratener. Man braucht mehr als ein flottes Mundwerk, wenn man große Geschäfte machen will, nicht wahr. Das ist nicht, wie Zuckerwatte im Tivoli zu verkaufen. Man muss weitsichtig denken. Die Branche kennen.«

»Da haben Sie völlig recht«, pflichtete Rahm bei. »Um was für Geschäfte handelt es sich denn?«

»Interessieren Sie sich für Geschäfte?« Der Mann schaute Rahm neugierig an.

»Nun ja, nicht direkt«, murmelte Rahm.

»Machen Sie bloß keine Geschäfte mit Guldin, das rate ich Ihnen. Und leihen Sie ihm auch kein Geld.« Er trank einen Schluck Bier.

Rahm nickte ernst, als wäre er dankbar für diesen Ratschlag.

»Jetzt schneit es schon wieder«, bemerkte der Mann und schaute aus dem Fenster. »Aber es ist schon tapfer von ihm, dass er in der Dunkelheit und Kälte umhergeht und Plakate aufhängt. Es ist sturköpfig, das muss man ihm lassen.«

»Sturheit ist eine gute Eigenschaft«, sagte Rahm.

»Und er kann sehr großzügig sein, wenn die Geschäfte gut laufen«, sagte der Mann anerkennend.

»Auch eine gute Eigenschaft. Was sagten Sie, in welcher Branche ist er tätig?«

27

Im Schlosspark fiel Schnee, Professor Jägerskiöld arbeitete im Schein der Arbeitslampe. Es war kurz nach acht Uhr abends, langsam und methodisch notierte er die geschenkten Naturalien und ihre Spender in den Jahresbericht für das letzte Jahr. Eine wahrhaft bunte Sammlung.

Steuermann E. Adolfsson, Styrsö, ein australischer Papagei, grün
Frau Ester Knavling, eine Kreuzotter
Bahnhofsinspekteur H. Freij, eine Sammlung Käfer, schwedische
Baron A. Ehrenskiöld, 8 Antilopenschädel und ein Zebraschädel
Straßenbahnschaffner John Lindström, eine Riesenmakrele
Disponent Edwin Ohlsson, ein schönes Elchgeweih
Fräulein D. Berntsson, Ljungskile, ein Kanarienvogel
Herr Viktor Pettersson, Bredaryd, ein von Ameisen angegriffener Baumstamm
Schüler Sven Ekberg, drei Einsiedlerkrebse
Apotheker F. Mossberg, ein ausgesprochen großes Wespennest aus Västra Bodarna
Handschuhmacher H. Lönngren, ein missgebildeter Hundewelpe

Herr H. Palm, eine Spitzmaus
Frau Doktor S. Dahlin …

Mitten in einer Zeile brach er ab, ein plötzlicher Lärm schreckte ihn auf. Ein Plumpsen, metallisches Klappern, splitterndes Glas.

Er stand von seinem Schreibtisch auf, ging in den Flur und zum Fenster. Im Schein der Außenleuchte konnte er den Hausmeister erkennen, der in Mütze und Pelzweste den Fußweg über den Hof von Schnee befreite. Er arbeitete mit ruhigen, gleichmäßigen Bewegungen, die Schaufel gab ein knirschendes Geräusch von sich, wenn sie durch den Schnee glitt, und ein Kratzen, wenn sie den Kies darunter erreichte. Von da kam der Lärm nicht.

Es war noch ein Plumpsen zu hören, gefolgt von kurzen, gellenden Schreien. Professor Jägerskiöld trat ins Treppenhaus und lauschte. Dann öffnete er die Tür zum Atelier der Konservatoren, drehte den Lichtschalter und keuchte auf.

Das Atelier sah aus, als wäre es von einem Erdbeben getroffen. Der Boden war bedeckt mit Glasscherben, Holzsplittern, verbogenen Drahtgestellen und Skeletteilen. Unter den Arbeitstischen lagen Berge von zerrissenem Papier. Als er vorsichtig ein paar Schritte in den Raum ging, wäre er beinahe über einen frisch montierten Polarfuchs gestolpert. Die Glasaugen und große Fellstücke waren herausgerissen.

Auf einem der Arbeitstische hüpfte der Affe auf und ab, völlig außer sich vor Raserei, und stieß laute Schreie aus.

Er entblößte seine Eckzähne, sprang vom Tisch herunter und bewegte sich in einem eigenartig diagonalen Galopp auf den Professor zu. Dabei zog er ein Stück Holz an einer Kette hinter sich her. Offenbar hatte er den Querbalken des Käfigs, an dem die Kette befestigt war, losgerissen. Er kam nicht weit, denn das Holzstück verkeilte sich in dem Durcheinander, und der Affe wurde von einem plötzlichen Ruck gebremst. Er riss verzweifelt an seiner Kette, und als er einsah, dass er nicht loskam, stieß er einen noch schrecklicheren Schrei als zuvor aus.

Der Professor stand da wie verhext. Es war nicht das erste Mal, dass der Affe sich im Atelier der Konservatoren losgemacht hatte. Aber noch nie hatte das in einer solchen Verwüstung geendet. Es glich nicht der Unordnung, die ein verwirrtes und verängstigtes Tier zustande bringen konnte, wenn es umherrannte und Gegenstände umwarf, die ihm in den Weg kamen. Das hier war zweifellos bewusster und systematischer Vandalismus. Was auch immer man in diesem Atelier kaputt machen konnte, war kaputt. Alles, was man zerreißen konnte, war zerrissen. Ein scharfer Geruch hing in der Luft, manche Müllberge waren von hellbraunen Haufen gekrönt, die nichts anderes sein konnten als die Ausscheidungen des Affen.

Es war ein von Hass durchtränktes Werk. Er wusste, dass der Affe launisch und unberechenbar war, aber ihm wäre nie in den Sinn gekommen, dass er so etwas anstellen konnte.

Der Affe war ursprünglich ein Geschenk von einem befreundeten Forscher, der ihn von seinen Reisen in Südostasien mitgebracht hatte. Es war eine ganz besondere Art, und Professor Jägerskiöld hatte das Angebot dankbar angenommen. Ein Tonkean-Makak! Kein naturhistorisches Museum, das er kannte, besaß so einen. Selbstverständlich wollte er ihn!

Die Krux war nur: Er war lebendig. Und mit dem Geschenk war eine Bedingung verbunden. Der Affe, den sein Kollege als Familienmitglied betrachtete, sollte so lange leben, wie es ihm gefiel. Wenn er dann eines natürlichen Todes gestorben war, stand es dem Museum natürlich frei, den Körper so zu verwenden, wie es ihm behagte.

Jägerskiöld hatte die Bedingung akzeptiert. Später hatte er seine impulsive Antwort beinahe bereut. Doch eine rasche Konsultation der zoologischen Literatur hatte ihn beruhigt. Affen aus tropischen Gebieten überlebten nicht sehr lange in nordischen Gefilden. Sie erkälteten sich leicht, und ihre Mägen vertrugen das Futter nicht. Das Problem mit einem lebendigen Tier war also überschaubar. Er hatte den Affen in dem Raum untergebracht, in dem er in naher Zukunft sowieso landen würde, im Atelier der Konservatoren. Und er hatte Konservator Skoog versichert, dass die Unterbringung nicht von langer Dauer sein würde.

Aber er hatte nicht mit dem erstaunlichen Überlebenswillen und dem Anpassungsvermögen des Affen gerechnet. Er hatte auch nicht damit gerechnet, dass zwischen dem Konservator und dem Affen eine starke Bindung entstehen würde.

Die asketische, von dem Professor verordnete Diät aus trockenem Brot und Karotten komplettierte Skoog großzügig mit frischem Obst, energiereichen Nüssen und anderen Leckereien, die der Konservator aus eigener Tasche in der Markthalle besorgte. Während der kalten Jahreszeit ließ der Konservator die Heizung im Atelier auf höchste Stufe stellen, und er achtete darauf, dass der Käfig des Affen nicht am Fenster stand, damit das Tier nicht der Zugluft ausgesetzt war. Eine bösartige Entzündung, verursacht durch einen Holzsplitter unter der Haut des Affen, kurierte der Konservator sorgfältig, er zog den Splitter heraus, reinigte die Wunde mit Alkohol. Mit Skoogs sorgfältiger Pflege würde der Affe vermutlich Jahrzehnte überleben.

Anfangs waren sie nur zu zweit im Atelier gewesen. Einmal, als Professor Jägerskiöld draußen vorbeiging, hörte er die Stimme des Konservators, der mit dem Affen sprach. Zu seinem Erstaunen hörte er den Affen antworten, zuerst mit einem gutmütigen Schmatzen, dann mit einem wütenden Plappern, danach wieder Skoogs Stimme, eifrig und den Affen nachahmend. Er war lange vor der Tür stehen geblieben und hatte verblüfft dem »Gespräch« gelauscht. Manchmal wusste er nicht, wen er hörte. Die Stimme des Konservators wurde immer gutturaler und animalischer, die des Affen immer artikulierter und menschlicher. Einer von beiden sagte ein deutliches und sehr bestimmtes »Nein«, und zu seinem Schrecken war der Professor sicher, dass es der Affe gewesen sein musste.

Da entschied er sich, Nägel mit Köpfen zu machen und einen weiteren Konservator anzustellen. Die Stimmung im Atelier der Konservatoren war anfangs recht angespannt, zeitweise geradezu feindlich, aber allmählich akzeptierten die drei einander.

Aber jetzt war offenbar etwas schiefgegangen.

Der Professor ließ den Blick durch das Atelier wandern. An einem großen Stahlrahmen, über den das Fell eines Tieres gespannt war, hielt er inne. Der Affe hatte sein Möglichstes getan, das stabile Gestell umzuwerfen, es war ihm jedoch nur gelungen, es ein kleines Stück zur Seite zu schieben. An den unteren Teil des Tieres war er herangekommen. Da gab es Spuren von Klauen und Zähnen, der lange Schwanz war abgebissen und lag unter dem Gestell.

Jägerskiöld konnte nicht genau feststellen, um welches Tier es sich handelte. Aber es gehörte zweifellos zu den Primaten. Also ein Individuum, nicht allzu fern verwandt mit dem Geschöpf, das ihn jetzt mit seinen hellbraunen, nah beieinanderliegenden, gespenstisch menschlichen Augen anschaute.

Er schauderte einen Moment bei dem Gedanken, welche Tätigkeiten der Affe täglich mitansehen musste. Aufgespannte Tierkörper, die bearbeitet, gedehnt und nach den Vorlagen der Konservatoren geformt wurden. Er hatte darüber noch nie aus der Perspektive des Affen nachgedacht.

»Brauchen Sie Hilfe, Herr Professor?«

Er drehte sich um. Da stand Beate Iversen, in Hut und Mantel. Der Mantel war nicht zugeknöpft, und darunter glänzten Pailletten. Unerschrocken machte sie ein paar Schritte in das Gerümpel auf den Affen zu, der ihr seine Eckzähne zeigte und schrie. Beate Iversen lachte.

»Nein, nein, um Gottes willen, Dozentin Iversen! Fassen Sie den Affen nicht an!« Er packte Beate Iversen am Arm, zog sie aus dem Atelier und schlug die Tür hinter ihnen zu. »Einzig und allein Konservator Skoog kommt mit ihm zurecht«, sagte er. »Ich werde ihn rufen lassen.«

Beate Iversen zuckte mit den Schultern, als sei ihr das gleichgültig.

»Arbeiten Sie so spät noch?«, fragte er.

»Nein«, sagte sie lächelnd. »Ich wollte nur etwas aus meinem Arbeitszimmer holen. Ich bin auf dem Weg nach draußen.«

»Ja, das sehe ich, natürlich«, sagte er mit einem Blick auf ihre Seidenstrümpfe und das Paillettenkleid. »Die Frau Dozentin will sich vergnügen, nicht wahr?«

»Herr Professor, soll ich hier warten, bis Konservator Skoog kommt? Das kann ich gern tun.«

»Nein, nicht doch, das ist nicht nötig. Ich hoffe, Sie haben einen richtig netten Abend.«

»Danke, Herr Professor. Guten Abend.«

Sie lief mit raschen Schritten die Treppe hinunter und hinterließ einen Parfümduft, der ihn ans Mittelmeer erinnerte. Zypressen? Pinien? Orangenhaine?

Im Atelier der Konservatoren warf der Affe etwas Hartes gegen die Tür.

28

Als Professor Jägerskiöld endlich wieder in sein Arbeitszimmer zurückkehrte, war es nach neun Uhr.

Skoog war gekommen und hatte sich um den Affen gekümmert. Draußen hatte es aufgehört zu schneien. Die Wolken hatten sich verzogen und ein Vollmond, glänzend und blauweiß wie ein saubergenagter Knochen, beleuchtete die schneebedeckten Zweige der Eichen. Er stand lange im dunklen Zimmer und schaute aus dem Fenster. Das war sehr schön. Er wollte fast nicht die Lampe anmachen.

Schließlich machte er sie doch an und setzte sich an den Schreibtisch. Er telefonierte mit seiner Frau und sagte ihr, dass sie nicht auf ihn warten solle.

Er hatte gerade seine Pfeife angezündet, da hörte er Schritte und schwere Stiefel im Flur. Er hielt inne, das brennende Streichholz über dem Pfeifenkopf. Wer konnte das sein? Skoog trug immer flache Schuhe, keine Stiefel, er bewegte sich sehr leise und vorsichtig. Das war jemand anders. Vielleicht ein Wärter. Aber um diese Zeit? War noch etwas passiert? Würde er schon wieder in seiner Arbeit unterbrochen werden?

Am liebsten hätte er nicht geöffnet, wäre still sitzen geblieben und hätte so getan, als wäre er schon nach Hause gegangen. Aber er wusste, dass der Lichtschein unter der Tür ihn bereits verraten hatte. Als die Schritte vor seiner Tür haltmachten, löschte er das Streichholz und erwartete das unausweichliche Klopfen.

Aber das kam nicht. Stattdessen wurde die Tür mit einer heftigen Bewegung geöffnet, ein Mann trat herein, er trug einen Tweedanzug und eine Sportmütze, hohe Stiefel und hatte einen gestrickten Schal mehrfach um den Hals geschlungen.

»Aha, hier sitzt du also in deiner Höhle!«, rief der Mann fröhlich.

»Lans!«, rief der Professor aus. »Bist du schon in Schweden? Ich habe dich erst in zwei Wochen erwartet.«

»Ich habe ein früheres Schiff von Hamburg erwischt. Bin heute Nachmittag im Hotel Eggers abgestiegen und habe dann eine kleine Runde durch die Stadt gemacht. Dann dachte ich, ich schau mal nach dem alten Jäger, wie es ihm geht in seinem feudalen Mausoleum. Ruhig und friedlich, zwischen all den Tierleichen, nicht wahr.«

Ruben Lans war Professor Jägerskiölds zuverlässigster Lieferant von Häuten, Knochen und Geweihen vom afrikanischen Kontinent. Sie kannten sich schon seit ihrer Jugend, als sie beide in Uppsala studiert hatten. Damals war Lans ein Faxenmacher und Tollkopf, der sich nur sporadisch seinen Jurastudien widmete, in jeder Hinsicht das Gegenteil des ambitionierten Jägerskiöld. Aber sie hatten ein gemeinsames Interesse: die Jagd. Die Eltern von Lans besaßen einen Hof mit großen Jagdgebieten in Värmland. Dorthin hatte er seinen Freund mitgenommen, und sie verbrachten ein paar unvergessliche, kristallklare Herbsttage, jagten Auerwild und Birkhuhn. Kurz darauf hatten ihre Wege sich getrennt. Lans hatte sein Studium aufgegeben und war zur See gefahren.

Nach ein paar Jahren des Umherreisens hatte er sich in Britisch-Ostafrika niedergelassen und Arbeit als Buchhalter auf einer Kaffeeplantage gefunden. Dort lebte er ein gutes Leben, in seiner Freizeit ging er auf Großwildjagd, ein Vergnügen, das ihm auch Extraeinkünfte bescherte. Als er auf Umwegen erfahren hatte, dass sein Jugendfreund Museumschef geworden war, hatte er ihm einen Brief geschrieben und seine Dienste angeboten.

Jetzt legte er seine Mütze auf den Schreibtisch des Professors, setzte sich auf den Besucherstuhl und fuhr fort, während er seinen Schal auszog. »Aber was hörte ich, als ich die Treppe hochging? Korrigiere mich, wenn ich mich irre, Leo, aber ich bin fast ganz sicher, dass ich *Affengeschrei* gehört habe! Ich dachte, ich wäre wieder im Dschungel. War das eine Halluzination? Oder habt ihr die Museumstiere wiederbelebt?«

Professor Jägerskiöld seufzte. »Wir haben einen lebendigen Affen im Raum der Konservatoren. Der hat sich heute Abend losgerissen, und ich fürchte, es ist ihm gelungen, ein ziemliches Durcheinander zu veranstalten.«

Lans stand schnell auf und legte die Hand auf die Jackentasche. »Soll ich ihn erschießen?«

Der Professor wedelte abwehrend mit der Hand. »Danke, Lans, aber der Affe wird nicht erschossen. Er ist ein Haustier. Das Maskottchen des Museums.«

Lans sank wieder in seinen Stuhl und Professor Jägerskiöld atmete aus. War diese Handbewegung zur Jackentasche ein Reflex? Oder war sein Besucher wirklich bewaffnet?

»Aha, er ist also *zahm*«, sagte Lans mit einer leichten Enttäuschung in der Stimme.

»Nun ja«, sagte der Professor. »Zumindest habe ich das bis heute Abend geglaubt. Jetzt bin ich mir nicht mehr so sicher. Aber wir brauchen uns keine Sorgen um den Affen zu machen. Konservator Skoog ist da und kümmert sich um ihn.«

Er ging zu einem Eckschrank, Modell Bauernmöbel, und holte den edlen Cognac heraus, der wirklich guten Freunden vorbehalten war.

»Ich muss noch für die letzte Lieferung danken«, sagte er und reichte Lans ein volles Glas.

»War alles zur Zufriedenheit? Alles unbeschadet?«

»Perfekt wie immer, Lans. Schön, dich zu sehen. Prost, alter Freund!«

Im Lauf der Jahre war es zwischen Jägerskiöld und Lans zu einer guten Zusammenarbeit gekommen. Lans hatte verstanden, was ein naturhistorisches Museum haben wollte. Er war ein guter Schütze und konnte die Kugel so setzen, dass sie das Fell nicht allzu sehr verletzte, und er hatte gelernt, mit welchen Chemikalien man die Häute vor Feuchtigkeit und Insekten schützen konnte. Außerdem war er, im Unterschied zu den meisten Jägern, minutiös sorgfältig, was alle Fakten über das Tier und den Ort, wo es geschossen worden war, betraf.

Ein weiterer Pluspunkt waren seine Verbindungen in die kolonialen Verwaltungen. Die begehrtesten Raritäten waren oft geschützt, aber Lans gelang es meistens, die Behörden davon zu überzeugen, dass solche Tiere aus Versehen erlegt worden waren. Diese Überzeugungsarbeit war jedoch nicht ganz umsonst und lief auf den Rechnungen unter der Bezeichnung »zusätzliche Verwaltungskosten«. So hatte er das Naturhistorische

Museum in Göteborg mit Kostbarkeiten versorgt, die ansonsten nur den großen Museen der Kolonialmächte vorbehalten waren.

Professor Jägerskiöld konnte sich glücklich schätzen, so einen Lieferanten zu haben. Er schüttelte sich, wenn er daran dachte, welche Stümper sonst in seiner Branche unterwegs waren. Als das Museum gerade eröffnet worden war, hatte er Besuch von einem Herrn Holze bekommen, einem kleingewachsenen Kerl mit deutlichem deutschem Akzent, der ihm Naturalien zweifelhafter Herkunft angeboten hatte. Er schien nicht richtig verstanden zu haben, dass das neu eröffnete Museum keine leere Schale war, die mit Gegenständen zu füllen gewesen wäre, sondern eine respektable, jahrzehntealte Institution, die nur die Räumlichkeiten gewechselt hatte. Aus Höflichkeit hatte Jägerskiöld den Katalog von Herrn Holze durchgeblättert, lauter Banalitäten, und er hatte nur Widerwillen empfunden, als der kleine Deutsche seine Trumpfkarte aus der Tasche zog: ein übel zugerichtetes und skandalös schlecht präpariertes Tigerjunges, das quasi gerade erst geboren worden war, als es sein Schicksal ereilte. Jägerskiöld hatte mit Bestimmtheit abgelehnt, aber Herr Holze war starrköpfiger als ein arabischer Basarverkäufer. Um ihn zum Schweigen zu bringen, hatte der Professor ihn mitgenommen auf eine Rundwanderung durch die beeindruckenden Sammlungen des Museums. Das hatte dem Deutschen das Maul gestopft. Er hatte sein schäbiges Tigerjunges genommen und war gegangen, und Jägerskiöld hatte nie wieder von ihm gehört.

In dieser Branche gab es viele wie ihn. Aber Lans war anders. Lans war ein Juwel.

Ihre Blicke trafen sich über den erhobenen Cognacgläsern. Sie tranken und versanken ein paar Sekunden in feierlichem Schweigen.

Eine Frage stieg auf einmal im Professor auf: »Wie bist du überhaupt hereingekommen?«

Lans lächelte. Er holte einen Schlüsselring mit zwei Schlüsseln aus der Tasche und ließ sie kokett baumeln. »Ich habe vergessen, sie zurückzugeben, als ich das letzte Mal hier war.«

Bei seinem letzten Besuch hatte Lans in der Forscherwohnung gewohnt, die zu jener Zeit leer stand. Er hatte Schlüssel bekommen, sowohl für die Eingangstür als auch für die Wohnung. Jägerskiöld schaute auf die Schlüssel in Lans' Hand. Dieses Museum mit seinen dicken Ziegelwänden und massiven Eichentüren war ihm ebenso sicher vorgekommen wie ein Fort. Jetzt hatte er den Eindruck, als würden alle möglichen Leute hier ein und aus gehen, zu jeder Tages- und Nachtzeit.

»Wie sieht es aus, ist die Forscherwohnung frei?«, fuhr Lans fort und klapperte aufreizend mit den Schlüsseln. »Ich wohne lieber dort als im Eggers.«

»Tut mir leid, die Gästewohnung ist besetzt«, sagte Jägerskiöld etwas kurz angebunden und fuhr in freundlicherem Ton fort: »Aber jetzt musst du erzählen, wie es dir ergangen ist, seit wir uns das letzte Mal gesehen haben!«

Das tat Lans nur zu gern.

Im Laufe der Berichte bemerkte Jägerskiöld, dass sein Freund einen Charakterzug angenommen hatte, den er bisher nicht an ihm gekannt hatte. Lans prahlte. Es waren nicht die harmlosen Übertreibungen, die man von allen Jägern kennt, in Bezug auf die Größe der Beute, die Gefährlichkeit und den eigenen Mut. Lans prahlte mit sexuellen Eroberungen der Ehefrauen anderer Männer, körperlichen Bestrafungen von faulen Lastenträgern, Schmiergeldern, Erpressungen und schmutzigen Intrigen. Einmal habe er eingeborene Wilderer erwischt und sie der Polizei übergeben. Aber zuerst habe er ihre wertvollste Jagdbeute an sich genommen und sie für sich selbst behalten. Glucksend vor Lachen erzählte er, wie er den Jägern gefolgt war und im Gebüsch gewartet hatte, bis sie ihr Wild erlegt hatten. »Sie sind verdammt geschickt mit Pfeil und Bogen, das muss man zugeben.«

Professor Jägerskiöld schaute ihn besorgt an. Irgendetwas war mit Lans passiert während seiner Jahre in Afrika. Vom Aussehen her war er sehr alt geworden. Die lederartige Haut hing in schweren Falten, die wässrigen Augen waren gleichsam gebleicht. Seine Moral schien gewissermaßen nicht mehr vorhanden.

Jägerskiöld hörte nicht mehr zu. Er nickte mechanisch und versank in eigenen Gedanken, bis ein Geräusch ihn aufschrecken ließ. Lans klopfte mit dem Daumen und dem Zeigefinger an den Rand des Glases, um ihm zu bedeuten, dass es leer war. Widerwillig stand der Professor auf und ging zum Schrank, um die Flasche zu holen.

»Und was passiert hier im Museum?«, fragte Lans, nachdem er gierig das eingeschenkte Getränk ausgetrunken hatte. »Ich habe in der Stadt Plakate gesehen. Über ein verschwundenes Mädchen. Wurde zuletzt im Naturhistorischen Museum gesehen.« Seine wässrigen Augen bekamen ein neugieriges Glitzern.

»Sie war eine Besucherin«, sagte Jägerskiöld. »Jede Menge Polizisten waren hier. Ziemlich unangenehm.«

»Bist du unter Verdacht?«, fragte Lans.

Jägerskiöld schaute ihn schockiert an. »Wie meinst du das?«

Lans grinste und schaukelte den Cognacschwenker in der Hand. »War ein Scherz, versteht sich.«

»Sie verschwand letzten Sonntag. Ich habe da nicht gearbeitet«, bemerkte Jägerskiöld rasch. »Meine Frau und ich waren bei Freunden zum Essen eingeladen.«

Er bereute seine Worte sofort. Er hatte keinerlei Grund, sich vor Lans zu verteidigen.

Aber Lans hatte schon das Interesse am Thema verloren. Er kehrte zu seinen Prahlereien aus Afrika zurück, dabei bediente er sich selbst aus der Cognacflasche, die der Professor dummerweise nicht in den Schrank zurückgestellt hatte.

Jägerskiöld schaute aus dem Fenster. Der Schnee auf den Zweigen der Eichen schien im Mondschein fast von alleine zu leuchten.

»Erinnerst du dich an Frösatorp?«, fragte er plötzlich.

Lans brach mitten im Satz ab. Er schaute verwirrt drein. »Värmland, meinst du? Den Hof meiner Eltern?«

»Erinnerst du dich an die Herbsttage, als wir im Wald Auerhähne jagten?«

»Ja«, murmelte Lans.

»Wir haben das Fleisch über dem offenen Feuer gebraten. Die Unglückshäher kamen angeflogen, lautlos wie Gespenster, und sie setzten sich in die Tannen um uns herum. Sie saßen einfach da und schauten uns an.

Wenn du ihnen Fleischstücke auf der Hand hingehalten hast, kamen sie geflogen und haben sie genommen. Erinnerst du dich?«

Lans nickte eifrig, und seine bereits feuchten Augen wurden noch feuchter.

»Die Luft war völlig klar«, fuhr Jägerskiöld fort. »Nachts gab es Frost. Wir hatten die Hunde in unseren Schlafsäcken, damit wir nicht froren.«

Lans blinzelte, als hätte er etwas in den Augen. Dann brach er in Tränen aus, laut und völlig ungehemmt.

Jägerskiöld schwieg peinlich berührt, schaute zum Fenster hinüber. Er hatte eine schöne Erinnerung wiederaufleben lassen wollen, die sie beide teilten, in der Hoffnung, dass dies den alten Lans wieder hervorbringen und das Gespräch in freundlichere Bahnen lenken würde. Stattdessen hatte er einen Anfall von Sentimentalität der schlimmsten Sorte ausgelöst. Die klebrige Weinerlichkeit des Alkoholikers. Er schielte zu der leeren Flasche hinüber. Er hätte den Cognac nicht draußen stehen lassen sollen. Lans hatte bereits nach Alkohol gerochen, als er kam.

Als das Heulen endlich verebbt war, saß Lans still da, seine Hände lagen schlaff im Schoß und er starrte vor sich hin, als sei alle Energie aus ihm herausgelaufen.

Jägerskiöld ergriff die Gelegenheit, er übernahm das Kommando und führte seinen alten Freund aus dem Zimmer und die Treppe hinunter.

Die Tür hatte sich gerade hinter dem schniefenden Großwildjäger geschlossen, als ihm einfiel, dass der die Schlüssel nicht zurückgegeben hatte. Aber es war fast Mitternacht, das Treffen hatte ihn ermüdet. Er wollte nicht noch einen Gefühlsausbruch riskieren. Das mit den Schlüsseln musste warten.

Anstatt in sein Zimmer zurückzukehren, ging der Professor mit raschen Schritten hinüber ins Ausstellungsgebäude und zum Dioramaraum.

Die Landschaften hinter den Glasscheiben schimmerten im Mondlicht. Alles war friedlich. Er empfand es wie ein Reinigungsbad nach der Begegnung mit Lans.

Als er da im Dunkeln stand, wanderten seine Gedanken hin und her, wie es oft geschah, wenn er sehr müde war. Einige Gedanken erinnerten an Träume. Er ahnte die Gegenwart von etwas. Hin und wieder glaubte er, schwache, kaum vernehmbare Geräusche aus den Ausstellungssälen zu vernehmen. Das Klappern von Hufen. Witternde Nüstern. Kratzende Klauen. Dann war es wieder still.

Er blieb bewegungslos auf der Treppe vor dem Dioramafenster stehen und horchte, aber das Geräusch kam nicht mehr.

Einbildung. Er sollte nach Hause gehen und sich schlafen legen. Seine Frau machte sich bestimmt schon Sorgen.

Plötzlich hatte er eine sehr detailgenaue Erinnerung, an einen Spaziergang mit seiner Frau, letzten Sonntag auf dem Weg zur Essenseinladung. Sie spazierten Arm in Arm durch die Stadt, an den hohen Wällen entlang, die der Schneepflug aufgeschüttet hatte. Es war dunkel und sehr kalt gewesen. Ein ziemlich kleiner Mann mit einem Koffer war vor ihnen auf dem Bürgersteig gegangen. Als der Mann unter einer Straßenlaterne durchging, hatte er ihnen über die Schulter einen Blick zugeworfen. Dann hatte er seine Schritte beschleunigt und war in einer schlecht beleuchteten Nebenstraße verschwunden.

Einen Moment lang hatte Professor Jägerskiöld geglaubt, den Mann zu kennen. Irgendetwas war mit diesem Gesicht und der Art, sich zu bewegen. Aber vor allem dieser Koffer, dieser ziemlich große, sehr abgenutzte Koffer löste sehr unangenehme Gefühle in ihm aus. Kurz darauf waren sie beim Haus der Freunde angekommen, und er hatte die ganze Angelegenheit vergessen.

Nun wusste er, an wen der Mann mit dem Koffer ihn erinnert hatte. Herrn Holze. Der Deutsche, der zweifelhafte Naturalien verkaufen wollte. Ganz genau. Er hatte letzten Sonntag Herrn Holze gesehen.

29

Es kam immer häufiger vor, dass Nils nach der Arbeit seinen Anzug und ein sauberes Hemd anzog und zum Tanzen ging. Der Anzug war schon ein wenig abgetragen und nicht sonderlich modern, aber das sah man bei der schummrigen Beleuchtung nicht.

Mit dieser Angewohnheit war er nicht allein. Es hatte während der Jubiläumsausstellung vor drei Jahren angefangen. In der großen Rotunde des Hauptrestaurants hatten viele Göteborger den ersten, süchtig machenden Stich der sogenannten Tanzfliege bekommen. Viele Leute, die eine Jahreskarte hatten, gingen jeden Abend hin, lauschten den ausländischen Kapellen und ließen die Körper den neuen Rhythmen folgen. Anfangs etwas ungewohnt, aber, wie gesagt, es machte süchtig.

Als die Ausstellung schloss und alle Bauten wieder abgerissen wurden, wollten die Göteborger weitertanzen. Und sie wollten nicht bis zum Sommer warten, wenn die Freilufttanzböden aufmachten. Sie wollten das ganze Jahr tanzen. Drinnen oder draußen. Mehrmals pro Woche. Die neue Musik und der Tanz setzte etwas in ihnen frei, eine körperliche Kraft und eine Freude, die sie bis dahin nicht gekannt hatten.

Neue Tanzlokale in unterschiedlichen Preisklassen öffneten, man konnte Kurse besuchen, wo man Charleston, Foxtrott, Banana Slide oder Black Bottom lernte.

Die Tanzwütigen konnten sich fast jeden Abend vergnügen, die Öffnungszeiten wurden bis spät in die Nacht ausgedehnt.

Nicht nur Jugendliche wurden von der Tanzfliege angesteckt. Ehepaare besorgten sich Babysitter und gingen aus, um miteinander zu tanzen. Damen und Herren mittleren Alters legten die Bridgekarten beiseite, reservierten einen Tisch im Tanzrestaurant und entdeckten so eine ganz neue, ungezwungene Art des Umgangs miteinander.

Die Tanzstile veränderten sich ein wenig und passten sich den normalen Leuten an. Nicht mehr so viel Gehüpfe, Armgeschlenker, Kopfgeschüttel und Schulterzucken. Die verrücktesten, nach Tieren benannten Varianten – Kangaroo Hoop, Grizzly Bear, Turkey Trot – waren zum Glück schon wieder verschwunden. Nur der Fuchs machte noch seine Runden im Foxtrott über die Tanzböden.

Gerade eben machte er seine Runde in Nils Gunnarssons hochgewachsener Gestalt, zu den Tönen eines geübten Jazzsextetts. Nils öffnete seine halbgeschlossenen Augen und schaute auf einen blonden Kopf an seiner Schulter. Blond? Hatte er nicht eine brünette Dame aufgefordert? Oder war das beim vorigen Tanz gewesen? Nun ja, nicht so wichtig. Solange sie seinen Schritten folgte, war es ihm egal, mit wem er tanzte. Er schloss wieder die Augen. Der Rhythmus war schnell, aber er bewegte sich ohne Mühe. Das Tanzen war seine Erholung. Eine Nacht auf dem Tanzboden war für ihn erholsamer als der oft unterbrochene, unruhige Schlaf, der derzeit sein Schicksal war.

An diesem Abend hatte er ein paar Stunden wach gelegen, das Nachbarsbaby schreien gehört und die Mäuse, die in den Wänden raschelten. Dann musste er kurz eingeschlafen sein. Er hatte einen Traum, in dem die Geräusche zunahmen und miteinander verschmolzen und das Baby in den Wänden raschelte. Neben ihm hatte Kommissar Nordfeldt gestanden und gesagt: »Das Kind steckt da drinnen fest. Wir müssen es herausholen, Gunnarsson. Sofort!« Nordfeldt hatte ihm eine Axt gereicht und zugenickt, aber Nils traute sich nicht, zuzuschlagen, er hatte Angst, das Kind zu verletzen. Das Rascheln und das Babygeschrei waren übergegangen in die Hilferufe eines älteren Kindes, und Nils hatte verstanden, dass dies Alice war. Nordfeldt schnaubte, weil er zögerte, und nahm ihm die Axt weg.

Im nächsten Moment war er hellwach. Der Wecker zeigte, dass er höchstens zehn Minuten geschlafen hatte. Er war aufgestanden, hatte sich im Waschbecken den Alptraumschweiß abgewaschen, Anzug und Hemd angezogen, und dann war er hinausgegangen in die Winternacht.

Die Straßen in Masthugget waren zu steil und zu schmal für Schneepflüge. Hier wurde der Schnee notdürftig von Hand oder gar nicht geräumt. Nils musste vorsichtig gehen, damit er in seinen Halbschuhen keine nassen Füße bekam. Im Zentrum war es besser. Er betrat das Tanzlokal und bezahlte den Eintritt von zwei fünfzig. Es gab billigere Tanzschuppen, aber er zog Orte mit Stil vor. Die Orchester waren besser und das Risiko, auf Leute zu treffen, die er schon mal festgenommen hatte, war geringer.

Auf der Tanzfläche genoss er die Musik und den Rhythmus, sein großer Körper konnte sich hier viel selbstverständlicher bewegen als sonst, das mochte er, ebenso wie die Nähe der weiblichen Körper, aber unter streng geregelten Formen. Schlank oder mollig. Blond oder brünett. Warme Haut, zarter Seidenstoff, der Duft von Haaren.

Nach jedem Tanz geleitete er die Frau zu ihrem Tisch zurück und forderte eine andere auf. Es kam selten vor, dass er mehr als einen Tanz mit einer Frau tanzte.

Während er mit einer Dame übers Parkett glitt, betrachtete er die Restaurantgäste, die auf Emporen neben der Tanzfläche saßen. In der gedämpften Beleuchtung der kleinen Tischlampen lagen die Gesichter im Schatten und wirkten undeutlich wie auf alten Zeitungsfotos. Auf einer der Emporen saß eine Frau allein an einem Tisch. Sie schaute ihn direkt an.

Das Musikstück war zu Ende, und er begleitete seine Tanzpartnerin zu ihrem Platz. Er schaute hinauf zu der Frau, die allein an einem Tisch saß. Kannte er sie? Hatte er vielleicht schon früher einmal mit ihr getanzt? Sie schaute amüsiert zu ihm herüber. Irgendetwas an ihr kam ihm bekannt vor. Er zögerte ein paar Sekunden. Dann ging er die drei Stufen zu ihrer Empore hinauf und blieb ein paar Meter vor ihrem Tisch stehen, überrascht und ein wenig verlegen.

»Doktor Iversen«, sagte er.

Sie hatte eine andere Frisur, die Haare waren mit Pomade zurückgekämmt, statt des Laborkittels trug sie ein ärmelloses grünes Kleid mit Pailletten und Ausschnitt.

Er hatte nicht vorgehabt, sie aufzufordern, aber bei

seiner Anrede stand sie sofort auf, schob den Stuhl an den Tisch und ging, ohne sich umzudrehen, vor ihm zur Tanzfläche. Als er ihr folgte, sah er, dass sie ihre Haare zu einem Knoten in einem perlenbesetzten Netz frisiert hatte, wie eine Spanierin.

Auf der Tanzfläche blieben sie stehen und schauten sich an, das Orchester spielte die schicksalsschweren, beinahe marschähnlichen ersten Takte des populären Stücks *Sahara*.

Er hatte noch nie mit einer so hochgewachsenen Frau getanzt, sie war fast so groß wie er selbst. Er streckte die Arme aus und sie fassten einander an den Händen. Ein paar Sekunden blieben sie bewegungslos stehen und nahmen die Musik, den Rhythmus und die Nähe des anderen in sich auf. Mit einem leichten Nicken signalisierte Dozentin Iversen, dass sie bereit war, und ließ sich mitreißen, getragen von den orientalischen Tönen einer Trompete mit Dämpfer.

Dann kam der ungezwungenere Teil des Stücks, hüpfend und fröhlich, als sei die dramatische Einleitung nur ein Scherz gewesen. Sie bewegten sich schneller. Nils brillierte sogar ein wenig. Er traute sich, zu lächeln, aber Beate Iversens Blick war immer noch ernst. Die Musik glitt über in die Streicherpartie, die, von einem guten Geiger gespielt – und dies war einer –, so intim, ja honigsüß war, dass die Herzen schmolzen und die Haare sich sträubten. Nils schloss die Augen. Ihm war bisher nicht aufgefallen, wie genial dieses Musikstück war. Es enthielt alle Stimmungen einer erotischen Annäherung. In ein paar Minuten hatte der ganze Verführungsakt Platz.

Hinterher blieben sie, ohne sich loszulassen, auf der

Tanzfläche stehen und warteten auf das nächste Stück. Um sie herum blitzten die Paillettenkleider der Damen.

Nils' Herz schlug heftig. Er wollte die ganze Nacht mit Beate Iversen tanzen.

Aber nach einem schnellen Charleston beugte sie sich zu ihm und sagte ein wenig außer Atem: »Vielen Dank. Aber ich muss jetzt gehen. Morgen ist ein Arbeitstag.«

»Nehmen Sie ein Taxi? Ich fürchte, die letzte Straßenbahn ist schon weg.«

»Ist es schon so spät?«

»Die letzte Bahn Richtung Schlosspark fährt um zwanzig nach zwölf, und jetzt ist es schon nach eins«, sagte er und fügte hinzu: »Ich fahre mit einem Taxi in die Richtung. Ich kann Sie gerne mitnehmen.«

Er legte ihr einen Arm um die Schulter und führte sie zur Garderobe, er war selbst erstaunt darüber, wie forsch er war.

Vor dem Restaurant wartete eine ganze Karawane von Taxis. Die Abgase stiegen wie Rauch in die kühle Nacht. Der Fahrer des ersten Wagens stieg aus und öffnete Nils und Beate Iversen die Tür. Sie stiegen ein und setzten sich. Auf dem Sitz lagen Wolldecken, und der Chauffeur forderte sie auf, sich zuzudecken.

»Die Herrschaften brauchen die Decken, glauben Sie mir. Es ist sehr kalt heute Nacht«, sagte er streng.

Bevor sie die Wolldecken auseinanderfalten konnten, hatte der Chauffeur die Prozedur übernommen. Schnell und routiniert wickelte er sie ein und deckte sie zu, als wären sie kleine Kinder. Er selbst war warm angezogen, er trug eine Pilotenmütze aus Leder, eine mit Lammfell gefütterte Jacke und dicke Handschuhe.

Und dann rollten sie hinaus in die Winternacht, bis zur Nasenspitze eingepackt wie für eine Schlittenpartie. Die Kälte blies ihnen ins Gesicht, aber unter den Decken verbreitete die Wärme ihrer Körper ein pochendes Gefühl von Intimität.

»Gehen Sie oft zum Tanzen?«, fragte Beate Iversen mit ihrem singenden Akzent.

»Ja«, sagte er. »Ich kann oft nicht schlafen, da ist es besser, zu tanzen, anstatt im Bett zu liegen und zu grübeln.«

Erleuchtete Straßen flogen vorbei, undeutlich und flimmernd durch die beschlagenen Scheiben des Autos. Dann spürte er Beate Iversens Hand auf seinem Schenkel. Sie ruhte da ganz leicht, wie ein Vogel, der sich auf einem Zweig niedergelassen hatte. Er schaute aus dem Fenster und tat so, als wäre nichts.

»Worüber grübeln Sie nach, wenn Sie nicht schlafen können?«, fragte sie. »Denken Sie an eine bestimmte Person?«

»Nein. Nicht mehr.«

»Woran denken Sie dann?«

»Tja. Es sind keine richtigen Gedanken. Ich schlafe ein und wache kurz danach wieder auf. Wie ein kaputter Lichtschalter, der von alleine an- und ausgeht. Ich weiß manchmal nicht, ob ich schlafe oder wache.«

»Und jetzt?«, sagte Beate Iversen leise, die Hand auf seinem Schenkel wurde schwerer. »Sind Sie sicher, dass Sie jetzt wach sind? Ich bin vielleicht in Ihrem Traum, wie wäre das?«

Er schüttelte bestimmt den Kopf. »Ich habe mich noch nie so wach gefühlt.«

Sie waren am Schlosspark angekommen. Das Auto rutschte auf dem Hügel zum Museum.

Als sie halbwegs oben waren, bremste der Chauffeur und sagte: »Ich muss Sie hier rauslassen, fürchte ich. Ich kann nicht weiterfahren.«

Nils bezahlte, stieg aus und half Beate die Stufe aus dem Auto.

»Fahren Sie jetzt weiter zu sich nach Hause?«, fragte sie.

»Ich gehe den Rest zu Fuß. Durch den Park. Aber zuerst bringe ich Sie zum Museum, damit ich sicher bin, dass Sie gut nach Hause kommen. Sie sollten nicht mitten in der Nacht allein unterwegs sein.«

Sie wanderten zwischen den mit Schnee bedeckten Eichen hinauf zum Museumsgebäude. Das eigenartige Intro von *Sahara* tauchte plötzlich wieder in seinem Kopf auf.

Beate Iversen schloss das Tor zum Personaleingang auf. Sie gingen durch den Bogengang zwischen den Personalwohnungen, dann blieben sie stehen und schauten einander im gelben Licht einer Laterne an der Decke an. Der Ort war wie geschaffen für einen zärtlichen Abschied, einen Kuss oder eine forsche Einladung zu mehr.

Sie hatte noch einen Schlüssel in der Hand. Die Luft zwischen ihnen stand still.

Dann wurde irgendwo im Innenhof eine Tür zugeschlagen, laut wie ein Pistolenschuss, danach hörte man rasche, bestimmte Schritte.

Beate Iversen drehte sich rasch um, wandte Nils den Rücken zu und steckte den Schlüssel ins Türschloss. Sie schaute sich noch einmal um und verschwand mit einem kurzen »Gute Nacht« in der Gästewohnung.

Über den Hof näherte sich eine hochgewachsene Gestalt. Es war der Museumschef selbst, Professor Jägerskiöld. Der Mondschein blitzte in seinen dicken Brillengläsern, sie glichen zwei runden, selbstleuchtenden Scheiben.

»Guten Abend, Herr Kommissar«, grüßte er herzlich, als er den Bogengang erreicht hatte. »Fräulein Tintenfisch hat also ihre Arme um Sie geschlungen?« Er lächelte mit einem Blick auf die verschlossene Tür. »Aber nehmen Sie sich in Acht! Tintenfische sind Raubtiere, das haben Sie vielleicht nicht gewusst?«

Vergnügt in sich hineinlachend, ging er weiter, stolz auf seine Schlagfertigkeit, und verschwand, ehe Nils eine passende Antwort geben konnte.

Nils wartete noch ein paar Minuten vor Beate Iversens Tür, bis die Woge des Verlangens sich zurückgezogen hatte. Dann trat auch er aus dem Bogengang heraus.

Er bemerkte, dass der Personaleingang offen war. Als sie gekommen waren, war er verschlossen gewesen, doch weder Dozentin Iversen noch der Professor hatten hinter sich zugeschlossen. Der Grund war natürlich, dass Nils sonst eingeschlossen gewesen wäre. Es kam also vor, dass diese Tür offen war. Und es war bestimmt nicht das erste Mal.

Er blieb stehen und betrachtete das Personalgebäude. Im Eckzimmer der Gästewohnung wurde eine niedrig stehende Lampe angeschaltet. Er hatte die Baupläne des Museums studiert und wusste, dass dieser Raum als »Schlafzimmer« bezeichnet wurde. Schatten bewegten sich im Lampenschein des Zimmers. Dann wurde das Rollo heruntergezogen und das Licht verschwand.

Trotz der Kälte wurden seine Wangen heiß vor Scham. Was machte er da? Stand er wirklich schmachtend vor Dozentin Iversens Schlafzimmer? Ein Spanner! Mein Gott. Sie hatte ihn doch hoffentlich nicht gesehen.

Er drehte sich zur anderen Seite und wollte gerade gehen, als etwas an der anderen Personalwohnung seinen Blick auf sich zog.

Die Wohnung des Hausmeisters war dunkel und still. Er schaute die Fenster genau an, eins nach dem anderen. Irgendwo hatte er eine Bewegung gesehen, aber wo?

Und dann sah er es wieder. Am Fenster neben dem Bogengang wurde der Vorhang ein wenig beiseitegeschoben und ein blasses Gesicht schaute heraus. Grauweiß in der Dunkelheit. Wie ein kleines Gespenst. Im nächsten Moment war es verschwunden. Er blieb lange regungslos stehen, aber das Gesicht kam nicht wieder.

Er verließ das Museum und stapfte die steilen Fußwege im Schnee hinauf bis zum oberen Teil des Schlossparks und weiter in seinen hoch gelegenen Stadtteil.

Wen hatte er da am Fenster gesehen? Auf jeden Fall nicht den Hausmeister. Es war ein Kind.

30

Georg schlief immer völlig lautlos. Kein Schnarchen oder Schnaufen oder hörbare Atemzüge. Als wäre er tot. Ellen musste die Hand auf seinen Brustkorb legen, damit sie spürte, dass er sich hob.

Sie betrachtete das schöne, friedliche Gesicht. Das war also ihr Ehemann. Liebte sie ihn? Er war attraktiv, freundlich, intelligent, besaß Gefühle, die er geschickt verbarg und die nur Musik hervorlocken konnte. Wenn er Musik hörte oder selbst spielte, dann veränderte sich sein Gesicht, es wurde zart und verletzlich. Dieses Gesicht liebte sie. Aber es gehörte zu einem Teil von ihm, zu dem sie keinen Zutritt hatte.

Manchmal hatte sie das Gefühl, er trug, genau wie sie selbst, Erlebnisse in sich, die er für sich haben wollte, und diese unausgesprochenen Geheimnisse vereinten sie und verwandelten ihre etwas leichtgewichtige Beziehung in etwas Tieferes. Vielleicht keine gute Grundlage für eine Ehe. Aber bald würden sie gemeinsame Erfahrungen gemacht haben, nette Erlebnisse, über die sie sich unterhalten konnten. Sie hatten schon darüber gesprochen, in eine neue Wohnung zu ziehen, die sie zusammen einrichten würden. Sie hatten sich in Einrichtungsgeschäften umgesehen, und Georg hatte sie mit seinem Geschmack für klare Farben und helle Hölzer überrascht. Woher kamen der dunkle Samt und die wuchtigen Eichenmöbel in ihrer Wohnung? Die mussten aus einer ganz anderen Phase seines Lebens stammen.

Sie hatten die Baupläne der Stadt studiert und die Hausannoncen in der Zeitung. Sie wollten ein Haus mit Garten, passend für eine Familie mit Kindern. Georg sprach oft von Kindern, er wollte so bald wie möglich eine Familie haben. Ellen war nicht sicher, ob sie dafür schon bereit war.

Sie dachte an die Guldin'schen Kinder. Das überwältigende, sinnliche Chaos. Lachen, Weinen, Rotz, hämmernde Fäuste und weiche Umarmungen. Und im Zentrum von alldem: Maj, ruhig und lächelnd. Trotz ihrer Jugend war sie viel reifer als sie selbst. Sie konnte sie vor sich sehen. Die himbeerroten Lippen und die rosa Wangen, die erstaunlich glatte Haut und die dicken, wohlgeformten Augenbrauen. Man könnte meinen, sie wäre geschminkt, aber das waren alles ihre eigenen Farben. Dieses starke, gesunde Mädchen wurde von ständiger Arbeit ausgelaugt, von viel zu großer Verantwortung und den zehrenden Schuldgefühlen wegen Alice' Verschwinden. Maj war im Begriff, unterzugehen, aber außer Ellen schien das niemand zu sehen.

Warum war Maj in letzter Zeit so ablehnend ihr gegenüber gewesen? Hatte Ellen sich zu sehr eingemischt, ihre berufliche Ehre verletzt? Sie wusste, dass Neugier ihr größtes Talent und gleichzeitig ihr größter Fehler war. Sie konnte manchmal zudringlich und taktlos erscheinen. Aber sie wollte doch Maj nur helfen.

Irgendwie, sie konnte es sich selbst nicht so recht erklären, hatte Ellen das Gefühl, dass Maj auch *ihr* helfen könnte. Das war ein ziemlich kompliziertes Gefühl.

Ellen hatte in der letzten Zeit etwas von ihrer Lebensfreude verloren. Die Leichtigkeit und die Energie, die bisher so selbstverständlich gewesen waren, gab es irgendwie nicht mehr. Sie erinnerte sich deutlich, wie das junge Mädchen an ihrer Schulter geweint hatte. Ihre braunen, duftenden Haare und die starken Arme. Selbst in diesem Moment der Verzweiflung hatte sie eine Glut ausgestrahlt, die Ellen nicht besaß, und Ellen hatte sich gierig von ihr wärmen lassen. Wer hatte eigentlich wen getröstet?

Maj war wie ein weiches, starkes Tier, von dem alle etwas abhaben wollten. Auch Ellen. Vielleicht hatte Maj genau das erkannt und sie deshalb plötzlich zurückgewiesen? Ellen spürte einen Stich von Scham. Dann tauchte auf einmal eine ganz andere Erinnerung auf. Am Vormittag hatte sie einen Anruf von Nils bekommen. Maggie hatte abgehoben, und als Ellen den Hörer übernommen hatte, war Maggie nur ein paar Schritte in den Wirtschaftsflur getreten, hatte die Arme verschränkt und Ellen scharf angeschaut. Sie hatte nicht einmal den Versuch gemacht, zu verbergen, dass sie mithörte, im Gegenteil. Ellen hatte ihr den Rücken zugekehrt, als Nils seine eigenartige Frage stellte: »Ellen, hast du jemals davon gehört, dass ein Mensch, der Rechtshänder war, plötzlich zum Linkshänder wurde?«

Sie hatte einen Moment nachgedacht. »Ich glaube nicht. Warum in aller Welt fragst du das?«

Er erzählte ihr von seinem Besuch bei der Lehrerin von Alice. Ellen hatte genau zugehört, und ihr war die ganze Zeit bewusst, dass Maggie im Wirtschaftsgang lauschte.

»Als du Maj das letzte Mal gesehen hast, hat sie da etwas über den letzten Sommer erzählt? Von einem besonderen Ereignis?«, hatte Nils gefragt.

»Nein, ich glaube nicht, sie hat nichts gesagt«, hatte Ellen geantwortet und danach das Gespräch beendet.

Erst jetzt wurde ihr klar, wie merkwürdig das war, was Nils erzählt hatte.

»Georg«, flüsterte sie und rutschte etwas näher an ihren schlafenden Ehemann. Er bewegte sich ein wenig.

»Georg«, sagte sie etwas lauter. »Schläfst du?«

»Nein«, murmelte er undeutlich. »Jetzt nicht mehr, was ist?«

»Was würdest du sagen, wenn ein Mensch, der sein ganzes Leben lang Rechtshänder war, plötzlich nach einem Sommer Linkshänder ist?«

Er legte sich auf dem Rücken zurecht, verschränkte die Hände hinter dem Kopf. Dann war er so lange still, dass Ellen sicher war, er sei wieder eingeschlafen.

Aber dann sagte er ins Dunkel hinein: »Da würde ich sagen, diese Person ist schon immer Linkshänder gewesen. Aber die Schule, die Eltern, die ganze Gesellschaft hätten sie gezwungen, sich zu verstellen und sich wie ein Rechtshänder zu benehmen. Als sie dann Linkshänder wurde, hätte sie sich überhaupt nicht verändert. Sie hätte nur aufgehört, sich zu verstellen.«

»Und warum hat sie damit aufgehört?«

»Weil es unnatürlich ist. Niemand will sich verstellen.« Er sprach mit erstaunlich klarer und deutlicher Stimme, obwohl er gerade geweckt worden war.

»Aber wenn sie besser mit der rechten Hand als mit der linken schrieb?«, fuhr Ellen fort.

»Das tat sie, weil sie die rechte Hand trainiert hatte. Und weil die Schrift für Rechtshänder gemacht ist. Alle Werkzeuge und Gegenstände, die ganze Gesellschaft ist für Rechtshänder gemacht. In einer rechtshändigen Welt Linkshänder zu sein, ist sehr schwierig. Aber die Hand hat ihren eigenen Willen. Der Körper will Wahrheit.« Nach diesen weisen Worten schien er plötzlich sehr müde zu sein. Er gähnte, drehte sich auf die Seite, wandte ihr den Rücken zu und sagte: »Willst du sonst noch etwas wissen oder kann man jetzt schlafen?«

»Danke. Du kannst jetzt schlafen«, sagte Ellen.

Sekunden später schlief er wieder tief und fest.

Ellen lag noch eine Weile wach und wunderte sich über Georgs Kenntnisse in Bezug auf Linkshändigkeit. Er war, soweit sie wusste, selbst Rechtshänder.

Als sie ihn am nächsten Morgen bat, ihr seine Überlegungen noch einmal darzulegen, sie fand sie überraschend, aber völlig logisch, schaute er sie verständnislos an. Er erinnerte sich an nichts, weder an ihre Frage noch an seine eigene Antwort.

»Du hast also im Schlaf gesprochen?«

»Das muss wohl so gewesen sein.« Er trank seinen Kaffee aus, faltete sorgfältig die Zeitung zusammen und stand auf. »Oder vielleicht ist es so, dass *du* geträumt hast.«

Er blinzelte ihr schelmisch zu und gab ihr einen leichten Kuss.

31

»Ein Kindergesicht im Fenster des Hausmeisters? Und wenn schon?«, sagte Nordfeldt zu Nils während ihres üblichen Morgengesprächs im Zimmer des Kommissars. »Das ist eine Dienstwohnung, und der Wärter hat wohl eine Familie.«

Nils versuchte, sich ins Gedächtnis zu rufen, was Professor Jägerskiöld gesagt hatte, als sie bei ihrem Rundgang die Wohnung des Wärters passiert hatten. Er konnte sich nicht daran erinnern, dass von einer Familie die Rede gewesen war. Aber andererseits, warum hätte er das sagen sollen?

»Was ich allerdings bemerkenswert finde«, fuhr Nordfeldt fort, »ist, dass Sie sich heute Nacht bei den Personalwohnungen des Museums befunden haben. Wie kann das sein? Das macht mich neugierig.«

Er beobachtete Nils und wartete auf eine Erklärung.

Nils wand sich etwas auf dem Besucherstuhl des Kommissars.

»Ich habe nach einem Besuch in einem Tanzrestaurant eine Dame nach Hause begleitet«, erklärte er. »Sie arbeitet als Gastforscherin im Museum und wohnt in der anderen Personalwohnung. Dozentin Iversen. Ich erwähne sie in meinem Bericht.«

»Aha«, sagte Nordfeldt mit gespieltem Respekt in der Stimme. »Der Ritter der Damen!«

»Da bisher noch niemand erwähnt hat, dass im Museumsgebäude auch Kinder wohnen, finde ich die Beobachtung doch bemerkenswert«, fuhr Nils fort, ohne sich um die Andeutungen des Kommissars zu kümmern. »Man sollte es sobald wie möglich untersuchen.«

Nordfeldt dachte einen Moment nach und nickte dann. »Ja, sicher, wenn Sie das meinen. Die Personalwohnungen sind der einzige Teil des Museums, den wir noch nicht durchsucht haben. Das sind ja private Räume, und wir werden wohl kaum die Erlaubnis zur Hausdurchsuchung bekommen, wenn nicht mehr vorliegt. Die Unantastbarkeit der Privatwohnung und so weiter. Sie können ja beim Hausmeister anklopfen und sehen, ob er Sie freundlicherweise hereinlässt. Aber halten Sie sich von Dozentin Iversen fern. Ein privater Umgang mit ihr schickt sich nicht, solange die Untersuchung läuft, das verstehen Sie bestimmt.«

»Aber sie hat wohl kaum etwas mit dem Verschwinden des Mädchens zu tun«, wandte Nils ein.

»Das ist sehr unwahrscheinlich. Aber wir dürfen nicht vergessen, dass sie sich als einer der wenigen Menschen zu diesem Zeitpunkt im Museum befunden hat.«

Nils fuhr mit der Straßenbahn durch die winterliche Stadt. Die Straßen waren leer. Die Leute vermieden es, bei dieser Kälte das Haus zu verlassen. Am Linnéplatz stieg er aus und ging hinauf zum Museum, das gerade geöffnet wurde.

Am Eingang saß der freundliche Wärter. Er erkannte Nils und grüßte ihn, ließ ihn ohne weiteres durch das Drehkreuz eintreten.

Nils ging in den Innenhof und klingelte dann an der Wohnung des Hausmeisters.

Niemand öffnete, aber das war nicht erstaunlich. Wenn der Hausmeister hier alleine wohnte, war natürlich während der Arbeitszeit niemand zu Hause. Aber dann wäre die Beobachtung des Kindes in der Nacht umso interessanter.

Er klingelte noch einmal, wartete zehn Sekunden und drückte noch einmal auf die Klingel.

Während er in dem dunklen Bogengang stand und wartete, drehte er sich um und betrachtete die gegenüberliegende, identische Tür, die zu der Wohnung von Dozentin Iversen führte und die heute Nacht direkt vor seiner Nase geschlossen worden war. Im oberen Teil der beiden Türen gab es ein halbrundes Fenster. Das von Fräulein Iversen war ganz dunkel. Aber das des Hausmeisters war schwach erleuchtet, ein gelbliches Licht, als würde da drinnen eine Lampe brennen.

Endlich wurde die Tür geöffnet, und eine Frau schaute heraus. Sie ging gebeugt, eine knochige Hand umfasste den Griff eines Gehstocks. Sie schaute Nils mit Angst im Blick an. Als er sich als Hauptwachtmeister vorstellte, schien ihre Angst sich zu Entsetzen zu steigern.

»Sie brauchen nicht zu erschrecken. Ihrem Mann ist nichts passiert, falls Sie das glauben sollten. Ich bin hier wegen des kleinen Mädchens, das letzten Sonntag verschwand. Das haben Sie sicher gehört?«

»Das arme Mädchen, ja. Oh je, das ist fürchterlich«, seufzte sie, schien jedoch fast erleichtert.

»Dürfte ich vielleicht für einen Moment hereinkommen?«, fuhr Nils in freundlichem Ton fort.

Ohne auf eine Antwort zu warten, trat er ein, putzte sich sorgfältig die Schuhe auf der Matte und nahm den Hut ab. Er sah nun, dass die Frau nicht so alt war, wie er zunächst geglaubt hatte. Fünfundvierzig vielleicht, nicht älter.

»Treten Sie ein, treten Sie ein«, sagte sie und ging vor ihm in die kleine Wohnung. Sie bewegte sich langsam und vorsichtig, als müsste jede Bewegung berechnet und richtig ausgeführt werden.

Das Wohnzimmer war sauber, gehäkelte Deckchen, Topfblumen und ein Bild der Königsfamilie an der Wand. Die Möbel standen dicht beieinander. Eine abgegriffene Bibel mit Lesezeichen lag auf einem Tisch neben einem Sessel.

»Sie sind Frau Oskarsson, nicht wahr?«

Nils wollte seine Hand ausstrecken, besann sich aber in letzter Sekunde, als er den gequälten Ausdruck im Gesicht der Frau bemerkte. Sie hatte ja einen Stock in der rechten Hand und hätte ihn wechseln müssen, sicher eine umständliche und schmerzhafte Prozedur für sie. Ein Händedruck war vielleicht die reinste Qual.

»Ja, das stimmt«, sagte sie, »bitte setzen Sie sich, Herr Wachtmeister.«

»Danke, aber ich will nicht lange bleiben«, sagte er und blieb stehen. »Ich möchte nur fragen, ob Sie am Sonntag das kleine Mädchen gesehen haben? Blonde Locken. Roter Mantel. Oder ob Sie an diesem Tag vielleicht etwas anderes Ungewöhnliches bemerkt haben.«

Mit Mühe setzte Frau Oskarsson sich in den Sessel. Sie schüttelte wehmütig den Kopf und strich mit der einen Hand über die andere. »Meine Welt ist klein, Herr

Wachtmeister. Ich gehe nicht mehr in die Ausstellungssäle. Ich sitze nur hier drinnen und starre vor mich hin. Früher konnte ich häkeln. Aber das geht nicht mehr. Die Hände wollen nicht, meine Augen sind noch gut. Manchmal kauft mein Mann mir eine Illustrierte, aber das können wir uns eigentlich nicht leisten. Ich habe angefangen, die Bibel zu lesen. Das ist interessanter, als man glaubt. Teilweise ganz schreckliche Geschichten.«

Während sie sprach, ging Nils langsam durch das Zimmer, den Hut in der Hand. Er schaute in die Küche und in das andere Zimmer, da standen ein Sekretär, ein hineingeschobenes Ausziehbett und ein Nachttisch mit ein paar Flaschen, Liniment und Medizin. Nirgendwo eine Spur von Kindern.

»Ich dachte nur, falls Sie etwas gesehen haben, von hier drinnen. Durch das Fenster, meine ich.«

Sie schüttelte wieder den Kopf. »Hier sieht man nicht viel. Im Sommer gehen manchmal Museumsbesucher in den Hof. Die kann ich dann vom Küchenfenster sehen. Aber jetzt, im Winter, ist es da draußen sehr tot. Es lohnt sich nicht, hinauszuschauen.«

Im Wohnzimmer stand eine Ottomane am Fenster. Nils ging hin und schaute hinaus, um sich zu orientieren. Hier hatte er heute Nacht das Gesicht gesehen. Das Kind musste auf der Ottomane gekniet haben.

»Wohnen nur Sie und Ihr Mann hier?«, fragte er.

»Ja, nur wir beide«, antwortete die Frau des Hausmeisters mit einem kleinen Seufzer. »Wir wurden beide hier angestellt, als das Museum öffnete. Ein knappes Jahr habe ich als Putzfrau gearbeitet. Dann wurde der Rheumatismus so schlimm, dass ich aufhören musste.«

Er drehte sich zu ihr um. »Sie haben also keine Kinder?«

Sie schwieg ein paar Sekunden. »Doch«, sagte sie dann. »Wir haben einen Sohn. Aber er wohnt nicht hier.«

»Wo wohnt er denn?«

»Er ist in einem Heim. Er ist Epileptiker, verstehen Sie.« Sie sprach das Wort aus, als wäre das ein Beruf oder ein Titel. »Es geht ihm sehr gut dort. Viel besser, als wenn er hier bei uns wäre.«

Nils nickte nachdenklich. Dann fuhr er fort: »Die Sache ist die, ich war heute Nacht zufällig vor diesem Fenster. Und ich glaube, dass ich ein Kind hinter diesem Fenster gesehen habe.«

Er zeigte auf das Fenster über der Ottomane.

Die Frau des Wärters starrte ihn an. Sie schien intensiv nachzudenken.

Dann fasste sie einen Entschluss und sagte mit fester Stimme: »Sie haben Bertil gesehen. Unseren Sohn. Er kommt manchmal zu Besuch. Nicht oft. Dann schläft er auf der Ottomane.«

»Und wo ist er jetzt?«

»Er ist schon wieder im Heim. Mein Mann ist heute früh mit ihm gefahren. Er hat ein Auto bestellt. Eigentlich ist es viel zu kalt für den Jungen, jetzt mit dem Auto zu fahren. Er hätte nicht herkommen sollen, lieber warten, bis es milder ist. Aber er fehlt uns so sehr. Früher sind wir hingefahren und haben ihn besucht. Aber jetzt kann ich mich kaum mehr bewegen, und deshalb lassen wir ihn kommen. Man darf in den Personalwohnungen eigentlich keine Kinder haben. Das steht im Anstellungsvertrag. Aber er bleibt ja nur eine Nacht und er stört wirklich niemanden. Er ist wie ich. Sitzt nur in der Wohnung. Er kann auch nicht sehr gut gehen, verstehen Sie. Er hat Schwierigkeiten mit … ja, allem. Lesen kann er überhaupt nicht. Da, wo er früher war, haben sie ihn Idiot genannt. Aber jetzt wissen wir, dass er Epileptiker ist. Er ist jetzt an einem Ort, wo sie sich mit so etwas auskennen. Ich hoffe nur, dass er im Auto keinen Anfall bekommt, jetzt, wo es so kalt ist. Mein Mann hat ihn ordentlich in Decken eingepackt. Er sah aus wie eine kleine Kohlroulade, als mein Mann ihn zum Auto trug.« Sie lächelte zärtlich.

»Wie alt ist Ihr Sohn?«

»Er ist zwölf, aber das kann man kaum glauben. Er ist ein magerer kleiner Kerl. Obwohl er im Heim genug zu essen bekommt. Jeden Tag Nachtisch. Es ist ein gutes Heim. Das vorige Heim war schrecklich. Möchte gar nicht mehr daran denken, wie es ihm damals ging. Er konnte dort nicht bleiben. Aber jetzt ist er an einem guten Ort. Einem richtig guten Ort.«

Nils hatte nicht mitgezählt, wie oft sie gesagt hatte »ein guter Ort«.

»Sie haben eine schöne Wohnung, Frau Oskarsson.«

»Oh, ja. Es gefällt uns gut hier.«

»Ich habe gesehen, dass es von der Küche aus eine Tür gibt. Wohin führt die?«

»Zur Werkstatt. Mein Mann arbeitet dort manchmal.«

»Kann ich sie sehen?«

»Selbstverständlich.« Sie nahm ihren Stock und machte einen mühsamen Versuch, aufzustehen.

»Nein, nein, bleiben Sie sitzen. Ich finde es alleine.«

Die Tür führte tatsächlich in eine kleine Werkstatt

mit einer Hobelbank und Werkzeug an der Wand. Alles war so ordentlich und aufgeräumt wie im Rest der Wohnung.

Von der Werkstatt ging noch eine Tür ab. Sie war unverschlossen. Nils öffnete sie und kam in einen Gang mit einem braunen Kalksteinboden, der ihm bekannt vorkam. Die Tür schräg über den Gang war unverschlossen, als er sie zu öffnen versuchte. Er schaute hinein. Auch dieser Raum schien als Werkstatt gedacht zu sein. Fungierte aber offenbar mehr als Abstellkammer für Dinge, die mit dem Museumsbetrieb zu tun hatten (Schilder, Holzleisten, Werkzeug und Leitern), und für private Dinge (ein Fahrrad, aufgerollte Flickenteppiche, Stapel von Blumentöpfen und eine Leine mit zum Trocknen aufgehängten Kleidungsstücken). Er verschaffte sich einen kurzen Überblick und schloss dann die Tür.

Er folgte dem Gang. Nach etwa zehn Metern führte er um die Ecke und dann noch etwa zehn Meter weiter, wo er in einem hellen, offenen Raum endete. Zu seinem Erstaunen bemerkte Nils, dass er sich direkt neben dem Eingang des Museums befand. Neben der Kasse saß der Wärter, in ein Kreuzworträtsel versunken. Besucher waren keine zu sehen. Die Wohnung des Hausmeisters hatte also direkten Zugang zum Museum.

Er ging rasch zurück, auf dem Weg, den er gekommen war.

Frau Oskarsson saß immer noch in ihrem Sessel und massierte ihre Fingergelenke.

»Ihr Mann hat es nicht weit zur Arbeit«, sagte Nils. »Er muss nicht einmal nach draußen gehen.«

»Ja, das ist sehr praktisch. Aber nicht alle sind für so

eine Arbeit geeignet. Man ist ja gewissermaßen immer im Dienst. Wenn es spätabends schneit, dann muss er raus und Schnee räumen. Die Heizung muss Tag und Nacht überwacht werden. Diese schrecklichen Ventilatoren machen dauernd Probleme, obwohl sie neu und modern sind und fürchterlich viel Geld gekostet haben. Mein Mann hat einen sechsten Sinn für Apparate. Er spürt deren Vibrationen durch das ganze Gebäude. Sie sind gewissermaßen eins mit seinem eigenen Körper, wenn Sie verstehen, Herr Wachtmeister. Es kommt vor, dass er sich mitten in der Nacht im Bett aufsetzt und sagt: ›Jetzt sind die Ventilatoren schon wieder stehen geblieben‹ oder ›Ich glaube, ich muss nach der Heizung sehen‹. Und dann ist in dieser Nacht nicht mehr an Schlaf zu denken. Es ging mir genauso, als Bertil noch klein war. Ich bin aufgewacht und habe im ganzen Körper gespürt, dass ein Anfall kurz bevorstand, obwohl er ganz ruhig in seinem Bett schlief. Im nächsten Moment kam der Anfall, und ich war bereit. Nein, Rudolf hat nicht viele freie Stunden. Aber er hat noch nie geklagt. Uns gefällt es beiden sehr gut hier. Der Direktor ist sehr freundlich zu uns.«

Sie redete immer weiter, wie gut es ihnen ging, wie wohl sie sich fühlten und an was für einem wunderbaren Ort ihr Sohn war. Nils fand es eigenartig, dass ein Mensch, der so vom Schicksal geschlagen war, so zufrieden sein konnte. Vielleicht hatten ihre Bibelstudien diese Wirkung. Er versuchte, das Gespräch zu beenden, aber Frau Oskarsson wollte offenbar reden. Während sie sprach, meinte er ein schepperndes Geräusch aus der Werkstatt zu hören.

»Entschuldigen Sie, dass ich Sie unterbreche, aber Ihr Mann scheint nach Hause gekommen zu sein«, sagte er.

»Mein Mann?«, sagte Frau Oskarsson und schaute sich erstaunt um.

»Ja, ich meine ihn aus der Werkstatt gehört zu haben.«

»Nein, das kann er nicht sein«, sagte Frau Oskarsson bestimmt. »Er kommt zuerst zu mir und erzählt mir, wie die Reise war.«

»Entschuldigen Sie mich einen Augenblick.« Schnell und leise ging Nils in die Küche und öffnete rasch die Tür zur Werkstatt.

Über die Hobelbank gebeugt stand ein weißhaariger Mann mit Schnurrbart und suchte mit lautem Klirren in einer alten Keksdose voller Nägel. Als Nils die Tür öffnete, schaute er hoch und blinzelte ihn durch eine runde Brille mit Stahlgestell an.

»Aha?«, sagte er ziemlich mürrisch.

»Mein Name ist Hauptwachtmeister Gunnarsson …«

»Das weiß ich. Wir haben uns neulich gesehen. Im Konservatorensaal.«

Jetzt erkannte Nils ihn. Es war Skoog, der ältere der beiden Konservatoren.

»Natürlich. Ich bin nur überrascht, Sie in der Wohnung des Hausmeisters zu sehen.«

»Wohnung?«, schnaufte der Konservator und suchte weiter geräuschvoll in der Blechbüchse. »Das hier ist eine *Werkstatt*. Bin auf der Suche nach ein paar ordentlichen Nägeln. Die, die wir drüben haben, sind zu klein.«

»Darf ich fragen, wozu Sie die Nägel brauchen?«, fragte Nils.

»Für einen Affenkäfig«, sagte der Konservator, hielt

einen großen Nagel hoch und inspizierte ihn durch die Brille. »Der passt.«

Er suchte einige von der passenden Größe zusammen, steckte sie in die Tasche und verließ ohne ein weiteres Wort die Werkstatt durch die Tür zum Museum. Es gab also offenbar keine wasserdichten Schotten zwischen den privaten und den allgemeinen Räumlichkeiten.

Nils wollte gerade zu Frau Oskarsson zurückkehren, als etwas auf dem Arbeitstisch seine Aufmerksamkeit erregte. Ein kleines Stück Zeitungspapier. Er hatte es nicht bemerkt, als er vorhin hier drinnen war, die Dose mit den Nägeln hatte darauf gestanden.

Er nahm den Zettel und las: *Verein Aquila. Sonntag, 31. Jan., 5 Uhr nm.*

Das war alles. Eine Kleinanzeige für eine Zusammenkunft. Ohne Ort.

Er hatte noch nie etwas von einem Verein Aquila gehört. Vermutlich eine Ordensgesellschaft. Davon gab es in Göteborg einige. Sie gaben ihre Zusammenkünfte sehr kurz gefasst bekannt. Die Eingeweihten wussten, worum es ging. Manchmal bestanden diese Anzeigen nur aus Abkürzungen und Ziffern, für Außenstehende völlig unbegreiflich.

Aber der Zeitpunkt war interessant. Das waren keine zwei Stunden nach dem Verschwinden von Alice Guldin.

Er legte den Zettel wieder auf den Arbeitstisch und stellte die Keksdose mit den Nägeln obendrauf. Dann öffnete er die Tür zur Küche der Hausmeisterwohnung und ging weiter in das kleine Wohnzimmer.

»Das war Konservator Skoog«, erklärte er Frau Oskarsson. »Er hat Nägel geholt.«

Das schien sie nicht zu überraschen.

»Ja, ich habe doch gesagt, dass es nicht mein Mann sein kann«, sagte sie beinahe triumphierend.

»Ich muss Sie noch etwas fragen, Frau Oskarsson. Erinnern Sie sich, ob Ihr Mann den ganzen Sonntag über im Museum war oder ob er irgendwo hingehen wollte?«

»Letzten Sonntag?« Sie dachte nach. »Ich glaube, er war zum Kartenspielen bei seinen Freunden«, sagte sie. »Ja, so war es.«

»Und um welche Zeit war das?«

»So um fünf.«

Nils hatte nie so recht verstanden, was man eigentlich in einer Ordensgesellschaft machte. Es wurde getuschelt, dass es geheime Riten gab, bei denen man Blut aus Totenköpfen trank. Daran glaubte er keine Sekunde. Karten spielen? Das klang schon glaubhafter.

»Macht er das öfter?«

»Nein. Vielleicht ein-, zweimal im Monat. Das muntert ihn auf. Er war schon immer gut im Kartenspielen. Aber letzten Sonntag hat er verloren. Er war sehr schlecht gelaunt, als er nach Hause kam.« Sie lachte ein wenig vor sich hin.

»Hat er sehr viel Geld verloren?«

Die Frau des Wärters schaute ihn beleidigt an. »Natürlich nicht! Er spielt nicht um Geld. Aber er verliert nicht gern.«

»Nein, wer verliert schon gerne«, sagte Nils. »Dann danke ich sehr herzlich, dass ich Sie besuchen durfte. Es war nett, Ihre schöne Wohnung zu sehen. Adieu, Frau Oskarsson.«

»Adieu, Herr Wachtmeister. Ich hoffe wirklich, dass

Sie dieses Mädchen wohlbehalten finden. Die armen Eltern, was müssen sie sich für Sorgen machen!«

»Ja, sie haben eine schwere Zeit.« Er verbeugte sich leicht und verließ die Wohnung des Hausmeisters.

Drüben bei der Pinguinskulptur stand Beate Iversen am Brunnenrand und rauchte. Sie trug den Laborkittel und die Haare waren wieder hochgesteckt. Nils blieb einen Moment in der Tür stehen und betrachtete sie. Die bogenförmige Öffnung rahmte die Szene ein wie eine Altartafel, die von kaltem Licht erleuchtet war. Sie schaute zum Himmel hinauf und blies langsam eine Wolke von Zigarettenrauch aus.

Dann bemerkte sie ihn und schaute blinzelnd in das Dunkel des Bogengangs. Er trat in den vom Schnee befreiten Innenhof.

»War nett gestern, vielen Dank«, sagte er. »Ich habe gerade Ihre Nachbarin, Frau Oskarsson, besucht. Leider konnte sie nichts zu dem verschwundenen Mädchen beitragen. Aber sie und der Wärter haben offenbar einen kranken Sohn, der heute Nacht hier war und am Morgen wieder in das Heim für Epileptiker gebracht wurde. Haben Sie das mit dem Sohn gewusst?«

Beate Iversen nickte und zog an ihrer Zigarette. »Ja, sicher. Dieser Sohn ist ein offenes Geheimnis. Alle wissen von seiner Existenz und dass sie ihn manchmal herholen. Heute früh stand ein Taxi mit laufendem Motor vor der Tür, der Wärter hat ihn in Decken gewickelt herausgetragen und ist mit ihm im Auto weggefahren.«

»Und Sie sind sicher, dass es ihr Sohn war, der in die Decken gewickelt war? Kein anderes Kind?«

Sie zuckte mit den Schultern. »Ich habe ein Bündel in Decken gesehen«, antwortete sie. »Gehen Sie heute Abend tanzen?«

»Nein«, antwortete er. »Heute Abend werde ich früh zu Bett gehen.«

»Schade. Ich habe gern mit Ihnen getanzt. Sie sind ein guter Tänzer. Und Sie sind groß. Ausnahmsweise bin ich mir nicht wie eine Fahnenstange vorgekommen.«

Zu seinem Ärger bemerkte Nils, dass ihre Worte sein Herz schneller schlagen ließen.

»Danke«, sagte er steif. »Mir hat es gestern auch gut gefallen. Aber frieren Sie denn nicht in diesem dünnen Kittel?«

»Ich gehe jetzt wieder rein. Ich habe brennbare Flüssigkeiten in meinem Arbeitszimmer, deshalb gehe ich raus, wenn ich rauche.«

»Wissen Sie, ob der Direktor heute da ist?«

»Er wird wohl in seinem Arbeitszimmer sein, nehme ich an.« Sie nahm einen letzten Zug und drückte die Zigarette am Brunnenrand aus. »Ich muss mich jetzt um ein paar Stachelhäuter kümmern. Vielleicht sehen wir uns mal wieder beim Tanzen.«

Sie warf die Kippe in den Schnee und ging in das Personalgebäude.

32

»Sind Sie schon wieder da, Herr Kommissar? Sie sind ein fleißiger Museumsbesucher, das muss ich schon sagen.«

Die Stimme von Professor Jägerskiöld klang schärfer, als Nils sie bisher vernommen hatte. Der Schreibtisch war voller Papiere, Nils' Besuch irritierte ihn ganz offensichtlich.

»Entschuldigen Sie, dass ich Sie bei der Arbeit störe, Herr Professor.«

»Schon gut. Heute Nacht habe ich Sie unterbrochen, wir sind also quitt. Was wollen Sie?«

Dass Nils vor der Tür von Beate Iversen ertappt worden war, das war natürlich ein bisschen peinlich, aber er fuhr ruhig fort: »Ich möchte nur etwas kontrollieren, was einen Ihrer Angestellten betrifft. Der Hausmeister Oskarsson hat offenbar einen zwölfjährigen Sohn, der in einem Epileptikerheim lebt.«

»Ja, das stimmt.«

»Und manchmal holt er ihn nach Hause in die Wohnung im Museum?«

»Ja«, sagte der Direktor. »Das tut er. Was natürlich gegen die Bestimmungen ist. Im Anstellungsvertrag steht, dass in der Personalwohnung keine Kinder wohnen dürfen. Wir können nicht zulassen, dass Kinder zwischen den Museumsgegenständen herumlaufen, wenn das Museum unbewacht ist. Das Ehepaar Oskarsson hat nichts von einem Kind gesagt, als es hier anfing. Aber mir ist das egal. Der Junge ist kränklich und man sieht ihn nie. Es ist völlig unerheblich, ob sie ihn manchmal herholen. Ich tue so, als wüsste ich nichts, und werde es dem Museumsvorstand auch nicht mitteilen. Sonst noch etwas?«

»Noch eins: Kennen Sie einen Verein Aquila?«

»Nein. Ist das ein Verein hier in der Stadt?«

»Ich denke schon.«

Professor Jägerskiöld dachte nach. »Ich kenne die meisten Vereine hier. Ich bin selbst Mitglied in einigen. Aber von Aquila habe ich noch nie etwas gehört.«

»Der Name sagt Ihnen also nichts. Er hat also nichts mit dem Museum zu tun?«

»Nein, außer dass Aquila Adler auf Lateinisch heißt. Und von denen haben wir einige. Aber auch im Vereinswesen gibt es eine ganze Menge Adler. In heraldischer Form, meine ich. Das ist da ein sehr beliebtes Tier. Haben Sie sonst noch Fragen, Herr Kommissar?«

»Nein, Herr Professor. Oder doch.« Nils räusperte sich. »Wenn wir schon bei Tieren sind. Was haben Sie damit gemeint, Herr Professor, als Sie sagten, der Tintenfisch sei ein Raubtier?«

»Das wissen Sie also noch? Das war ein dummer Scherz, ich hätte ihn lassen sollen. Ich hatte einen langen und anstrengenden Arbeitstag und war sehr müde.«

»Aber was haben Sie damit gemeint?«, fragte Nils nachdrücklich.

Professor Jägerskiöld dachte einen Moment nach, putzte seine dicke Brille und sagte schließlich: »Ich habe großen Respekt vor Frau Dozentin Iversen als Naturforscherin. Sie hat auf ihrem Gebiet bedeutende Entdeckungen gemacht, ihre Karriere in der akademischen Welt ist kerzengerade verlaufen, obwohl sie eine Frau ist. Aber sie ist, was man eine *Männerfresserin* nennt. Zweimal geschieden, das letzte Mal mit einem wahrlich großzügigen Unterhalt. Es heißt, sie sei die Geliebte von zahlreichen Männern. Alles natürlich nur Gerüchte, Eifersucht und so weiter. Aber sie schafft es, den Männern den Kopf zu verdrehen, und sie bekommt, was sie will. Ja, das wollte ich nur gesagt haben. Aber Sie scheinen ein kluger Kerl zu sein, Herr Wachtmeister. Sie brauchen keine Warnungen.«

Bevor Nils das erste Stockwerk des Forschungsgebäudes verließ, schaute er ins Atelier der Konservatoren. Die Tische und die Stahlgestelle standen anders als beim letzten Mal. Sjölander, der jüngere Konservator, war damit beschäftigt, Glasscherben zusammenzukehren. Skoog, der ältere, den Nils vor kurzem in der Werkstatt gesehen hatte, war dabei, ein neues Brett am Käfig des Affen festzunageln. Der Affe selbst war an der Heizung angekettet. Er knurrte und zeigte die Eckzähne.

»Kommen Sie nicht herein«, rief Sjölander und winkte warnend. »Der Affe hatte heute Nacht einen Wutausbruch. Überall auf dem Boden sind Glasscherben.«

Nils blieb auf der Schwelle stehen.

»Nur eine kurze Frage«, sagte er. »Kennt einer der Herren den Verein Aquila?«

»Nein, was in aller Welt soll das denn sein?«, fragte Skoog und schaute von seiner Arbeit hoch.

»Ich habe eine Zeitungsanzeige in der Werkstatt neben der Hausmeisterwohnung gesehen. Wo Sie gerade gewesen sind. Der Verein Aquila hatte für letzten Sonntag ein Treffen annonciert. Haben Sie vielleicht die Annonce ausgeschnitten?«

Skoog schnaubte. »Sie haben eigenartige Fragen, Herr Kommissar. Ein Stück Zeitungspapier! In der Werkstatt. Nein, wie außergewöhnlich«, sagte er ironisch.

Er lachte kurz, hob den Hammer und versenkte einen Nagel in der Kiste.

»War das Zeitungsstück ausgerissen oder ausgeschnitten?«, fragte Sjölander. »Wir verwenden Zeitungspapier für alles Mögliche. Auch der Hausmeister. Herausgerissenes Zeitungspapier findet man hier überall, fürchte ich.«

»Da drüben, zum Beispiel«, murmelte Skoog mit einem Nagel im Mund und zeigte mit dem Hammer auf einen Haufen zusammengefegter Papierstücke.

»Und da haben Sie den Täter«, fuhr Sjölander fort und zeigte seinerseits auf den Affen neben der Heizung. »Der Herr Kommissar möchte ihn vielleicht festnehmen und zum Revier bringen? Niemand wäre Ihnen dankbarer als ich.«

»Die Täterin«, korrigierte Skoog, nahm den Nagel aus dem Mund und wandte sich ärgerlich an Sjölander. »Wie oft soll ich dir noch sagen, dass es ein Weibchen ist?«

Ausgerissen oder ausgeschnitten? Sjölanders Frage war relevant, dachte Nils, als er die Treppe hinunterging. Wenn er sich recht erinnerte, hatte der Zettel gezackte Ränder. Als wäre er mit einer Schere ausgeschnitten worden, rasch und ungenau. Aber er war sich nicht sicher. Er könnte aus einer Zeitung stammen, die als Unterlage für eine Arbeit verwendet wurde, die Nageldose war draufgestellt worden, und als man dann die Zeitung wegnahm, war die Ecke kleben geblieben und abgerissen worden. In diesem Fall wäre der Text auf dem Zettel völlig uninteressant.

Wenn er den Zettel nur noch einmal anschauen könnte. Er wollte die Frau des Wärters nicht noch einmal belästigen. Aber die Werkstatt besaß ja auch einen Eingang vom Museum aus, und der war offenbar nicht verschlossen.

Nils ging über den Hof und betrat den Besucherteil des Museums. In der Eingangshalle bog er sofort nach links ab in den schmalen Gang, der an der Tür der Werkstatt endete. Vorsichtig drückte er die Klinke herunter.

Der große, magere Hausmeister stand an der Hobelbank, er trug seine Arbeitskleidung. Als er hörte, dass die Tür geöffnet wurde, drehte er sich mit einem Ruck um.

»Sie sind also wieder da, Oskarsson«, sagte Nils. »ich habe vorhin mit Ihrer Frau gesprochen.«

»Ja, sie hat erzählt, dass Sie da waren. Was wollen Sie?«, fragte der Hausmeister in unfreundlichem Ton. »Suchen Sie immer noch nach diesem Mädchen? Sie ist nicht hier. Ihre Polizisten haben jede Ecke durchsucht.«

Nils schaute zur Hobelbank und zur Keksdose mit Nägeln, die die Annonce verbarg. »Ich wollte mich nur ein wenig mit Ihnen unterhalten, schließlich sind Sie Tag und Nacht in diesem Museum. Ob Sie vielleicht etwas Ungewöhnliches bemerkt haben an dem Tag, als das Mädchen verschwand. Etwas, das Sie vielleicht damals nicht für wichtig befunden haben.«

»Ich habe nichts Besonderes gesehen. Es war Sonntag, ich habe also eigentlich nicht gearbeitet. Habe mich nur um ein paar Sachen gekümmert.«

»Waren Sie den ganzen Abend im Museum?«

»Nein, ich habe mit ein paar Freunden Karten gespielt.«

»Um welche Zeit?«

»Ich bin so gegen halb fünf weggegangen.«

»Und wie heißen Ihre Karten-Freunde?«

Der Hausmeister schlug mit der Faust auf die Hobelbank, sodass die Blechdose mit den Nägeln hochhüpfte. »Warum sollte ich Ihnen das erzählen? Damit Sie zu meinen Freunden gehen, Ihre Polizeimarke zeigen und mich anschwärzen können? Habe ich etwas verbrochen? Bin ich verdächtig?«

»Beruhigen Sie sich, Oskarsson. Sie sind nicht verdächtig. Ich versuche nur, alle Spuren zu verfolgen. Sie waren also während des Abends nicht hier im Museum?«

»Nein.«

»Und Sie haben nicht an einem Treffen des Vereins Aquila teilgenommen?«

Nils stellte die Frage in einem leicht dahingeworfenen Ton. Aber der Effekt war erstaunlich. Die kleinen Augen des Wärters weiteten sich und das ganze Gesicht zuckte.

Bevor er antworten konnte, wurde die Tür zur Wohnung des Hausmeisters einen Spaltbreit geöffnet. Der Geruch nach gebratenem Speck strömte heraus, und seine Frau schaute durch den Türspalt.

»Hast du mich gerufen, Rudolf?« Dann bemerkte sie Nils. »Oh, Herr Wachtmeister, Sie sind hier!«

»Hauptwachtmeister«, korrigierte sie ihr Mann.

»Guten Tag, noch einmal, Frau Oskarsson«, sagte Nils. »Ich wollte nur ein paar Worte mit Ihrem Mann wechseln.«

»Erzähl dem Herrn Hauptwachtmeister, was ich am Sonntagabend gemacht habe«, sagte der Hausmeister streng zu seiner Frau.

»Aber das habe ich ihm ja schon gesagt. Du warst beim Feinkosthändler Almgren in der Vegagatan und hast Karten gespielt. In seiner Wohnung über dem Geschäft. Du hast verloren und warst schrecklich schlecht gelaunt, als du nach Hause gekommen bist. Ich habe ihm auch von Bertil erzählt. Sie verraten doch dem Direktor nichts, Herr Hauptwachtmeister?«, fügte sie erschrocken hinzu. »Da würde Rudolf gefeuert und wir müssten umziehen.«

Der Hausmeister schaute sie hasserfüllt an. »Musst du reden wie ein Wasserfall, sobald du einen fremden Menschen siehst?«

»Entschuldige, Rudolf«, piepste die Frau. »Das ist eben so, wenn man den ganzen Tag allein ist. Es passiert so selten, dass jemand kommt.«

»Ich glaube, der Herr Direktor weiß Bescheid, was Ihren Sohn betrifft«, sagte Nils. »Er lässt da fünfe grad sein. Sie brauchen sich keine Sorgen machen.«

»Oh, Gott sei Dank!«, sagte Frau Oskarsson. »Der Herr Direktor ist ein guter Mensch, das habe ich schon immer gesagt.«

»Und du bist eine richtige Plaudertasche«, sagte der Wärter. Er formte den Daumen und den Zeigefinger zu einem Schnabel und öffnete und schloss sie schnell, wobei er plapperte: »Blablabla, blablabla.«

»So, so, was du nicht sagst?«, rief die Frau beleidigt. »Wenn du ab und zu mit mir sprechen würdest, dann müsste ich vielleicht nicht so viel reden, sobald ein Fremder hereinschaut. Aber du sagst nie ein Wort, bist nur mit deinen verdammten Maschinen beschäftigt. Wäre es nicht besser, du würdest in den Ventilatorkeller ziehen? Oder gleich in den Heizkeller, da ist es warm und gemütlich.«

Ein unverkennbarer Geruch nach verbranntem Speck erreichte Nils' Nase.

»Ihre Bratpfanne, Frau Oskarsson«, machte er sie diskret aufmerksam.

Die Frau wirbelte herum.

»Du lieber Gott!«, rief sie aus und schloss schnell die Tür zur Küche.

Der Hausmeister schnaubte verächtlich. »Da können Sie mal sehen, was ich aushalten muss. Sie kann nicht einmal kochen.«

Nils schaute die Keksdose mit den Nägeln an.

»Sind Sie verheiratet, Herr Hauptwachtmeister?«

»Nein.«

»Da können Sie froh sein.«

Mit einer schnellen Bewegung streckte Nils die Hand aus und hob die Dose an. Die Annonce war weg.

Der Hausmeister schaute ihn ruhig an. In seinen kleinen bitteren Augen glaubte Nils eine Spur von Triumph wahrzunehmen.

»Brauchen Sie Nägel, Herr Kriminalkommissar? Bedienen Sie sich. Wir haben noch jede Menge.«

33

Nils überließ das Ehepaar Oskarsson und ihre elende Ehe ihrem Schicksal. Von der Rückseite des Museums gab es einen Fußweg den Hügel hinunter und von dort kam er zur Vegagatan.

Almgrens Feinkost lag ungefähr in der Mitte der langen Straße. Sein Besitzer war fast die Karikatur eines Kaufmanns. Rotwangig und verbindlich lächelnd tauchte er hinter einer kunstvoll aufgeschichteten Pyramide aus Campbell's-Suppendosen auf.

Nils stellte sich vor. »Ich höre mich ein wenig in der Gegend um, es geht um das kleine Mädchen, das aus dem Naturhistorischen Museum verschwunden ist. Sie haben sicher davon gehört.«

Das verbindliche Lächeln ging rasch in gerunzelte Augenbrauen, bedauerndes Kopfschütteln und Schnalzen über. »So eine nette Kleine. Ein richtiger Engel.«

»Sie kennen sie also?«

»Oh, ja, sehr gut. Das Kindermädchen kommt oft hierher zum Einkaufen. Aber jetzt ist es eine Weile her, dass ich sie gesehen habe. Irgendwann im Herbst, glaube ich. Tatsache ist …« Er räusperte sich, beugte sich über den Tresen und fuhr mit leiser Stimme fort, obwohl es keine Kunden im Geschäft gab: »Tatsache ist, dass Herr Guldin schon seit längerer Zeit seine Rechnungen bei uns nicht bezahlt hat. Ich musste das Kindermädchen davon unterrichten und habe sie gebeten, ihn daran zu erinnern. Seither habe ich weder sie noch die Kinder gesehen. Und auch keine Zahlung.«

»Aber Ihr Geschäft ist den Kindern bekannt? Ich dachte, das Mädchen ist vielleicht irgendwo hingegangen, wo sie schon einmal war. Irgendwohin, wo sie Leute kennt und gut aufgenommen wird.«

Der Feinkosthändler strahlte. »Hier ist sie immer gut aufgenommen worden, ich habe ihr und ihren Geschwistern immer etwas zugesteckt. Ein Stückchen Lakritz oder Brustzucker. Sie wurde in den Geschäften hier in der Gegend ziemlich verwöhnt, die kleine Goldlocke. Niemand konnte ihren großen blauen Augen widerstehen. Aber«, erinnerte er sich, »sie ist doch an einem Sonntag verschwunden, nicht wahr? Das hat auf jeden Fall in der Zeitung gestanden und auf den Plakaten. Da war das Geschäft ja geschlossen. Ich war nicht hier.«

»Nein, natürlich, Sie waren nicht da«, bestätigte Nils und fügte hinzu: »Da haben Sie wohl Karten gespielt, oben in Ihrer Wohnung. Sie sollen ein richtig guter Spieler sein, habe ich gehört.«

»Kartenspiel an einem Sonntag!«, rief der Feinkosthändler erschrocken aus. »Nein, was soll ich Ihnen sagen! Ich bin Mitglied der Missionskirche. Am Sonntag gehe ich sowohl in den Vormittagsgottesdienst als auch zum Abendsingen. Karten spiele ich am Donnerstag. Oder am Mittwoch. Manchmal am Dienstag. An einem Werktag, wenn alle Herren Zeit haben. Aber *nie* an einem Sonntag.«

Sein kleiner rundlicher Körper schüttelte sich angesichts eines so gottlosen Gedankens.

»Kirche und Kaffee am Sonntag. Kartenspiel und

Punsch am Werktag. Alles hat seine Zeit, wie schon der Prediger sagte. Aber wer hat Ihnen denn erzählt, dass ich Karten spiele? Warten Sie, sagen Sie nichts, ich glaube, ich weiß es.«

Er blinzelte schlau und zeigte mit einem dicken Finger auf Nils. »Sie haben natürlich mit Oskarsson gesprochen!«

»Richtig geraten, Herr Almgren«, gab Nils zu. »Der Hausmeister ist offenbar Mitglied Ihrer Kartenrunde.«

»Ja, ja, so ist es«, sagte der Feinkosthändler. »Wir spielen schon seit vielen Jahren zusammen. Das sind Oskarsson vom Museum, Schuhmacher Svensson an der Ecke und Lundin aus der Fahrradwerkstatt in der Prinsgatan. Und ich.« Er fügte mit einem Blinzeln hinzu: »Oskarsson genießt es, für eine Weile von seiner verdrießlichen Frau loszukommen und mit seinen Freunden zu zocken.«

»Aber nie an einem Sonntag?«, wiederholte Nils. »Herr Oskarsson war also am letzten Sonntag nicht bei Ihnen zu Hause?«

»Nein, nein. Nie an einem Sonntag. Ich habe meine Prinzipien. Alles hat seinen Platz. So habe ich auch immer meine Geschäfte abgewickelt.« Mit einer stolzen Geste zeigte er über die wohlgefüllten, penibel ordentlichen Regale mit Kakao, Vanillepuddingpulver und Waschmittel. »Alles hat seine Ordnung. Oskarsson ist genauso. Ein Ordnungsmensch«, sagte er, nicht wissend, dass er gerade das Alibi seines Freundes hatte zusammenstürzen lassen, wie wenn man eine Pyramide aus Konservenbüchsen anstupst.

»Hat Ihre Kartenspielervereinigung einen Namen?«, fragte Nils. »Annoncieren Sie Ihre Zusammenkünfte in der Zeitung?«

Der Feinkosthändler lachte so laut, dass sein Bauch unter der Schürze hüpfte. »Nein, so hochtrabend ist es nicht. Wir sind nur ein paar gute Freunde, wir treffen uns oben bei mir und spielen ein bisschen Karten. Und auch nicht um Geld oder so. Natürlich nicht. Vielleicht gibt es ein Gläschen Punsch, wenn jemand das möchte. Aber wir sind sehr maßvoll. Das kann doch wohl kaum gegen das Gesetz sein?«

»Keinesfalls. Es klingt sehr nett.«

Nils verabschiedete sich vom Feinkosthändler Almgren und ging hinaus in die Kälte. Vor dem Geschäft blieb er vor einem Reklameschild für Margarine stehen.

Der Hausmeister hatte also gelogen mit seiner Aussage, wo er am letzten Sonntag gewesen war. Sollte er ins Museum zurückgehen und ihn mit Almgrens Angaben konfrontieren? Nein, noch nicht. Er wollte zunächst mehr über den Verein Aquila herausbekommen. Er konnte nicht vergessen, wie der Hausmeister geschaut hatte, als er diesen Namen erwähnte.

Auf dem Reklameschild biss ein rundliches Kind in ein belegtes Brötchen, und Nils merkte auf einmal, wie hungrig er war. Er schaute auf die Uhr. Halb eins.

Er ging in das Lokal der Schwestern Ericson. Er nahm ein ordentliches Mittagessen zu sich, bestehend aus Hackbraten, Kartoffeln, Pilzsauce und Bohnen.

Danach begab er sich in die Volksbibliothek Dickson.

Im Zeitungssaal saßen Männer und Frauen um einen runden Tisch und lasen Zeitungen und Zeitschriften. Man hörte nur das leise Rascheln, wenn die Seiten umgeblättert wurden, und manchmal ein diskretes Husten.

Nils ging zum Bibliothekar, einem dünnhaarigen älteren Mann. Leise flüsternd bestellte er die Ausgaben der drei größten Zeitungen von letzter Woche. Er setzte sich an einen der Tische und blätterte die Seiten mit den Kleinanzeigen durch.

In der Donnerstagsausgabe der *Göteborgs-Posten* fand er unter der Rubrik Zusammenkünfte, was er suchte. Die kleine Anzeige des Vereins Aquila stand mitten auf der Seite, nicht am Rand, wo man sie versehentlich hätte abreißen können. Man musste eine Schere oder ein Papiermesser verwenden, wenn man sie ausschneiden wollte.

Er gab die Zeitungen zurück und bestellte ältere Nummern der *Göteborgs-Posten*. Emsig blätterte er die Rubrik Zusammenkünfte in einer Zeitung nach der anderen durch, was lautes Rascheln und ärgerliche Blicke der anderen Besucher zur Folge hatte. Der alte Bibliothekar suchte ihm geduldig weitere Ausgaben heraus und brachte die alten zurück, er war vermutlich anstrengende Besucher gewohnt.

Nils blätterte durch die Zeitungen, bis es dämmrig wurde und die großen Deckenbeleuchtungen angemacht wurden. Dann steckte er sein Notizbuch ein, brachte die Zeitungen zurück, ohne um weitere zu bitten, und verließ die Bibliothek.

Er hatte herausgefunden, dass der Verein Aquila sich unregelmäßig traf, im Abstand von einem bis drei Monaten. Die Wochentage variierten, auch die Uhrzeit, aber fünf Uhr war die am häufigsten vorkommende Zeit. Ein Ort war nie angegeben.

34

Während Nils gründlich die Zeitungen in der Bibliothek durchsuchte, lief Filip Guldin mit seinen Plakaten unter dem Arm rastlos durch die Straßen. An einem Brett blieb er stehen, nahm ein Plakat und drückte es mit ein paar Reißnägeln fest. Als er fertig war, drehte er sich um und betrachtete das Radiogeschäft auf der anderen Straßenseite, dabei raschelte er mit den Reißnägeln in der Tasche.

Es war sein eigener Laden, er besaß ihn zusammen mit einem Kompagnon. Er war schon längere Zeit nicht mehr dort gewesen. Einen Moment lang überlegte er, hineinzugehen. Aber nein, er ließ es besser bleiben. Sein letzter Besuch war sehr deprimierend gewesen, die letzte Abrechnung eine Katastrophe. Obwohl er so viel Geld in das Unternehmen gepumpt hatte, trug es sich nicht. Bald würde es in Konkurs gehen.

Die Vereinbarung war gewesen, dass Guldin das Grundkapital lieferte und der andere den Verkauf übernahm. Aber sein Partner war ein schlechter Verkäufer. Er konnte sich nicht auf die Leute einstellen. Am liebsten saß er in einem kleinen Zimmer hinter dem Ladenlokal und fummelte an den Apparaten herum. Wenn Kundschaft kam, dann langweilte er sie mit technischen Informationen über Volt und Anoden, er zeichnete unverständliche Schaltkreise, bis die Leute wieder gingen und er sich ungestört seinen Experimenten widmen konnte.

Guldin interessierte sich eigentlich überhaupt nicht für das Radio, weder für die Technik noch für die Sendungen. Ihm war unbegreiflich, dass Leute still auf einem Stuhl sitzen und völlig passiv Musik hören wollten, die sie sich noch nicht einmal selbst ausgesucht hatten, oder Rednern lauschen, die einem in einem arroganten Ton etwas von buddhistischen Ritualen in China oder der Funktion der Bauchspeicheldrüse im Verdauungssystem erzählten. Nein, wenn schon gesprochen wurde, dann zog Filip Guldin es vor, selbst zu sprechen. Über Dinge, die ihn interessierten. Radio war etwas für ungebildete Idioten, denen das Talent zum Reden nicht gegeben war. Wenn man bedachte, wie viele derartige Menschen es gab, hätte es ein Leichtes sein müssen, Radioapparate zu verkaufen. Aber so war es nicht. Der Radioladen war ein richtig schlechtes Geschäft, aus dem er sich schon vor langer Zeit hätte zurückziehen sollen.

Wahrscheinlich war das ganze Radiospektakel übertrieben. Der Reiz des Neuen war verflogen. Die Frage war, was würde als Nächstes kommen. Vermutlich etwas in der Fahrzeugbranche. Es galt, einen Schritt schneller zu sein. Vielleicht eine Weiterentwicklung des Autos? Oder des Fliegens. Oder etwas, das die unendlich langsamen Straßenbahnen beschleunigte. Meine Güte, man war ja fast schneller, wenn man zu Fuß ging. Diese Schneckenfahrzeuge warteten doch nur darauf, dass ein technisches Genie ihnen etwas Kraftvolles einbaute. Sein Partner im Radiogeschäft kannte sich mit Elektronik ziemlich gut aus. Vielleicht konnte man ihn dazu bringen, in anderen Bereichen zu denken? Vermutlich nicht. Er musste einen neuen Partner mit mutigen Ideen finden. Aber dazu brauchte man Kapital. Und die Bank wollte ihm keine weiteren Kredite mehr geben. Irgendwie musste er an Kapital kommen, aber alles, was er bisher versucht hatte, war misslungen. Er hatte sich das schreckliche Radiogeschäft ans Bein gebunden.

Wie von selbst lenkten seine Füße ihn zur Bierkneipe Zum Greif, wo seine Freunde ihn mit Handschlag und Rückenklopfen willkommen hießen. Ein schäumendes Glas wurde ihm hingestellt. Er wurde gefragt, ob die Polizei eine Spur seiner Tochter gefunden hatte.

Nein, die Polizei in dieser Stadt war weiß Gott nichts, auf das man stolz sein konnte. Man gab sich große Mühe, entlaufene Hunde zu finden, aber ein kleines Mädchen war ihnen egal. Leute, die ein Glas zu viel getrunken hatten, die brachte man blitzschnell hinter Gitter, aber die richtigen Schurken, die ließ man laufen.

Guldin beschwerte sich lang und breit, und es tröstete ihn, dass seine Ansichten wie ein Echo um den ganzen Tisch herum wiederholt wurden.

Nachdem die Loyalität seiner Freunde und das ausgezeichnete Bier ihn ausreichend aufgeladen hatten, schlug er mit der Hand auf den Tisch und sagte: »Nein, genug herumgesessen, ich muss weiter.«

Er steckte sich die Plakatrolle unter den Arm, verabschiedete sich und verließ das Lokal.

Als er hinaus auf die Straße trat, fühlte er sich wie so ein Radiotransformator, zum Platzen voll mit Volt und Ampere. Alles würde sich lösen.

Mit zugeknöpftem Mantel lief er in die winterliche Kälte, und als die Bedienung im Greif mit der Rechnung auftauchte, war er schon über alle Berge.

35

Maj lag auf dem Rücken und schaute an die Decke. Wenn man das richtig machte, dann passierte etwas Eigenartiges. Die Decke wurde zum Fußboden und sie konnte auf der leeren, weißen Fläche umhergehen. Die erhabenen Gipsstuckaturen umgaben sie wie die Ränder eines Silbertabletts. In der Mitte ragte die Deckenlampe nach oben, wie eine große Blume auf ihrem Stängel. Die Tür war ganz oben, man würde eine Leiter brauchen, um hinaufzukommen. Es war ein sauberer, leerer und heimlicher Raum, er war immer da, ganz in der Nähe, aber niemand außer Maj war je dort gewesen.

Und es war so leicht, dorthin zu gelangen. Man musste sich nur hinlegen, den Nacken nach hinten beugen und nach oben schauen.

Maj hatte das schon so oft getan, dass es ihr ganz natürlich vorkam, dort oben umherzugehen, umgedreht, wie eine Fliege. Und genau wie eine Fliege konnte sie auch verschwinden. Nicht durch die hohe Tür, die gerade geschlossen war, sondern durch den Luftabzug, der viel weiter unten saß und dessen Schnur wie ein Fühler nach oben ragte. Es war nicht ganz leicht, aber wenn sie musste – und das war nun der Fall –, konnte sie sich ganz klein machen und sich mit großer Mühe durch das Gitter des Luftabzugs zwängen und hinaus auf das Dach verschwinden.

Sie hatte sich diese Tricks schon als Kind beigebracht, während der schrecklichen Behandlungen, die sie im Sanatorium durchleben musste. Es hatte keine Möglichkeit gegeben, ihnen zu entgehen. Ihr eigener Wille, ihr bittendes Weinen, ihre verzweifelten Schreie hatten keinerlei Bedeutung gehabt. Doktor Ullgard und seine Krankenschwestern waren stärker als ein kleines Mädchen. Was geschah, musste geschehen. Es war *notwendig,* dieses Wort wurde ständig wiederholt, und das Schreckliche erlangte so ein schicksalhaftes, beinahe göttliches Niveau, die Ärzte und Schwestern waren nur gehorsame Werkzeuge.

Am Anfang hatte sie immer schreckliche Angst gehabt. Aber eines Tages, als sie da auf der Untersuchungsliege von Doktor Ullgard lag, da passierte etwas. Als die Nadel, stumpf und abgenutzt von allzu vielen Sterilisierungsbädern, in ihre widerstrebende Haut gedrückt wurde, hatte sie wie immer die Zähne zusammengebissen und den Nacken nach hinten gebogen, so weit es nur ging, in dem vergeblichen Versuch, sich dem Bösen zu entziehen. Aber dieses eine Mal hatte sie nicht die Augen geschlossen wie sonst immer, sondern sie offen gehalten und an die Decke gestarrt. Und schwupps, auf einmal war es passiert. Zu ihrem großen Erstaunen hatte sie sich in einer völlig weißen Welt befunden, leer bis auf ein paar kugelförmige Lampen, die wie Ballons an ihren Fäden schwebten. Der Schmerz war weit weg, uninteressant, sie war völlig frei.

Das Ganze hatte nur einen Moment gedauert. Aber die Erkenntnis war schwindelerregend. Doktor Ullgard und die Schwestern herrschten uneingeschränkt über ihren Körper, aber das hatte sie nicht daran gehindert, sich wegzubewegen! Sie hatte es getan. Und sie konnte es wieder tun, wenn sie es brauchte.

Seit damals hatte sie diesen Trick so oft wiederholt, dass sie ihn meisterhaft beherrschte.

Deshalb bemerkte sie weder Herrn Guldins heiseres Stöhnen in ihrem Ohr noch den Gestank nach Alkohol oder die harten Stöße in ihrem Unterleib.

Mit gewalttätiger Energie drängte ihr Hausherr sich immer tiefer in ihren Körper, jeder Stoß schien mehr zu sein, als er vermochte. Dennoch fuhr er mit zielstrebiger Ausdauer fort, als würde er eine harte und wichtige Arbeit erledigen, einen richtigen Kraftakt, und er wäre sehr verletzt gewesen, wenn er gewusst hätte, dass da niemand war, der seine Anstrengungen bemerkte.

Denn Maj saß an der Decke, umgeben von gerade gefallenem, frisch duftendem Schnee, der sich angenehm kühl auf ihrer Haut anfühlte. Sie konnte die Hausdächer um sich herum sehen, die schwarzen Baumwipfel im Schlosspark, die Turmkuppel des Museums, die die Form einer Parfumflasche hatte. Die Anstrengungen ihres Herrn störten sie nicht mehr als der Rauch, der aus den Hunderten von Schornsteinen stieg, geradewegs hinauf in die blaue Dämmerung. Unten auf der Linnégatan bewegten sich Autos und Straßenbahnen, lautlos wie in einem Traum.

Messerscharf erkannte Maj jedes Detail. Ihr Gehör war jedoch nach unten, nach innen gerichtet. In die Wohnung und auf die verschlossene Tür. Wachsam lauschte sie nach dem Weinen eines der Kinder oder den Angstschreien der gnädigen Frau. Nur ein Laut von denen, die sie brauchten, und sie musste sich sofort wieder nach unten begeben.

Sie hoffte nur, dass der Herr nicht allzu lange brauchte. Die Aussicht hier oben war fantastisch, aber sie konnte nicht ewig bleiben.

36

Nils war wieder in seinem kleinen Zimmer auf dem Polizeirevier. Er wollte gerade seinen Mantel aufhängen, als die Tür zum Nebenzimmer geöffnet wurde.

»Da sind Sie ja, Gunnarsson!«, rief Kommissar Nordfeldt aus, als wäre Nils monatelang verschwunden gewesen und zeige sich plötzlich an einem unvorhergesehenen Ort. »Wo in aller Welt sind Sie den ganzen Tag gewesen? Ich war kurz davor, Sie als vermisst zu melden.«

»Der Herr Kommissar hat mir erlaubt, ins Museum zu gehen«, erinnerte Nils ihn. »Ich wollte mehr über das Kind in der Hausmeisterwohnung herausfinden.«

»Und was haben Sie herausgefunden? Wessen Kind ist es?«

»Es ist das Kind des Hausmeisters.«

»Wirklich? Und um das herauszubekommen, haben Sie den ganzen Tag gebraucht? Ich hoffe wirklich, dass Sie noch mehr gemacht haben.«

»Ich habe versucht, einer anderen Spur zu folgen, Herr Kommissar.«

Nordfeldt machte eine halb einladende, halb kommandierende Geste in sein Zimmer. Nils trat ein, setzte sich auf seinen üblichen Platz vor dem Schreibtisch des Kommissars und berichtete von seinen Beobachtungen.

»Hm«, brummte Nordfeldt skeptisch. »Ein Stückchen aus einer Zeitung in einer Werkstatt. Tja.«

»Niemand in diesem Museum kennt angeblich diesen Verein, aber der Hausmeister schaute erstaunt, als ich den Namen nannte. Das Treffen fand zwei Stunden nach dem Verschwinden von Alice statt. Der Hausmeister behauptet, zu diesem Zeitpunkt mit seinen Freunden Karten gespielt zu haben. Beim Feinkosthändler Almgren, laut seiner Frau. Was der Feinkosthändler vehement abstreitet. Er hat religiöse Prinzipien und spielt nie an einem Sonntag.«

Nordfeldt nickte, schaute aber nicht besonders beeindruckt drein. »Der Hausmeister hat also zu dieser Zeit etwas anderes gemacht. Was er seiner Frau nicht erzählen will. An sich nichts Ungewöhnliches. Vielleicht hat er eine andere Frau getroffen? Soll vorkommen. Aber dass diesem Mädchen etwas Verbrecherisches zugestoßen ist, das dürfte wohl ziemlich klar sein. Vier Tage sind vergangen, ohne jede Spur. Wenn sie in einen Unfall verwickelt gewesen wäre, hätte man sie finden müssen.«

Der Kommissar holte einen Plan des Museums hervor, rollte ihn auf dem Schreibtisch aus und stellte einen Aschenbecher und eine ungespülte Kaffeetasse als Gewicht auf die Ecken. »Lassen Sie uns mal die Spekulationen über Geheimbünde beiseitelegen und zur Ausgangslage zurückkehren. Das Kindermädchen sagt, Alice wurde zum letzten Mal gesehen, als sie bei den Käfern und Schmetterlingen waren, also hier in der Abteilung der Gliedertiere, in der Nähe der Würmer.« Er zeigte mit einem Bleistift auf die Zeichnung. »Das hat sie im Verhör gesagt, und der Wärter hat es bestätigt, er hat sie genau hier angetroffen und ihnen gesagt, sie sollten nach Hause gehen. Bei Frau Forsell hat sie später etwas anderes erzählt. Laut dieser Version sei sie mit den Kindern, nachdem der Wärter weg war, weitergegangen in die Weichtierabteilung, wo Alice aus Versehen eine Vitrine eingeschlagen hat. Das heißt, der Ort, an dem Alice zuletzt gesehen wurde, ist hier.« Er zeigte mit dem Bleistift auf eine andere Ecke. »Und der Zeitpunkt verschiebt sich von zehn nach drei auf etwas später. Viertel, zwanzig nach. Schwer zu sagen. Das heißt auch, dass das Kindermädchen im Verhör nicht die Wahrheit gesagt hat, was ihre Glaubwürdigkeit als Zeugin beeinträchtigt.«

»Sie hatte Angst, dass sie selbst oder der Vater des Kindes für den Schaden an der Vitrine verantwortlich gemacht würden«, sagte Nils. »Herr Guldin hat ja finanzielle Probleme und sie selbst besitzt keine Öre. Es ist also verständlich, dass sie nichts gesagt hat.«

»Und es ist vielleicht auch nicht so wichtig. Aber hier ist Alice also zuletzt gesehen worden. Dann läuft sie weg, in Richtung der Fischabteilung, und seither ist sie verschwunden. Aber sie kann nirgendwo anders hingelaufen sein als zum Ende der Galerie bei den Fröschen und Kriechtieren. Von da kommt man in die untere Halle und ist einmal im Kreis gegangen. Entweder verlässt sie das Museum in einem unbeobachteten Augenblick durch den Besuchereingang. Der Wärter ist vielleicht nicht immer so aufmerksam, wie er selbst glaubt.«

Nils erinnerte sich, wie er aus dem Gang von der Werkstatt des Hausmeisters herausgekommen und der Wärter tief in ein Kreuzworträtsel versunken gewesen war. Er hatte ihn nicht einmal bemerkt.

»Oder sie geht hier hinaus in den Innenhof«, fuhr Nordfeldt fort und zeigte mit dem Stift auf die Stelle.

»Und dann weiter durch den Bogengang und hinaus durch den Personaleingang, den jemand nicht verschlossen hat.«

»Oder sie geht von der unteren Halle die Treppe hinauf«, sagte Nils und zeigte mit dem Finger auf die Zeichnung.

»Ins obere Stockwerk? Von dort kommt sie nirgendwohin«, sagte Nordfeldt, verärgert, unterbrochen worden zu sein.

»Sie könnte auch in die geologische Abteilung gegangen sein. Und dann weiter in den Walsaal.«

»Ja, schon. Aber von dort kommt sie auch nirgendwohin, nein, sie geht entweder hier raus. Oder hier.« Nordfeldt klopfte entschieden mit dem Stift auf den Tisch. »Aufgeregt, wütend und vielleicht ängstlich, weil sie etwas angestellt hat, steht sie vor dem Museum. Den Schlitten hat sie im Eingangsbereich gelassen, sie ist nicht zu irgendwelchen Spielen aufgelegt. Draußen ist es sehr kalt und es wird dunkel. Was macht ein aufgeregtes und ängstliches kleines Mädchen in so einer Situation? Ein Mädchen, das keine Freunde hat, aber ganz in der Nähe wohnt.«

»Die einfachste Antwort ist, sie geht nach Hause«, sagte Nils.

Nordfeldt nickte zustimmend. »Und das Einfachste ist oft das Richtige. Sie geht nach Hause. Und wer ist dort?«

»Vielleicht ihr Vater?«

Nordfeldt nickte wieder. »Der bekanntlich gewalttätig und oft betrunken ist. Das Mädchen kommt nach Hause, reizt ihren Vater, der verliert die Beherrschung und misshandelt sie so schwer, dass sie stirbt.«

»Aber was hat er dann mit dem Körper gemacht?«, wandte Nils ein. »Wir haben im Keller und allen denkbaren Räumlichkeiten gesucht.«

»Wir haben aber nicht in der Wohnung gesucht.«

»Dafür werden wir wohl auch keine Genehmigung bekommen? Filip Guldin ist ein Angehöriger, der seine Tochter als vermisst gemeldet hat. Er ist keines Verbrechens verdächtig.«

»Das kann sich bald ändern.«

»Aber in der Wohnung, in der die Familie wohnt?«, sagte Nils zweifelnd. »Nein, Herr Kommissar. Ich glaube da eher ans Museum. Das sind Experten im Umgang mit Leichen. Fleischfressende Käfer, Knochenabkochen, ätzende Chemikalien. Ich könnte mir keinen passenderen Ort vorstellen, falls man eine Leiche loswerden will. Die Magazine sind voll mit Knochen, sowohl von Tieren als auch von Menschen. Woher wissen wir, dass da keine von Alice dabei sind? Man muss nur ein Etikett mit einem lateinischen Begriff dranhängen.«

»Mein Lieber, heute kennt Ihre Fantasie wirklich keine Grenzen. Und das Motiv? Warum sollte jemand im Museum ein kleines Mädchen umbringen? Nein, Gunnarsson, kommen Sie zur Vernunft.«

Kommissar Nordfeldt schob den Aschenbecher und die Kaffeetasse beiseite, rollte den Plan zusammen und legte ihn in einen Schrank. Dann holte er eine Zigarre aus der Schreibtischschublade, zündete sie sorgfältig an und lehnte sich im Stuhl zurück.

»Wir müssen mit dem Naheliegendsten beginnen«, fuhr er fort. »Dem Vater des Mädchens. Rahm hat ein Bier mit einem seiner Bekannten in der Bierkneipe Zum

Greif getrunken. Er hat einiges über Guldins Hintergrund erfahren. Seine Frau hat von ihrem Vater eine Wollweberei geerbt. Ein kleines, aber stabiles Unternehmen, das seit vielen Generationen in der Familie war und dem Besitzer ein nettes kleines Vermögen eingebracht hat. Filip Guldin hat die Weberei übernommen, hat übermütig auf Erweiterung und neue Geschäftsideen gesetzt, und es ist ihm gelungen, innerhalb von ein paar Jahren das Ganze in den Sand zu setzen. Er hat alles verkauft und stattdessen zusammen mit einem Kompagnon eine neue Firma gegründet. Reisegepäck und Galanteriewaren.«

»Klingt schicker als Wolle.«

»Ja, aber es war offenbar kein sehr erfolgreiches Projekt. Guldin zog sich zurück. Nach ein paar mehr oder weniger erfolgreichen Geschäften tat er sich mit einem Radioenthusiasten zusammen und eröffnete ein Radiogeschäft. Der Kompagnon war für die technische Seite verantwortlich und Guldin für das investierte Kapital – es war immer noch etwas vom Vermögen der Gattin da.«

»Und wie läuft das?«

»Was das Radiogeschäft angeht, ist Guldin sehr optimistisch, er gab im Lokal Zum Greif immer wieder eine Lage aus. Das Radio sei die Zukunft, das könne nicht schiefgehen. Das Problem zu diesem Zeitpunkt war genau die Zukunft. Sein Kompagnon und er waren ein wenig zu früh dran. Radioapparate waren noch zu teuer und zu kompliziert für das normale Volk, die Wiedergabequalität ziemlich schlecht. Der Kreis möglicher Kunden minimal. Aber der Kompagnon glaubte immer noch an die Idee, und Guldin steuerte immer wieder neues

Kapital bei, um einen Konkurs zu vermeiden. Kapital, das er sich zusammenlieh, weil das Vermögen der Frau verbraucht war. Jetzt ist er auf der Suche nach einem neuen Projekt, das die Wende bringen soll, und sucht Teilhaber in allen möglichen Branchen. Er ist tief verschuldet und leiht sich Geld zu hohen Zinsen, um die früheren Kredite zu bedienen. Rahms Quelle wusste zu berichten, dass Guldin nervös und immer schlecht gelaunt sei, und das Verschwinden der Tochter hat das noch verschlimmert. Und ja, genau: Wachtmeister Berggren hat die Haushälterin getroffen, die gekündigt hat. Die Adresse hat er von der Haushälterin der Nachbarn bekommen. Die beiden treffen sich noch manchmal. Die Haushälterin hat gekündigt, weil Guldin ihren Lohn nicht mehr bezahlen konnte. Und weil er versuchte, ›Sachen mit ihr zu machen‹. Ja, das ist also Filip Guldin. Ich wüsste zu gern, wo er am letzten Sonntag nach drei Uhr war.«

»Er hat behauptet, Geschäftsfreunde getroffen zu haben«, sagte Nils. »Im Restaurant Continental, wenn ich mich richtig erinnere. Das lässt sich kontrollieren.«

»Das werden wir auch tun.«

Sie saßen eine Weile schweigend da. Die Rauchschwaden verdunkelten den Raum.

Dann sagte Nils: »Gehen wir mal davon aus, dass es Alice gelang, unbemerkt das Museum zu verlassen und, ebenso unbemerkt, trotz ihres auffälligen roten Mantels, die Wohnung der Familie zu erreichen. Wir wissen nicht, ob Herr Guldin dort war. Aber eines wissen wir sicher: *Frau* Guldin war zu Hause. Sie verlässt die Wohnung nie. Hat eigentlich schon jemand mit ihr gesprochen?«

»Das geht nicht«, sagte Nordfeldt undeutlich. »Sie ist schwer krank.«

»Wer behauptet das?«

»Herr Guldin und das Kindermädchen.« Er nahm die Zigarre aus dem Mund. »Aber Sie haben recht, Gunnarsson. »Wir müssen natürlich mit ihr sprechen. Sie kann eine Zeugin sein. Wir schicken Rahm hin.«

37

»Der Herr ruht sich aus und darf nicht gestört werden«, sagte das Kindermädchen, als sie Hauptwachtmeister Rahm vor der Tür stehen sah.

Sie hatte ein kleines Kind auf der Hüfte. Ihre Haare waren ungekämmt und sie schaute erschrocken. Weiter hinten im Flur, auf dem abgetretenen Perserteppich, standen zwei kleine Mädchen und schauten den Besucher neugierig an.

»Nein, nein, mein Fräulein. Ich will ihn überhaupt nicht stören«, versicherte Hauptwachtmeister Rahm. »Ich würde gern ein paar Worte mit *Frau* Guldin sprechen. Sie brauchen den Herrn nicht zu stören.«

»Die gnädige Frau?«, sagte das Kindermädchen erstaunt. »Sie ist krank.«

»Ich weiß, mein Fräulein«, sagte Rahm sanft. »Aber ich bin überzeugt davon, dass sie mit der Polizei über das Verschwinden von Alice sprechen will. Da sie nicht aufs Revier kommen kann, komme ich zu ihr.«

Das Kindermädchen zögerte. Dann ließ sie ihn eintreten.

»Einen Moment. Ich werde es der gnädigen Frau erklären«, sagte sie und verschwand in einem Zimmer weiter hinten im Flur.

Nach ein paar Minuten kam sie zurück. Sie nickte ihm zu. »Aber nur kurz. Sie erträgt eigentlich keine Besuche.«

»Keine Angst, mein Fräulein«, sagte Rahm und blinzelte ihr freundlich zu. »Ich werde nicht lang bleiben. Und ich werde sehr vorsichtig sein, machen Sie sich keine Sorgen.«

Hauptwachtmeister Rahm war an diese Art von Aufträgen gewöhnt. Mit seiner freundlichen Art, seiner bärenhaften Physiognomie und seiner unendlichen Geduld war er wie geschaffen für Aufträge, bei denen es um den Umgang mit Frauen, Kindern und alten Leuten ging. Onkel Rahm hörte zu, nickte, tröstete und behielt dabei alle Informationen in seinem großen, graumelierten Kopf. Er hatte ein gutes Gedächtnis und brauchte nie ein Notizbuch, das war sicher einer der Gründe, warum die Menschen sich ihm gegenüber leicht öffneten. Aber man durfte sich von seiner Sanftheit nicht täuschen lassen. Wenn die Situation es verlangte, dann waren die kräftigen Hände auch zu anderem fähig, als kleinen Kindern über den Kopf zu streicheln.

Die einzige Beleuchtung im Raum war eine Tischlampe mit einem orangefarbenen Schirm, die ein gedämpftes warmes Licht verbreitete, wie die letzten Strahlen eines Sonnenuntergangs. Frau Guldin saß von Kissen gestützt im Bett, einen Seidenschal mit Rosenmuster über den Schultern und eine Decke über den Beinen. Die hochgesteckte Frisur war in Auflösung begriffen, einzelne gewellte Strähnen waren aus dem Knoten geglitten. Als Rahm das Zimmer betrat, strich sie die Haare mit der Hand zurück und lächelte ihn matt an. Er bemerkte die dunklen Schatten unter ihren Augen und die deutlich hervortretenden Wangenknochen.

»Guten Abend, guten Abend«, sagte er. »Mein Name

ist Hauptwachtmeister Rahm. Es tut mir leid, Ihnen Unannehmlichkeiten zu bereiten, Frau Guldin. Wie Sie wissen, bemüht sich die Polizei, Ihr kleines Mädchen zu finden. Wir haben bereits mit Ihrem Mann gesprochen, aber ich würde auch gerne ein paar Worte mit Ihnen wechseln.«

Frau Guldin lächelte ihn immer noch an. Sie sagte nichts und bot ihm auch keinen Stuhl an. Das Zimmer war erfüllt von einem süßlichen Duft, den Rahm nach kurzer Zeit einer Schale mit getrockneten Blütenblättern auf der Frisierkommode zuordnen konnte.

»Man weiß ja nie, welche Informationen in diesem Zusammenhang wichtig sein können«, fuhr er fort.

Frau Guldins Lächeln sah angestrengt aus. Sie schaute ängstlich hinüber zum Kindermädchen, das mit dem Kleinen auf der Hüfte im Zimmer geblieben war.

Rahm zog einen Stuhl heran und setzte sich ans Bett.

»Vielen Dank, Fräulein. Kümmern Sie sich um die Kinder. Das wird schon gut gehen.«

Widerwillig verließ das Kindermädchen den Raum, und Rahm konnte seine ganze Aufmerksamkeit der Frau im Bett widmen.

»Ich verstehe gut, dass Sie es gerade sehr schwer haben«, sagte er.

Das schienen die richtigen Worte zu sein. Frau Guldin nickte eifrig. »Die Kopfschmerzen sind schrecklich. Und es kribbelt mir unter der Haut. Aber ich nehme einen Tag nach dem anderen.«

»Sie sind eine starke Frau«, sagte Rahm.

Das war die falsche Antwort.

»Nein, nein«, jammerte sie. »Sagen Sie das nicht, Herr

Doktor. Ich bin nicht stark. Überhaupt nicht. Ich habe zu nichts mehr Kraft.«

Sie hielt ihn offenbar für einen Arzt. Rahm korrigierte sie nicht.

»Das ist natürlich eine große Belastung für Sie. Sie brauchen Ruhe, Frau Guldin. Ruhe wird Ihnen sehr guttun.«

»Ja«, nickte sie. »Das sagt Doktor Krappe auch.« Sie zog die Decke hoch über die Brust und sank in die Kissen. »Ruhe.« Sie schloss die Augen, als würde sie einschlafen wollen.

Rahm räusperte sich ein wenig. »Aber leider muss ich Ihnen zunächst ein paar Fragen stellen. Es wird nicht lang dauern.«

Frau Guldin öffnete die Augen und schaute ihn an. »Wo ist Doktor Krappe?«, flüsterte sie.

»Doktor Krappe wird bald kommen und sich um Sie kümmern. Für den Moment müssen Sie mit mir vorliebnehmen«, sagte Rahm und streichelte ihre Hand auf der Decke.

Frau Guldin nickte folgsam. »Ja, Sie sind bestimmt genauso gut, nehme ich an.«

Rahm hielt immer noch ihre Hand, er beugte sich zu ihr und sagte mit sanfter Stimme: »Frau Guldin, erinnern Sie sich, wann Sie Ihre Tochter zuletzt gesehen haben?«

»Welche? Ich habe drei Töchter. Drei Töchter und zwei Söhne«, sagte sie mit einem Aufblitzen von Stolz in dem ansonsten müden Blick.

»Ich meine Ihre älteste Tochter. Alice.«

»Ja, das habe ich mir fast gedacht. Meistens geht es um sie. Sie ist ein unbändiges Kind. Was ist dieses Mal los?«

»Genau das versuchen wir herauszubekommen. Sie können uns vielleicht helfen. Können Sie sich erinnern, was letzten Sonntag passierte?«

»Letzten Sonntag?«

»Ja. Ist da etwas Besonderes vorgefallen?«

Frau Guldin runzelte die Stirn, in einem tapferen Versuch, sich zu erinnern. Rahm wartete. Aus einem anderen Zimmer hörte er das Kindermädchen und die Kinder lärmen und lachen.

Frau Guldin gab auf und schüttelte den Kopf. »Für mich sind alle Tage gleich, Herr Doktor. Ich liege hier und schaue an die Decke. Das werde ich wohl auch letzten Sonntag getan haben.«

»Das Kindermädchen war mit den Kindern im Naturhistorischen Museum. Erinnern Sie sich daran?«

Sie nickte zögernd.

»Erinnern Sie sich, ob Alice danach nach Hause kam? Haben Sie sie in der Wohnung gesehen oder gehört? Das ist wichtig. Denken Sie genau nach.«

Frau Guldin unternahm eine neue Kraftanstrengung. Sie schloss die Augen und verzog das Gesicht zu einer krampfartigen Grimasse. Rahm wartete.

Dann öffnete sie die Augen und schaute ihn an.

»Ja?«, flüsterte er.

»Ich kann mich nicht erinnern«, antwortete sie. »Ich werde wohl geschlafen haben.«

»Haben Sie vielleicht jemand anders in der Wohnung gehört«, sagte Rahm auffordernd. »Ihren Mann? War er laut? Ich meine, falls Alice …«, er versuchte, sich an ihre Worte zu erinnern, »… unbändig war?«

Frau Guldin hob die Schultern und ließ sie dann wieder sinken – es war das langsamste Schulterzucken, das Rahm jemals gesehen hatte.

»Falls Alice etwas zugestoßen wäre?«, versuchte er.

»Das kann schon sein«, sagte Frau Guldin und nickte. »Das kommt ständig vor. Sie ist ein richtiger Unglücksvogel.«

Sie lächelte zärtlich. Dann gähnte sie.

»Entschuldigen Sie mich, Herr Doktor. Ich bin ein wenig müde. Sie können Maj das Rezept geben. Wann kommen Sie das nächste Mal?«

»Ich werde wohl nächste Woche wieder hereinschauen. Vielen Dank einstweilen, Frau Guldin.« Er nahm ihre schlaffe Hand und drückte sie vorsichtig. »Adieu. Oder sollte ich gute Nacht sagen. Es war mir ein Vergnügen, Sie zu treffen.«

Er bekam keine Antwort. Die schweren Augenlider waren zugefallen, und die Decke hob sich in langen, gleichmäßigen Atemzügen. Frau Guldin lächelte im Schlaf.

38

Ruhe kehrte in der Wohnung ein. Die beiden Kleinsten waren im Kinderzimmer eingeschlafen. Britt war nicht ins Bett zu bekommen gewesen, Maj hatte ihr erlaubt, bei Tore zu sitzen und Bilderbücher anzuschauen.

Der gnädige Herr war wie immer mit seinen Freunden unterwegs. Er hatte eine Rolle Plakate und eine Schachtel Reißnägel mitgenommen. Die ganze Stadt war inzwischen mit seiner verzweifelten Suchmeldung tapeziert. Von jeder Hauswand und jedem Telefonmast lächelte Alice den Leuten zu. Das Bild auf dem Plakat war vor ungefähr einem Jahr aufgenommen worden, bevor das mit den Zornesausbrüchen angefangen hatte. Maj und die Kinder sahen die Plakate überall, sobald sie aus dem Haus gingen. Es war ein Segen, dass die gnädige Frau die Wohnung nicht verließ.

Maj hoffte, dass Hauptwachtmeister Rahm sie nicht aufgeregt hatte. Aber er machte einen freundlichen und sensiblen Eindruck. Bevor er ging, hatte er sich noch die Zeit genommen und mit den Kindern gesprochen, sogar einen Zaubertrick mit einem Taschentuch und einer Münze gemacht. Das hatte allen gut gefallen.

Sie klopfte an die Tür des Schlafzimmers der gnädigen Frau. Als sie keine Antwort bekam, ging sie hinein. Ohne die schlafende Frau zu wecken, nahm sie vorsichtig ein paar Kissen hinter dem Rücken weg, fasste sie um die schmalen Schultern und legte sie in die Horizontale. Sie hob den Schal auf, der zu Boden gerutscht war, faltete ihn sauber zusammen und legte ihn über den Sessel.

Maj hatte immer davon geträumt, Krankenschwester zu werden. Im Sanatorium hatte sie die tatkräftigen Frauen bewundert, die mit der gleichen Autorität straften und trösteten. Sie hatte sich vorgestellt, dass sie auch einmal Patienten so wie sie gewesen waren und dann, nach vielen Jahren der geduldig ertragenen Behandlungen und stärkenden Waldspaziergänge, sich in diese mächtigen, engelsgleichen Wesen in weißen, gestärkten Uniformen verwandelt hatten. Das schien ihr das Ziel des ganzen Prozesses zu sein, und sie war fest entschlossen gewesen, es zu erreichen.

Vielleicht musste man zunächst das Stadium als Helferin durchmachen. Das hätte die achtjährige Maj problemlos geschafft. Die Aufgaben der Helferinnen kannte sie nur zu gut. Als ihre Freundin Lottie wochenlang im Bett lag, hatte sie auf die Waldspaziergänge verzichtet und die Helferinnen unterstützt, sie durfte Topfpflanzen im Aufenthaltsraum gießen und kleine Erledigungen machen. Sie konnte nicht in die Krankensäle mitkommen und die Betten machen oder die Spucknäpfe leeren, aber sie wusste genau, wie man es machte, und weil sie den geflüsterten Gesprächen in den Fluren aufmerksam gelauscht hatte, kannte sie alle Zeichen und Stadien dieser tückischen Krankheit. Wenn es eine Helferinnenschürze in ihrer Größe gegeben hätte, hätte sie die Arbeit der Frauen jederzeit übernehmen können.

Sie erinnerte sich an den Tag, als Doktor Ullgard sie zu sich gerufen hatte, um ihr das »fantastische Weihnachtsgeschenk« zu übergeben. Als klar wurde, dass es kein Thermometer im Silberfutteral war, sondern etwas Besseres, da hatte Maj einen kurzen, seligen Augenblick lang gehofft, es wäre eine hübsche kleine Helferinnenschürze oder vielleicht sogar eine Helferinnenbrosche mit einem Kreuz.

Jetzt konnte sie über ihre kindischen Fantasien lachen. Aber den Traum, Krankenschwester zu werden, den hatte sie nicht aufgegeben.

Sie zog die Samtvorhänge sorgfältig zu, ohne dass ein Spalt blieb. Frau Guldin war lichtempfindlich, und sie sollte am nächsten Morgen nicht vom scharfen Schneelicht geweckt werden.

39

Nils saß in langen Unterhosen auf einem Hocker in der Küche und legte noch ein paar Holzscheite in den eisernen Ofen. Normalerweise ließ er die Tür zwischen Küche und Zimmer offen, damit es dort ein wenig warm war, wenn er später zu Bett gehen würde. Aber bei einer solchen Kälte war es besser, auf dem Küchensofa zu schlafen und die Tür zum Zimmer geschlossen zu halten. Da konnte er Holz sparen.

Es war der reine Geiz. Natürlich konnte er es sich leisten, ordentlich einzuheizen. Mit seinem Lohn als Hauptwachtmeister und ohne Familie könnte er sich auch eine erheblich bessere Wohnung als diese hier gönnen.

Das Haus war eine Bruchbude. Im Treppenhaus roch es nach Armut, und jeder Besuch auf dem Außenklo musste mit ein paar tüchtigen Tritten gegen die Tür begonnen werden, um die Ratten zu vertreiben. In den kleinen Einzimmerwohnungen drängten sich Familien mit vielen Kindern. Die meisten Mieter arbeiteten als Tagelöhner im Hafen. Am Samstagabend versuchten sie ihr hartes Leben im Schnaps zu ertränken, in den Wohnungen herrschten dann Streit, Lärm und Gewalt. Dieses Haus war viel schlechter als das, in dem er gewohnt hatte, als er mit Ellen zusammen war. Hierher hätte er sie niemals bringen können. Aber das war ja auch nicht mehr aktuell.

Für Nils war das eine vorübergehende Unterkunft. Er gab sein Geld für anständige Kleidung und seine Tanzabende aus. Den Rest sparte er. Er hatte seit vielen Jahren ein Sparkonto. Er hatte nur einmal etwas abgehoben, um sich ein Fahrrad zu kaufen.

Wofür sparte er eigentlich? Anfangs waren seine Sparziele diffus gewesen: ein gutes Leben für sich und seine zukünftige Ehefrau. Allmählich hatte die zukünftige Ehefrau Ellens Gesicht bekommen. Und jetzt? Er konnte die Zukunftspläne von früher nicht mit einer gesichtslosen Ehefrau träumen. Er war nicht einmal sicher, ob er überhaupt heiraten wollte.

Wenn er an die Zukunft dachte, dann an sein Berufsleben. Nordfeldt würde recht bald in Pension gehen. Da würde ein Posten als Kommissar frei werden.

Im Moment war die Wohnung hier so gut wie jede andere. Er würde auch in einem ruhigen Haus nicht besser schlafen. Sein Schlaf wurde nicht von äußerem Lärm gestört. Die Störungen kamen aus seinem Inneren.

Und jetzt hatte ihn eine ganz neue Unruhe erfasst. Er musste ständig an Beate Iversen denken. Wie ihre Hand im Auto auf seinem Oberschenkel geruht hatte, ganz leicht und ruhig, aber es war so intensiv, als wäre es ein Stück glühendes Eisen gewesen.

Die Frage in ihren Augen, als er ihr aus dem Auto half. Und der Moment, als sie kurz darauf im Bogengang vor ihrer Wohnung standen und sie ihren Schlüssel hochhielt, alle Fragen und Zweifel sich auflösten und wie Nebel davonwirbelten. Alles war entschieden.

Wenn nur der Direktor sie nicht unterbrochen hätte …

Nils stocherte im Feuer und schloss die Ofentür.

Aber der Gedanke an Beate ließ ihn nicht los. Wie sie am nächsten Tag an der Pinguinskulptur gestanden und geraucht hatte. Ihre gespitzten Lippen, wenn sie den Rauch ausblies. Wie sie den Kopf vorschob und neugierig in den Bogengang schaute, wo er stand. Der Ton ihrer Stimme, als sie sagte: »Schade. Ich habe gerne mit Ihnen getanzt.« Nicht enttäuscht, eher amüsiert.

Es knisterte gemütlich im Ofen. Vor dem Fenster war es dunkel. Er kroch in das gemachte Bett auf dem Sofa und schloss die Augen.

Hatte Beate Iversen jetzt ihr Paillettenkleid an? Führte ein anderer sie über die Tanzfläche, zu den Klängen einer gedämpften Trompete? Kommissar Nordfeldt hatte ihn gewarnt, sie privat zu treffen. Professor Jägerskiöld ebenfalls. Eine Männerfresserin hatte er sie genannt. Nils dachte über das Wort nach. Er konnte sich nichts Schöneres vorstellen, als von Beate Iversen gefressen zu werden.

40

Als Ellen am Freitagmorgen aus der Tür trat, blieb sie einen Moment stehen, überrascht und aufgekratzt. Die Luftröhre zitterte leicht vor Schock, als sie die eiskalte Luft einatmete. Die Kälte veränderte die Welt, alles war still und deutlich. Als wäre sie in eine sehr scharfe Fotografie getreten, wirklicher als die Wirklichkeit.

Sie nahm an, das kam von den Molekülen. In der Kälte bewegten sie sich langsamer. Sie befand sich ganz einfach in einer verlangsamten Realität.

Sie klappte den Pelzkragen hoch, schob die Stofftasche auf die Schulter und ging am zugefrorenen Kanal entlang. Hinter den Baumwipfeln auf der gegenüberliegenden Seite war der Himmel rosafarben. Sie war glücklich, auf diese selbstverständliche, physische Art und Weise wie als Kind.

Als sie die Redaktion der *Göteborgs-Posten* betrat, hatte sie rosige Wangen und war voller Selbstvertrauen. Sie sprach mit einer Dame hinter einem Tresen und wurde in ein Zimmer weiter hinten im Flur geschickt.

Es dauerte ein paar Sekunden, bis sie den Mann hinter dem Schreibtisch erkannte.

»Hanson!«, rief sie freudig aus. »Arbeitest du jetzt hier?«

Ihr ehemaliger Kollege von der Zeitung *Die Krone und der Löwe*, die zur großen Ausstellung vor ein paar

Jahren erschienen war. Er hatte ein paar Kilo zugenommen, der scheue, angestrengte Blick war einem selbstsicheren, etwas trägen Gesichtsausdruck gewichen.

»Ja. Meine Signatur ist Vale«, antwortete er.

»Aha, du bist das also?«, sagte Ellen beeindruckt und fügte hinzu: »Du erinnerst dich doch an mich? Ellen Grönblad.«

»Doch, ja«, sagte er ohne das Lächeln, das Ellen angebracht gefunden hätte. »Ich hoffe, du kommst nicht, weil du Arbeit suchst. Die Zeitung stellt niemanden ein.«

»Nein, nein. Aber ich habe ein paar Glossen geschrieben. Man hat mich an dich verwiesen.«

»Tut mir leid, aber wir nehmen kein Material, das wir nicht bestellt haben.«

»Aber ich glaube wirklich, das ist etwas für euch. Du kannst es doch wenigstens anschauen.«

Mit einer müden Geste nahm er die Papiere entgegen.

»Ein Tag in der Markthalle«, las er laut. Er seufzte tief und gab ihr sofort die Papiere zurück. »Wir haben schon Hunderte von Reportagen aus der Markthalle veröffentlicht.«

»Das ist keine Reportage, es ist eine Glosse.«

Er schüttelte den Kopf.

Ellen wühlte in ihrer Tasche. »Ich habe noch eine.«

Er warf einen Blick auf die andere Glosse und stieß einen grellen Schrei aus. »Ein Tag am Schlittenhang!«

In seinem Lachen war etwas Gemeines. Ellen spürte es wie einen plötzlichen, unbegreiflichen Schmerz. Wie einen Wespenstich, noch bevor man die Wespe gesehen hat. Sie wusste überhaupt nicht, was daran so witzig war.

»Es muss natürlich nicht diese Überschrift sein«,

sagte sie schnell. »Das ist eher ein Arbeitstitel. Eure Redakteure finden bestimmt etwas Flotteres.«

Immer noch lachend gab er ihr das Manuskript zurück und wurde dann wieder ernst. »Wie gesagt, wir kaufen kein Material, das wir nicht bestellt haben. Und wir bestellen fast nie etwas von außerhalb. Es sind harte Zeiten für die Zeitung.«

»Aber ich brauche kein Honorar. Ihr könnt es umsonst veröffentlichen.«

Er schaute sie mit trauriger Verachtung an. »Brauchst du kein Honorar? Das Schreiben ist also ein Hobby für dich?«

»Nein«, sagte sie und bereute, dass sie so verzweifelt klang. »Aber wenn ihr nichts bezahlen könnt, dann kann ich mir vorstellen ... ich meine, ich brauche es nicht unbedingt, ich komme auch so zurecht.«

»Das glaube ich gern«, sagte Hanson mit einem Blick auf ihren eleganten Pelzmantel. »Aber, weißt du, wir haben die Angewohnheit, unsere Mitarbeiter zu bezahlen. Im Gegenzug stellen wir hohe Anforderungen an die Qualität des Materials. Die ökonomische Lage ist allerdings so, dass wir das Geld zusammenhalten müssen. Unter uns gesagt, die Zeitung steht vor dem Aus. Ich weiß nicht einmal, ob ich meinen Job behalte. Vielleicht müssen wir alle gehen.«

»Oje. Das wusste ich nicht. Wie schrecklich«, sagte Ellen und steckte die Manuskripte in die Tasche.

»Aber wenn dir das Honorar nicht so wichtig ist, findest du sicher ein Käseblättchen, das so was veröffentlichen will«, fügte Hanson hinzu.

Die Demütigung brannte in der Brust, als hätte sie

etwas Ätzendes geschluckt. Vielleicht waren ihre Texte schlecht. Aber er hatte sie abgewiesen, ohne überhaupt etwas zu lesen, er hatte nur einen Blick auf die Überschrift geworfen. Eigentlich hatte er sie schon abgekanzelt, als sie das Zimmer betrat.

Sie hängte die Stofftasche über die Schulter, murmelte rasch Adieu und lief schnell aus dem Zimmer und die Treppe hinunter.

41

Nils stieg am Brunnsparken aus der Straßenbahn, kaufte bei einem Zeitungsjungen eine *Göteborgs-Posten* und ging zum Polizeirevier. Es war sehr kalt. Einen Moment lang spürte er die Versuchung, Geld von seinem Sparbuch abzuheben und den Wintermantel zu kaufen, der ihm gefallen hatte. Aber er hatte beschlossen, nichts abzuheben, nur einzuzahlen, und daran hielt er sich, auch wenn er gar nicht mehr wusste, wofür er sparte. Der Mantel musste bis zum nächsten Zahltag warten.

Er war wie immer viel zu früh auf dem Revier, deshalb gönnte er es sich, die Zeitung zu lesen, bevor er mit der Arbeit begann.

Als er die Kleinanzeigen überflog, blieb sein Blick hängen. Eine kleine Annonce unter der Rubrik Zusammenkünfte: Verein Aquila. *Samstag, 6. Febr. 5 Uhr nm.*

Samstag, das war ja morgen! Der Verein würde sich also knapp eine Woche nach dem letzten Termin wieder treffen. So oft war man bisher nicht zusammengekommen.

Er faltete die Zeitung und klopfte an Kommissar Nordfeldts Tür. Keine Antwort. Das musste nicht unbedingt bedeuten, dass der Kommissar noch nicht da war. Aber die kompakte Stille, ohne Telefongespräch, Stuhlrücken oder ärgerliches Gebrumme ließ ahnen, dass niemand im Büro war.

Nils setzte den Hut auf und zog den allzu dünnen Mantel an. Er hatte keine große Lust, wieder in die Kälte hinauszugehen, aber er brauchte nicht weit zu laufen.

Mit der Zeitung unter dem Arm ging er über die Brücke auf die andere Seite des Östra Hamnkanal und folgte der Straße bis ans Ende unten am Lilla Bommen.

Auf der Treppe zur *Göteborgs-Posten* wäre er beinahe mit Ellen zusammengestoßen, die gerade aus der Tür kam. Sie grüßte kurz, ohne stehen zu bleiben, und lief dann rasch davon. Zu seinem Erstaunen stellte er fest, dass sie schlecht gelaunt zu sein schien.

Zu seinem noch größeren Erstaunen bemerkte er, dass er selbst nichts Besonderes verspürt hatte, als er sie sah. Das erste Mal seit Jahren war er Ellen begegnet, ohne einen Stich im Herzen zu spüren. Eine schlecht gelaunte Dame im Pelzmantel, die auf einer Treppe an ihm vorbeieilte. Das war alles. Sein Herz reagierte auf ganz andere Stimuli: weiße Laborkittel, glänzende Pailletten und die Töne des Musikstücks *Sahara*.

Er blieb stehen und schaute ihr ein paar Sekunden hinterher. Dann ging er ins Anzeigenbüro.

»Mein Name ist Hauptwachtmeister Gunnarsson. Es geht um eine Kleinanzeige in der heutigen Zeitung.«

»Wollen Sie eine Antwort einreichen?«, fragte die Frau hinter dem Tresen.

»Nein, ich will wissen, wer sie aufgegeben hat. Es geht um diese Annonce.«

Er hielt ihr die aufgefaltete Zeitung hin, wo er die Annonce mit Bleistift eingekreist hatte.

»Zusammenkünfte«, sagte die Frau und nickte. »Ich werde mich erkundigen.«

Sie nahm die Zeitung mit zu einer jüngeren Frau, die weiter hinten saß und mit Kopfhörern telefonierte. Die Frau beendete das Gespräch, nahm die Kopfhörer ab und warf einen Blick in die Zeitung. Dann kam sie zum Tresen, wo Nils stand.

»Guten Morgen, Herr Wachtmeister«, sagte sie fröhlich. »An diese kleine Anzeige erinnere ich mich tatsächlich, eigenartigerweise. Ein Mann hat sie gestern am Telefon aufgegeben. Er hatte einen deutschen Akzent, und ich hatte Probleme, zu verstehen, was er sagte. Und dann dieser komische Name des Vereins!« Sie verdrehte die Augen. »Er musste mehrmals buchstabieren, bis ich es richtig verstanden hatte.«

»Wissen Sie, wie der Mann hieß?«

»Einen Augenblick.« Die junge Frau holte eine dicke Mappe und blätterte sie durch. »Hier habe ich ihn. Die Rechnung sollte geschickt werden an Claus Holze, Naturalia & Exotica, in Bremen.«

»Bremen?«, sagte Nils erstaunt. »Also in Deutschland?«

»Genau. Es gibt einige deutsche Firmen, die bei uns annoncieren, zum Beispiel wenn sie in den schwedischen Markt wollen und Agenten für ein bestimmtes Produkt suchen. Das ist nicht ungewöhnlich. Die Firma hat schon öfter bei uns annonciert, sehe ich. Ich notiere Ihnen die vollständige Adresse.« Sie schrieb ein paar Zeilen auf einen Zettel und reichte ihn Nils.

Als er auf die Straße trat, bemerkte er Kommissar Nordfeldt, der vor dem Tabakgeschäft stand, und sich eine neu erworbene Zigarre anzündete.

»Sie sind also auch in diesem herrlichen Winterwetter unterwegs«, sagte Nordfeldt aus dem Mundwinkel.

Nils wollte ihm von seinem Besuch in der Anzeigenabteilung berichten, aber Nordfeldt unterbrach ihn und wedelte mit der Zigarre.

»Stopp, stopp. Es ist viel zu kalt, um im Freien zu stehen und zu reden. Und das Wetter ist viel zu schön, um im Revier zu sitzen. Kommen Sie mit auf einen schnellen Spaziergang.«

Sie setzten ihr Gespräch fort und gingen dabei hinunter zum Hafen, wo ein paar Fischerboote festgefroren am Kai lagen. Die Sonne glitzerte in ihren vereisten Masten und Tauen, sie sahen aus wie glasierte Backwerke.

»Ich würde zu gerne bei diesem Verein Aquila vorbeischauen und sehen, womit die sich beschäftigen«, sagte Nils. »Aber wie soll man das tun, wenn kein Ort angegeben ist?«

»Sie würden sich wahrscheinlich schrecklich langweilen«, sagte Nordfeldt. »Sie erinnern sich doch bestimmt an die Clubs, die wir als Kinder gegründet haben? Man gab sich große Mühe, alles geheim zu halten, Losungsworte, Decknamen, unsichtbare Tinte und kodierte Sprache. Wenn man dann im Holzschuppen oder Kellerverschlag saß oder wo immer auch das Hauptquartier war, dann hatte man keine Ahnung, was man eigentlich machen sollte. Nach einer Weile hat man dann die üblichen Spiele gespielt. Ich nehme an, dass die Erwachsenen es nicht viel anders machen.«

Aber Nils erinnerte sich zu gut an die Reaktion des Hausmeisters, als er den Namen des Vereins genannt hatte. Wie seine kleinen Augen fast rückwärts in den Kopf hüpften.

»Ich bin trotzdem sicher, dass der Hausmeister etwas zu verbergen hat«, sagte er. »Das hat man ihm deutlich angesehen.«

»Natürlich hat er das«, sagte Nordfeldt. »Wir alle haben unsere kleinen Geheimnisse. Dieser Verein hält vielleicht Séancen ab und er besucht ihn, um mit seiner toten Mutter in Kontakt zu kommen. Oder er geht hin, um Karten zu spielen, genau, was er zu seiner Frau gesagt hat. Aber mit anderen Einsätzen als beim religiösen Feinkosthändler. Aber das hat doch nichts mit dem verschwundenen Mädchen zu tun, oder?«

Sie waren am Packhauskai angekommen. Trotz des Eises und der Kälte herrschte hier voller Betrieb. Männer in abgetragenen Jacken und Mützen, immer gleich, das ganze Jahr, egal bei welcher Temperatur oder welchem Wetter, arbeiteten im Schweiße ihres Angesichts. Kleine, schnelle Lastautos verkehrten zwischen Bergen von Tonnen und Holzkisten. Wartende, vor ihre Karren gespannte Pferde fraßen aus ihren Säcken, und aus ihren Hinterlassenschaften auf der Straße stiegen Rauchwolken auf.

An einer der Hafenbuden hing ein Suchplakat mit Alice' Gesicht. Es war das dritte Plakat, an dem sie auf ihrem Spaziergang vorbeigekommen waren.

»Dieses Plakatieren!«, sagte Nordfeldt und machte eine ärgerliche Geste mit der Zigarre. »Ich finde das etwas übertrieben.«

»Weder Sie noch ich haben Kinder, Herr Kommissar. Ich glaube nicht, dass wir beurteilen können, was in so einer Situation übertrieben ist«, bemerkte Nils. »Wie ist es denn Hauptwachtmeister Rahm gestern Abend ergangen? Konnte Frau Guldin etwas Interessantes erzählen?«

Der Kommissar schüttelte den Kopf. »Laut Rahm war sie völlig weggetreten. Sollte eigentlich ins Krankenhaus eingewiesen werden. Aber das Kindermädchen versorgt sie offenbar recht gut. Eigenartige Familie. Die älteste Tochter ist spurlos verschwunden. Die Mutter ist völlig gleichgültig. Die Kinder scheinen sie auch nicht zu vermissen. Rahm hat eine Weile mit dem ältesten Sohn gesprochen. Der fand es gut, dass die Schwester weg war, da konnte er seine Meccano-Teile auf ihrem Bett sortieren. Und was das Kindermädchen angeht, so hat Rahm noch nie so ein glückliches Geschöpf gesehen. Sie lachte und lächelte die ganze Zeit.«

»Mit anderen Worten, Filip Guldin ist offenbar der Einzige, der normal reagiert. Er macht sich Sorgen«, sagte Nils.

Nordfeldt schnaubte. »Sorgen? Wahrhaftig. Aber worüber? Er druckst herum. Ich habe seine Unternehmungen am Sonntagabend überprüft. Laut eigener Aussage war er in drei verschiedenen Lokalitäten. Zuerst in der Bierkneipe Zum Greif, von ungefähr zwei bis drei Uhr. Von da ging er mit ein paar Freunden in das Café Oriental am Kungstorget, da blieb er bis etwa acht Uhr abends. Er hatte großen Hunger und ging mit einem neu gefundenen Freund ins Restaurant Continental und nahm ein fürstliches Essen ein, das der Freund bezahlte. Dann ging er mit ihm nach Hause in dessen Wohnung in der Aschebergsgatan für einen Schlummertrunk. Danach erinnert er sich an nichts mehr, bis das Kindermädchen ihn in seinem eigenen Bett weckte und sagte, dass Alice verschwunden sei. Die Zeitangaben sind schwer überprüfbar, aber die Bedienung im Greif ist auf jeden Fall sicher, dass sie ihn dort zwischen zwei und drei gesehen hat. Der Mann aus der Aschebergsgatan ist gefunden, ein Möbelhändler, der an diesem Wochenende Strohwitwer war. Er bestätigt, dass Guldin und er zusammen sowohl im Oriental, Continental und in seiner Wohnung waren. Am Montagmorgen warf er ihn raus und setzte ihn in ein Taxi, bevor er zur Arbeit ging. Filip Guldin war von Sonntag zwei Uhr bis Montagmorgen bummeln und die ganze Zeit mit Leuten zusammen.«

»Wir können ihn also als Verdächtigen ausschließen?«, fragte Nils.

»Wir können überhaupt nichts ausschließen. Die einzig zuverlässige Zeugin ist die Bedienung im Greif, sie scheint ein ordentliches Frauenzimmer zu sein. Der Rest sind Guldins Kumpane, sie waren alle nicht nüchtern.«

Sie gingen schweigend weiter, beide in ihre Gedanken versunken.

Nils grübelte über Guldin nach. Wie sollte man sein unermüdliches Plakatieren deuten? Hatte er noch immer die Hoffnung, das Mädchen lebend zu finden? Oder hoffte er auf Informationen, die der Polizei helfen würden, einen Täter zu fassen? Vielleicht war das Plakatieren ganz einfach ein beruflicher Reflex bei ihm? Kampagnen und Publizität, so buchstabierte man in seiner Welt Erfolg.

Draußen auf dem zugefrorenen Fluss spielten ein paar Jungen Bandy. Ein Eisbrecher steuerte direkt auf sie zu, die Jungen zerstreuten sich und das Schiff öffnete eine Rinne zwischen ihnen. Die Jungen blieben auf ihren Seiten der Rinne stehen und starrten auf das aufgebrochene Eis, das im Wasser umherwirbelte. Vielleicht dachten sie über die Möglichkeit nach, mithilfe von Eisschollen auf die andere Seite zu gelangen, aber das wäre mit Schlittschuhen an den Füßen nicht gegangen. Sie riefen einander durch den schwarzen Rauch, den der Eisbrecher hinterlassen hatte, etwas zu und liefen dann mit ihren Schlägern an Land, die einen Richtung Hisingen, die anderen Richtung Festland, wo sie eben gelandet waren.

Nordfeldt musste lachen. »Das wird eine Weile dauern, bis die Bandymannschaft wieder vereint ist. Sie sehen verfroren aus, Gunnarsson. Was meinen Sie, sollen wir umkehren?«

42

Es begann dunkel zu werden, und das Gedränge am Schlittenhang lichtete sich. Aber Tore und Britt weigerten sich, nach Hause zu gehen. Immer wieder kämpften sie sich den Hügel hinauf und fuhren dann, auf dem Bauch liegend, den steilen Abhang hinunter. Britt war die Mutigste. Wenn sie gegen einen Baum fuhr und sich überschlug, dann stand sie einfach auf, wischte sich den Schnee aus dem Gesicht und legte sich wieder auf den Schlitten. Sie hatte überhaupt keine Angst.

Die kleine Marianne blieb bei Maj und dem Kinderwagen. Tore hatte ihr mehrmals angeboten, dass sie mit ihm den Kleinkinderhügel hinunterfahren könne, aber sie hatte nur den Kopf geschüttelt und an ihrem Daumen gelutscht. Das mit dem Daumen war mühsam, wenn es kalt war. Wenn sie ihn in den Mund stecken wollte, musste sie den Fäustling ausziehen und warf ihn einfach weg, wo sie gerade war. Maj hatte viel Zeit damit zugebracht, Mariannes Fäustling zu suchen, und auch damit, ihre kleine steif gefrorene Hand zu reiben und warm zu pusten.

»Beweg dich, damit du nicht frierst«, ermahnte Maj sie. »Sollen wir einen Schneemann bauen?«

Sie bückte sich und versuchte, Schnee zu einem Ball zu formen, aber es ging nicht, der Schnee war zu kalt und blieb nicht zusammen.

Marianne lehnte sich an ihre Beine und kuschelte sich

unter ihren Mantel, wie ein Vogeljunges, das unter dem Flügel der Mutter die Wärme sucht. Maj bewegte sich nicht und ließ sie dort stehen.

Die Sonne war gerade untergegangen, und an dem noch hellen Himmel im Südwesten tauchten zwei Sterne auf. Sie schienen ungewöhnlich groß und leuchteten erstaunlich stark. Sie standen sehr merkwürdig am Himmel: ganz nah beieinander und in einer geraden Linie. Maj hatte so etwas noch nie gesehen. Sie fand, sie ähnelten zwei Augen, die sie anblickten.

Sie schaute sich im Park um, ob wohl noch jemand die Sterne bemerkt hatte. Aber die Kinder waren mit Schlittenfahren beschäftigt. Auf dem zugefrorenen Vogelteich fuhren ein paar Jugendliche Schlittschuh, in Paaren, die Arme umeinandergeschlungen. Niemand richtete den Blick gen Himmel. Dabei waren diese beiden Sterne so auffallend. Konnte vielleicht nur sie sie sehen?

Mit der einen Hand auf der Lenkstange des Kinderwagens und der anderen auf Mariannes Kopf schaute Maj die beiden Sterne an. Und die Sterne schauten sie an, mit festem, leuchtendem Blick. War das ein guter Blick? Oder ein böser? Das konnte Maj nicht ausmachen. Sie fühlte sich jedoch beobachtet, scharf und intensiv.

Es wurde rasch dunkel, die Laternen im Park gingen an. Als Tore und Britt feststellten, dass sie die Letzten waren, gehorchten sie endlich Maj, und mit ihren Schlitten trabten sie gehorsam durch den Schlosspark nach Hause. Jetzt leuchteten mehrere Sterne am Himmel, aber keiner war so stark wie die beiden im Südwesten.

Bevor sie den Park verließen, blieb Maj stehen. Sie legte den Arm um Tore, zeigte auf die beiden Sterne und fragte ihn, ob er sie sehen könne. Er hob den Blick zum Himmel und nickte andachtsvoll.

»Du siehst sie?«

»Ja«, sagte er. »Sie sehen aus wie zwei Augen. Wie ein großes Tier, das uns anschaut.«

Sie strich ihm über die Wange. Seine Antwort wärmte sie innerlich. Sie war also nicht die Einzige, die die Sterne sah.

Nein, Maj war keineswegs die Einzige, die das merkwürdige Sternenpaar sah. Oben in Masthugget betrachtete ein paar Stunden später Nils den Abendhimmel, an dem die beiden Sterne nun noch höher gestiegen waren. Im Gegensatz zu Maj hatte er am Morgen die Zeitung gelesen und wusste deshalb, dass die Planeten Venus und Jupiter ungewöhnlich nah beieinanderstanden. So sah es zumindest aus, wenn man sie von der Erde aus betrachtete.

Entschlossen knöpfte er seinen Mantel zu und ging durch das Gewirr von Holzbuden die steilen Gassen und Treppen hinunter. Er war bestens gelaunt. Die Dunkelheit verschluckte das Elend und den Schmutz, und mit dem weißen Schnee sah der Stadtteil fast wie ein pittoreskes Alpendorf aus.

Unter ihm lag die Stadt mit ihren Lichtern, offen und freundlich wie eine aufgeblühte Blume. Bald würde er in der Wärme sein, umgeben von Parfümduft, Jazzmusik und zarter weiblicher Haut. Und Venus und Jupiter, die Götter der Liebe und des Erfolgs leuchteten auf seinem Weg.

Als er das Lokal betrat, sah er sie sofort. Sie saß am

selben, etwas versteckten Tisch wie beim letzten Mal, sie trug dasselbe Kleid und die gleiche Frisur. Ihre Blicke trafen sich, und er ging die wenigen Stufen hinauf, auf die kleine Empore, wo sie mit einem Glas vor sich saß. Noch bevor er ihren Tisch erreichte, stand sie auf und ging ihm entgegen, als hätte sie auf ihn gewartet. Als wäre alles vorherbestimmt. Als stünde es in den Sternen.

Sie betraten die Tanzfläche und, als stünde auch das Orchester unter dem Einfluss der Sterne, stimmte der Trompeter die einleitenden Töne von *Sahara* an. Dann erinnerte sich Nils an das entschiedene Nicken, das Beate Iversen an den Orchesterleiter gerichtet hatte, und verstand, dass dies ein zuvor besprochenes Signal war, genau dieses Stück zu spielen. Die Sterne waren nicht schuld. Beate Iversen hatte alles inszeniert. Sie hatte ihn zu ihrer Jagdbeute bestimmt. Heute Nacht würde er gefressen werden.

Sie tanzten, ohne einander anzuschauen, mit sehr kleinen Bewegungen, scheinbar unengagiert. Der Beschluss war schon lange gefasst worden, jetzt gab es kein Zurück mehr.

Nach wenigen Tänzen verließen sie das Tanzlokal und fuhren mit einem Taxi zur Gästewohnung. Sie berührten einander nicht unter den Wolldecken, die der Fahrer über sie gebreitet hatte. Sie hatten keine Eile. Sie wussten beide, dass sie bald die Gelegenheit zu Berührungen ganz anderer Art haben würden. Sie hatten die ganze Nacht vor sich.

Das Auto rollte durch die Winternacht, auf dem gleichen Weg wie am Mittwoch. Es schien Nils, als wäre die Fahrt neulich eine Art vorbereitende Übung gewesen.

Dieses Mal ging alles wie geschmiert. Die Straßen zum Museum waren geräumt und gestreut. Spielend leicht glitt das Taxi den Hügel hinauf und bis zum kupferbeschlagenen Eichentor, das den Bogengang zwischen den Personalwohnungen verschloss. Mit der gleichen Leichtigkeit ging das Tor auf, und danach konnte Beate Iversen die Tür zu ihrer Wohnung öffnen, ohne den Schlüssel zu drehen.

»Wie leichtsinnig von mir«, sagte sie. »Ich habe wohl vergessen, abzuschließen.«

Kaum hatten sie den dunklen Flur betreten, zog sie ihn an sich, ihre Münder suchten einander.

Plötzlich hielt sie inne und drehte sich um.

»Hör mal!«, flüsterte sie.

Aus dem Innern der Wohnung war ein dumpfes Knurren zu hören.

»Gibt es lebendige Tiere im Museum?«, fragte Nils erstaunt. »Außer dem Affen, natürlich.«

»Das glaube ich nicht.« Sie horchte noch einmal. »Aber das ist nicht der Affe. Das ist ein größeres Tier. Frag mich nicht, welches. Säugetiere sind nicht mein Gebiet.«

Das Knurren wurde lauter. Langgezogene, vibrierende Basstöne, die manchmal in ein kurzes Grunzen übergingen.

Sie schlichen vorsichtig in das kleine Wohnzimmer, und Beate machte das Licht an. Hier war niemand.

»Das ist im Schlafzimmer«, flüsterte sie.

»Bleib du hier«, sagte Nils und sah sich nach einer Waffe um, falls er sich verteidigen musste. Er ging zurück in den Flur, nahm sich einen zusammengefalteten Regenschirm und betrat dann mit entschlossenen Schritten das Schlafzimmer, wo etwas Großes auf dem Bett lag. Ohne das Wesen aus den Augen zu lassen, streckte er sich nach dem Lichtschalter und machte die Deckenlampe an.

Im Licht kam ein Mann zum Vorschein, der auf dem Rücken lag und schnarchte. Er trug einen Tweedanzug, an den Füßen hatte er Stiefel mit hohem Schaft. Sein Atem stank nach Alkohol.

»Kennst du den?«, fragte Nils Beate Iversen, die aus dem Wohnzimmer kam.

Sie schüttelte den Kopf.

Nils legte den Regenschirm weg, ging zum Bett und versuchte, den Schlafenden wach zu rütteln. Der Mann murmelte ein paar undeutliche Flüche, dann schnarchte er weiter. Plötzlich wachte er mit einem Ruck auf und schaute Nils erschrocken an.

In weniger als einer Sekunde war der Mann auf die Füße gekommen. Er hatte einen Revolver in der Hand. Woher hatte er den? Er musste unter dem Kissen gelegen oder in der Jackentasche gesteckt haben.

»Legen Sie die Waffe weg«, sagte Nils so ruhig wie möglich.

Der Blick des Mannes war schwarz vor Schreck und Wahnsinn, das war genau die Art von Blick, die Nils am allermeisten fürchtete. Man hatte keine Ahnung, was diese Augen eigentlich sahen.

Der Mann schloss das eine Auge und fixierte mit dem anderen Nils. Mit dem Finger am Abzug streckte er den Arm mit dem Revolver aus. Der Lauf war auf Nils gerichtet. Der konnte nichts anderes machen, als mit erhobenen Handflächen stillzustehen.

Am Rande seines Gesichtsfelds ahnte er eine Bewegung, und im nächsten Moment wurde der Unterarm des Mannes von einem harten Hieb getroffen, der den Revolver aus seiner Hand schlug. Der Mann drehte hastig den Kopf und bemerkte Beate Iversen, die den Regenschirm fest in der Hand hielt. Er bewegte sich, um den Revolver aufzuheben, aber bevor er ihn zu fassen bekam, hatte Beate ihre Waffe in beide Hände genommen. Mit einer kräftigen Drehung aus der Hüfte rammte sie ihm die Regenschirmspitze in den Bauch. Stöhnend vor Schmerz fiel der Mann auf dem Bett in sich zusammen, schlug sich den Kopf am gusseisernen Kopfteil an und blieb reglos liegen.

Nils nahm rasch den Revolver und steckte ihn in eine Kommodenschublade.

Beate Iversen beugte sich über den Mann. »Er atmet«, stellte sie fest. »Er blutet am Kopf, aber es sieht nicht gefährlich aus.«

Sie durchsuchte seine Taschen und holte zwei Schlüssel heraus, einen größeren und einen kleineren an einem Schlüsselring.

»Er hat Schlüssel zur Wohnung«, sagte sie erstaunt und hielt sie hoch.

Nils nahm sie und steckte sie in dieselbe Schublade, wo auch schon der Revolver lag.

»Übrigens, ich glaube, ich weiß, wer es ist«, fuhr Beate Iversen fort, nachdem sie sich den Mann etwas genauer angeschaut hatte. »Ich habe Bilder von ihm gesehen. Ruben Lans. Großwildjäger. Er hat viele Tiere für das Museum erlegt.«

»Und jetzt ist er selbst erlegt worden«, sagte Nils.

»Gratuliere, Frau Dozentin Iversen. Eine geschickte Attacke, das muss ich zugeben. Von wem haben Sie das gelernt?«

»Von einem britischen Oberst in Malaysia. Nahkampf mit Stock. Wir haben mit Bambusstöcken trainiert, aber ein Regenschirm tut es auch. Der nächste Schlag hätte die Schläfe getroffen und ihn unschädlich gemacht. Aber dafür hat schon das Eisenbett gesorgt.«

»Die Schläfe?«, sagte Nils erschrocken. »Sie hätten ihn getötet! Ich hätte Sie wegen Mordes festnehmen müssen!«

»Oder Sie wären selbst ermordet worden. Es hat nicht viel gefehlt.«

»Da haben Sie vielleicht recht. Vielen Dank, dass Sie eingegriffen haben. Aber jetzt müssen wir ihn von hier wegbekommen. Er scheint aufzuwachen.«

Beate Iversen ging in den Flur und telefonierte nach einem Taxi. Als sie zurückkam, hatte Nils den Mann auf unsichere Füße gestellt. Mit vereinten Kräften schleppten sie den verwirrten Großwildjäger aus der Wohnung und durch den Bogengang.

Er leistete keinen Widerstand, aber er schimpfte und fluchte.

»Verdammte Hottentotten! Mein Revolver! Sie haben meinen Revolver gestohlen!«

»Der ist konfisziert«, sagte Nils. »Sie können ihn im Revier in der Spannmålsgatan abholen, wenn Sie wieder nüchtern sind.«

»Aber die Schlüssel bekommt er nicht zurück. Die gebe ich morgen dem Herrn Direktor«, sagte Beate Iversen.

Sie bugsierten Lans in das wartende Taxi, schlossen das Tor von innen und gingen wieder in die Gästewohnung.

»Das war das«, sagte Nils und verschnaufte. »Wir werden immer irgendwie unterbrochen.«

»Wir müssen einfach noch mal von vorne anfangen«, sagte Beate Iversen lächelnd. »Ich gebe nicht auf. Habe ich einmal eine Beute in den Fängen, dann lass ich sie nicht mehr los.«

Sie schlang ihre langen, schlanken Arme um ihn. Aber Nils konnte sich nicht entspannen.

»Da ist immer noch ein Geräusch«, sagte er. »Ich höre was.«

»Das sind nur die Ventilatoren«, flüsterte Beate an seiner Wange.

»Im Walsaal?«

»Nein, in der Kadaverkammer. Die ist direkt hier drunter.«

Bevor er noch etwas sagen konnte, fasste sie seinen Nacken und gab ihm einen Kuss, lang wie eine arktische Winternacht und tief wie ein nordnorwegischer Fjord.

Sie gingen zusammen ins Schlafzimmer, und Beate Iversen zog die Jalousie herunter.

43

Die Kälte stürzte sich auf ihn, kaum dass er die Gästewohnung verlassen hatte. Sie kroch unter seinen Mantel, wie ein Raubtier, das seine Körperwärme erschnüffelt hatte. Es war kurz nach zwei Uhr nachts. Wind war aufgekommen, und aus dem Hof des Museums wehte Schnee in den Bogengang. Nils zog seinen Hut in die Stirn, er wartete auf Beate Iversen, die herauskommen und ihm die Personaltür öffnen sollte.

Während er da in der Bogenöffnung stand, dem Hof zugewandt, bemerkte er einen sehr schwachen Lichtschein, der über die verschneiten Rhododendronbüsche flatterte. Er konnte nicht aus Beates Räumen stammen, kein Fenster der Forscherwohnung ging zum Hof hin.

Er trat aus dem Bogengang hinaus, um einen besseren Blickwinkel zu haben, und da bemerkte er irgendwo im unteren Stockwerk des Ausstellungsgebäudes ein Licht. Durch die Sprossenfenster konnte er sehen, wie es sich langsam durch die untere Halle bewegte und dann verschwand.

Kurz darauf tauchte es ganz kurz im schmalen länglichen Fenster des Treppenturms auf.

Dann verschwand es wieder.

»Was schaust du?«, fragte Beate Iversen, die in einem Flanellmorgenrock und mit offenen Schuhen aus der Forscherwohnung kam.

Nils legte einen Zeigefinger auf die Lippen und zeigte dann auf das Licht, das sich jetzt im oberen Stockwerk an der Schmalseite des Hofs zeigte. An der Fensterreihe konnten sie ihm durch den Flur folgen, der das Ausstellungsgebäude mit dem Walsaal verband.

»Weißt du, was das ist?«, fragte er.

Beate schüttelte verblüfft den Kopf. »Keine Ahnung.«

Mitten im Flur verschwand das Licht wieder, sie starrten gespannt auf das Fenster, wo es verschwunden war. Aber das Licht erschien nicht mehr, weder dort noch an einem anderen Fenster des Museums.

Nils erinnerte sich, dass genau hier, in der Mitte des Flures, der Eingang zum Dioramaraum lag.

»Entschuldige mich«, sagte er und ging ohne weitere Erklärung mit großen Schritten über den Hof und ins Ausstellungsgebäude. Er eilte durch die dunkle Halle die Treppe hinauf in den ersten Stock, von dort schlich er durch die obere Halle, um die Ecke in die Vogelgalerie und weiter den Flur entlang.

Vor dem Eingang zum Dioramaraum blieb er stehen. Er konnte da drinnen den Lichtkegel einer Taschenlampe über den Boden irren sehen.

Dann betrat er vorsichtig den Raum. Obwohl er versucht hatte, sich so leise wie möglich zu bewegen, musste derjenige, der sich da drinnen befand, etwas gehört und die Taschenlampe ausgemacht haben.

Nils blieb bewegungslos stehen. Es war stockdunkel, aber nach ein paar Sekunden konnte er die Glasscheiben der Dioramen erkennen, die den Raum mit ihrem bläulichen, leichteren Dunkel umgaben wie schlafende Augen.

Er konnte jemanden atmen hören. Es klang, als käme

das Geräusch vom Boden. Er blieb weiter regungslos stehen.

Der andere ließ sich offenbar von der Stille beruhigen, die Taschenlampe ging wieder an. In ihrem Schein entdeckte Nils einen Mann, der auf dem Boden kniete, an die vertäfelte Wand gewandt, mitten zwischen dem Diorama mit dem Naturreservat von Måkläppa und der Tür zum Dachgeschoss. Der Mann tastete mit der Hand am Boden, als suchte er etwas, das er verloren hatte. Neben ihm stand eine große Tasche aus abgenutztem Leder. Nils erkannte zuerst die Tasche. Und jetzt erkannte er auch die sehnige Gestalt in einem graubraunen Arbeitskittel. Der Hausmeister war offenbar mitten in der Nacht aufgestanden, um etwas ganz Dringendes im Dioramaraum zu erledigen.

Aber warum hatte er dann gerade die Taschenlampe ausgemacht? Wenn er Geräusche gehört hatte, die darauf hindeuteten, dass er nicht allein war, dann hätte er den Lichtschein doch auf den Eindringling richten sollen. Warum wollte er sich im Dunkeln verstecken?

Nils blieb ein Stück hinter dem Hausmeister stehen und beobachtete, wie der mit großer Konzentration beide Hände auf die Bodenleiste legte, die sich daraufhin bewegte. Eine längliche Luke, etwa fünfzig Zentimeter breit und ungefähr eineinhalb Meter lang, klappte auf, und ein bisher verborgener Hohlraum wurde sichtbar.

Immer noch auf den Knien, drehte der Hausmeister sich zur Tasche, die neben ihm stand, und öffnete sie. Er holte etwas heraus. Eigenartige Gegenstände, die überhaupt nicht wie Werkzeug aussahen.

Aber nicht nur der Hausmeister und seine Tasche erregten Nils' Interesse. Um beide Hände frei zu haben, hatte der Hausmeister die Taschenlampe auf den Boden gelegt. Der Lichtstrahl war direkt in die geöffnete Luke gerichtet. Nils' Herz machte beinahe einen Extraschlag, als er sah, was der Schein der Taschenlampe offenbarte: Direkt hinter der Öffnung des verborgenen Raums sah man einen roten Mantelärmel und eine kleine weiße Hand.

Er musste einen Laut von sich gegeben haben, denn der Hausmeister drehte seinen Kopf und schaute ihn an. Die Augenhöhlen waren tief und dunkel im Schein der Taschenlampe auf dem Boden.

»Herr Hauptwachtmeister!«, rief er mit einem erstaunten Keuchen aus.

Nils trat einen Schritt näher. »Sie sind verhaftet«, sagte er kurz.

»Verhaftet? Ich will doch nur ein Rohr reparieren. Es tropft im Stockwerk darunter«, sagte der Hausmeister.

»Sie verwenden aber eigenartige Werkzeuge«, sagte Nils mit einem Nicken in Richtung der Gegenstände, die der Hausmeister aus der Tasche geholt und in einem Haufen auf den Boden gelegt hatte. Sie sahen aus wie tote bunte Vögel.

Der Hausmeister antwortete nicht. Er schaute zum Ausgang, als würde er erwägen zu fliehen, aber Nils stand im Weg.

»Und wo ist das Rohr, das Sie reparieren wollen?«, fuhr Nils fort.

Der Hausmeister drehte sich zu der offenen Luke um und zeigte hinein. Dann fing sein Finger an zu zittern, das Zittern breitete sich in seinem ganzen mageren Körper aus.

Nils hob die Taschenlampe auf. Er beugte sich über den Hausmeister, packte ihn mit einem festen Griff im Nacken und zog ihn näher an die Öffnung, gleichzeitig ließ er mit der anderen Hand den Lichtkegel über den toten Mädchenkörper in dem Versteck gleiten. Die blonden Locken, der rote Mantel, die Schuhe.

»Hier haben Sie sie also versteckt«, keuchte Nils in das Ohr des Hausmeisters.

Der Hausmeister atmete kurz und schnell, er schaute zur Seite, aber Nils hielt ihn im Nacken fest und drückte seinen Kopf in die Öffnung.

»Nein!«, rief der Hausmeister jämmerlich. »Nein, nein!«

Mit einer plötzlichen Bewegung gelang es ihm, sich zu drehen, und mit einer erstaunlichen Geschmeidigkeit schaffte er es, sich aus dem Griff von Nils zu befreien. Im nächsten Moment war er aus dem Dioramaraum verschwunden.

Nils lief ihm hinterher. Und wäre fast in den Hausmeister hineingelaufen, der wie festgefroren im Flur stand und zu dessen Ende starrte.

Die Bogenöffnung zur Vogelgalerie wurde von Beate Iversen blockiert. Sie stand breitbeinig da, die Arme nach vorne gestreckt, und zielte mit einem Revolver auf den Hausmeister. Nils verstand, dass dies der Revolver von Lans war, den er selbst in der Kommodenschublade versteckt hatte. Der Blick ihrer schmalen Augen war unerbittlich, und mit den weißblonden, wild abstehenden Haaren, dem um den Körper gebundenen Morgenrock und den hohen Stiefeln glich sie noch mehr als sonst einer Walküre, wunderbar und fürchterlich anzuschauen.

Der Hausmeister drehte sich um und stand nun Auge in Auge mit Nils, der mit seinem hochgewachsenen Körper den Flur in die andere Richtung versperrte. Der Mann gab einen resignierten Seufzer von sich, beinahe ein Schluchzen, und er leistete keinen Widerstand mehr, als Nils ihn am Arm packte. Nils ließ sich jedoch von einem Schluchzen nicht in die Irre führen, angesichts der gerade erfahrenen Manöver. Er drehte dem Hausmeister den Arm auf den Rücken, der beugte sich nach vorne und stöhnte vor Schmerz.

»Brauchst du Hilfe?«, rief Beate Iversen, ohne den Revolver zu senken.

»Ruf das Polizeirevier an und sag, dass ich sofort Verstärkung brauche«, antwortete Nils und hielt den Hausmeister in einem festen Griff. »Sie sollen auch Kommissar Nordfeldt herschicken. Sag ihnen, dass ich das Mädchen gefunden habe und auch ihren Mörder. Ich komme so lange allein mit ihm zurecht. Und leg den Revolver weg. Dieser feige Kerl traut sich nicht an erwachsene Menschen. Er hält sich an kleine Mädchen.«

Kurze Zeit später fuhr ein Polizeiwagen den Museumshügel hinauf und bremste vor dem Personaleingang. Nils führte den Hausmeister hinaus, der sofort von zwei uniformierten Polizisten übernommen wurde, die ihm Handschellen anlegten.

In der Hausmeisterwohnung ging das Licht an, die Gardine wurde zur Seite geschoben, und das Gesicht von Frau Oskarsson tauchte im Fenster auf. Aus dem Schlaf gerissen und schockiert, musste sie mit ansehen, wie ihr gefesselter Mann durch die Hintertür in das Polizeiauto geführt wurde und in die Winternacht davonfuhr.

Nils bat Beate Iversen, ihr in der Wohnung eine Weile Gesellschaft zu leisten. »Sag ihr, dass ihr Mann uns einen wichtigen Fund gezeigt hat und dass er aufs Polizeirevier gefahren wird, um mehr zu berichten.«

Zehn Minuten später kam ein weiterer Polizeiwagen. Er hatte noch kaum gebremst, da wurde schon die Beifahrertür aufgerissen und Kommissar Nordfeldt sprang heraus, die Persianermütze tief in die Stirn gezogen, der offene lange Mantel flatterte ihm um die Beine. Dass man ihn mitten in der Nacht geweckt und in seiner Wohnung abgeholt hatte, merkte man nicht. Er war außer Atem vor Ungeduld.

»Wo ist sie?«, fragte er.

Nils führte ihn durch das Museum. Als sie in den Dioramaraum kamen, drehte Nordfeldt an einem Lichtschalter. Die einzige Beleuchtung, die anging, waren die kleinen Lampen neben den Schildern der Dioramen.

»Ein eigenartiger Ort«, sagte er und schaute sich in dem sechseckigen Raum um. »Ist es hier immer so dunkel?«

»Es gibt keine Deckenbeleuchtung«, sagte Nils. »Die Dioramen bekommen Tageslicht von oben.«

»Wo wir jetzt stehen, ist es also immer dunkel? Das passt so manchen ja ausgezeichnet«, brummte Nordfeldt.

Er machte seine Polizeitaschenlampe an, sie war größer und heller als die, die Nils dem Hausmeister abgenommen hatte, und leuchtete mit ihr die Bodenleiste entlang, bis er die geöffnete Luke fand. Etwas mühsam kniete er sich auf den Boden. Er legte den Kopf schräg, leuchtete hinein und fluchte.

Nils hockte sich neben ihn. Jetzt sah er besser als vorhin, als er den Hausmeister auf frischer Tat ertappt hatte.

Das Mädchen lag auf dem Rücken, nahe an der Öffnung der Luke, marmorweiß und blond gelockt, in ihrem roten Mantel und mit geschlossenen Augen. Ihr Gesicht besaß eine friedliche, beinahe überirdische Schönheit, und Nils verstand, warum das Wort »Engel« immer wieder aufgetaucht war, wenn die Leute sie beschrieben.

Aber es gab noch mehr zu sehen. Das Mädchen lag nicht direkt auf dem Boden, sondern auf einem Bett aus Gegenständen, die noch weiter hinein in den Verschlag reichten.

Nordfeldt steckte seinen Kopf in die Öffnung. Dann schaute er wieder heraus und nickte Nils zu. »Er ist offenbar Sammler.«

Er stand keuchend auf und trat ein paar Schritte zur Seite.

Nils beugte sich, so weit er konnte, neben den Körper des Mädchens. Er bemerkte, wie kühl es da war. Die niedrige Temperatur hatte sicher dazu beigetragen, dass die Leiche so wohlbehalten war. Der modrige Geruch hier drinnen kam nicht von ihr.

Der Verschlag weitete sich hinter der Luke und erstreckte sich über ein paar Meter nach innen. In der Mitte verliefen Metallrohre und Kurbeln, und um diese herum konnte Nils alle möglichen Geweihe, Knochen, Schildkrötenpanzer, Steine mit Fossilien, zusammengerollte Felle und möglicherweise einen Elefantenzahn erkennen.

»Ein Versteck für Diebesgut«, konstatierte er und zog den Kopf wieder heraus. »Als ich ihn auf frischer Tat ertappte, war er gerade damit beschäftigt, irgendwelche Vögel hineinzulegen.«

Er zeigte auf den Haufen gefiederter Körper, der neben der geöffneten Tasche lag. Im Schein der Taschenlampe des Kommissars schimmerten sie wunderbar in allen möglichen Farben. Nordfeldt hob einen auf. Er war weich und beweglich, das Skelett war entfernt worden. Ein Federfutteral.

»Paradiesvögel«, sagte er kurz.

Nils war erstaunt über die zoologischen Kenntnisse des Kommissars.

»Früher wurden sie sehr viel illegal gehandelt«, erklärte Nordfeldt. »Sie wurden für die Hüte der Damen gebraucht. Inzwischen hat sich die Mode geändert. Aber dem Hausmeister gefallen sie offenbar. Er scheint tote Tiere zu mögen. Und jetzt ist er sogar einen Schritt weiter gegangen.« Er nickte in Richtung des toten Mädchens. »Sie hatten also recht, Gunnarsson, und ich hatte nicht recht. Es war nicht der Vater.«

Der Kommissar holte die Polizisten herein, die vor dem Dioramaraum mit einer Bahre gewartet hatten. Vorsichtig wurde das Mädchen auf die Bahre gelegt, mit einer Wolldecke zugedeckt und zu dem Polizeiauto hinuntergetragen. Nils und Nordfeldt stiegen vorne ein und setzten sich auf den Beifahrersitz neben den Fahrer.

»Sie hatten recht«, wiederholte der Kommissar, während das Auto zwischen den schneeschweren Eichen des

Schlossparks den Hügel hinunterrollte. »Sie haben mal wieder Ihre eigenen Nachforschungen gemacht, nicht wahr?«

Nils wartete auf den anklagenden Tonfall. Aber er hörte nur resignierte Düsterkeit.

»Nein, Herr Kommissar«, sagte er. »Was die Nachforschungen angeht, war ich ganz offen zu Ihnen. Ich bin genauso überrascht wie Sie.«

»Aber Sie hatten den Hausmeister in Verdacht. Sie müssen sich Ihrer Sache sehr sicher gewesen sein, denn schließlich waren Sie mitten in der Nacht im Museum.«

Nils versuchte herauszuhören, ob das Ironie war oder nicht.

»Sie haben so ein Gespür«, fuhr Nordfeldt fort. »Sie sehen Dinge, die ich nicht mehr sehe. Ich fange an, alt zu werden.«

Nils schwieg. Er hatte keine Lust, darzulegen, warum er sich in dieser Nacht im Museum befunden hatte.

»Und er ist nicht allein, nicht wahr?«, fuhr Nordfeldt fort, als das Auto aus dem Schlosspark fuhr. »Sie hatten auch da recht.«

»Wie meinen Sie das?«

»Dieser Verein, von dem Sie gesprochen haben. In dem er Mitglied ist.«

»Der Verein Aquila?«

»Ja, genau. So heißt er.«

»Ich habe immer noch keine Ahnung, was das für ein Verein ist oder wo sie sich treffen.«

»Nein, das wird er uns erzählen. Wir holen ihn morgen früh um sieben zum Verhör.«

»Heute«, korrigierte Nils und schaute auf die Uhr.

»In knapp drei Stunden. Wünschen Sie, Herr Kommissar, dass ich bei dem Verhör anwesend bin?«

»Anwesend?«, sagte Nordfeldt. »Nein, Gunnarsson, ich werde anwesend sein. *Sie* leiten das Verhör.«

Seine Stimme hatte etwas Respektvolles, Wehmütiges, wie Nils es noch nie zuvor gehört hatte. Der Kommissar sprach sonst in Form von kurzen Befehlen, launischen Beschimpfungen oder mit stillem Hohn und Verachtung.

Das Leben war schon eigenartig. Eine impulsive Handlung vor ein paar Jahren war als Heldenmut gedeutet worden und hatte Nils eine Beförderung eingebracht, die damals völlig unverdient gewesen war. Seither hatte er seine Fähigkeiten als Hauptwachtmeister mehr als bewiesen. Aber von seinem Chef hatte er nicht viel Achtung erfahren. Bis jetzt, als er sich aus höchst privaten Gründen und ganz gegen die Anordnungen des Kommissars zufällig zur rechten Zeit am rechten Ort befunden und ebenso zufällig einen Verdächtigen auf frischer Tat ertappt hatte. Sowohl Belohnung als auch Strafe schienen ihn unverdient zu treffen. Vielleicht glich es sich im Lauf der Zeit aus, und die Gerechtigkeit siegte.

44

Am Samstagmorgen um sieben Uhr saßen Nils und Kommissar Nordfeldt im Verhörraum des Polizeireviers.

Sie hatten nach dem Verlassen des Museums den Rest der Nacht im Revier verbracht. Über Nordfeldts Schreibtisch gebeugt hatten sie im Schein der Tischlampe über diesen eigenartigen Fall gesprochen, vor dem Fenster das Dunkel der Februarnacht.

Sie hatten beide ihre Theorien. Zum ersten Mal hatte Nils das Gefühl, dass sie zwei ebenbürtige Kollegen waren, die miteinander diskutierten, offen und respektvoll. Eigentlich waren alles nur Spekulationen. Sie waren sich einig darin, dass der Hausmeister Oskarsson ein Rätsel war. Aber nach dem Verhör würden sie erheblich mehr wissen. Nordfeldt glaubte nicht, dass er ihnen Probleme bereiten würde. Oskarsson war ein schwacher, armer Kerl, der sogar geweint hatte, als man ihn zum Polizeiauto brachte. So waren sie oft, die armen Kerle, die sich an Kindern vergingen. Im Innern waren sie selbst noch Kinder, aber mit den Trieben Erwachsener. Ein paar einfache Fragen im Verhörraum, mehr war nicht nötig für ein schniefendes Geständnis. Ihre Taten verlangten Dunkelheit und Unsichtbarkeit. Wenn man ihr Geheimnis lüftete, dann platzten sie wie Trolle im Sonnenlicht.

Nordfeldt angelte seine Uhr aus der Westentasche

und schaute drauf. Dann zündete er eine Zigarre an und lehnte sich im Stuhl zurück.

»Aha, dann warten wir nur noch auf den Verdächtigen«, sagte er.

Nils warf einen Blick in sein Notizbuch, wo seine Fragen standen.

Dann wurde die Tür des Verhörraums aufgerissen und ein Wärter trat herein. Er starrte sie an und atmete so heftig, als sei er gelaufen.

»Haben Sie den Verdächtigen nicht dabei?«, fragte Nordfeldt.

»Er … er hat sich erhängt, Herr Kommissar«, stammelte der Wärter.

»Ist das euer Ernst? In der Zelle?«

Der Wärter nickte.

»Es tut mir schrecklich leid, Herr Kommissar. Um sechs Uhr, als ich nach ihm geschaut habe, um ihn zu wecken, da hat er noch gelebt.«

»Und wo ist er jetzt?«

Der Wärter starrte ihn verständnislos an.

»In der Zelle, Herr Kommissar. Er hängt am Fenstergitter.«

»Sie haben ihn also nicht runtergenommen?«

»Nein, Herr Kommissar. Ich wollte erst Bescheid sagen.«

Nordfeldt warf die qualmende Zigarre in den Aschenbecher, stand auf und lief hinaus, dicht gefolgt von Nils.

Sie eilten auf dem geräumten Weg über den Hof des Polizeihauses und in das Gebäude mit den Zellen. Eine der Zellentüren stand offen.

Direkt unter dem hoch gelegenen Fenster hing der

Hausmeister vom Gitter, groß, mager und schlaff, wie eine Marionettenpuppe.

»Zum Teufel auch«, sagte Nordfeldt.

Er holte ein Taschenmesser hervor, klappte es auf und kletterte auf die an der Wand montierte Bank. Nils stellte sich an die Beine des Hausmeisters und hielt sich bereit. Als es Nordfeldt gelungen war, die Schlinge durchzuschneiden, fiel der Körper auf Nils' Schulter. Gemeinsam legten sie ihn auf den Zellenboden.

»Zum Teufel auch«, wiederholte Nordfeldt mit einem Blick auf das kreideweiße Gesicht.

»Wir haben ihm seinen Gürtel abgenommen«, verteidigte sich der Wärter, der in der Türöffnung stehen geblieben war.

»Aber nicht den Stoffgürtel seines Arbeitsmantels«, sagte Nordfeldt mit zusammengebissenen Zähnen und löste die fest zugezogene Schlinge um den Hals des Hausmeisters, der jetzt noch größer und magerer aussah.

»Idiot!«, schrie er, und es war nicht klar, wen er damit meinte, den Polizeiwärter oder den Museumshausmeister.

In wildem Zorn schüttelte er den Körper. Dann setzte sich der kräftig gebaute Kommissar rittlings auf den mageren Mann und drückte die Handflächen in festen Stößen auf dessen Brustkorb. Nach einer Weile machte er eine Pause, legte sein Ohr auf den Brustkorb und stürzte sich ein weiteres Mal, von Flüchen begleitet, auf sein Opfer.

Der Wärter trat entsetzt in den Gang hinaus.

Nils verstand, dass er einem Versuch der Wiederbelebung beiwohnte. Aber es sah eher so aus, als würde der Kommissar sein Äußerstes tun, um auch noch den letzten, möglicherweise noch vorhandenen Funken von Leben auszulöschen.

»Nein, nein, Herr Kommissar, nicht so! Sie zerquetschen ihn!«

Nils versuchte, seinen Chef zu bremsen, aber Nordfeldt war viel zu beschäftigt, um ihn anzuhören. Sein Gesicht glich einer Tomate kurz vor dem Platzen, und er atmete keuchend. Er machte weiter, bis er erschöpft über dem Körper zusammenbrach. Mit geschlossenen Augen legte er den Kopf auf den mageren, misshandelten Brustkorb, als wäre das ein Kissen. Nils fürchtete, dass er sich bald um zwei Leichen kümmern müsste und nicht nur um eine.

Der Kommissar lag ein paar Sekunden still. Dann zuckte er zusammen und schaute Nils mit einem listigen Lächeln an.

»Ich höre sein Herz«, zischte er. »Schwach. Aber ich höre es. Es versteckt sich da drinnen. Mich führt man nicht hinters Licht!«

Er schien bereit, den Hausmeister noch einmal zu bearbeiten, aber Nils schob ihn beiseite.

»Hol den Doktor«, rief er dem Wärter zu, der sofort verschwand. Der Arzt hatte seine Praxis gegenüber dem Polizeirevier.

Nils zog seine Jacke aus, rollte sie zusammen und drückte sie unter die Schultern des Hausmeisters, sodass der Kopf nach hinten fiel, das hatte er im Lebensrettungskurs in der Polizeischule so gelernt. Dann kniete er sich vor den Kopf des reglosen Mannes, packte dessen Arme und legte sie ausgestreckt auf den Boden.

»Immer abwechselnd einen. Ich fange an.«

Nordfeldt richtete sich widerwillig auf.

Ruhig, aber bestimmt drückte Nils die Oberarme des Hausmeisters in einer pumpenden Bewegung auf den Boden, dabei zählte er laut: »Einhunderteins. Einhundertzwei. Einhundertdrei. Einhundertvier. Sie sind dran, Herr Kommissar.«

Er nickte Nordfeldt zu, der übernahm und den Arm kräftig auf den Brustkorb drückte, dabei gab Nils den Rhythmus an, indem er zählte. Dann wechselten sie. Jeder vier Mal. Arme und Brustkorb. Einatmen und ausatmen. Rhythmisch und geduldig.

Ohne eine vorhergegangene Bewegung des Körpers schlug der Hausmeister völlig überraschend die Augen auf. Nordfeldts hochrotes, wütendes Gesicht befand sich über dem seinen. Der Mann musste glauben, er sei in der Hölle aufgewacht, dachte Nils.

»Sieh mal an. Das sind Sie ja«, rief Nordfeldt zufrieden aus, genauso wie er rief, wenn er die Tür zu Nils' Arbeitszimmer aufriss. »Sie sind wahrlich kein leicht zu weckender Herr.«

Sie hoben den Mann vom Boden auf und legten ihn auf die Bank.

Der Hausmeister schaute mit großen Augen um sich. Unter seinem Kinn und bis zu den Ohren hinauf sah man einen roten Streifen.

Nils war der Meinung, sie sollten ihn ein wenig ausruhen lassen, bis der Doktor da gewesen war und ihn untersucht hatte.

»Ach was, er sieht munter aus«, sagte der Kommissar und klatschte dem Mann leicht auf die leichenblassen Wangen.

Im Gang vor der Zelle hörte man Schritte, und der Arzt kam herein.

Er untersuchte den Verdächtigen und bat ihn, auf ein paar einfache Fragen zu antworten. Mit deutlicher, etwas heiserer Stimme nannte der Hausmeister, ohne zu zögern, seinen eigenen Namen, das heutige Datum und den Namen des schwedischen Königs.

»Er scheint es gut überstanden zu haben«, konstatierte der Doktor und wandte sich an Kommissar Nordfeldt. »Wie lange war er bewusstlos?«

»Das wissen wir nicht. Der Zellenwärter hat um sechs mit ihm gesprochen, dann hat er ihn kurz vor sieben aufgehängt gefunden.«

»Sie sollten vielleicht eine Weile warten mit dem Verhör«, sagte der Doktor und steckte sein Stethoskop in die Tasche.

Nordfeldt nickte schweigend.

Sobald der Doktor verschwunden war, trat er zum Hausmeister, beugte sich über ihn und sagte: »Hier wird nicht gewartet. Sie haben deutlich und klar auf die Fragen des Doktors geantwortet. Sie können bestimmt genauso deutlich auf unsere Fragen antworten. Wenn Sie wollen, können wir das Verhör hier in der Zelle machen. Oder wir gehen in das Verhörzimmer. Ganz wie Sie wollen.«

Der Hausmeister setzte sich auf der Bank auf. Langsam ließ er den Blick durch die Zelle wandern. Zur Decke hinauf, zum Boden und zum Gitterfenster, durch das das bleiche Winterlicht hereinfiel. Er schaute auf seine Hände und bewegte die Finger.

Schließlich schaute er die beiden Polizisten an und sagte: »Wir können ins Verhörzimmer gehen.«

»Ausgezeichnet. Müssen wir Ihnen Handschellen anlegen?«

»Ich werde keinen Ärger machen.«

»So, so. Sie haben schon eine ganze Menge Ärger gemacht, finde ich.«

Der Wiederauferstandene erhob sich von der Bank. Ruhig und still stand er vor ihnen.

Nordfeldt und Nils packten ihn an den mageren Oberarmen und führten ihn aus dem Zellengebäude.

Als sie über den Hof gingen, drehte Oskarsson den Kopf und schaute gewissermaßen erstaunt auf den nackten Baum, der in der Mitte stand. Dann richtete er den Blick zu dem grauenden Himmel und lächelte vor sich hin.

45

Der Kommissar zündete die erloschene Zigarre an, die er im Aschenbecher gelassen hatte, und lehnte sich zurück.

»Das hier ist Hauptwachtmeister Gunnarsson, er führt das Verhör. Ich sitze hier daneben, rauche eine und höre mir Ihre Lügengeschichten an.«

»Ich werde nicht lügen«, sagte der Hausmeister.

»Gut«, brummte Nordfeldt durch den Mundwinkel und versuchte, die Zigarre wiederzubeleben. »Dann geht alles sehr viel schneller.«

»Also, Herr Oskarsson«, begann Nils. »Zunächst muss ich Sie fragen, wie es Ihnen geht. Schaffen Sie ein Verhör?«

Kommissar Nordfeldt verdrehte die Augen, sagte jedoch nichts.

»Danke, Herr Hauptwachtmeister«, antwortete der Hausmeister. »Es ist mir noch nie besser gegangen. Ich lasse mich gerne verhören, und ich werde alles so wahrheitsgemäß erzählen, wie ich kann.«

Nils schaute ihn erstaunt an. Der Hausmeister saß sehr gerade auf dem Stuhl, er trug seinen graubraunen Arbeitskittel und schaute ihm mit festem Blick in die Augen. Die mürrische Miene und die gebeugte Haltung waren wie weggeblasen.

»Können wir damit anfangen, dass Sie erzählen, warum Sie heute Nacht im Dioramaraum waren?«, fragte Nils. »Sie sagten, es habe sich um ein Leck gehandelt. Sie müssten ein Rohr reparieren. War das wahr?«

»Nein«, sagte der Hausmeister bestimmt. »Ich habe Sie angelogen.«

»Was haben Sie denn dort gemacht?«

»Ich wollte Paradiesvögel hineinlegen.«

»Woher hatten Sie die?«

»Aus dem Magazin. Dort gibt es jede Menge davon.«

»Sie haben die Vögel also aus dem Magazin des Museums geholt und wollten sie in einen verborgenen Verschlag im Dioramaraum legen«, fasste Nils zusammen. »Kennt noch jemand außer Ihnen diesen Verschlag?«

Der Hausmeister sah aus, als wollte er Nein sagen, hielt jedoch inne und sagte: »Das weiß ich nicht.«

»Was ist das für ein Raum? Wofür ist der gedacht?«

»Tja, der ist wohl für nichts Bestimmtes gedacht. Die Rohre der Wasserleitung laufen da durch, man kann die Luke aufmachen, wenn man an die Wasserhähne muss.«

»Die Luke verschwindet ja in der Wandverkleidung und den Bodenleisten«, bemerkte Nils. »Es gibt nicht einmal einen Griff. Und in diesem Raum ist es immer dunkel. Wenn man also nicht weiß, dass es diese Luke gibt, dann ist sie unsichtbar. Ein sehr gutes Versteck. Was haben Sie darin versteckt?«

»Ausstellungsstücke. Es gibt jede Menge Sachen, die die Leute nie zu sehen bekommen. Was man in der Ausstellung sieht, ist nur ein ganz kleiner Teil. Das meiste liegt im Magazin und verstaubt, niemand hat etwas davon«, sagte der Hausmeister in leicht indigniertem Ton.

»Haben Sie nur Gegenstände aus dem Magazin genommen? Oder auch aus den Ausstellungssälen?«

»Manchmal habe ich auch etwas aus den Ausstellungssälen genommen. Wenn ich das, was ich brauchte, nicht im Magazin gefunden habe. Ich habe die Dinge, die dann noch in der Vitrine waren, so geordnet, dass es schön aussah und keine Lücken blieben.«

Nils erinnerte sich an die Beobachtung der Putzfrau, die von Tieren sprach, die sich bewegten.

»Und wozu brauchen Sie diese Sachen?«

»Ich verkaufe sie«, sagte der Hausmeister geradeheraus. »Mein Sohn ist Epileptiker. Wir können ihn zu Hause nicht versorgen. Wir haben ihn zuerst in ein Heim gegeben, wo sie die Patienten schlimmer behandeln als Tiere. Dann haben wir ihn in einer anderen Einrichtung untergebracht, mit richtigen Ärzten und Schwestern. Es geht ihm dort sehr gut. Aber das kostet. Als der Rheumatismus meiner Frau schlimmer wurde und sie nicht mehr arbeiten konnte, hatte ich kein Geld mehr. Ich musste auf andere Weise an Geld kommen.«

Nils nickte ernst. »Ich verstehe, und an wen verkaufen Sie die Museumsgegenstände?«

»An einen deutschen Herrn. Er heißt Holze«, sagte der Hausmeister.

Die Informationen kullerten aus ihm heraus wie die Erbsen aus einer reifen Schote. Es war fast zu leicht.

»Wie sind Sie mit ihm in Kontakt gekommen?«

»Ich habe eine Annonce in der Zeitung gesehen. *Kaufe Eier von Raubvögeln.* Wir haben jede Menge Eier im Museum. Tausende!« Er machte eine großzügige Geste mit den Händen. »Ich habe Herrn Holze getroffen, als er in der Stadt war, er gab mir eine Liste von den Dingen, die er haben wollte. Eier vom Steinadler, das weiß ich noch. Und von anderen Raubvögeln. Er kam nach ein paar Wochen wieder nach Göteborg, und ich übergab ihm die Eier. Er war sehr zufrieden und gab mir eine neue Liste.«

»Sie sollten also noch mehr Eier stehlen?«

»Nicht nur Eier, sondern auch andere Sachen. Er wusste ziemlich gut, was es im Museum gibt. Er schrieb die Namen auf Latein auf, so wie es auf den Etiketten steht, ich konnte dann mit der Liste ins Magazin gehen und vergleichen.«

»Ist es nicht schwierig, die richtigen Dinge zu finden?«, fragte Nils.

»Ja, das dauert«, gab der Hausmeister zu. »Viele von den Dingen, die Herr Holze haben will, sind noch nicht einmal ausgepackt oder sortiert. Ich musste eine Kiste nach der anderen durchsuchen. Sehr vorsichtig, das sind sehr empfindliche Sachen, verstehen Sie, und nichts darf in Unordnung geraten.«

»Deshalb haben Sie also die Sachen nachts gestohlen, wenn Sie genug Zeit hatten und ungestört suchen konnten. Und wenn jemand anders vom Museumspersonal noch länger geblieben war und Sie bemerkte, dann konnten Sie Ihre Anwesenheit immer mit den ständig kaputten Ventilatoren begründen. Oder einem leckenden Rohr oder einem kaputten Heizkörper. Ein Hausmeister kann überall sein, zu allen Tages- und Nachtzeiten. Und er hat alle Schlüssel. Aber warum haben Sie die Sachen im Dioramaraum versteckt?«

»In der Wohnung konnte ich sie doch nicht haben.

Meine Frau findet alles. Ich legte sie in diesen Verschlag, dann hatte ich alles bereit, wenn Herr Holze das nächste Mal kam. Ich konnte dann, wenn das Museum geschlossen hatte, die Sachen schnell holen und sie zu Herrn Holze bringen. Ich habe mein Geld bekommen, und er hat mir eine neue Liste mit Dingen gegeben, die seine Kunden bestellt hatten. Ja, so war das. Aber damit ist jetzt Schluss. Ich bin ein neuer Mensch«, erklärte der Hausmeister feierlich.

Er richtete sich auf und hob das Kinn, bereute es jedoch unmittelbar und führte mit einer schmerzverzerrten Grimasse die Hand an den Hals.

Ein gemeines Lächeln zuckte in Nordfeldts Mundwinkeln.

Nils wartete ein paar Sekunden, und dann fragte er: »Wer sind die Kunden von Herrn Holze?«

»Sammler«, sagte der Hausmeister. »Amerikanische Millionäre. Die bezahlen gut für merkwürdige Dinge. Eingelegte Bandwürmer, Totenköpfe und Missgeburten. Holze verkauft sie auch an andere Museen. Doch, wirklich. Es gibt große, berühmte Museen im Ausland, die Diebesgut kaufen. Das hätten Sie nicht gedacht, was?«

»Wissen Sie, dass Sie einmal beobachtet wurden, als Sie nachts ein Hirschgeweih die Treppen hochtrugen?«, fragte Nils.

»Ja?«, fragte der Hausmeister erstaunt. »Ach, Sie meinen jene Nacht, als die Putzfrau da war und in der unteren Halle das Licht anmachte? Ich glaube nicht, dass sie mich gesehen hat.«

»Sie hat Sie gesehen, aber sie hat Sie nicht erkannt. Haben Sie wirklich ein Hirschgeweih in diese schmale Luke bekommen?«

»Musste ein wenig fummeln. Elchgeweihe gehen natürlich nicht rein. Als ich so eine Bestellung bekam, musste ich die Geweihe in dem Raum über den Dioramen verstecken. Das ist riskanter, aber außer mir hat niemand einen Grund, dort hinaufzugehen. Das ist vorbei«, fügte er schnell hinzu. »Dass ich solche Sachen gemacht habe. Ich war damals ein anderer Mensch.«

»Damals? Sie haben doch heute Nacht einen ganzen Haufen Paradiesvögel gestohlen«, erinnerte ihn Nils.

Der Hausmeister schüttelte erstaunt den Kopf. »Das war in einem anderen Leben, Herr Hauptwachtmeister. Das Leben endete kurz vor sieben heute Morgen. Aber Sie und der Kommissar haben mir ja ein neues Leben gegeben. Dafür bin ich sehr dankbar.«

Nordfeldt gab ein amüsiertes Grunzen von sich, sagte jedoch nichts.

Nils fuhr mit dem Verhör fort: »Ich habe Sie schon einmal gefragt, ob Sie den Verein Aquila kennen. Das haben Sie damals verneint. Jetzt stelle ich die Frage noch einmal.«

»Die Antwort ist, es gibt so einen Verein überhaupt nicht.«

»Nicht? Wie können Sie da sicher sein? Der Verein Aquila annonciert doch regelmäßig in der Zeitung unter ›Zusammenkünfte‹. Und Sie hatten eine solche Annonce ausgeschnitten und unter einer Büchse in der Werkstatt versteckt.«

»Ganz richtig, so war es. Ich wollte nicht, dass meine Frau etwas über meine Treffen mit Herrn Holze erfährt, verstehen Sie? Briefe oder Telefongespräche hätten sie neugierig gemacht.«

»Herr Holze hat also Kontakt mit Ihnen aufgenommen, indem er eine Annonce in die Zeitung gesetzt hat? Der Verein Aquila ist also Herr Holze? Und aus der Annonce ging hervor, wann er das nächste Mal in Göteborg sein würde?«

»Ganz genau.« Der Hausmeister nickte eifrig. »Das haben Sie ganz richtig erraten, Herr Hauptwachtmeister.«

»Und den Ort? Wie haben Sie den erfahren?«

»Ach, das ist immer der gleiche. Hilda Larssons Pension ›Ruheplatz für Reisende‹ in der Köpmansgatan.«

»Aha. Ja, das war ein Arrangement, das Ihnen beiden gut passte. Und wenn Sie dorthin gingen, dann sagten Sie Ihrer Frau, Sie würden mit Ihren Freunden Karten spielen?«

»Ja«, sagte der Hausmeister mit einem Seufzer. »Sie ist so schrecklich neugierig. Sie will alles wissen, was man tut. Aber sie wäre untröstlich, wenn sie erfahren würde, dass ich ein Dieb bin. Es war besser, wenn sie nichts wusste. Und ehrlich gesagt, ich hatte auch kein sehr schlechtes Gewissen. Ich habe noch nie verstanden, was der Sinn von einem solchen Museum ist. All das tote Getier! Tiger und Löwen, das möchte man sich vielleicht anschauen. Aber Hasen und Eichhörnchen? Und Ratten! Nein, ich lüge nicht, es gibt eine ausgestopfte Ratte, die Herren können sie selbst im Säugetiersaal anschauen. Mit Namen auf Latein und allem. Und für diese Eier gibt es besondere Schränke im Magazin, damit sie keinen Schaden nehmen. Ich musste sie in Schachteln mit Sägespänen transportieren, wenn sie zu Herrn Holze sollten. Tote Tiere und Vogeleier sind wertvoll, meine Güte. Aber mein Sohn hat offenbar überhaupt keinen Wert.«

Nun konnte Kommissar Nordfeldt nicht länger schweigen.

»Ja, ja, jetzt wissen wir, warum diese Sachen in diesem Verschlag lagen«, sagte er ungeduldig. »Aber das Mädchen! Wäre es nicht an der Zeit, dass Sie erzählen, wie sie dahin kam?«

»Da kann ich Ihnen nicht helfen, Herr Kommissar. Ich habe keine Ahnung«, sagte der Hausmeister. »Ich habe das Mädchen zuvor noch nie gesehen.«

»Stand sie auch auf der Liste von Herrn Holze?«, fuhr Nordfeldt fort.

Der Hausmeister starrte ihn an. »Wirklich nicht.«

»Blond gelocktes Mädchen? Was immer das auf Latein heißen mag.« Der Kommissar wedelte mit seiner Zigarre und verteilte etwas Asche. »Für einen Feinschmecker mit perversem Geschmack und fetter Brieftasche? Manche Leute haben eigenartige Vorlieben, das haben Sie selbst gerade gesagt.«

Der Hausmeister schüttelte den Kopf, ohne zu antworten.

Nordfeldt beugte sich über den Tisch. Die amüsierte, spöttische Miene war verschwunden. Er schaute den Hausmeister streng an und zischte: »Hat sie noch gelebt, als Sie sie in das Grab einschlossen? Zwischen all den Knochen und toten Tieren?«

Der Hausmeister zuckte zusammen. »Ich weiß nicht, wovon Sie sprechen.«

»Oder haben Sie sie erst umgebracht? Sie haben das Mädchen im Museum erwischt, und als Sie mit ihr fertig waren, haben Sie sie umgebracht und in Ihr Diebesversteck gebracht? Sie sind vielleicht ein neuer Mensch, Oskarsson. Aber auch wenn es der alte Oskarsson war, der das Mädchen getötet hat, so wird *dieser* Oskarsson ... für einen Mord verurteilt werden. Glauben Sie bloß nichts anderes.«

Der Hausmeister schaute Nordfeldt an, ohne seinem Blick auszuweichen. In feierlichem Ton sagte er: »Herr Kommissar. Ich bin ein Dieb. Ein Lügner. Ein Selbstmörder. Aber mit dem Mädchen habe ich nichts zu tun. Ich habe ihr nie etwas getan. Ich habe sie noch nie gesehen.«

Er faltete die Hände über der mageren Brust, kniff die Lippen zusammen und lehnte sich zurück, als wäre die Sache erledigt.

Nordfeldt lehnte sich ebenfalls zurück und paffte an seiner Zigarre. Sie schauten einander schweigend an.

Nils wartete ein paar Sekunden. Dann nahm er das Verhör wieder auf. »Was haben Sie letzten Sonntag nach drei Uhr gemacht, Herr Oskarsson?«

»Ah, lassen Sie mich überlegen«, sagte der Hausmeister und blinzelte nachdenklich. »Eigentlich sollte ich ja um fünf Uhr ein paar Sachen an Herrn Holze übergeben, ich musste sie also da holen, wo ich sie abgelegt hatte.«

»In dem Verschlag im Dioramaraum?«

»Ja. Gegen drei Uhr nahm ich meine Arbeitstasche und die Taschenlampe und schaute nach den Ventilatoren im Walsaal. Ich blieb eine Weile im Ventilatorraum und wartete darauf, dass das Museum schließen und die Wärter nach Hause gehen würden. Gegen halb vier schaute ich hinaus, und alles schien ruhig zu sein. Ich ging also hinauf zum Dioramaraum. Ich wollte mich gerade bücken und die Luke öffnen, da hörte ich Schritte und Stimmen von der Treppe in der oberen Halle.«

»Was für Stimmen?«

»Kinder. Und eine junge Frau, die sie rief. Es klang, als wären sie auf dem Weg zum Dioramaraum, ich machte also die Luke zu und lief so schnell wie möglich davon.«

»Einen Moment«, unterbrach Nils. »Sie haben die Luke geöffnet. Haben Sie hineingeschaut, bevor Sie sie wieder zumachten?«

»Nein, dazu kam es nicht. Ich habe nur die Taschenlampe ausgemacht und die Luke zugeschlagen.«

»Also, wenn das Mädchen da drin gelegen hätte, dann hätten Sie es nicht gesehen?«

»Nein, hätte ich nicht.«

»Und wo sind Sie dann hingegangen?«

»Zurück zum Walsaal und in den Ventilatorraum, um dort zu warten. Ich habe ab und zu hinausgeschaut und gehorcht, ob es wieder ruhig war. Aber es war ein schreckliches Gerenne, die Wärter gingen im Walsaal umher und leuchteten mit Taschenlampen in alle Ecken. Ich fragte, was denn los sei, und sie sagten, ein Mädchen sei verschwunden. Es war sehr ärgerlich, dass das gerade jetzt passierte, denn Herr Holze wartete ja auf mich in der Köpmansgatan. Ich traute mich nicht, etwas aus meinem Versteck zu holen, solange die Wärter noch da waren, also musste ich ohne die bestellten Sachen zu Herrn Holze fahren. Ich habe ihm angeboten, stattdessen am nächsten Tag zu kommen. Aber das passte ihm nicht, denn Herr Holze musste weiter, mit dem Nachtzug nach Kopenhagen, er hatte am nächsten Tag ein wichtiges Treffen. Er ist immer unterwegs. Er war natürlich enttäuscht, aber er wollte so schnell wie möglich wieder nach Göteborg kommen. Dann könnte ich die bestellten Dinge übergeben. Er gab mir auch eine neue Bestellung. Paradiesvögel. So viele wie möglich.«

»Und gestern haben Sie die Annonce gesehen, dass der Verein Aquila sich heute, am Samstag, treffen würde. Deswegen mussten Sie heute Nacht die Vögel stehlen und in Ihr Versteck bringen.«

»Ganz genau«, sagte der Hausmeister.

»Haben Sie da zum ersten Mal seit Sonntag die Luke geöffnet? Haben Sie während der Woche nicht hineingeschaut?«

»Nein. Herr Holze war, wie gesagt, in Kopenhagen und ich wartete auf den Bescheid, wann er wieder nach Göteborg kommen würde. Es gab keinen Grund, davor die Luke zu öffnen.«

»Und heute um fünf Uhr wartet also Herr Holze auf Sie, in Hilda Larssons ›Ruheplatz für Reisende‹.«

»Ja, genauso ist es.«

»Und wieder wartet er vergebens«, sagte Nils. »Aber so ganz ohne Besuch wird er nicht bleiben. Oder was meinen Sie, Herr Kommissar?«

Nordfeldt drückte seine Zigarre aus und gluckste zufrieden.

»Nein, wir werden wohl hingehen und uns einen Zuwachs zu unserem eigenen kleinen Naturalienkabinett verschaffen. Faule Fische, das sammeln wir. Aber ich finde, hier wird zu viel über Sachen und zu wenig über das Mädchen gesprochen. Wäre es nicht an der Zeit, damit herauszurücken, Oskarsson? Hat das Mädchen Sie erwischt, als Sie letzten Sonntag Ihr Diebesgut holen wollten? Sie haben Kinderstimmen gehört, sagten Sie. Im nächsten Augenblick kam das Mädchen zu Ihnen herein und sah, was Sie machten. Sie hatten Angst, sie würde Sie verraten. Also haben Sie …«

»Nein!«, rief der Hausmeister sehr bestimmt. Er stampfte sogar auf den Boden. »Nichts dergleichen passierte. Warum verdächtigen Sie immer nur mich? Es arbeiten noch viel mehr Leute im Museum. Dozentin Iversen zum Beispiel. Haben Sie sie gefragt, was sie heute Nacht im Museum zu tun hatte?«

»War Dozentin Iversen heute Nacht im Museum?«, fragte Nordfeldt erstaunt.

»Ja, sicher! Als ich aus dem Dioramaraum kam, stand sie da mit einem Revolver in der Hand.«

Nordfeldt lachte misstrauisch. »Das ist doch wohl nicht Ihr Ernst?«

»Doch. Fragen Sie den Hauptwachtmeister hier.«

Nils wand sich peinlich berührt.

»Dozentin Iversen war behilflich, den Verdächtigen zu fassen«, erklärte er.

»Was?«

Nordfeldt konnte sein Erstaunen nicht verbergen. Er wandte sich an Nils und schaute ihn an.

»Davon haben Sie kein Wort gesagt, Gunnarsson. Sie haben gesagt, Sie hätten ihn allein gefasst.«

Der Hausmeister schaute die beiden Polizisten interessiert an.

»Ich habe ihn gefasst«, sagte Nils. »Und Dozentin Iversen hinderte ihn an der Flucht.«

»Das stimmt. So war es«, bestätigte der Hausmeister und nickte eifrig, aber niemand scherte sich um ihn.

»Und sie hatte also einen Revolver?«, fragte Nordfeldt immer noch an Nils gewandt.

»Das war nicht ihrer«, sagte Nils ärgerlich. »Ich habe ihn bei einer betrunkenen Person beschlagnahmt, die in die Gästewohnung eingedrungen war. Können wir das später besprechen, Herr Kommissar?«

Aber Nordfeldt war nicht zu bremsen.

»Und wie gelangte ein beschlagnahmter Revolver in die Hände von Dozentin Iversen?«

Die beiden Polizisten schienen den Verdächtigen vergessen zu haben.

Aber jetzt wollte der Hausmeister sich Gehör verschaffen.

»Einen Moment!«, rief er aus. »Eine betrunkene Person! Bewaffnet!« Er klang empört. »Im Museum wimmelt es offenbar von nächtlichen Besuchern. Aber der Einzige, der verdächtigt wird, das bin ich!«

»Ich schlage vor, wir brechen das Verhör ab«, sagte Nils.

»Habe ich nichts dagegen«, sagte Nordfeldt.

Er nahm den Hörer ab und bat um einen Wärter, der den Hausmeister wieder in seine Zelle brachte.

46

»Soso, Gunnarsson«, sagte Nordfeldt, nachdem Nils berichtet hatte, was in der Nacht passiert war, ausführlich, was den einen Teil betraf, kurz gefasst, was den anderen anging. »Es war also nicht Ihre detektivische Intuition, die Sie ins Museum gelockt hat. Es war etwas anderes, Gefühl im Bauch, ha! Das Gefühl war wohl woanders.«

»Gleichwie, es war ja gut, dass ich da war«, sagte Nils kurz und rührte in dem Kaffee, den die gute Seele des Reviers, Fräulein Brickman, ihnen gebracht hatte.

»Und Sie haben das Nützliche mit dem Vergnüglichen verbunden? Ha! Sie hatten ein verdammtes Glück, aber wirklich.«

Nils trank den Kaffee. Er glaubte nicht, dass der Kommissar sich für ungewöhnliche Sternkonstellationen interessierte, und er unterließ es, den kurzen Abstand zwischen dem Liebesplaneten Venus und dem Planeten der Macht und des Erfolgs, Jupiter, zu erwähnen.

»Aber warum zum Teufel haben Sie mir nicht sofort etwas von dem betrunkenen Mann in der Wohnung von Dozentin Iversen berichtet?«, fragte Nordfeldt.

Nils holte tief Luft, als wollte er etwas sagen, aber ihm fiel keine gute Erklärung ein, deshalb atmete er in einem resignierten Seufzer aus.

Wenn er ihm etwas über Herrn Lans erzählt hätte, dann hätte er auch etwas über seinen Besuch bei Beate

Iversen erzählen müssen, und das hatte er zu vermeiden gehofft. Er schämte sich. Nicht so sehr für die unpassende Beziehung zu Dozentin Iversen – die Zeit in ihrem Schlafzimmer hatte seine wildesten Träume übertroffen, und was immer es kosten würde, es wäre seinen Preis wert, dachte er trotzig. Aber er schämte sich für die unverdiente Achtung, die er für kurze Zeit von seinem Chef genossen und ohne Protest entgegengenommen hatte.

»Wissen Sie, wer der Mann ist?«, fuhr Nordfeldt fort.

Nils berichtete, was Beate Iversen ihm erzählt hatte.

»Und bis heute Nacht hatte also dieser bewaffnete Mann einen Schlüssel zum Personaleingang und zur Gästewohnung. Mein Gott. Wo ist der Revolver jetzt?«

Nils dachte einen Augenblick nach. Letzte Nacht war ein einziger Tumult gewesen.

»Ich glaube, er ist noch bei Dozentin Iversen«, sagte er zögernd. »Aber er muss natürlich hierher aufs Revier. Und dann wieder zurück zum Besitzer, Herrn Lans. Natürlich nur, wenn alles in Ordnung ist und er eine Lizenz für die Waffe hat.«

Im Stillen machte er sich Vorwürfe, dass er Lans so leicht hatte davonkommen lassen. In seinem Eifer, so schnell wie möglich mit Beate Iversen allein zu sein, war sein einziger Gedanke gewesen, den Kerl loszuwerden.

»Sollten wir ihn nicht verhören?«, fügte er hinzu. »Er wohnt im Hotel Eggers.«

Nordfeldt schüttelte den Kopf. »Nicht nötig. Alice scheint nicht erschossen worden zu sein. Keine sichtbaren Schussverletzungen. Sie sah tatsächlich völlig unverletzt aus. Ich bin gespannt, was Doktor Hedman über die Todesursache sagen wird. Aber ich glaube, wir bekommen heute ein Geständnis von Oskarsson. Wie fanden Sie seine Geschichte?«

»Ich finde, er klang glaubwürdig«, sagte Nils. »Er hat die Diebstähle zugegeben. Seine Geschichte ist ja sehr detailreich.«

»Aber was das Mädchen angeht, da schweigt er wie eine Wand.«

»Vielleicht hat er dazu nichts zu sagen. Was meinen Sie selbst, Herr Kommissar? Glauben Sie ihm?«

»Kein Wort«, sagte Nordfeldt. »Er hat versucht, sich das Leben zu nehmen, vergessen Sie das nicht. Das macht man nicht wegen ein paar Diebstählen. Mörder nehmen sich das Leben.«

Er schlürfte den letzten Tropfen Kaffee und stellte resolut die Tasse auf den Unterteller.

»Hat schon jemand die Eltern des Mädchens unterrichtet?«, fragte Nils.

»Hauptwachtmeister Rahm ist jetzt dort. Dann muss Filip Guldin mit ihm ins Leichenschauhaus gehen und sie identifizieren.«

Nils war dankbar, dass er da nicht dabei sein musste. Ein Kind, das eines unnatürlichen Todes gestorben ist, ist etwas Schreckliches.

»Nun, Gunnarsson. Schreiben Sie jetzt Ihr Verhörprotokoll. Und einen Rapport über die Festnahme im Museum heute Nacht. Vollständig und wahrheitsgemäß mit allen anwesenden Personen.«

»Selbstverständlich, Herr Kommissar.«

»Wenn Sie fertig sind, können Sie für heute nach Hause gehen.«

»Nach Hause gehen?«, fragte Nils erstaunt. »Aber wir wollen doch Herrn Holze um fünf in Hilda Larssons ›Ruheplatz für Reisende‹ festnehmen.«

Nordfeldt hob verständnislos eine Augenbraue.

»Wieso wir? *Ich* werde dort hingehen. Und ich werde Wachtmeister Öberg mitnehmen. *Sie* gehen nach Hause und ruhen sich aus, Gunnarsson. Sie haben ja heute Nacht überhaupt nicht geschlafen. Aber schreiben Sie zuerst das Verhörprotokoll und den Rapport. Wir sehen uns dann am Montag. Und kein Wort zur Presse oder zu jemand anders, dass der Hausmeister festgenommen wurde. Ich möchte nicht, dass dieser Holze vorgewarnt wird. Wenn er denn überhaupt existiert.«

»Ich verstehe, dass Sie von mir enttäuscht sind, Herr Kommissar«, sagte Nils.

Nordfeldt lachte laut. Er sah nicht sehr enttäuscht aus. Nils vermutete, dass er in Wirklichkeit ziemlich zufrieden war. Die Düsterkeit von heute Nacht war verschwunden. Der Kommissar fühlte sich nicht mehr alt. Er hatte seinen Spürsinn noch nicht verloren. Noch war es nicht an der Zeit für ihn, zurückzutreten. Keineswegs.

Er faltete die Hände über seinem dicken Bauch, zwinkerte Nils freundlich zu und sagte: »Also, Gunnarsson. Adieu. Wir sehen uns am Montag.«

47

Auf Befehl des Kommissars ging Nils also früh nach Hause und legte sich auf die Küchenbank, um sich eine Weile auszuruhen. Er hatte in der letzten Nacht keine Minute geschlafen. Und doch war er nicht müde.

Aber das musste er wohl gewesen sein. Mitten am hellen Vormittag, mit schreienden Kindern auf dem Hof, klappernden Mülltonnendeckeln, Gerenne im Treppenhaus und Frauen, die sich durch die offenen Fenster etwas zuriefen, mitten in diesem ständigen Lärm, der zum Leben dieses Hauses gehörte, schlief er ein, tief und völlig ungestört, so wie ein Kleinkind in einem hellen und lauten Zimmer schlafen kann.

Als er aufwachte, war es halb sechs, und es war dunkel in der Wohnung. Er war sich nicht ganz sicher, ob es Morgen oder Abend war, aber als er das Lärmen von betrunkenen Männern aus dem Hof hörte, wusste er, dass es Abend war. Und Samstag. Aus seiner Zeit als Polizist auf Patrouille war er es gewohnt, zu den merkwürdigsten Tageszeiten aufzuwachen, völlig desorientiert in Zeit und Raum. Das Gefühl der Verwirrung war ihm so vertraut, dass es ihn beruhigte und nicht besorgte.

Er stand auf, machte Feuer im Ofen und überlegte, ob er frühstücken oder zu Abend essen sollte. Im Schrank fand er ein paar kalte gekochte Kartoffeln, die er zusammen mit einigen Eiern in Margarine briet. Ausnahmsweise fühlte er sich ausgeruht. Er hatte zusammenhängend geschlafen, war kein einziges Mal aufgewacht. Er verstand, was für eine wunderbare Maschine der Schlaf sein konnte, wenn er ungestört arbeiten durfte. So sollte man sich also morgens fühlen: der Vortag gesiebt und bearbeitet, die Sinne reingewaschen und die Kraftressourcen aufgefüllt.

Aber jetzt war es nicht Morgen. Vor dem Küchenfenster war es schwarz. Die lärmenden Menschen im Hof hatten sich entfernt, und es war still, bis auf ein weinendes Baby in der Nachbarwohnung.

Während er aß, dachte er darüber nach, wie wohl Nordfeldts Razzia in Hilda Larssons »Ruheplatz für Reisende« verlaufen war. Es tat ein wenig weh, dass der Kommissar ihn nicht hatte dabeihaben wollen. Andererseits war es wunderbar gewesen, diesen göttlichen Schlaf erlebt zu haben.

Und was sollte er nun mit dem Rest des Abends anfangen?

Es war Samstag. Der Anzug hing im Schrank.

Ein paar Stunden später betrat Nils das Tanzrestaurant. Sein Blick wanderte auf die Empore mit den Tischen und Stühlen.

Und da saß sie, wie immer. Im Schein der kleinen Tischlampe glitzerten die Pailletten wie die Schuppen einer Seejungfrau.

Sie zog langsam an einer Zigarette und schaute ihn durch die Rauchwolke direkt an. Die Erinnerungen an die Nacht flimmerten in heißen, traumhaften Sequenzen durch seinen Kopf. Er blieb auf der Tanzfläche stehen, er hatte fast Angst vor dem Begehren, das sie in ihm weckte, sie drückte ihre Zigarette aus und kam zu ihm herunter.

Sie tanzten einen Tanz und verließen dann zusammen das Lokal. Natürlich konnte er dieses Mal nicht mit ihr in ihre Wohnung im Museum gehen. Und in seine Wohnung im Armenviertel konnte er sie auch nicht mitnehmen. Aber irgendwo mussten sie zusammen sein können. Er wusste nicht, wie er sonst überleben sollte.

Sie machten einen Spaziergang durch die Stadt, die Arme umeinandergelegt. Sie sprachen ein wenig über die Geschehnisse der vergangenen Nacht. Beate hatte viele Fragen zu dem Hausmeister und dem Mädchen, aber Nils antwortete ausweichend.

»Groß und schweigend und geheimnisvoll. Oh, ich liebe solche Männer«, sagte sie und küsste ihn.

Sie gingen in ein kleines Hotel am Hafen, das Beate kannte, einfach, aber sauber und ordentlich, nicht von der Sorte, wo man die Zimmer pro Stunde mietete. Beate scherzte freundlich mit dem jungen Portier, und Nils hatte das Gefühl, dass sie schon öfter hier gewesen war, aber das war jetzt ohne Bedeutung.

Diesmal war alles sehr viel ruhiger, zärtlicher, und sie waren sich näher. Sie konnten das dumpfe Tuten des Eisbrechers hören, der in der Dunkelheit vor und zurück fuhr, und den Lärm, wenn das Eis brach. Es gab keine Vergangenheit und keine Zukunft. Die Ermittlungen, das Polizeirevier und Kommissar Nordfeldt existierten nicht. Es gab nur diese wunderbare fremde Frau mit ihrem starken Begehren.

Als es dämmerte, lagen sie schweigend und leer nebeneinander. Die Welt kehrte allmählich zurück. Es war

Sonntag und ganz still. Der Eisbrecher schien woanders zu sein, und vor dem Fenster standen die unbeweglichen Kräne gegen den hell werdenden Himmel.

Nils wurde von einer plötzlichen Wehmut ergriffen. Er dachte an das tote Mädchen. Er hatte sie nie lebendig gesehen, aber hatte sich doch ein Bild von ihr gemacht. Ein eigensinniges, temperamentvolles kleines Mädchen, das schrecklich gerne ins Naturhistorische Museum gegangen war und eigene Bücher über Tiere gemacht hatte. Was wäre aus ihr geworden, wenn sie hätte leben dürfen? Wäre sie Dozentin der Zoologie geworden wie Beate Iversen? Sie war in ihr Lieblingsmuseum gegangen, zusammen mit ihrem Kindermädchen und ihren Geschwistern, neugierig und voller Leben, und sie hatte es nie wieder verlassen. Jemand da drin hatte sie zu fassen bekommen, ihr weh getan und ihr die Zukunft genommen. Die Wehmut ging in Wut über.

Als hätte sie seine Gedanken lesen können, fragte Beate: »Hast du Kinder?«

»Nein«, sagte er.

Die Frage erstaunte ihn. Würde er hier mit ihr sein, wenn er Frau und Kinder hätte?

»Hättest du gern welche?«

»Ich weiß nicht. Früher wollte ich welche. Und du? Hast du Kinder?«

Sie erstaunte ihn schon wieder.

»Ich habe einen Sohn«, antwortete sie lächelnd. »Er wird im Sommer zehn.«

»Wo ist er jetzt?«

»Bei seinem Vater. In Bergen. Ich treffe ihn zwei Wochen im Jahr.«

»Nur zwei Wochen?«

Sie nickte.

»So steht es im Scheidungsvertrag. Meinem Mann wurde die Sorge für ihn zugesprochen. Ich war eine schrecklich schlechte Mutter. Ich habe die ganze Zeit gearbeitet und war auf langen Forschungsreisen. Ich war untreu. Das war mein Mann natürlich auch. Als ich einmal von einer Reise nach Hause kam, war seine Geliebte in unser Haus eingezogen und unser Sohn nannte sie Mutter.« Beate Iversen lachte, als würde sie das lustig finden. »Sie haben geheiratet, sobald unsere Scheidung durch war. Sie ist meinem Sohn eine sehr gute Mutter, erheblich besser als ich. In meiner zweiten Ehe bekam ich keine Kinder. Es gab Komplikationen, als mein Sohn auf die Welt kam, und ich scheine jetzt nicht mehr schwanger werden zu können. Das ist mir sehr recht. Ich bin einfach nicht dazu geschaffen, Mutter zu sein. Ich habe mich bald wieder scheiden lassen. Ich bin auch nicht dafür geschaffen, Ehefrau zu sein, glaube ich.«

Nils drehte sich zu ihr herum und stützte sich auf den Ellenbogen.

»Was macht ihr, du und dein Sohn, in den zwei Wochen, wenn ihr euch trefft?«, fragte er.

Sie strahlte. »Oh, da sind wir in Nordnorwegen. Bei meinen Verwandten. Wir jagen und fischen und machen Bergtouren. Er ist wie ich, er liebt die Freiheit und das Abenteuer. Aber sein Vater möchte, dass er Jurist wird. Wir werden sehen, wer gewinnt. Er ist ziemlich dickköpfig, mein Sohn.«

»Was machst du heute?«, fragte Nils.

»Arbeiten«, sagte sie. »Wieso?«

»Es ist Sonntag.«

»Aha. Hast du religiöse Einwände?«

»Nein, aber ich dachte, wir könnten etwas zusammen unternehmen.«

»Tut mir leid, aber ich habe hier ein Forschungsstipendium, und ich möchte die Zeit nutzen. Ich arbeite immer. Außer abends. Da tanze ich. Und …« Sie klatschte leicht mit der Handfläche auf die Matratze und lächelte vielsagend. »Jetzt schau doch nicht so schockiert, Herr Wachtmeister. Es hat dir doch genauso viel Spaß gemacht wie mir?«

»Schon«, murmelte Nils. »Ich dachte nur … Wir könnten einander ein wenig besser kennenlernen.«

»Und wozu wäre das gut?«, fragte Beate Iversen erstaunt. »Alles ist besser, wenn wir einander *nicht* kennen. Hast du das nicht gemerkt?«

Ohne etwas zu antworten, stieg er aus dem Bett und zog sich an. Vielleicht hatte sie recht.

»Ist das Museum heute offen?«, fragte er.

»Das ist es doch sonntags immer. Gestern war für Besucher geschlossen, weil deine Kollegen ihre Ermittlungen machten. Aber ich glaube, heute ist es offen. Da werden viele Leute kommen. Sie wollen den Ort sehen, wo das Mädchen versteckt war.«

»Wir waren ziemlich verschwiegen, was das angeht«, sagte Nils und knöpfte sein Hemd zu. »Die Zeitungen haben erfahren, dass sie im Museum gefunden wurde, aber nicht genau, wo. Ich möchte dich auch bitten, nichts von dem zu erzählen, was du gesehen hast.«

»Selbstverständlich.«

»Und den Revolver, den ich bei Lans beschlagnahmt habe ...«

»Nachdem ich ihn entwaffnet hatte,« ergänzte Beate.

»Ich wäre dir dankbar, wenn du ihn so bald wie möglich auf dem Revier in der Spannmålsgatan abgeben könntest.«

Sie lächelte ihn spöttisch an.

»Warum möchtest du wissen, ob das Museum heute geöffnet hat? Möchtest du deinen Sonntag einem Museumsbesuch widmen?«

»Ja, das hatte ich vor«, sagte Nils.

Er zog seinen Mantel an und setzte seinen Hut auf.

Beate Iversen kroch tiefer ins Bett und lächelte ihm leicht über den Rand der Decke zu. »Viel Spaß bei den Tieren. Ich bleib noch ein bisschen hier liegen. Man darf bis um elf im Zimmer bleiben«, sagte sie und gähnte. »Ich bin noch eine kleine Weile in Göteborg. Wenn du Lust hast zu tanzen, dann weißt du, wo du mich findest.«

Ihre Stimme hatte etwas Ungezwungenes, das ihm nicht gefiel.

»Adieu, Dozentin Iversen«, sagte Nils.

An der Rezeption des Hotels bezahlte er die Rechnung und ging hinaus in die feuchtkalte Morgenluft. Er fühlte sich wie ein ausgespuckter Kirschkern.

48

Am Eingang des Naturhistorischen Museums stand eine lange Schlange. Wütende Blicke folgten Nils, als er sich an den anderen vorbeidrängte, nach vorne, wo der Wärter saß.

Die vielen Besucher erstaunten ihn. Die Morgenzeitung hatte einen kurzen Artikel gebracht, nicht viel mehr als eine Notiz. Aus dem ging hervor, dass das verschwundene Mädchen tot im Museum gefunden worden war, an einem Ort, an dem man zuvor nicht gesucht hatte. Weitere Informationen hatte Nordfeldt nicht herausgegeben. Niemand, nicht einmal das Personal des Museums, hatte mehr erfahren.

Er wollte seine Polizeimarke hervorholen, aber der Wärter lächelte und winkte abwehrend.

»Ich kenne Sie, Herr Hauptwachtmeister«, sagte er.

Es war der gleiche Wärter, den er schon oben in der Vogelgalerie getroffen hatte, der, den das Kindermädchen »den Netten« genannt hatte.

»Viele Leute hier«, sagte Nils mit einem Nicken in Richtung der Schlange hinter ihm.

»Ja, du liebe Zeit«, seufzte der Wärter. »Offenbar hat sich das Gerücht verbreitet, dass das tote Mädchen im Wal gefunden worden ist. Und jetzt ist großes Gedränge im Walsaal. Ich weiß gar nicht, was die Leute sehen wollen. Bitte schön, treten Sie ein.«

Er machte eine Geste zum Drehkreuz, Nils drückte sich durch, ging in die untere Halle und die Treppe nach oben.

Der Dioramaraum war leer. Nils stand ganz still in der Dunkelheit, umgeben vom bleichen Winterlicht der Dioramen. Vom Walsaal hörte man ein schwaches Gemurmel.

Er betrachtete das Diorama vor sich. Der Wald mit den welkenden Pflanzen und den umgestürzten vermodernden Baumstämmen löste bei ihm ein stärkeres Gefühl von Vergänglichkeit aus als beim letzten Mal.

In diesem Wald, hatte der Bruder gesagt, hat Alice sich versteckt.

Hatte sie sich versteckt? Nicht hier drinnen, aber direkt daneben? War alles ein Spiel, das aus dem Ruder gelaufen war?

Er wandte sich nach rechts, ging zu der vertäfelten Wand und kniete sich an die Stelle, an der die Luke war. Er fasste mit der Hand unter die Fußleiste, so hatte es der Hausmeister gemacht, zog sie mit einem kurzen Ruck zu sich. Die Luke öffnete sich in ihrem Scharnier, leicht und federnd, fast wie von selbst.

Nils ging in die Hocke, holte seine Taschenlampe aus der Manteltasche und leuchtete in den Raum. Die Polizisten hatten am Tag zuvor alles herausgeräumt. Man sah nur noch die Wasserleitungsrohre und ein bisschen Schmutz auf dem Boden.

Er versuchte sich vorzustellen, er wäre der Hausmeister, der hier sein Diebesgut verstauen wollte, jedoch von Stimmen und sich nähernden Schritten unterbrochen wurde. Er schlug die Luke schnell zu. Sie federte zurück.

Man musste sie ruhig und vorsichtig schließen, damit sie verschlossen blieb.

Wenn die Luke halb offen geblieben war? Und der Hausmeister wegging, ohne es zu merken? Könnte es sein, dass Alice kurz darauf in den Dioramaraum kam, die Luke bemerkte und hineinkroch, um sich zu verstecken, weil sie nicht nach Hause gehen wollte?

Aber wie war es ihr gelungen, die Luke von innen zu schließen? War sie in der engen Kammer gefangen und erstickt?

Da hätte sie doch geschrien und gegen die Luke geklopft? Das Kindermädchen, die Wärter und Polizisten hätten sie bei ihrer Suche dann gehört. Die Luft da drin würde einige Stunden reichen, vielleicht sogar mehrere Tage. Die Luke war nicht luftdicht. Die Öffnungen für die Wasserleitungen waren großzügig ausgeschnitten, da gab es große Spalten.

Er hob noch einmal die Luke an und beleuchtete die glatte Innenseite mit der Taschenlampe. Man konnte sich kaum vorstellen, dass man sie von innen schließen konnte. Da gab es nichts, was man greifen konnte.

Nils erinnerte sich an das friedvolle Gesicht des Mädchens. Sie hatte nicht ausgesehen wie jemand, der eingeschlossen und erstickt war.

Er schloss die Luke, verließ den Dioramaraum und ging in den Walsaal.

In der Mitte des Saals hatte sich um den großen Blauwal herum eine große Menschenmenge gebildet. Die Leute schauten zu dem riesigen Tier hoch und gaben die verschiedensten Meinungen zum Besten, wie das Mädchen wohl im Bauch gelandet war.

Nils ging hinter ihnen vorbei und hinüber zum Ventilatorraum, wo der Hausmeister laut eigener Aussage gestanden hatte, um darauf zu warten, dass die Luft rein war. Die Tür war, genau wie er erwartet hatte, abgeschlossen. Aus seiner Manteltasche holte er den Schlüsselbund des Hausmeisters hervor, den er beim Zugriff beschlagnahmt hatte. Er probierte alle möglichen Schlüssel und fand schließlich den richtigen.

Er schloss die Tür hinter sich, im Ventilatorraum herrschte ein schrecklicher Lärm. Der Boden und die Wände um ihn herum vibrierten. Sogar er selbst schien zu vibrieren. Wie hatte der Hausmeister es nur ausgehalten, hier drin zu stehen? Nils hatte das Gefühl, in einen brüllenden Zyklon gesogen worden zu sein, der sämtliche Organe in seinem Körper kaputt schüttelte. Er blieb stehen, bis er es nicht mehr aushielt, die Gedanken in seinem Kopf drehten sich im Kreis.

Er verließ den Ventilatorraum und schloss die Tür ab. Die Isolation war erstaunlich effektiv, aber der Lärm blieb wie ein Klingelton in seinen Ohren.

Auf der Empore des Walsaals entdeckte er Professor Jägerskiöld, der an der Balustrade lehnte und interessiert die vielen Leute um den Wal herum betrachtete.

»Guten Tag, Herr Professor«, grüßte Nils.

Der Direktor drehte sich zu ihm um. »Guten Tag, Herr Hauptwachtmeister. Ich habe gehört, Sie haben das Mädchen gefunden. Sehr tragisch. Wir müssen vielleicht die Sicherheit im Museum überprüfen. Wo hat man sie gefunden?«

»Noch wollen wir das nicht veröffentlichen. Aber wir werden so bald wie möglich nähere Informationen herausgeben«, sagte Nils. »Aber«, fügte er hinzu und schaute hinunter auf die lärmende Volksmenge, »es war nicht im Bauch des Wals, so viel kann ich versichern. Glauben diese Menschen wirklich, dass sie dort lag?«

Professor Jägerskiöld lächelte unergründlich.

»Der alte Mythos, von einem großen Tier verschluckt zu werden, besitzt starke Lebenskraft«, sagte er. »Er hat die Menschheit verfolgt seit den Tagen des Alten Testaments. Sie erinnern sich doch an den armen Jonas, der sowohl verschluckt als auch ausgespuckt wurde? Vielleicht hat der Mythos seinen Ursprung darin, dass die ersten Menschen tatsächlich Gefahr liefen, von wilden Tieren verschluckt zu werden. Eine vererbte Angst, die sich in unseren Tagen in Faszination und primitive Verlockung verwandelt hat.«

Nils antwortete nicht.

»Die Menschen sind schnell bei der Hand, den Tieren die Schuld zu geben«, fuhr der Professor mit einem wehmütigen Seufzer fort. »Wissen sie denn nicht, dass die Menschen viel schlimmer sind als die Tiere? Ich hoffe nur, dass das Mädchen nicht so einem in die Hände gefallen ist?«

»Wir wissen es noch nicht«, antwortete Nils.

Er verließ den Walsaal und ging zum Ausgang.

Die Möglichkeiten hatten sich reduziert. Er brauchte keine Theorien mehr, wie Alice das Museum verlassen haben könnte. Ungesicherte Brunnenabdeckungen, böse Onkel im Schlosspark oder ein jähzorniger Vater, all das konnte er vergessen.

Sie war hiergeblieben. Bei denen, die auch hier waren.

49

»Guten Morgen, Gunnarsson. Hatten Sie ein angenehmes Wochenende?«

»Ja, danke, Herr Kommissar.«

»Das sieht man Ihnen an. Sie wirken ausgeruht.«

»Und Sie, Herr Kommissar? Wie war der Zugriff auf Herrn Holze?«, fragte Nils neugierig.

Nordfeldt grinste breit. Er machte eine gnädige Geste in Richtung des Stuhls vor seinem Schreibtisch, und Nils setzte sich.

»Tja. Es scheint so, als wäre unser fauler Fisch Teil eines ganzen Schwarms. Er saß brav in seinem Zimmer und wartete, genau wie der Hausmeister gesagt hatte. Er war etwas erstaunt, als wir hereinkamen, aber er fasste sich schnell und war sehr entgegenkommend. Er erzählte uns wortreich von seiner Firma, die mit Naturalien und exotischen Gegenständen handelt. Aber mit Diebesgut hat er natürlich nichts zu tun, Gott bewahre. Sollte das vorgekommen sein, so hatte er in gutem Glauben gehandelt und war betrogen worden. Das alte Lied also.«

»Haben Sie Beweise gefunden?«

Nordfeldt hob die Hände. »Jede Menge. Bestellungen, Adressbücher, Gegenstände. Wir fanden ein paar Kisten mit Vogeleiern und ein paar afrikanische Holzskulpturen, wahrscheinlich gestohlen. Oskarsson ist offenbar nicht Holzes einziger Lieferant in Göteborg. Während wir da waren, bekam er Besuch von einem Herrn mit einem eigenartigen flachen Paket unter dem Arm. Offenbar ein anderes Mitglied des Vereins Aquila, das die Annonce gelesen hat. Als der Besucher uns sah, murmelte er eine Entschuldigung und verschwand rasch. Das Adressbuch enthält Namen von Personen in verschiedenen Ländern. Einige haben Kontakte zu Tierparks und Museen. Claus Holze scheint Teil eines internationalen Netzwerks mit Verzweigungen in der ganzen Welt zu sein. Ich habe der Polizei in Bremen telegrafiert. Sie werden in seinem Büro eine Hausdurchsuchung machen.«

»Haben Sie ihn festgenommen?«

»Nein. Wir spielten uninteressiert und ließen ihn in Ruhe. Laut der deutschen Polizei haben wir richtig gehandelt. Sie glauben, dass dies ein Fall für die internationale Polizei ist, und haben uns empfohlen, uns zurückzuhalten. Wachtmeister Öberg hat heimlich ein paar Adressen abgeschrieben, während ich Holze mit dem Verhör ablenkte. Er sagte, er würde am Sonntagabend mit einem Schiff nach Hamburg fahren. Er zeigte uns die Fahrkarte. Wir wünschten ihm eine angenehme Reise. Wenn er aussteigt, wird die Polizei am Kai stehen und ihn in Empfang nehmen. Aber das haben wir natürlich nicht gesagt.«

»Also hat dieser Teil der Geschichte des Hausmeisters gestimmt.«

»Ja. Jetzt müssen wir nur noch die Wahrheit über das Mädchen aus ihm herauspressen. Die Zellenwärter sind angehalten, ihn alle Viertelstunde durch das Guckloch zu beobachten, damit er nicht noch mal einen Selbstmordversuch unternimmt.«

»Ich habe ein wenig überlegt, wie es zugegangen sein könnte«, sagte Nils. »Das mit dem Mädchen, meine ich.«

»Aha? Lassen Sie hören.«

»Der Hausmeister sagt, dass er mit seiner Arbeitstasche nach der Schließung des Museums im Ventilatorraum geblieben sei und gewartet habe, dass die Wärter nach Hause gehen. Nach einer Weile habe er in den Walsaal geschaut und gesehen, dass alles ruhig war.«

»Ja?«

»Aber nehmen wir mal an, es war doch nicht ganz ruhig. Angenommen, er hat, gerade als er aus dem Ventilatorraum schaute, ein verwirrtes kleines Mädchen gesehen, das im Museum geblieben ist, nachdem geschlossen wurde. Sie ist aufgeregt, verwirrt, sehr hübsch und niedlich. Er hat einen Impuls. Bietet ihr vielleicht an, ihr hinauszuhelfen. Aber stattdessen zieht er sie in den Ventilatorraum, vergreift sich an ihr und tötet sie. Der Lärm der Ventilatoren übertönt ihr Schreien. Danach lässt er sie da drinnen, verschließt die Tür und geht zu seinem Treffen mit Herrn Holze. Das Kindermädchen und die Wärter suchen Alice, aber sie suchen nur an Orten, wo sie sich von alleine versteckt haben könnte. Erst am nächsten Tag, als die Polizisten kommen, wird versucht, auch in abgeschlossene Räumlichkeiten zu gelangen. Da ist das Mädchen nicht mehr im Ventilatorraum. Der Hausmeister hat sie während der Nacht in sein heimliches Versteck gebracht.«

Nils schwieg.

Kommissar Nordfeldt schaute ihn respektvoll an.

»Ja«, nickte er. »So kann es sehr wohl zugegangen sein. Das klingt sehr glaubhaft. Wir müssen den Obduktionsbericht von Doktor Hedman abwarten. Und dann konfrontieren wir den Hausmeister mit medizinischen Fakten und dem Verlauf der Ereignisse, wie Sie ihn beschreiben. Er wird zusammenbrechen. Was er getan hat, lässt ihn nicht unberührt, immerhin hat er versucht, sich das Leben zu nehmen. Und der Ventilatorraum muss gründlich auf eventuelle Spuren untersucht werden. Sehr gut, Gunnarsson. Verdammt, dass dieser Hedman immer so viel Zeit braucht. Langsamer als eine Laus auf einem Teerholz. Ich glaube, wir müssen hinfahren und ihm ein bisschen Dampf machen.«

Das Leichenschauhaus und der Obduktionssaal lagen in einem eigenen Gebäude auf dem Krankenhausgelände.

Kommissar Nordfeldt und Nils hatten sich kaum den Schnee am Fußabtreter von den Schuhen gestampft, als eine Schwester auftauchte und sie misstrauisch fragte, was ihr Anliegen sei.

»Doktor Hedman? Das geht nicht. Er ist sehr beschäftigt.«

Ihr Gesicht war streng, als hätte man es in das gleiche Stärkebad getaucht, das sie für ihre Haube und ihren Kragen verwendete.

»Immer mit der Ruhe, Schwester. Wir können warten«, sagte Nordfeldt ruhig und drängte sich an ihr vorbei.

Zusammen mit Nils ging er durch den Korridor zu Doktor Hedmans Zimmer, er kannte es von früher. An der Wand standen einfache Holzstühle, und sie setzten sich. Der Fußboden war so blank poliert, dass man sich darin spiegeln konnte.

»Er ist nicht in seinem Zimmer«, erklärte die Schwester, die ihnen gefolgt war. »Er ist im Obduktionssaal.«

»Das ist mir klar. Aber wir finden es angenehmer, hier zu warten«, sagte Nordfeldt und zündete eine Zigarre an.

Er schaute sich nach einem Aschenbecher um, und sein Blick fiel auf einen kleinen Wagen mit allerlei Gerätschaften und Proben, der an der Wand ein paar Meter von seinem Stuhl entfernt stand. Er streckte sich nach ihm, zog ihn zu sich und streifte mit dem Blick über die Gegenstände auf den beiden Ablagefächern. Die Wahl fiel schließlich auf eine Nierenschale.

»Die muss passen«, brummte er und ließ etwas Asche hineinfallen.

Die Krankenschwester sagte kein Wort, aber wenn Blicke töten könnten, hätte man ihn direkt in ein Kühlfach des Leichenschauhauses schieben können. Stattdessen rollte sie den Wagen mit den Proben weg und verschwand mit laut knallenden Absätzen im Flur. Nordfeldt konnte gerade noch die Nierenschale an sich nehmen.

Sie mussten lange warten. Die Rauchwolken um sie herum von Nordfeldts Zigarren wurden dichter.

»Wir hätten vielleicht einen Termin vereinbaren sollen«, sagte Nils.

»Um nächste Woche einen Termin zu bekommen? Nein, danke. Ich will heute mit ihm reden. Es ist bald Zeit fürs Mittagessen. Der geht nicht direkt vom Obduktionssaal in die Kantine. Er geht zuerst in sein Zimmer und zieht sich um, ich kenne seine Gewohnheiten.«

Kurz nach eins kam Doktor Hedman. Ohne sie auch nur eines Blickes zu würdigen, schloss er seine Tür auf.

»Endlich, Herr Doktor!«, rief Nordfeldt. Er drückte seine Zigarre in der übervollen Nierenschale aus, stellte sie auf den Boden und stand auf.

Doktor Hedman schaute ihn über die Schulter hinweg an.

»Warten die Herren auf mich? Da muss ich Sie enttäuschen. Ich gehe jetzt zum Mittagessen und danach bin ich den ganzen Tag beschäftigt«, sagte er und verschwand in seinem Zimmer.

»So ein Mistkerl«, zischte Nordfeldt und starrte die geschlossene Tür an. »Er weiß ganz genau, dass wir auf seinen Bericht warten.«

Nach zehn Minuten kam der Gerichtsarzt aus seinem Zimmer, umgeben von einem Duft nach Eau de Cologne und antiseptischer Seife. Er hatte seinen weißen Kittel ausgezogen und trug nun Anzug und Weste. Sogar die dünnen Haare hatte er gekämmt. Mit seinem ordentlichen Äußeren und seinem mageren Körper erinnerte er ein wenig an König Gustav V.

Mit einem höflichen Nicken ging er an den Polizisten vorbei durch den Flur, Nordfeldt und Nils folgten ihm auf den Fersen. Als sie aus der Eingangstür getreten waren, schlossen die beiden Polizisten zu ihm auf.

»Was wollen Sie hier, Herr Kommissar?«, sagte Doktor Hedman müde, ohne sie anzuschauen und ohne seine Schritte zu verlangsamen. »Sie wissen doch ganz genau, dass Sie meinen Bericht nicht beschleunigen können. Ich melde mich, sobald ich fertig bin. Und jetzt gehe ich in den Speisesaal und esse zu Mittag.«

»Sie können schon ein wenig mit uns sprechen. Nur ein paar Worte.«

Wenn der Gerichtsmediziner einen Schritt machte, musste der kleinere Kommissar zwei machen, das brachte ihn außer Atem, er klang ein wenig piepsig und bittend, was ihn ärgerte.

»Ich sage Ihnen nichts, bevor mein Bericht nicht fertig ist«, sagte Hedman.

Sie waren bei dem Gebäude angelangt, wo die Personalkantine lag.

»Aber Herr Doktor, seien Sie doch nicht so widerspenstig. Ich verlange ja keinen fertigen Bericht. Nur einen kleinen Teilbericht sozusagen. Etwas müssen Sie doch sagen können«, sagte Nordfeldt stur.

»Die Antwort ist nein.«

Doktor Hedman betrat das Gebäude und ging zum Speisesaal der Ärzte, wo an Tischen mit Tischtüchern serviert wurde. Er setzte sich an einen freien Tisch und wurde sofort von einer älteren Dame mit Schürze bedient.

»Der Herr Doktor hat heute Gäste?«, fragte sie mit einem Blick auf Kommissar Nordfeldt, der sich ganz frech an Doktor Hedmans Tisch gesetzt hatte.

Nils stand abwartend ein paar Meter hinter ihm und errötete vor Scham über seinen unverschämten Chef.

»Nein, nein«, sagte Doktor Hedman. »Die Herren gehen gleich wieder. Danke, Elsa.«

Er nickte der Dame zu, sie verschwand mit dem leeren Tablett.

»Je früher Sie mit uns reden, desto schneller werden Sie uns los«, sagte Nordfeldt.

»Also gut«, sagte Doktor Hedman mit einem Seufzer. »Ich werde Ihnen sagen, was ich weiß. Was so gut wie nichts ist. Das Mädchen war ungefähr eine Woche tot. Der Körper ist wohlbehalten. Es war ja sehr kalt draußen, und das Turmgebäude, in dem sie lag, besteht fast nur aus Außenwänden.«

»Irgendwelche Zeichen von sexuellen Handlungen?«, fragte Nordfeldt.

Mit seinen langen, manikürten Fingern nahm Doktor Hedman das Buttermesser und strich sorgfältig Butter auf ein Brötchen.

»Keinerlei Anzeichen in diese Richtung«, antwortete er.

Nordfeldt beugte sich über den Tisch.

»Gewalt?«, flüsterte er.

Doktor Hedman biss ein sehr kleines Stück von seinem Brötchen ab und kaute sorgfältig. »Kontusionen der rechten Schulter und am Oberarm. Kann von einem Schlag verursacht worden sein. Oder von einem Zusammenstoß.«

Nordfeldt nickte ihm aufmunternd zu, aber der Gerichtsmediziner aß weiter, ohne noch etwas zu sagen.

Nils sah sich im Speisesaal um. Die Wände waren mit Porträts von älteren Herren mit Bart und Nasenkneifer geschmückt. Vielleicht Oberärzte und Donatoren. Die anderen Gäste des Speisesaals saßen zu mehreren an jedem Tisch. Die meisten trugen weiße Kittel, keinen Anzug wie Hedman. Im Unterschied zu ihm arbeiteten sie alle im Dienst des Lebens und Heilens. Obwohl Hedman der am ordentlichsten gekleidete, am saubersten gewaschene und am besten duftende von allen war, blieben alle Tische in seiner Nähe unbesetzt. Er war offenbar von einer respektvollen Distanz umgeben. Wie die

Scharfrichter in früheren Zeiten, dachte Nils. Niemand will dem Tod zu nahe kommen.

Kommissar Nordfeldt hatte jedoch keine derartigen Skrupel. Er beugte sich fast intim nahe an den Gerichtsmediziner und sagte leise:

»Und die Todesursache?«

»Damit sind wir noch nicht fertig.«

»Aber etwas können Sie doch sagen? Ich bin sicher, Sie wissen mehr, als Sie zugeben.«

»Eine gewisse Blutansammlung in den Lungen könnte auf einen Atemstillstand hindeuten«, sagte Doktor Hedman und schnitt ein Stück von seinem Schnitzel ab.

»Atemstillstand?«, wiederholte Nordfeldt. »Meinen Sie Erdrosselung?«

Im Eifer war er lauter geworden, einige der Ärzte an den anderen Tischen drehten sich zu ihm um. Nils fand die Situation ausgesprochen peinlich.

Doktor Hedman schüttelte den Kopf. »Nichts deutet darauf hin. Wenn ich den Bericht des Gerichtschemikers bekommen habe, kann ich mehr sagen. Bis dahin müssen Sie sich mit dem begnügen, was ich jetzt gesagt habe. Und vergessen Sie nicht: Das ist kein offizieller Bericht. Kann ich jetzt bitte in Ruhe mein Mittagessen zu mir nehmen?«

Endlich stand Nordfeldt auf.

»Sobald Sie den Bericht des Gerichtschemikers bekommen haben, schicken Sie ihn bitte sofort zu mir«, sagte er. »Mit dem Expressboten. Wir haben einen Verdächtigen festgenommen, und wir brauchen Beweise gegen ihn. Guten Appetit, Herr Doktor.«

Als sie das Gebäude verlassen hatten, seufzte Nils erleichtert.

»Viel haben wir nicht aus ihm herausbekommen«, sagte Nordfeldt auf dem Weg zur Straßenbahnhaltestelle. »›Keinerlei Anzeichen, keinerlei Anzeichen.‹ Aber woran zum Teufel ist das Kind gestorben? Ist sie einfach in den Verschlag gekrochen wie ein krankes Tier und hat sich tot neben all die anderen Kadaver gelegt? Obwohl sie noch wenige Minuten zuvor herumgerannt war, voller Streiche und Unfug im Kopf? Nix, das glaube ich nicht. Aber jetzt ist es verflucht noch mal an der Zeit, dass auch wir etwas zu Mittag essen. Man wird verdammt hungrig, wenn man jemandem beim Essen zuschaut. Haben Sie Coupons für das Lokal der Schwestern Ericson? Deren Schnitzel sind Essen für einen Mann, wahrlich. Was sie da in der Ärztekantine serviert haben, war lächerlich klein, fanden Sie das nicht auch? Kein Wunder, dass er so mager ist, dieser Hedman.«

50

Ellen füllte ihre Kaffeetasse aus der Kanne auf dem Herd und setzte sich an den Tisch. Es war Mittwochmorgen. In der Küche roch es immer noch nach gebratenem Speck und Toast, das Wachstuch war noch feucht von Maggies Putzlappen. Maggie machte Georg immer ein englisches Frühstück, sie toastete sein Brot und schenkte den Kaffee am Tisch ein. Ellen, die etwas später aufstand, musste sich ihr Frühstück selbst machen, während Maggie sich in einem anderen Teil der Wohnung aufhielt. Das war Ellen gerade recht so, und es war auch der eigentliche Grund, warum sie später als ihr Mann aufstand. Anfangs hatte Maggie immer wieder in die Küche geschaut, um zu kontrollieren, was Ellen sich nahm, aber als sie verstanden hatte, dass Ellen zum Frühstück nur Kaffee trank, ließ sie sie in Ruhe.

Ellen schlug die Morgenzeitung auf, die Georg ihr, ordentlich gefaltet, hinterlassen hatte, bevor er ins Büro ging. Ihr Blick wurde sofort von einem Artikel angezogen, der die Überschrift hatte: *Hausmeister des Museums festgenommen. Zusammenhang zum Tod des Mädchens.*

Sie las den ganzen Artikel.

Die neunjährige Alice Guldin, die am Samstag tot in einem Verschlag des Naturhistorischen Museums gefunden wurde, ist möglicherweise Opfer einer Gewalttat geworden. Die Polizei in Göteborg hat am Dienstag einen Angestellten des Museums, den Hausmeister Rudolf Oskarsson, der im Museum wohnt, festgenommen. Der Mann hat gestanden, über längere Zeit Gegenstände des Museums gestohlen und zum eigenen Gewinn verkauft zu haben. Die Polizei verdächtigt ihn, auch für den Tod des Mädchens verantwortlich zu sein. Die Ermittlungen sind noch nicht abgeschlossen.

Ellen wurde eiskalt. Die Kaffeetasse in ihrer Hand zitterte, und sie stellte sie mit einem Klirren auf den Unterteller. Es war also kein Unfall gewesen.

Es wurde deutlich, dass die Polizei noch nicht viel sagen wollte, aber die Festnahme konnte sie nicht vor der Öffentlichkeit verbergen.

Ellen ging direkt in den Flur, kontrollierte, dass Maggie nicht in Hörnähe war, und rief das Polizeirevier an. Nils war da, aber er konnte ihr keine weiteren Informationen geben.

»Tut mir leid, Ellen. Aber wir sind mitten in den Ermittlungen. Ich kann dir nichts sagen.«

Sie war nicht mehr seine Vertraute. Sie war gut genug, während einer polizeilichen Anhörung in einem Park auf die Kinder aufzupassen. Aber ihre Gedanken und Beobachtungen interessierten ihn nicht.

Sie dachte an Maj und an die Familie Guldin. Wie ging es ihnen jetzt? Es war eine Tragödie, dass das Mädchen tot war. Aber dass ein Mann sie getötet hatte, vielleicht nachdem er anderes mit ihr gemacht hatte … Das war fast mehr, als sie sich vorstellen konnte.

Nils legte den Hörer auf und drehte sich zur Tür, die gerade von Kommissar Nordfeldt aufgerissen wurde. Es war Zeit für ihr morgendliches Zusammentreffen. Nils ging in das Zimmer des Kommissars und setzte sich auf den Besucherstuhl.

Die Stimmung war düster. Außer der Festnahme war am Dienstag nichts passiert. Kein Mordgeständnis vom Hausmeister, kein Obduktionsbericht von Doktor Hedman.

Die Gerichtsverhandlung war auf den 16. Februar festgesetzt. Bis dahin war es keine Woche mehr, und ihre Ermittlungen waren viel zu mager. Anstatt den Hausmeister für die Untersuchungshaft ins Gefängnis von Härlanda bringen zu lassen, hatte Nordfeldt entschieden, ihn in der Zelle des Polizeireviers zu behalten. Er wollte ihn jederzeit verhören können.

»Er kann jeden Moment ein Geständnis ablegen«, sagte er. »Er ist gebrechlich und schwach. Gestern hat er geweint, als ich in die Zelle kam. Hat etwas von Gott und der Strafe für die Sünden geschwafelt. Er hat mich um Papier und einen Stift gebeten. Hätte nicht viel gefehlt und ich hätte den Kerl umarmt, denn ich dachte natürlich, dass er sein Geständnis aufschreiben will. Manche ziehen es vor zu schreiben, anstatt zu reden. Sie sind dann ganz allein, wenn sie ihre Sünden bekennen, und man kann ihnen keine Gegenfragen stellen oder sie streng anschauen. Aber nein, er hatte nichts zu bekennen. Er wollte einen Brief an seine Frau schreiben. ›Kommt nicht in Frage‹, sagte ich. ›Sie sind festgenommen, da werden keine Briefe geschrieben.‹ Er hat wieder ein wenig geweint. Er ist jetzt reif, das ist sicher. Dieses

Mal müssen *Sie* mit ihm reden, Gunnarsson, mal sehen, ob das besser klappt.«

Als Nils in die Zelle trat, saß der Hausmeister auf seiner Pritsche, mit gefalteten Händen, und starrte leer vor sich hin.

»Ich muss an meine Frau schreiben, bitte, Herr Hauptwachtmeister, lassen Sie mich einen Brief an meine Frau schreiben«, bat er mit leiser Stimme.

»Es gibt strenge Restriktionen für Gefangene in Untersuchungshaft«, sagte Nils ernst. »Korrespondenz ist nicht gestattet.«

Der Hausmeister schaute ihn bittend an. Die gefalteten Hände klammerten sich aneinander, die Knöchel wurden weiß.

Nils ging ein paar Schritte in der Zelle hin und her und dachte nach. Ohne den Hausmeister anzuschauen, spürte er, wie die kleinen, scharfen Augen seinen Bewegungen folgten.

Er räusperte sich leicht. »Aber ich könnte eine Ausnahme machen. Ich muss den Brief natürlich lesen, bevor er weggeschickt wird.«

Der Hausmeister nickte eifrig.

Nils dachte, vielleicht würde der Brief an die Frau ja Hinweise enthalten, was geschehen war. Er ging Papier und einen Bleistift holen und gab beides dem Hausmeister.

Nach einer Stunde ging er wieder in die Zelle. Der Hausmeister überreichte ihm den Brief.

»Es ist die gleiche Adresse wie das Museum. Vielen Dank, Herr Hauptwachtmeister. Vielen Dank!«

Oskarsson wirkte ruhig und erleichtert. Wie nach einem Geständnis, dachte Nils und ging eilig in sein Zimmer.

Aber der Brief enthielt kein Geständnis.

Der Hausmeister hatte die ganze Fläche des Papiers ausgenutzt und beide Seiten gefüllt, es waren Worte der Zärtlichkeit und Liebeserklärungen für die Frau und den Sohn. *Liebste, denke nicht allzu schlecht von mir. Was ich getan habe, habe ich für euch beide getan*, schloss der Brief.

Nils erinnerte sich an den harten, verächtlichen Ton, mit dem der Hausmeister zuvor über seine Frau gesprochen hatte. So wenig wissen wir über andere Menschen und ihre Beziehungen untereinander, dachte er, und steckte den Brief in einen Umschlag mit dem Emblem der Polizei.

Vielleicht war das doch ein Geständnis. Vielleicht war dies das erste Mal, dass der Hausmeister seiner Ehefrau seine Liebe gestand.

Die Redegewandtheit des Briefes erstaunte ihn. Er hatte den Hausmeister als einen schroffen und wortkargen Menschen erlebt. Vielleicht war es so, dass erst, wenn man einsah, dass man die Geliebte verlieren könnte, sich so eine Redegewandtheit einstellte.

Seine eigene Einsicht war zu spät gekommen.

Er legte den Brief nicht in den Korb für ausgehende Post, sondern zog Hut und Mantel an und ging selbst zum Briefkasten. Er ging mit raschen Schritten, als läge es an ihm, dass diese wichtige Nachricht rechtzeitig ankommen würde.

51

Am Sonntag stieg der Klang aller Kirchenglocken der Stadt in die kalte Luft hinauf und schwebte wie eine akustische Wolke über den Hausdächern.

Die Ermittlungen traten immer noch auf der Stelle.

Nils und Kommissar Nordfeldt waren auf dem Polizeirevier.

»Wir müssen vor Ort sein, wenn Oskarsson den Mord an dem Mädchen gestehen will«, hatte Nordfeldt gesagt. »Dieser Augenblick kann so schnell kommen wie ein Wind.«

Er war jetzt optimistischer als zuvor.

»Er ist in einem labilen Zustand«, bemerkte er und zog an seiner Zigarre. »Heute Morgen wollte er ein Gesangbuch in die Zelle haben. Damit er seinen eigenen sonntäglichen Gottesdienst abhalten kann. Er war bisher nicht sehr religiös gewesen. Aber jetzt grölt er Psalmen, dass die anderen Gefangenen an die Wände hämmern, wusste der Gefängniswärter zu berichten. Das ist ein gutes Zeichen. Wir brauchen sein Geständnis vor der Verhandlung am nächsten Dienstag. Doktor Hedman scheint ja nicht viel für uns zu haben.«

Es klopfte an der Tür.

»Ja«, knurrte Nordfeldt ärgerlich.

Die Tür wurde einen Spaltbreit geöffnet und ein junger uniformierter Polizist schaute herein. Er hustete leicht. »Entschuldigung, dass ich störe, Herr Kommissar. Aber das hier ist mit einem Boten gekommen.«

Nordfeldt streckte, ohne aufzustehen, gierig die Hand aus. Vorsichtig kam der junge Mann durch den Rauchnebel, übergab ein großes Kuvert und verschwand rasch wieder.

Der Kommissar warf einen Blick auf den Absender des Kuverts und stieß einen Pfiff aus.

»Wenn man vom Teufel spricht.«

Zufrieden schlitzte er das Kuvert auf und überflog den Inhalt. Während er las, verschwand die zufriedene Miene und eine Falte zwischen den Augenbrauen wurde sichtbar.

»Ist das der Obduktionsbericht?«, fragte Nils.

Nordfeldt antwortete nicht. Er massierte sein Kinn mit Daumen und Zeigefinger und betrachtete konzentriert die maschinengeschriebenen Seiten vor sich, als wären sie ein schwieriges Rätsel. Schließlich gab er ein schwer zu deutendes Grunzen von sich und reichte Nils die Papiere. Das erste war ein Brief von Doktor Hedman.

Verehrter Kommissar Nordfeldt,
nachdem Sie bei unserer letzten Begegnung darauf bestanden haben, habe ich mich entschieden, Ihnen entgegenzukommen, und schicke Ihnen deshalb wunschgemäß eine Kopie des Berichts, den der Gerichtschemiker kürzlich erstellt hat. Er enthält interessante Informationen, die für Ihre Ermittlungen nützlich sein könnten. Ich möchte jedoch betonen, dass der Bericht des Gerichtschemikers nur eine Grundlage für meinen endgültigen

Bericht ist, in dem verschiedene Faktoren gegeneinander abgewogen werden.
Hochachtungsvoll
Doktor E. Hedman

Außer dem Brief gab es mehrere Seiten voller wissenschaftlicher Terminologie und Zahlen.

»Überschlagen Sie das«, sagte Nordfeldt. »Lesen Sie die letzten Sätze.«

Nils blätterte und las: *Die toxikologische Analyse zeigt also außerordentlich hohe Gehalte von Opium. Dies ist mit größter Wahrscheinlichkeit die Todesursache.*

Er schaute Nordfeldt erstaunt an.

»Opium?«

»Ein Opiumpräparat. Opium, Morphium, Heroin. So etwas.«

Nordfeldt beugte sich über den Schreibtisch und sagte langsam und deutlich: »Er hat das Mädchen unter Drogen gesetzt, damit sie Ruhe gibt.«

»Mein Gott. Aber Doktor Hedman hat nichts von Einstichen erwähnt.«

»Irgendwie hat er es in sie hineinbekommen.«

Nils dachte einen Augenblick nach.

»Die Frau des Hausmeisters verwendet Opiumtropfen gegen ihre Schmerzen«, erinnerte er sich.

Nordfeldt nickte.

»Ja, das wurde bei der Hausdurchsuchung festgestellt. Aber das ist eine milde Sorte, die man in der Apotheke rezeptfrei kaufen kann. Völlig ungefährlich.«

»Auch für ein Kind?«

»Das müssen wir herausfinden. Aber davon würde

man sicher große Mengen brauchen, damit es tödlich ist. Schwierig, so viel in ein Kind hineinzubekommen. Die Tropfen schmecken ziemlich scheußlich.«

Sie schwiegen eine Weile. Nils dachte an das, was Ellen erzählt hatte.

»Frau Guldin verwendet auch Medizin. Aber keine rezeptfreie. Der Hausarzt der Familie verschreibt sie.«

»Ach ja?«

Nordfeldt sah auf einmal interessiert aus.

»Hab ich's doch geahnt. So wie Rahm sie beschrieben hat, schien sie unter Drogen zu stehen, als er dort war. Hm. Also wieder die Guldins.« Er brummte vor sich hin. »Mir will dieser Filip nicht aus dem Kopf. Ich hatte, was ihn betrifft, von Anfang an ein schlechtes Gefühl.«

Dann stand er auf.

»Holen Sie Ihren Mantel, Gunnarsson, wir fahren hin und schauen, was er im Medizinschrank hat.«

Der Kommissar musste mehrmals auf den Klingelknopf drücken, bevor die Tür geöffnet wurde. Vor ihnen stand ein nach Alkohol riechender Filip Guldin. Er war rot im Gesicht, seine Augen waren blutunterlaufen und glänzten. Ob das vom Weinen kam oder vom Rausch, das war schwer zu sagen, vielleicht beides.

»Unser herzliches Beileid«, sagte Nordfeldt.

»Ist das alles, was Sie zu sagen haben? Sollten Sie sich nicht auch für Ihre miserable Polizeiarbeit entschuldigen? Meine Tochter war eine ganze Woche verschwunden, bevor sie gefunden wurde. Eine ganze Woche ohne jede Spur! Können Sie sich vorstellen, was für eine Woche das für mich war?«

»Können wir vielleicht hereinkommen und dann sprechen?«, schlug der Kommissar vor.

Guldin ließ sie widerwillig eintreten.

»Es tut mir sehr leid, Herr Guldin«, sagte Nils, als sie im Salon standen. »Wir arbeiten, so schnell wir können.«

Filip Guldin schnaubte.

»Und dann hat sie die ganze Zeit tot im Museum gelegen! In dem Gebäude, in dem sie verschwunden ist. Ich hätte sie da selbst suchen können, wenn man mich hereingelassen hätte. Und ich hätte nicht eine ganze Woche gebraucht. Mein Gott, ich hätte sie vielleicht finden können, als sie noch lebte! Aber ich wurde daran gehindert, von Ihrem unfähigen Beamten am Eingang.«

»Das Museum war für Unbefugte geschlossen, damit die Polizei ungestört suchen konnte.«

»Unbefugte!«, schrie Guldin. »Ich bin der Vater des Mädchens, verdammt noch mal! Wo habt ihr sie gefunden?«

Sie standen immer noch. Nils hätte dieses Gespräch lieber im Sitzen geführt, aber Filip Guldin hatte ihnen keinen Stuhl angeboten.

»Leider können wir Ihnen das noch nicht sagen. Wir sind immer noch mitten in den Ermittlungen«, sagte er.

»Aber Sie haben zumindest den Mörder festgenommen. Diesen Hausmeister.«

»Wir haben einen Verdächtigen festgenommen, das stimmt. Es ist die Sache des Gerichts, zu entscheiden, ob er ein Mörder ist.«

Während sie sprachen, hatte Kommissar Nordfeldt den Salon verlassen, ohne dass Guldin es bemerkt hatte. Nils hörte, wie er in der Wohnung umherschlich, alle möglichen Türen öffnete und wieder schloss. Guldin war viel zu erregt und zu betrunken, um diese Geräusche zu hören.

»Und warum haben Sie ihn festgenommen, wenn Sie nicht glauben, dass er der Mörder ist?«

Nils antwortete mit einer Gegenfrage:

»Warum sind Sie so sicher, dass Ihre Tochter ermordet wurde?«

Für einen Moment schien Filip Guldin aus der Fassung gebracht worden zu sein.

»Ja, aber was soll man denn sonst glauben? Sie erzählen mir ja nichts. Die Leute reden alles Mögliche. Jemand hat behauptet, ein Kerl habe sie in das Maul des Wals gelockt.«

»Wer hat das gesagt?«

Guldin zuckte mit den Schultern.

»Jemand im Wirtshaus.«

»Das sind nur dumme Gerüchte, das sollten Sie doch begreifen. Das Maul des Wals kann gar nicht mehr betreten werden.«

Guldin zuckte wieder mit den Schultern.

»Sie wurde also nicht ermordet, wollen Sie das damit sagen? Wie ist sie dann gestorben?«

Nils dachte einen Moment lang nach. Dann sagte er: »Ihre Tochter ist an der Überdosis eines Opiumpräparats gestorben. Haben Sie eine Ahnung, wie das geschehen konnte?«

»Nein«, sagte Guldin bestimmt. »Wirklich nicht. Opiumpräparat! Das ist doch absurd!«

»Könnte es diese Medizin sein, die sie in sich hatte?«

Kommissar Nordfeldt war wieder im Salon.

Als Guldin seine Stimme hörte, wandte er sich in einer heftigen Bewegung um. Der Kommissar stand mitten im Raum und hielt triumphierend eine Flasche aus braunem Glas hoch.

»Das ist das Medikament meiner Frau«, sagte Guldin in einem scharfen Ton. »Haben Sie unseren Medizinschrank durchsucht? Dazu haben Sie kein Recht.«

»Wir leihen es nur aus. Ihre Frau bekommt es zurück, wenn wir es ins Labor geschickt haben«, sagte Nordfeldt freundlich. »Aber auf dem Etikett steht Opium.«

»Ja, und es ist mit einem rechtmäßigen Rezept erworben. Von einem approbierten Arzt. Sie können in der Apotheke Schwan nachfragen, da habe ich es geholt.«

»Das werden wir auch tun«, sagte Nordfeldt und steckte die Flasche in die Manteltasche.

»Sie können es nicht mitnehmen!«, protestierte Guldin. »Meine Frau kommt nicht ohne ihre Medizin zurecht. Sie hat schwache Nerven, und der Tod unserer Tochter war ein schrecklicher Schock für sie.«

»Sie bekommt es so bald wie möglich zurück. Sie scheint vor kurzem eine ordentliche Dosis bekommen zu haben. Damit überlebt sie eine ganze Weile. Sie ist völlig weggetreten. Starrt an die Decke und reagiert nicht auf Ansprache.«

Filip Guldin schnappte nach Luft. Er war so wütend, dass er kaum sprechen konnte.

»Sind Sie auch im Schlafzimmer meiner Frau gewesen? Das ist Hausfriedensbruch! Das ist unerhört!«

Nordfeldt wedelte entschuldigend mit der Hand.

»Das war nicht meine Absicht, ganz bestimmt nicht. Ich musste das Badezimmer aufsuchen und bin ins falsche Zimmer gegangen. Ich habe die Tür nur einen Spaltbreit geöffnet. Ich habe Frau Guldin vielmals um Entschuldigung gebeten, aber ich glaube, sie hat mich weder gesehen noch gehört. Schade. Ich hätte gern ein wenig mit ihr gesprochen. Und ich würde auch gern mit dem Kindermädchen sprechen.« Er schaute sich in der stillen Wohnung um. »Wo ist sie überhaupt? Wo sind die Kinder?«

Filip Guldin schaute ihn an. Der schmale Fuchskiefer war angespannt.

»Draußen«, sagte er.

52

Am Bragehügel herrschte eine wunderbare winterliche Feststimmung. Die Flaggen wehten vor einem klarblauen Himmel und Tausende von Zuschauern füllten die Granitemporen und den Abhang. Dieses Mal konnte man wenigstens nicht über mangelnden Schnee klagen. Beim letzten Skisprungwettbewerb hatte eine Arbeitskompanie Schnee im ganzen Park zusammenschaufeln müssen und ihn dann in Körben den Berg hinaufgetragen.

Ellen stand am Rand der Volksmenge. Sie applaudierte mit den anderen, als aus den Lautsprechern der nächste Starter ausgerufen wurde, ein Norweger. Die Norweger waren die großen Helden des Wettbewerbs, ihretwegen kam man hierher. Sie sprangen immer kühn, weit und elegant.

Zusammengekrümmt glitt der Skifahrer den Hang hinunter. Das Publikum hielt die Luft an. Dann erreichte er den Absprung, streckte sich, und in horizontaler Habt-Acht-Stellung schoss er davon wie ein Projektil, bereit, den blauen Himmel zu durchbohren. Einen Moment lang verlor er die Balance, fand sie jedoch wieder, mit ein paar Armbewegungen, die Flügelschlägen glichen, und landete dann weich, einen Ski vor dem anderen, in einem gleitenden Hofknicks. Das Publikum jubelte wie verrückt und stampfte mit den kalten Füßen.

Darüber könnte man schreiben, dachte Ellen. Keinen Sportartikel. Keine Glosse. Etwas anderes. Ein Gedicht? Nein, Gedichte hatte sie noch nie geschrieben. Aber sie konnte es vielleicht versuchen? Sie öffnete ihre Stofftasche und suchte eifrig nach dem Notizbuch und einem Stift.

Dann bemerkte sie, dass sie beobachtet wurde. Zwischen all den Rücken vor ihr stand ein kleiner Junge, der in ihre Richtung schaute. Große, forschende Augen betrachteten sie unter dem Schirm der Tweedmütze.

»Tore!«, rief sie.

Maj und die Kinder waren also auch hier.

Sie schloss ihre Tasche, winkte ihm zu und ging näher. Aber er war schon von der Menschenmenge verschluckt. Ellen drängte sich dorthin, wo er verschwunden war. Kurz darauf sah sie Maj, sie hatte Marianne auf dem Arm und zeigte auf die Sprungschanze.

Wie es Maj wohl jetzt ging? Alice war wie ihre eigene Tochter gewesen. Ellen erinnerte sich, wie überzeugt ihre Stimme geklungen hatte, als sie sagte: »Ich weiß, dass es ihr gut geht. Ich bin da ganz sicher.« Nun war alle Hoffnung dahin.

Ellen ging zu ihnen und legte vorsichtig eine Hand auf Majs Schulter.

Das Kindermädchen wandte sich um. Ihre Wangen waren hübsch rot von der Kälte.

»Sind sie nicht unglaublich!«, sagte sie. »Sie fliegen wie Vögel, diese Norweger!«

Ellen nickte.

»Wie gut, dass du die Kinder nach draußen bringst. Ich habe an dich gedacht, Maj. Ja, natürlich an euch alle.«

Über die Lautsprecher wurde die Weite des Sprungs verkündet, und das Publikum applaudierte noch einmal.

Aber jetzt hatten die Kinder genug vom Stillstehen. Britt zog mit dem Schlitten zu einem kleinen Hügel in der Nähe, Maj folgte ihr mit dem Kinderwagen. Sie lachte über Marianne, der die Mütze über die Augen gerutscht war, sodass sie kaum etwas sehen konnte, und half ihr, sie wieder nach oben zu ziehen.

»Wenn du irgendwie Hilfe brauchst, Maj. Wenn du jemanden zum Reden brauchst«, sagte Ellen zögernd.

Maj schüttelte den Kopf, sie ließ Britt nicht aus den Augen, die mit ihrem Schlitten den Hügel heruntergefahren kam, gefährlich nah an den Bäumen.

»Derjenige, der das getan hat, wird eine harte Strafe bekommen«, fuhr Ellen fort, in einem plumpen Versuch, zu trösten.

Ihre Worte ertranken in einer Ansage aus dem Lautsprecher und Maj schaute sie fragend an.

»Wer?«

Ellen zog Maj zu sich und flüsterte ihr die schrecklichen Worte ins Ohr, damit die Kinder es nicht hörten:

»Der Mann, der Alice im Museum getötet hat.«

Maj starrte Ellen verständnislos an. Das ewige Lächeln verschwand, sie biss sich auf die Unterlippe. Etwas ging in ihr vor. War es möglich, dass sie es noch nicht wusste? Dass es ihr niemand erzählt hatte? Sie hatte bestimmt keine Zeit, die Zeitung zu lesen.

»Oh, Maj, verzeih mir!«, rief Ellen reuevoll aus. »Das hätte ich nicht sagen sollen.«

»Nein, hättest du nicht.«

»Du hast es also noch nicht gewusst?«

Ein erwartungsvolles Brausen entstand im Publikum. Maj drehte sich um und schaute zum Sprunghügel hinauf, die Wintersonne erleuchtete ihr breites, ausdrucksvolles Gesicht. Ein neuer Skifahrer stand da oben am Start bereit. Die Lautsprecherstimme gab das Zeichen zum Absprung. Hingerissen schaute Maj, wie er sich den steilen Abhang hinunterstürzte und gen Himmel schwebte. Sie applaudierte enthusiastisch.

Als der Jubel des Publikums sich gelegt hatte, drehte sie sich wieder zu Ellen um und sagte:

»*Du* weißt gar nichts. Es war überhaupt nicht so.«

Nun war Ellen überrascht.

»Wie meinst du das?«

Maj schüttelte mitleidig den Kopf.

»Du glaubst, dass du alles weißt. Aber du weißt nichts. Gar nichts.«

»Aber dann kannst du es mir doch erzählen«, sagte Ellen. »Damit ich es verstehe.«

Maj zögerte einen Augenblick. Sie packte die Lenkstange des Kinderwagens und ging ein wenig weiter weg von den Volksmassen. Ellen folgte ihr.

Dann fing Maj an zu erzählen. Sie unterbrach sich ein paarmal, wenn die Kinder am Schlittenhang ihre Aufmerksamkeit erforderten oder wenn ein Skispringer losfuhr, sie nahm den Faden exakt wieder da auf, wo sie geendet hatte. Sachlich und detailreich gab sie die Geschichte wieder, Ellen konnte alles vor sich sehen, wie in einem Film.

53

Maj hatte den kleinen Ingmar auf der Hüfte, und sie konnte nur zusehen, wie Alice die Galerie entlanglief, immer schneller, mit fliegenden Locken, die Sohlen ihrer Stiefel knallten auf dem Fußboden. Sie lief vorbei an den Eichenschränken mit Glasscheiben, die von den Vibrationen klirrten. Vorbei an den Krebstieren, Spinnen, Grashüpfern und Libellen, vorbei an der Treppe nach oben zur Säugetierabteilung.

Bei solchen Gelegenheiten war das Mädchen in ihrer ganz eigenen Welt, getrieben von starken inneren Kräften, die sowohl sie selbst als auch andere schädigen konnten.

»Alice! Nicht in die Richtung!«, rief Maj und wünschte sich in der nächsten Sekunde, sie hätte nichts gesagt.

Ohne abzubremsen, schaute Alice über die Schulter nach hinten und bemerkte deswegen nicht, dass die Galerie eine Kurve von neunzig Grad machte. Mit vollem Tempo lief sie direkt in eine Vitrine, das Glas zersplitterte, ein großes, hohes Gefäß kippte um und fiel mit einem harten Knall zu Boden. Das Mädchen blieb wie festgefroren stehen und schaute auf das Gefäß. Die anderen kamen näher.

Maj hielt die anderen Kinder zurück, damit sie nicht in die Glassplitter traten. Alle blieben stehen.

Faszinie rt und erschrocken sahen sie, wie der unförmige Inhalt des Gefäßes langsam zusammen mit der gelblichen Flüssigkeit herausglitt. Einen Moment lang verstopfte der Inhalt die Öffnung. Dann knackte das Glas und zersplitterte vom Druck. Der leichenblasse Klumpen breitete sich aus, streckte einen dicken suchenden Finger aus, und zum Entsetzen aller rutschte er dann in einer Sturzflut aus Flüssigkeit auf den Boden, wo er, graziös wie eine Balletttänzerin, seine mit Saugnäpfen versehenen Arme ausbreitete, direkt neben Alice' Füßen.

Die kleinen Kinder schrien. Maj schrie.

Alice sagte kein Wort. Dann fing sie an, zu zittern und kurz und schnell zu atmen, und die Erkenntnis, dass gleich ein Ausbruch kommen würde, ließ Maj ihr eigenes Erschrecken vergessen.

Sie trieb die anderen Kinder in eine Ecke der Weichtierabteilung, wo sie weit genug von Glassplittern und Untieren entfernt waren, sie setzte Ingmar auf den Boden neben eine Riesenmuschel, groß genug, dass ein Baby im Inneren Platz gefunden hätte. Sie warf einen Blick auf deren halbgeöffnetes gewelltes Maul, entschied, dass sie trotz allem ungefährlich war, und befahl Tore, auf seinen kleinen Bruder aufzupassen. Dann suchte sie in ihren geräumigen Manteltaschen und holte eine Papiertüte mit einer kleinen Flasche und einem Teelöffel hervor.

Tore kämpfte damit, Ingmar von den gefährlichen Glassplittern fernzuhalten, Maj konzentrierte sich darauf, die Medizin auf den Teelöffel zu tropfen. In solchen Situationen war es wichtig, eins nach dem anderen zu machen und alles andere zu vergessen. Die Zeit in Räume einzuteilen, die man öffnete und wieder schloss, wenn man mit ihnen fertig war.

Den Teelöffel vorsichtig füllen. Die Flasche auf dem Boden abstellen, ohne den Inhalt des Teelöffels zu verschütten. (Sie durfte nicht vergessen, später den Verschluss draufzuschrauben, aber das war ein anderer Zeitraum, daran konnte sie jetzt nicht denken.) Dann musste sie sich lautlos und von hinten dem paralysierten Mädchen nähern und gleichzeitig den gefüllten Teelöffel in der rechten Hand balancieren. Und dann sehr schnell und kraftvoll mit dem linken Arm den Körper und die Arme des Mädchens umfassen. Auf die Abwehr des Mädchens gefasst sein und auf den Mund, der sich öffnete, um zu protestierten und zu brüllen. Und dann, im exakt richtigen Augenblick, hinein mit dem Löffel!

Alice drehte den Kopf zur Seite und spuckte und zischte wie eine Wildkatze. Maj war sich nicht sicher, ob der Inhalt des Löffels oder nur Spucke ihr Gesicht traf. Während Alice keuchte und schluchzte, bückte Maj sich nach der Flasche auf dem Boden und füllte den Teelöffel noch einmal. Sie packte den Kopf des Mädchens und leerte den Löffel weit nach hinten in ihren Mund.

Alice schnappte nach Luft und schluckte. Mit einem heftigen Ruck riss sie sich los und rannte durch die Galerie davon, in die Abteilung für Stachelhäuter und weiter zu den Fischen.

Maj ließ sie laufen, sie schraubte die Flasche zu. Jetzt war sie sicher, dass Alice ihre Dosis bekommen hatte. Das Mädchen würde bald zur Vernunft kommen und sie konnten ohne weitere Vorkommnisse nach Hause gehen. Sie nickte den anderen Kindern, die sie aus der Ecke beobachtet hatten, beruhigend zu, dann betrachtete sie die Zerstörung an der kaputten Vitrine.

Das widerwärtige Weichtier lag zum Glück bewegungslos in seiner Lache. Es war bestimmt selten und sehr wertvoll. Unter großen Strapazen gefangen, in einem tiefen, weit abgelegenen Meer. Vielleicht das einzige seiner Art. Jetzt war es verletzt und zerstört. Die scharfen Glasscherben und der stechende Geruch der Flüssigkeit verstärkten das Bild einer Katastrophe.

Aber sie musste sich jetzt um die kleinen Kinder kümmern.

Sie steckte die Papiertüte mit der Flasche in die Tasche. Mitten in der Bewegung erstarrte sie. Die Erinnerung traf sie wie ein Blitz: *Sie hatte Alice bereits eine Dosis Medizin gegeben, als sie ins Museum kamen!*

Beim Betreten des Museums hatte Maj die Tüte aus der Tasche geholt. Alice war schon den ganzen Tag schlecht gelaunt gewesen, und sicherheitshalber hatte Maj ihr eine Dosis gegeben, bevor sie den Eingang mit dem mürrischen Wärter passierten. Es war also gut möglich, dass Alice im Verlauf von einer Stunde drei Teelöffel voll bekommen hatte.

In dem geschlossenen Zeitraum, in dem Maj gerade gewesen war, hatte es weder Zukunft noch Vergangenheit gegeben, und sie hatte deshalb nicht an die erste Dosis gedacht. Ihr Herz erhöhte seinen Rhythmus, zuerst schwach und dann immer schneller, wie ein Zug, der Geschwindigkeit aufnimmt.

Rasch setzte sie Ingmar auf die Hüfte, und mit den anderen Kindern im Schlepptau lief sie in die Galerie, in die gleiche Richtung, in der Alice verschwunden war. Sie musste schrecklich langsam gehen, damit die kleinen Mädchen mitkamen. Bei der Abteilung für Frösche und

Kriechtiere endete die Galerie, und sie erreichten die untere Halle. Da kam der nette Wärter die Treppe herunter. Majs Herz schlug so fest, dass sie die einzelnen Herzschläge nicht voneinander unterscheiden konnte, es war wie ein ohrenbetäubendes Dröhnen in ihr.

Sie erklärte dem Wärter die Situation. Er hörte ihr zu und ging sofort zurück in den ersten Stock, um die Säugetierabteilung zu durchsuchen, er war sicher, dass Alice dort war. »Alle Kinder lieben den Säugetiersaal«, hatte er selbstsicher behauptet, bevor er sie am Fuß der Treppe zurückließ.

Maj war da nicht so sicher. Alice war nicht wie andere Kinder. Sie interessierte sich mehr für die Tiere in der unteren Galerie. Und für die Vögel. Aber am allermeisten faszinierten sie die Dioramen.

Maj setzte Ingmar auf den Steinboden am Fuß der Treppe, und Tore bekam erneut die Aufgabe, eine Weile auf seine kleinen Geschwister aufzupassen. Sie schaute ihm ernst in die Augen und erklärte, dass Ingmar absolut nicht die Treppe hochklettern durfte. Dann lief sie hinauf in den zweiten Stock. Es war ein befreiendes Gefühl, sich schnell bewegen zu können, ohne von den Kindern gehindert zu werden.

Als sie ein wenig außer Atem in das höhlenartige Dunkel des Dioramaraums kam, glaubte sie zunächst, dass er leer war. Aber gerade als sie sich umdrehen und zurück zu den Kindern eilen wollte, bemerkte sie etwas Helles auf dem Boden.

Alice lag auf dem Bauch, das Gesicht nach unten, die blonden Locken breiteten sich um ihren Kopf wie die Strahlen um eine Sonne. Maj kniete sich neben das Mädchen auf den Boden und drehte sie vorsichtig auf den Rücken. Der Körper ließ sich wenden, schlaff und widerstandslos. Die Lider waren gesenkt, aber nicht ganz geschlossen, im Schlitz leuchtete das Weiß der Augen auf unnatürliche Weise. Sie legte zwei Finger an die Halspulsader des Mädchens, so wie die Krankenschwestern im Sanatorium es gemacht hatten, und sie bekam bestätigt, was sie bereits wusste. Alice war nicht mehr da. Das war nur ein Körper. Genau wie die Tiere im Museum. Perfekt in jedem Detail. Aber leer.

Dann hörte sie Kinderstimmen aus der oberen Halle. Tores ermahnende Rufe und das Geplapper der kleinen Mädchen. Sie waren die Treppe hochgekommen! Sie konnten jeden Augenblick hier sein!

Panik stieg in ihr auf. Unter keinen Umständen durften die Kinder diesen Körper sehen, der nicht Alice war! Das war ihre größte Sorge, sie musste die Kinder schützen. Sie durften diese starren blinden Augen nicht sehen, diese schreckliche Puppe, die versuchte auszusehen wie Alice.

Wie sollte sie sie daran hindern? Hier half keiner ihrer üblichen Tricks.

Ein weiteres Erinnerungsbild aus dem Sanatorium tauchte in ihr auf, und sie strich mit der Hand leicht über die Lider des Mädchens, die sich ganz schlossen.

Der Eindruck war sofort weniger schrecklich. Eher wie Schlaf. Aber das war natürlich eine Illusion, genau wie die ganze perfekte, aber völlig fremde Alice-Kopie eine Illusion war. Sie konnte nichts daran ändern. Das Geschehene war endgültig und unerträglich.

Die Kinderstimmen kamen näher, langsam und unerbittlich, wie eine Schlinge, die zugezogen wird. Die Verzweiflung in ihr stieg, blockierte Gedanken, Bewegungen, Atmung. Sie hatte das Gefühl, innerlich gesprengt zu werden.

Und dann, als sie da im Dunkeln auf dem Boden kniete und an die Wand starrte, bemerkte sie etwas: In der Fußleiste vor ihr war ein Spalt, wie eine Tür, die einen Spaltbreit offen steht.

Zunächst dachte sie, sie würde nicht richtig sehen, dass die schwache Beleuchtung von den Schildern über dem Diorama ihr einen Streich spielte. Sie streckte die Hand aus und fühlte nach. Doch, tatsächlich. Der Druck ihrer Verzweiflung war zu stark geworden für den engen Raum und hatte ganz einfach die Wandverkleidung gesprengt! Genau wie das aufgeschwollene Untier den Glasbehälter gesprengt hatte.

Als sie die Bodenleiste berührte, gab sie nach und glitt ein wenig nach oben. Auf einmal wusste sie genau, was sie zu tun hatte.

Sie hob die Luke ganz an und schob die schlaffe Alice-Puppe in die Öffnung, bis sie im Dunkeln verschwand. Der Arm hing immer noch aus der Luke heraus, und sie legte ihn neben dem Körper zurecht. Dann schloss sie die Luke und sah zu, dass sie ganz mit dem Fußboden abschloss, ohne einen Spalt.

Sie war kaum aufgestanden, als Britt in den Dioramaraum gerannt kam. Kurz darauf kam Tore, der Ingmar schleppte. Er ging ganz unsicher, lehnte sich zurück wegen des Gewichts. Schließlich kam die kleine Marianne, sie jammerte vor Angst, nicht mit den anderen mitzukommen.

»Ich habe ihnen gesagt, dass wir warten sollen, aber

Britt hat nicht auf mich gehört«, sagte Tore außer Atem. »Er braucht eine frische Windel«, fuhr er fort, mit einem Nicken in Richtung des Babys, das wie ein Sack an ihm hing.

Maj streckte die Arme nach Ingmar aus und befreite Tore von seiner Last.

»Ist Alice hier?«, fragte er. Tore sah sich in dem dunklen Raum um. »Nein, hier ist sie nicht«, konstatierte er.

»Ich zeige dir, wo sie ist«, sagte Maj in geheimnisvollem Ton und setzte sich Ingmar auf die Hüfte. Sie war jetzt wieder ganz ruhig.

Sie zeigte auf das Diorama mit dem Wald.

Tore betrachtete die leere Plattform vor der Glasscheibe und schaute Maj dann fragend an. Sie nickte ihm aufmunternd zu.

»Schau mal da rein«, sagte sie.

»Ich kenne das«, sagte er.

»Ich weiß. Schau jetzt mal, dann wirst du was sehen.«

Er ging die beiden Treppenstufen hoch, hielt sich an der Messingstange unter dem Fenster fest und schaute in das Diorama hinein. Maj stellte sich direkt hinter ihn. Weil er auf den Treppenstufen stand und sie auf dem Boden, waren sie fast gleich groß.

»Siehst du sie?«, fragte Maj.

Er drehte sich mit einem erstaunten Gesichtsausdruck zu ihr um.

»Siehst du sie wirklich nicht?«, wiederholte sie.

Er schaute wieder und schüttelte den Kopf.

Maj beugte sich so weit vor, dass ihre Wangen sich berührten. Sie deutete mit ihrer freien Hand.

»Da! Hinter den Elchen. Ganz hinten im Wald«, flüsterte sie erregt. »Sie ist jetzt hinter den Tannen, man sieht sie kaum. Jetzt sieht man sie wieder! Siehst du nicht ihren roten Mantel?«

»Doch«, murmelte Tore unsicher.

»Sie ist jetzt ganz weit weg, aber du siehst sie immer noch, nicht wahr?«

»Ja.«

»Schau mal! Jetzt dreht sie sich um und winkt!«

Maj lachte begeistert. Tore lachte auch.

»Sie sieht uns!«, rief er und winkte zurück.

»Ja, sie sieht uns.«

Sie schauten noch eine Weile in das Diorama, fasziniert und verzaubert. Schatten zogen über den Wald. Die Blätter schaukelten leicht, als ein Vogel von einem Ast aufflog. Die Elchkuh leckte ihr Kalb. Hinter ihnen plapperten die kleinen Mädchen in dem dunklen Raum.

»Jetzt sieht man sie nicht mehr«, sagte Maj nach einer Weile.

»Nein«, stellte Tore fest. »Jetzt ist sie ganz tief im Wald.«

Er ging die Stufen hinunter, nahm die Mädchen an der Hand, und sie verließen zusammen den Dioramaraum.

Als sie in die obere Halle kamen, trafen sie auf einen der Wärter, der besorgt den Kopf schüttelte. Er hatte im Säugetiersaal kein kleines Mädchen gefunden.

»Sie ist bei den Elchen«, teilte Tore fröhlich mit.

Aber der Wärter hörte ihm nicht zu.

Maj spürte die warme Feuchtigkeit der übervollen Windel des Babys auf ihrer Hüfte. Es war an der Zeit, nach Hause zu gehen.

54

Während Maj ihre Geschichte erzählte, war die Sonne fast untergegangen, sie stand gerade noch über den Baumwipfeln. Beim Skispringen war Pause. Ein Blasorchester spielte und die Leute drängten sich um den Stand, an dem heiße Schokolade verkauft wurde.

Ellen bewegte sich vorsichtig durch das Gedränge, sie hatte einen Emaillebecher in ihrer leicht zitternden Hand. Sie konzentrierte sich darauf, nichts zu verschütten. Majs Erzählung hatte sie ordentlich durcheinandergebracht. Sie musste weggehen und eine heiße Schokolade kaufen, damit sie einen Moment für sich war und verdauen konnte, was sie gehört hatte.

Die Geschichte klang unglaublich. Aber sie bezweifelte sie keinen Moment. Maj hatte endlich ein Fenster zu der schrecklichen Wahrheit geöffnet. Ein unvorsichtiges Wort von Ellen würde es sofort wieder schließen.

Maj warf ihr einen zerstreuten Blick zu, als sie zurückkehrte, und richtete dann wieder ihre Aufmerksamkeit auf die Kinder am Schlittenhang. Der Platz, an dem sie standen, lag jetzt im Schatten, und es war sehr kalt. Ellen nippte an dem heißen Getränk und überlegte, wie sie formulieren sollte, was sie sagen wollte.

»Bist du wirklich sicher, dass du nicht auch einen Becher heiße Schokolade haben möchtest?«, begann sie. »Das wärmt von innen.«

»Ich habe bereits ›Nein, danke‹ gesagt. Ich friere nicht«, sagte Maj.

Ellen nickte. Dann holte sie tief Luft und sagte:

»Was hast du Schreckliches erlebt, Maj! Und das hast du die ganze Zeit allein getragen!«

Maj antwortete nicht.

»Was hat Alice denn für eine Medizin bekommen?«, fragte Ellen vorsichtig. »Sie muss sehr stark gewesen sein.«

»Es war die Medizin der gnädigen Frau«, sagte Maj. »Die beruhigt. Wenn Alice ganz besonders schwierig war, dann habe ich ihr einen Teelöffel voll gegeben. Ich habe immer eine kleine Flasche bei mir in der Manteltasche, wenn wir rausgehen.«

Sie sprach ruhig und sachlich, dabei behielt sie die Kinder im Auge.

»Wusste die gnädige Frau Bescheid? Oder der gnädige Herr?«

»Nein. Aber wie hätten wir sonst irgendwo hingehen können? Alice hat alles um sich herum zerstört, wenn sie ihren Willen nicht bekam. Sie konnte auch ihre Geschwister angreifen. Im Badezimmer hat sie Britt so heftig geschubst, dass die sich den Kopf am WC anschlug. Das hätte schlimm ausgehen können. Der gnädige Herr hat völlig die Geduld verloren, wenn sie so war. Er kann sich überhaupt nicht beherrschen. Ich musste Alice diese Medizin geben. Damit sie die anderen Kinder nicht verletzte. Und damit der gnädige Herr sie nicht totschlug.«

Jetzt rief Tore sie, er wollte, dass sie zuschauten, wie er über eine Schanze fuhr, die er mitten auf dem Hügel gebaut hatte. Maj drehte sich zu ihm um und beklatschte seine Künste.

»Ich verstehe«, sagte Ellen. »Aber die Medizin war für einen Erwachsenen gedacht, und dieses Mal war es zu viel.« Sie wärmte ihre Hände an dem Kakaobecher, dachte einen Moment nach und fügte hinzu: »Wie konntest du sicher sein, dass Alice wirklich tot war, als du sie gefunden hast?«

»Das habe ich doch gesagt. Ich habe ihre Halspulsader getastet. Wie Krankenschwestern es machen. Obwohl es eigentlich nicht nötig war. Ich wusste es auch so.«

»Wie das?«

»Ich wusste es einfach, so etwas sieht man.«

»Du musst zur Polizei gehen und alles erzählen«, sagte Ellen leise.

Maj schaute sie entsetzt an.

»Das kann ich nicht! Die stecken mich ins Gefängnis! Wer soll sich dann um die Kinder kümmern? Sie haben nur mich.«

»Aber denk doch an den Mann, der festgenommen worden ist. Soll er für einen Mord verurteilt werden, den er nicht begangen hat?«

»Mord?«, sagte Maj verständnislos.

»Es war ein Unfall, ich weiß. Aber noch betrachtet die Polizei es als Mord. Möchtest du wirklich, dass dieser Mann unschuldig verurteilt wird?«

Majs Gesichtsausdruck war beinahe verächtlich.

»Ich schere mich nicht um irgendeinen Mann«, sagte sie. »Ich schere mich einzig und allein um die Kinder.«

Ellen legte eine Hand auf ihren Arm, schaute ihr fest in die Augen und sagte:

»Hör mir gut zu, Maj. Wenn du es nicht der Polizei erzählst, dann muss ich es tun. Aber es ist viel besser, wenn du es selbst erzählst. Du brauchst nicht aufs Polizeirevier gehen. Ich kann dafür sorgen, dass du Hauptwachtmeister Gunnarsson an einem Ort triffst, der dir recht ist. Wenn du willst, komme ich mit dir.«

Der Blick des Kindermädchens war so hart, dass Ellen das Gefühl hatte, etwas Physisches hätte sie getroffen. Instinktiv trat sie zurück.

»Nie im Leben!«, sagte Maj. »Die stecken mich ins Gefängnis. Die gnädige Frau kommt in ein Krankenhaus, der gnädige Herr säuft sich zu Tode und die Kinder kommen in ein Kinderheim. Ich hätte dir nichts erzählen sollen. Ich hätte nie gedacht, dass du so böse bist.«

Ellen schwieg und trank ein wenig von ihrer Schokolade. Sie konnte nicht glauben, dass dem Kindermädchen das Schicksal des Hausmeisters gleichgültig war. Maj war in einer schweren Klemme, sie konnte nicht klar denken. Ihre Liebe zu den Kindern überschattete alles. Nein, es waren nicht Majs Worte, die Ellen Angst machten. Es war ihr Blick. Da war nichts von der Verzweiflung oder Ausweglosigkeit, die ein junges Mädchen in ihrer Situation fühlen musste. Nur selbstsicherer, nachtschwarzer Hass.

Drüben an der Sprungschanze gingen nach der Pause die Wettbewerbe weiter. Der Lautsprecher verkündete einen neuen Start. Maj wandte sich dorthin, als Britt auf ihrem Schlitten den Hang heruntergerast kam und geradewegs in die kleine Marianne fuhr, die, nichts Böses ahnend, an ihrem Daumen lutschte. Marianne wurde umgestoßen und blieb laut schreiend im Schnee liegen.

Ellen reagierte schnell. Sie gab Maj ihren Becher, lief zu dem Mädchen und nahm es auf den Arm.

Marianne hörte auf zu weinen und schaute sie aus großen Augen an. Dann fing sie wieder an zu weinen, aber leiser und irgendwie kontrollierter. Sie bohrte ihr Gesicht in Ellens Pelz.

»Bist du gerne beim Bären? Ist der Bär weich?«, sagte Ellen spielerisch.

Ein leises Lachen war zwischen den Schluchzern zu hören.

»Du bist vielleicht auch ein kleiner Bär. Ein kleines Bärenjunges, das ich im Schnee gefunden habe«, scherzte sie weiter.

Marianne schaute auf und nickte lächelnd mit einem vom Weinen gestreiften Gesicht.

Ellen küsste sie auf die Wange. Marianne fing schnell an zu weinen, aber sie war auch leicht zu trösten.

Sie stellte das Mädchen wieder auf den Boden. Die Kleine blieb dicht bei ihr und kroch unter ihren Pelzmantel. Ellen lächelte freundlich in Majs Richtung. Ihr kam plötzlich der Gedanke, dass das Kindermädchen sich vielleicht besser fühlte, wenn sie sah, dass die Kinder auch bei jemand anderem Geborgenheit finden konnten. Es musste nicht in einer Katastrophe enden, wenn sie für eine Weile in ein gutes Kinderheim kamen. Vielleicht würde sogar Ellen sich um eines der Kinder kümmern können? Falls sie Georg dazu überreden konnte. Sie hatte eine Vision, wie sie mit der kleinen Marianne auf dem Schoß zu Hause im Salon saß und ein Bilderbuch mit ihr anschaute.

Sie spielte noch eine Weile mit den Kindern im Schnee, bis sie dann müde und warm zu Maj zurückkehrte.

»Vielleicht willst du ja Kindermädchen bei Guldins

werden, wenn ich im Gefängnis sitze«, sagte Maj tonlos und reichte ihr den Becher.

»Das würde ich nie schaffen«, sagte Ellen und trank von der Schokolade. Jetzt, wo sie kalt war, schmeckte sie anders. Man konnte richtig schmecken, dass es schlechter Kakao war, mit großen Mengen Zucker camoufliert.

»Aber du kommst nicht ins Gefängnis, Maj«, fuhr Ellen fort. »Es war ein tragischer Unfall, du hast unter Schock gehandelt. Du bist überarbeitet. Hauptwachtmeister Gunnarsson wird das verstehen.«

»Ich werde aber nicht mit einem Hauptwachtmeister sprechen«, sagte Maj ruhig.

Die Sonne war nun ganz hinter den Bäumen verschwunden und es begann, dunkel zu werden. Ellen trank den Rest der Schokolade aus, stellte den leeren Becher in eine Holzkiste des Verkäufers und schwor sich, nie mehr einen Kakao bei ihm zu kaufen, wie kalt es auch sein mochte.

Sie gingen zusammen durch den Park in Richtung des Linnéplatzes. Die Kinder waren müde und quengelig. Tore und Britt zogen ihre Schlitten, und Maj schob den Kinderwagen. Ellen hielt Marianne an der Hand und versuchte sie mit Geplauder bei guter Laune zu halten. Ihr war ausgesprochen unangenehm zumute, wenn sie daran dachte, was sie als Nächstes tun musste: Nils aufsuchen und ihm Majs Geschichte wiedergeben. Es wäre zu Majs Vorteil, wenn sie es selbst erzählte, aber das hatte sie offenbar nicht vor.

»Will nach Hause«, jammerte Marianne.

»Wir sind doch unterwegs«, zischte Tore.

»Ich kenne eine Abkürzung«, sagte Maj und steuerte

den Kinderwagen auf einen schmaleren Weg durch ein Stückchen Wald.

Es war eher ein Pfad als ein Weg, er war nicht geräumt, nur von Fußspuren zusammengetreten. Der Kinderwagen hatte kaum Platz. Der Weg führte steil nach oben und war von Bäumen und Büschen umgeben.

»Das ist keine Abkürzung«, protestierte Tore.

»Ist es wohl«, sagte Maj fröhlich und kämpfte mit dem Kinderwagen, der sich im Schnee festgefahren hatte. »Das ist eine Abkürzung zu ... zum Palast von König Winter!«

Sie zeigte triumphierend auf einen Berg hinter den Baumwipfeln, wo ein kleiner märchenhafter Turm sich gegen den Himmel abzeichnete.

»Ja, schau nur!«, sagte Ellen solidarisch.

Die kleinen Mädchen schauten zum Turm hinauf. Aber Tore war skeptisch.

»Das ist doch der Wasserturm«, sagte er.

Maj lachte nur und kämpfte weiter.

»Der Wasserturm! Haha, ich möchte nicht wissen, was König Winter sagen würde, wenn er dich hörte.«

Sie hatte wirklich keinen guten Weg ausgesucht, dachte Ellen, die jetzt genauso müde war wie die Kinder. Sie waren ein gutes Stück von dem üblichen Weg abgekommen. Wo waren sie nur? Nun ja, es war immerhin ein Park und kein richtiger Wald. Bald würden sie irgendwo herauskommen. Hoffentlich im richtigen Stadtteil. Sie mussten einfach weitergehen, Maj redete von König Winters fantastischem Palast, mit Sälen aus Eis und Rentieren mit silbernen Geweihen.

Inzwischen wurde es dunkel auf dem Weg, aber der

Himmel war immer noch schwach violett. Der Turm auf dem Berggipfel verschwand hin und wieder hinter den Bäumen, tauchte dann aber gleich wieder auf. Wie eigenartig, dachte Ellen. Ein Turm mit einem kleineren Turm auf dem Dach. Als würde er sich selbst in kleiner Ausgabe wiederholen. Als würde er sich mit Schützlingen vermehren. Sie wollte das gerade den anderen erzählen, als sie bemerkte, dass Maj und die Kinder ganz weit vor ihr gingen. Ihre Rücken verschmolzen mit der Dämmerung.

Der Pfad hatte keine Beleuchtung. Das war auch nicht nötig. Der Schnee leuchtete mit seinem eigenen Licht. Es war tatsächlich ein zauberhaft schöner Weg, den Maj ausgesucht hatte. Und über ihnen wurden die Sterne angezündet.

Ellen blieb stehen. Sie beugte den Kopf nach hinten und schaute hinauf in den Himmel. Sie hörte von weitem Tore nach ihr rufen, aber sie ließ sich nicht stören. Sie konnte sich nicht erinnern, jemals in diesem Teil des Schlossparks gewesen zu sein, und sie wollte die Schönheit genießen. Sie hatte es ja nicht eilig. Sie konnte eine Weile hierbleiben und sich ausruhen. Jetzt wurde sie wirklich müde.

Mit einem Seufzer setzte sie sich in den Schnee und lehnte sich an einen Baumstamm. Das Wäldchen umarmte sie. Wenn sie gut lauschte, konnte sie die schwachen Geräusche der Stadt hören, ein gedämpftes, murmelndes Brausen wie ein unterirdischer Fluss, das Quietschen der Straßenbahnen auf den Schienen, klare, vibrierende Geigentöne, die sich lösten und in der Luft hängenblieben. Aber in dem Wäldchen war alles still und ruhig.

Und dann, ganz plötzlich, aber vielleicht war es gar nicht so plötzlich, vielleicht sehr langsam, sie wusste es nicht richtig, war es ganz dunkel geworden und die Geräusche der Stadt waren verklungen. Wie wenn das Licht im Theater heruntergedreht wird und das Gemurmel des Publikums in eine erwartungsvolle Stille übergeht.

Ellen schaute zum Himmel hinauf. Ihr Körper kribbelte, als wären ihre Adern mit perlender Brause gefüllt. Sie hörte eine Stimme in ihr sagen: »Pass auf, jetzt fängt es an! Die Vorstellung! Das Abenteuer! Bitte sehr, Madame, nur für Sie: der Tanz der Sterne!«

Das dunkle Weltall über ihr wurde weggezogen wie ein Vorhang und zeigte ein anderes Weltall, sauberer, blauer, mit Millionen von Sternen, die funkelten und blitzten, so lebendig, wie sie es noch nie zuvor gesehen hatte. Es war das reinste Feuerwerk! Die Atmosphäre war sehr klar, sie konnte unendlich weit schauen. Schwindelerregende Tiefe öffnete sich vor ihrem Blick und ließ sie Mirakel von überwältigender Größe und Schönheit schauen.

Sie war ganz allein in dem Wäldchen, aber sie hatte nicht das Bedürfnis, ihre Erlebnisse mit jemandem zu teilen. Sie war Teil von etwas Großem, das nur für sie gedacht war. Trotz der kalten Luft war ihr angenehm warm, als säße sie an einem knisternden Birkenfeuer im Haus ihrer Kindheit.

Ellen drückte ihre Wange in den Pelzkragen und lächelte still vor sich hin. Sie war ein weiches, geschmeidiges Tier, das in den Wald gehörte, in den Schnee und die Sterne. Noch nie im Leben hatte sie sich so geborgen gefühlt.

55

Opium in geringer Dosierung, 1-5 Zentigramm, wirkt belebend. Das Gehirn bekommt erhöhte Blutzufuhr, was zu erhöhter Tätigkeit dieses Organs führt. Die Seele belebt sich, das Vorstellungsvermögen wird befreit, die Gedanken entwickeln sich schneller und klarer, der Mut verstärkt sich, und ein Gefühl von Wohlbefinden durchströmt den ganzen Körper.

Diese erste Wirkung wird normalerweise gefolgt von einer Verminderung der Muskelkraft, geringerem Gefühl für äußere Eindrücke, Neigung zu Ruhe und Schlaf.

Es war zwanzig nach elf am Abend. Nils hatte in der kleinen Bibliotheksecke im ersten Stock des Reviers verweilt. Er hatte fast das Gefühl, auf dem Revier zu wohnen.

Er änderte seine Sitzstellung, massierte seine müden Augen und las dann weiter in der kleinen Schrift *Von Opium und anderen einschläfernden und schmerzstillenden Mitteln aus dem Pflanzenreich* von Oskar Theodor Lindahl:

Bei giftiger bis tödlicher Dosis, 50-75 Zentigramm, wird das Reizstadium übersprungen und die betäubenden Wirkungen treten sofort ein mit Schwindel und einem dämmerschlafähnlichen Zustand. Der wird schnell im-

mer tiefer, keine weiteren Eindrücke werden aufgenommen. Die Atmung verlangsamt sich, die Augen schließen sich, die Pupillen ziehen sich zusammen. Eine tiefe Stille tritt ein, die dem Tod vorausgeht. Wirkt die Vergiftung ungestört weiter, werden die Gesichtszüge leichenblass, der Puls schwach, nicht spürbar, der Tod tritt still ein.

Diese Beschreibung hatte trotz allem etwas Barmherziges.

Unmittelbar nach dem Besuch bei Herrn Guldin hatten Nils und Kommissar Nordfeldt den Apotheker aus der Apotheke Schwan in seiner Wohnung aufgesucht und ihm die Flasche aus dem Medizinschrank gezeigt. Der Apotheker hatte genickt, er selbst hatte diese Medizin nach dem Rezept eines approbierten Arztes zubereitet. Er hatte darauf hingewiesen, dass diese Art von hochprozentigen Opiumtinkturen derzeit ungewöhnlich war. Die Dosierung gestaltete sich schwierig, und bei ernsten Schmerzzuständen waren Injektionen mit Morphium effektiver. Aber es gab immer noch ältere Ärzte, die Opium vorzogen.

Nordfeldt hatte gefragt, ob man diese Medizin auch einem Kind geben konnte, und der Apotheker hatte geantwortet: »Auf keinen Fall.«

Nils hörte Schritte im Treppenhaus, und Wachtmeister Berggren, der Dienst hatte, tauchte auf.

»Entschuldigen Sie, Herr Hauptwachtmeister. Ich weiß, dass Sie nicht im Dienst sind, aber Sie sind ja noch hier …«

»Worum geht es?«

»Da ist ein Herr, der möchte seine Frau suchen lassen.

Scheint nicht sehr ernst zu sein, sie ist erst seit heute Vormittag verschwunden.«

Nils seufzte.

»Nehmen Sie seine Anzeige entgegen und beruhigen Sie ihn ein wenig. Stellen Sie sich vor, alle Frauen würden ihre Männer suchen lassen, die abends spät nach Hause kommen. Dann würden sich Schlangen vor dem Revier bilden.«

»Schon. Aber er fragt nach Ihnen, Herr Hauptwachtmeister.«

»Nach mir?«

»Ja. Er will unbedingt mit Ihnen sprechen.«

Nils stellte das Buch ins Regal und folgte Wachtmeister Berggren ins Erdgeschoss. Er war darauf vorbereitet, einen Ehemann mit Kontrollbedürfnis zu treffen, der der Meinung war, der Platz einer Ehefrau sei zu allen Stunden des Tages im Haus.

Aber der Mann im Empfangsraum trug einen maßgeschneiderten Mantel mit einem Persianerkragen. Er war dunkel und schlank, nicht sehr groß, hatte feine Gesichtszüge. Seine Augen waren voller Furcht. Nils erkannte ihn sofort.

Der Mann zog rasch seinen Handschuh aus, streckte die Hand aus und rief: »Oh, wie schön, dass Sie hier sind, Herr Hauptwachtmeister!«

Nils zögerte einen Moment, ehe er die Hand nahm, die nun Ellens Körper streichelte. Eine schmale, schöne Hand, die seine mit überraschender Herzlichkeit drückte.

»Mein Name ist Georg Forsell. Wir kennen uns nicht, aber meine Frau Ellen, die Sie ja kennen, hat sehr freundlich von Ihnen gesprochen.«

»Was ist Ihr Anliegen, Herr Forsell?«, fragte Nils ein wenig kühler als beabsichtigt.

»Also. Es geht um meine Frau. Sie ist nicht nach Hause gekommen. Ich mache mir Sorgen um sie.«

»Ich glaube nicht, dass das nötig ist. Ellen kann gut auf sich selbst aufpassen.«

»Aber es ist fast Mitternacht!«, bemerkte Georg mit leichter Verzweiflung in der Stimme. »Sie ist normalerweise nicht so spät unterwegs.«

Nicht?, dachte Nils. Dann hat sie wohl ihre Gewohnheiten geändert, seit sie und ich ein Paar waren. Sie wollte immer im Tanzrestaurant bleiben, bis es geschlossen wurde.

Laut sagte er:

»Haben Sie eine Ahnung, wo sie sein könnte?«

»Nein. Sie ist heute Vormittag ausgegangen, ohne zu sagen, was sie vorhat. Das ist nichts Besonderes, sie geht öfter allein spazieren. Seither ist sie weg.«

»Könnte sie nicht mit einer Freundin ausgegangen sein, um sich zu vergnügen?«

Georg schüttelte nachdrücklich den Kopf.

»Nicht, ohne es vorher zu sagen. Sie ist noch nie so lange aus gewesen, ohne sich zu melden. Das ist während unserer ganzen Ehe noch nie geschehen.«

Nils fand es ein wenig übertrieben, sich so auszudrücken, bei einer Ehe, die gerade mal einen Monat alt war.

»Ich dachte, vielleicht wissen Sie, wo sie sein könnte«, fügte Georg hinzu. Er schaute Nils mit einem festen und gleichsam auffordernden Blick an.

»Warum sollte ich das wissen?«

»Sie haben sie doch gebeten, auf die Kinder der Familie Guldin aufzupassen, während eines Polizeiverhörs. Diese Familie, deren eines Kind unter ungeklärten Umständen zu Tode gekommen ist.«

Gab es da einen Unterton von Kritik in der Stimme?

»Ja«, sagte Nils. »Aber das war vor zwei Wochen.«

»Sie war auch später noch mal bei der Familie zu Hause, das wissen Sie vielleicht? Da kam sie auch erst um neun Uhr abends nach Hause. Ich dachte, vielleicht könnte sie dort sein. Ich habe vor einer Weile angerufen, Herr Guldin war am Apparat. Er war sehr unfreundlich und legte sofort wieder auf, ohne meine Frage zu beantworten. Er klang sehr betrunken. Ich rief noch einmal an, da war das Kindermädchen am Apparat. Sie sagte, dass Ellen nicht da sei. Aber sie klang merkwürdig. Als hätte sie Angst. Ich weiß nicht, warum, aber ihre Stimme löste Unruhe in mir aus. Ich mag es überhaupt nicht, dass Ellen zu dieser Familie nach Hause geht.«

Nils bekam Herzklopfen. Erst jetzt wurde ihm klar, dass Georgs Befürchtungen nicht unbegründet waren. Er versuchte, seine eigene Unruhe zu verbergen.

»Kommissar Nordfeldt und ich waren heute bei Guldins zu Hause«, sagte er ruhig. »Da war Ellen auf jeden Fall nicht dort. Ich wüsste auch nicht, warum sie dorthin gehen sollte. Sie schwebt sicher nicht in Gefahr. Es ist ja auch noch nicht so sehr spät. Falls sie morgen früh immer noch nicht aufgetaucht sein sollte, dann nehmen Sie bitte wieder Kontakt mit uns auf.«

Georg nickte.

»Das werde ich machen. Danke, dass Sie sich Zeit genommen haben. Ich mache mir unnötig Sorgen.«

»Rufen Sie mich morgen an. Auch wenn sie nach Hause gekommen ist. Rufen Sie auf jeden Fall an«, sagte Nils.

»Ich verspreche es. Gute Nacht, Herr Hauptwachtmeister.«

Die weiche, wohlgeformte Hand drückte wieder die seine, fest und lang.

Als Georg Forsell das Revier verlassen hatte, blieb Nils im Vorraum stehen und dachte nach. Er kannte Ellen als munteres Mädchen, das sich gern vergnügte. Manchmal vielleicht ein wenig gedankenlos. Aber auch verantwortungsvoll und fürsorglich. Dass sie als verheiratete Frau nächtlichen Vergnügungen nachgehen würde, ohne ihrem Mann etwas zu sagen, war nicht sehr wahrscheinlich.

Er ging nach oben in sein Zimmer, holte Mantel und Hut, sagte dem Wachhabenden gute Nacht und trat hinaus auf die Östra Hamngatan. Er verzichtete auf die Straßenbahn und hielt stattdessen eine Droschke an, die frei zu sein schien.

Zwanzig Minuten später stand er vor der Tür der Familie Guldin und drückte den Klingelknopf aus Messing. Er konnte das Klingeln in der Wohnung hören, vibrierend und klirrend. Dazwischen war es ganz still. Nach dem fünften Klingeln wurde die Tür vorsichtig geöffnet, Maj schaute ihn verschlafen an. Sie trug ein Nachthemd, die Haare waren wirr. Eine kleine Lampe erleuchtete sparsam den Flur hinter ihr. Als sie ihn erkannte, sperrte sie die Augen auf.

»Herr Hauptwachtmeister!«, flüsterte sie erschrocken und trat einen Schritt zurück.

»Es tut mir leid, wenn ich dich geweckt habe«, sagte Nils. »Aber Frau Forsell ist heute Nacht nicht nach Hause gekommen. Ihr Mann macht sich Sorgen. Ich wollte nur hören, ob sie möglicherweise hier ist?«

»Hier? Nein«, sagte Maj erstaunt.

»Ist sie heute überhaupt hier gewesen?«

Sie schüttelte den Kopf.

»Du weißt also nicht, wo sie ist?«

»Nein, woher sollte ich das wissen?«

Er schob das Kindermädchen beiseite, trat ein paar Schritte in den Flur, blieb stehen und lauschte. Aus einem Raum in der Nähe hörte man schweres, männliches Schnarchen. Ansonsten war es still. Maj schaute ihn erstaunt an.

»Entschuldigung«, sagte er.

Er drehte sich zur Tür und sah die Spuren von Schmutz und schmelzendem Schnee, die seine Schuhe auf dem Teppich hinterlassen hatten.

»Entschuldigung«, sagte er noch einmal.

Er verließ die Wohnung der Familie Guldin. Es war Viertel nach eins. Es hatte keinen Sinn, nach Hause zu gehen und sich schlafen zu legen. Er ging zur Taxistation und nahm einen Wagen.

Als er wieder im Revier war, fragte er den Wachhabenden, ob jemand angerufen habe.

»Nein, hier war es ganz ruhig«, sagte der Wachtmeister gähnend. »Arbeiten Sie rund um die Uhr, Herr Hauptwachtmeister?«, fügte er erstaunt hinzu.

»Nicht ganz. Ich werde jetzt schlafen. Es zumindest versuchen«, sagte Nils und ging die Treppe hinauf in sein Zimmer.

Er rollte seinen Mantel zu einem Kopfkissen, zog seine Jacke aus und legte sich auf den Boden, mit der Jacke als Zudecke, direkt neben das Telefon auf dem Schreibtisch.

56

Tore schraubte die letzte Schraube in seinen Meccano-Bau und betrachtete sein Werk. Er verglich es mit dem Bild in der Anleitung. Jede Schraube war da, wo sie hingehörte. Er nickte zufrieden vor sich hin, faltete die Zeichnung zusammen und kroch ins Bett.

Es war schon sehr spät. Eigentlich hätte er schon lange schlafen sollen, aber er hatte beschlossen, zuerst den Kran fertig zu bauen. Als Maj gute Nacht gesagt und das Zimmer verlassen hatte, war er wieder aufgestanden, hatte die Schreibtischlampe angemacht und weitergearbeitet.

Was sollte er als Nächstes bauen? Vielleicht etwas ohne Zeichnung. Der Tyrannosaurus war ja nicht so gelungen. Aber eine Skisprungschanze, das wäre doch was? Er würde die kleinen Puppen aus dem Puppenhaus von Alice nehmen und ihnen Skier aus Pappe an die Füße kleben.

Als Tore und die anderen vom Schlosspark nach Hause gekommen waren, war auch ihr Vater in der Wohnung gewesen. Er hatte im Salon im Sessel gesessen, das Glas neben sich. Die Mutter war auch da gewesen. Sie hatte in dem anderen Sessel gesessen, sich in ihren Schal verkrochen und mit einem ängstlichen und verwirrten Blick umhergeschaut. Der Vater hatte die Kinder um sich herum versammelt und ihnen erzählt, dass

Alice im Himmel war und nicht mehr wiederkommen würde. »Sie ist jetzt ein Engel«, hatte er mit bebender Stimme gesagt. Tore hatte den Mund aufgemacht, um zu protestieren, aber Maj hatte warnend den Kopf geschüttelt. Dann hatte sie ihm zugezwinkert, und sie hatten sich in heimlichem Einverständnis angeschaut. Wie dumm der Vater war. Alice war kein Engel, sie hatte nur lockige Haare. Aber sie konnte nicht fliegen. Und sie war nicht im Himmel. Sie war im Wald. Bei den Elchen. Maj und Tore hatten sie selbst gesehen. Aber das war ihr Geheimnis.

Tore lag lange wach in seinem Bett und dachte nach. Über die nächsten Meccano-Bauten. Und über Alice, die in diesem Dioramawald verschwunden war. Wo war sie jetzt? Endete dieser Wald irgendwo und was kam dann? Es war wohl irgendwie der Weltraum. Er hatte seinen Vater einmal gefragt, was da war, wo der Weltraum endete. »Mehr Weltraum«, hatte der Vater gesagt. Und dann? »Noch mehr Weltraum.« Man wurde müde, wenn man nur daran dachte.

Die Stille der Nacht wurde unterbrochen, weil es an der Tür klingelte. Es war vermutlich einer der Freunde seines Vaters, der ihn besuchen wollte. Manche waren noch spät unterwegs. Aber sein Vater hatte den ganzen Abend getrunken und würde so schnell nicht wieder aufwachen. Tore hörte, wie Maj die Tür öffnete, und kurz darauf, dass sie wieder ins Kinderzimmer kam und zu Bett ging. Stille legte sich über die Wohnung.

Er versuchte zu schlafen, aber eine Unruhe hielt ihn wach. Es war nicht der Gedanke an das Weltall oder den ewigen Dioramawald. Er musste sich ein wenig anstrengen, um darauf zu kommen, was ihm eigentlich Sorgen machte. Es war etwas Einfacheres. Etwas, das heute passiert war.

Als sie durch den Schlosspark nach Hause gingen, hatten sie diesen merkwürdigen Weg durch das Wäldchen genommen. Maj hatte gesagt, es sei eine Abkürzung, aber das war es nicht. Es war viel weiter und steiler als der große, gestreute Spazierweg.

Maj hatte auf den Turm auf dem Berg gezeigt und behauptet, es sei das Schloss von König Winter. Aber es war doch nur ein Wasserturm, da war Tore sicher. Er war mit seinem Vater dort gewesen, als er noch klein war. Sie waren die Treppe hinaufgegangen und hatten die Aussicht vom Dach aus betrachtet. Maj hatte natürlich nur mit ihnen gescherzt, wie sie es immer machte. Tore hatte es genau verstanden. Aber die Kleinen hatten es nicht verstanden. Und Ellen ... Ellen hatte es auch nicht verstanden. Sie hatte mit großen Augen zum Turm geschaut und war stehen geblieben, als die anderen weitergingen.

Genau! Er setzte sich im Bett auf. Das machte ihm Sorgen. Ellen war in diesem Wäldchen geblieben! Maj hatte nicht auf ihn hören wollen, als er sagte, sie müssten auf sie warten. Als er sich umdrehte, saß Ellen im Schnee an einem Baumstamm, ganz still. Aber Maj hatte ihn nur angetrieben. Sie sagte sonst immer, es sei gefährlich, sich in den Schnee zu setzen. Sie sagte immer, man würde eine Lungenentzündung bekommen.

Irgendetwas stimmte nicht.

Tore musste mit jemandem reden. Aber nicht mit Maj. Die spielte und scherzte immer nur. Und nicht mit seinem Vater. Mit ihm konnte man nicht reden, wenn er getrunken hatte. Und nicht mit seiner Mutter. Mit ihr konnte man überhaupt nie reden.

Er musste es alleine lösen.

Er machte die Bettlampe an, stand auf und zog sich an. Dann holte er aus der untersten Schreibtischschublade seine Taschenlampe heraus, die er vorvorige Weihnachten bekommen hatte, als sein Vater noch Geld für schöne Weihnachtsgeschenke hatte. Er ging aus dem Zimmer. Die Wohnung war dunkel und still. Er schlich vorsichtig an allen Türen vorbei. In der Kammer der kleinen Kinder war es ganz still. Aus dem Zimmer der Mutter kam auch kein Laut, aus dem des Vaters drangen lautes Schnarchen und ein ekliger Geruch nach Schnaps.

Tore kam in den Eingangsflur. Ohne Licht zu machen, zog er seinen Mantel und die Stiefel an.

Er suchte die Schlüssel, die Maj immer auf der Kommode ablegte, fand sie und steckte sie ein.

Mit der Hand am Türgriff hielt er inne, ging zurück in sein Zimmer und holte Putte, der noch im Bett lag. Er machte den oberen Knopf seines Mantels auf und steckte den Plüschbären hinein, sodass nur der Kopf herausschaute. Dann verließ er die Wohnung.

Die Stadt war wie ausgestorben, nicht einmal die Straßenbahnen fuhren. Es war sehr kalt, und er hatte keine Fäustlinge mitgenommen. Tore steckte die Hände in die Taschen und schaute erstaunt um sich. Er war noch nie so spät in der Nacht draußen gewesen. Es war, wie an einem ganz neuen Ort zu sein. Die Straßen wirkten breiter und die Hauseingänge waren schwarze Löcher. Er konnte beim Gehen das Geräusch seiner Schuhe von den Hauswänden widerhallen hören.

Im Schlosspark waren die Laternen weiter auseinander aufgestellt und auch nicht so hell. Tore folgte dem Hauptweg. Er ging schnell auf den dunklen Partien zwischen den Laternen.

Wo waren sie in den Wald abgebogen? Es gab jede Menge kleine Wege und Wäldchen. Einige Wege verschwanden ganz im Dunklen, und er wäre fast an ihnen vorbeigegangen. Er wusste schon, dass man nicht in den Park gehen sollte, wenn es dunkel war. Da waren gefährliche Menschen unterwegs.

Ein paar junge Männer standen auf einem der Wege und redeten und lachten laut. Er sah sie von weitem, und damit er ihnen nicht begegnete, verließ er den Weg und machte einen Bogen hinter den Bäumen. Als er selbst im Dunkeln war, fühlte er sich eher geschützt als bedroht.

Kurz darauf fand er den Pfad, den sie am Abend gegangen waren. Weil es dort keine Laternen gab, wäre er fast daran vorbeigegangen. Die Spuren vom Kinderwagen waren noch im Schnee zu sehen und auch Fußspuren in allen möglichen Größen. Nach ihnen war hier offenbar niemand mehr gegangen.

Er leuchtete mit seiner Taschenlampe. Er konnte jetzt schneller gehen, ohne die kleinen Schwestern und den schweren Kinderwagen. Er leuchtete hin und her, auf den steilen Weg und zwischen die Bäume und Hügel. Die Finger, die die Taschenlampe hielten, waren steif gefroren. Er wechselte die Hand und steckte die kalte in die Tasche. Der Weg wurde flacher, Tore war auf einem Plateau angekommen. Er ging weiter, dann bemerkte er ein großes Tier, das neben einem Baum lag. Das Tier lag ganz still. Tore hielt sich auch still. Er traute sich kaum, zu atmen. War das vielleicht ein Tier aus dem Park, das aus seinem Gehege ausgebrochen war?

Dann bemerkte er Damenschuhe, die aus dem Pelz herausschauten. Er hatte Ellen gefunden.

Er ging zu ihr und leuchtete mit seiner Taschenlampe. Das Gesicht war so weiß wie der Schnee, die Augen waren geschlossen, als würde sie schlafen. Oder als wäre sie …

Tore ließ die Taschenlampe fallen, packte sie mit seinen kleinen Händen am Pelzkragen und schüttelte sie, sodass ihr Kopf hin- und herfiel.

»Ellen, Ellen! Du musst aufstehen!«, rief er.

Die Lider öffneten sich ein wenig, fielen dann aber wieder zu.

»Wach auf! Versuche, aufzustehen. Ich kann dich nicht tragen. Bitte, Ellen«, bat er.

Die Lider zitterten, sie murmelte etwas Unverständliches. Dann sank sie wieder zurück.

Tore gab auf. Er musste Hilfe holen. Schnell.

Er lief den Pfad hinunter zu dem breiteren Weg. Die jungen Männer standen immer noch da. Die lauten Stimmen und die selbstsicheren Gesten erinnerten ihn an seinen Vater, wenn er getrunken hatte. Man musste Abstand halten, bis man die Lage einschätzen konnte. Fröhlich oder ärgerlich?

Er stellte sich hinter einen Baumstamm und beobachtete die Männer. Sie schienen eher fröhlich als ärgerlich. Und sie wirkten stark. Auf jeden Fall der eine, der war groß und breitschultrig und hatte eine laute Stimme. Außerdem hatte er keine Wahl. Tore wollte es versuchen. Er knöpfte den obersten Knopf über Putte zu, damit man den Bären nicht sah, und ging auf die beiden Männer zu.

»Entschuldigung«, sagte er und nahm höflich die Mütze ab. »Da oben liegt eine Dame, sie ist hingefallen.« Er zeigte auf das Wäldchen. »Können Sie mir helfen, sie aufzustellen?«

Die Männer schauten ihn erstaunt an.

»Ist es deine Mutter? Ist sie betrunken?«, fragte der eine grinsend.

Er war kleiner als sein Kamerad, hatte rötliche Haut und klang erkältet.

»Nein«, sagte Tore. »Es ist eine andere Dame. Sie ist nicht betrunken.«

Allerdings, wenn er ehrlich war, so hatte sie fast so ausgesehen.

»Sie müssen ihr helfen. Ihr Gesicht ist ganz weiß. Ich glaube, sie ist krank.«

Die Männer schauten in die Richtung, in die er zeigte. Sie schienen zu zögern.

»Bist du nicht zu jung, um so spät unterwegs zu sein? Das ist doch wohl kein Trick. Jemand, der uns ausrauben will?«

»Nein, nein. Bitte, helfen Sie ihr!«, bat Tore verzweifelt. Er packte den einen bei der großen Hand und zog ihn mit sich.

»Schnell!«

Die Männer schauten einander an.

»Wenn du versuchst, uns hinters Licht zu führen, dann schlagen wir dich grün und blau, du kleiner Scheißkerl«, sagte der Große und folgte Tore auf den dunklen Pfad.

»Er hat eine Taschenlampe dabei. Das ist irgendeine Teufelei, da bin ich sicher«, flüsterte der Rotgesichtige.

»Hör zu«, sagte der Große. »Wir gehen vor. Und mach die Lampe aus. Keine Signale.«

Tore gehorchte. Die Männer gingen voran ins Dunkel.

»Wie weit ist es denn?«, schnaufte der Rotgesichtige.

»Nur noch ein kleines Stück. Wir sind gleich da«, sagte Tore aufmunternd.

»Jesses!«, rief der Große plötzlich.

Er wäre beinahe über Ellens Füße gestolpert.

»Mach die Taschenlampe an«, kommandierte er. »Hol's der Teufel. Der Junge hat recht. Hier liegt eine Frau.«

»Sie ist ohnmächtig. Total weg«, konstatierte sein Kumpel.

Der Große hob Ellen hoch und warf sie über die Schulter wie einen Sack. Der andere nahm ihre Stofftasche. Tore leuchtete den Weg hinunter zum Hauptpfad.

»Da drüben ist eine Telefonzelle. Ich laufe hin und rufe einen Krankenwagen«, sagte der Rotgesichtige und schnäuzte sich mit Daumen und Zeigefinger.

»Nein«, lallte Ellen auf dem Rücken des anderen Mannes. »Keinen Krankenwagen. Nach Hause.«

»Sieh an. Sie wird munter. Ich rufe ein Taxi«, sagte der Rotgesichtige und lief los.

Als sie aus dem Park kamen, wartete am Linnéplatz ein Taxi. Der Chauffeur hielt die Tür auf und die Männer hoben Ellen auf den Rücksitz, Tore schaute zu.

»Wir kommen nicht mit«, erklärte der Große. »Es gibt vielleicht Ärger mit ihrem Mann. Wir wollen damit nichts zu tun haben.«

»Wohin soll ich sie fahren?«, fragte der Chauffeur mit einem Blick auf Ellen, die mit dem Kopf nach hinten gelehnt dasaß und mit offenem Mund schlief.

Die Männer schauten Tore ratlos an.

»Weißt du, wo sie wohnt, Junge?«

Er schüttelte den Kopf.

»Hat sie Geld?«, fragte der Chauffeur.

Als niemand antwortete, seufzte er und beugte sich ins Auto. Er nahm Ellens Stofftasche, öffnete sie und holte eine elegante Damenbrieftasche aus Krokodilleder heraus. Mit geübter Geste blätterte er durch die Fächer und nickte. Er hielt eine Visitenkarte ins Licht der Straßenlaterne und las. Dann steckte er die Brieftasche wieder zurück und warf die Tasche neben Ellen auf den Sitz. Man sah es, das machte er nicht zum ersten Mal.

»Scheint kein Problem zu sein. Soll der Junge auch mit?«

»Nein, danke«, sagte Tore und trat ein paar Schritte zurück.

Der Chauffeur stieg an der Fahrerseite ein. Als er startete, drehte Tore auf dem Absatz um und rannte davon.

Er lief so schnell, dass ihm warm wurde und er außer Atem kam, die Taschenlampe in seiner Manteltasche schlug gegen seine Oberschenkel. Nach zwei Ecken bog er in seine Straße ein. Kurze Zeit später lag er im Schlafanzug in seinem Bett. Er schlief ganz ruhig ein, mit Putte im Arm.

57

»Ja? Hallo!«

Nils schrie fast, er kniete neben seinem Schreibtisch, den Hörer ans Ohr gepresst, sein Herz klopfte wie wild, weil er so schockartig aufgewacht war. Als er das schrille Klingeln direkt über seinem Kopf gehört hatte, wusste er nicht, wo er war, er war immer noch wie betäubt.

»Mit wem spreche ich? Ist da Hauptwachtmeister Gunnarsson?«, fragte eine zögernde Stimme.

»Ja, das bin ich.«

»Hier ist Georg Forsell. Ich wollte nur sagen, dass Ellen wieder zu Hause ist. Ich möchte mich bei Ihnen entschuldigen, dass ich Sie gestern Abend gestört habe.«

Nils atmete aus. Er stand auf.

»Keine Ursache. Geht es ihr gut?«

»Na ja.« Georg klang peinlich berührt. »Sie war aus und hatte sich vergnügt, da hatten Sie ganz recht. Sie kam heute Nacht mit dem Taxi nach Hause. Der Chauffeur und ich mussten ihr helfen, in die Wohnung zu kommen. Es war offenbar zu viel des Guten. Sie muss in den Schnee gefallen sein, sie war ganz kalt und nass.«

»Meine Güte! Wo ist sie gewesen?«

»Ich habe bisher noch nichts Vernünftiges aus ihr herausbekommen.«

»Wie geht es ihr jetzt?«

»Ach, jetzt ist es nicht mehr schlimm. Sie schläft. Wir

werden reden, wenn sie aufwacht.« Georg machte eine Pause. »Ich kenne sie vielleicht doch nicht so gut, wie ich dachte«, sagte er leise. »Ich bin wohl ein wenig altmodisch. Die neue Frau, nicht wahr? Daran wird man sich gewöhnen müssen.« Er lachte ein wenig angestrengt. »Warum sollten nur wir uns bis zum Morgengrauen amüsieren und am nächsten Vormittag mit einem Kater aufwachen? Im Namen der Gleichberechtigung sollten die Damen das Gleiche machen dürfen.«

»Vielleicht«, murmelte Nils. »Danke, dass Sie angerufen haben.«

Er legte auf und blieb neben dem Telefon stehen.

Das klang überhaupt nicht nach Ellen, fand er. Aber er kannte sie auch nicht so gut. Nicht mehr.

Ellen hing über der Toilette und übergab sich. Die heftigen Kontraktionen im Zwerchfell erschöpften sie völlig, aber immerhin war die Übelkeit für eine Weile vorbei. Sie stand keuchend auf und stolperte ins Bett zurück. Mein Gott, wie übel ihr war. Das war der schlimmste Magenkatarrh, den sie je gehabt hatte.

Sie kroch unter die Decke. Der andere Teil des Doppelbetts war ordentlich gemacht. Georg war offenbar schon aufgestanden.

»Georg!«, rief sie.

Aber nicht Georg, sondern Maggie trat in die Tür.

»Sie haben gerufen, gnädige Frau?«

»Ich muss mit Georg sprechen. Ich kann heute nicht aufstehen. Oh, mein Gott, mir ist so übel.«

»Der gnädige Herr ist bei der Arbeit.«

»Wie viel Uhr ist es?«

»Es ist zehn nach eins, gnädige Frau.«

»Ist das wahr?«, rief Ellen erschrocken und machte einen halbherzigen Versuch, sich im Bett aufzusetzen. »Habe ich den ganzen Vormittag geschlafen?«

»Ja, gnä' Frau. Der gnädige Herr hat mir gesagt, ich solle Sie schlafen lassen, so lange Sie wollen.«

»Oh, Maggie, ich glaube, ich bin krank«, murmelte Ellen und sank wieder in die Kissen.

Maggie betrachtete sie mit amüsierter Verachtung.

»Soll ich Ihnen ein paar rohe Eier aufschlagen? Das ist ein bewährtes Hausmittel, wenn man nach einem langen Abend etwas unpässlich ist.«

»Nein, nein«, jammerte Ellen. »Sprich mir nicht davon, ich muss mich übergeben, wenn ich nur daran denke. Lass mich einfach in Ruhe.«

Sie zog die Decke über den Kopf. Sie konnte durch die Decke hören, wie Maggie schadenfreudig vor sich hin lachte, als sie das Zimmer verließ.

Als Ellen das nächste Mal aufwachte, dämmerte es. Sie lag still im Bett, erfüllt von dem gleichen, eigenartig wehmütigen Gefühl wie damals, als sie die Masern hatte und zu den merkwürdigsten Tageszeiten aus dem Fieberschlaf erwachte.

Aber die Masern können es nicht sein, dachte sie. Die bekommt man nur einmal. Und ich habe auch keinen Ausschlag.

Zum Glück war ihr nicht mehr übel. Aber sie war durstig wie ein Wüstenwanderer. Jemand – Maggie oder Georg? – schien das vorausgesehen zu haben, eine Wasserkaraffe mit einem darüber gestülpten Glas stand auf dem Nachttisch. Sie setzte sich auf und trank drei volle Gläser. Dann legte sie sich wieder hin und ließ die Gedanken einfach wandern. Aus dem Wohnzimmer konnte sie Radiomusik hören. Georg war nach Hause gekommen, aber sie rief ihn nicht.

Was war eigentlich gestern passiert? Sie war sich sicher, dass er diese Frage stellen würde, und sie wollte nicht mit ihm reden, bevor sie nicht selbst die Antwort wusste.

Sie erinnerte sich deutlich an das Skispringen am Brageberg. Die Skifahrer, die in der Luft schwebten. Die dröhnenden Lautsprecher. Dort hatte sie Maj und die Kinder getroffen, die Kinder waren an dem Hügel daneben Schlitten gefahren.

Danach verlor die Erinnerung ihre Konturen und floss in dunklen Bildern davon. Eine traumähnliche Welt, bewohnt von tanzenden Himmelskörpern und einem kleinen Tier, das sie aus nächster Nähe mit glänzenden, kugelrunden Augen betrachtete. Eine Eule?

Dann erinnerte sie sich an noch etwas: Maj hatte ihr dort am Brageberg etwas erzählt. Ellen sah sie vor sich, das rosige Gesicht, der intensive Blick unter der Hutkrempe, der sprechende Mund. Aber was hatte sie gesagt? Kalte Luft, Lautsprecher, Applaus, ein süßer Duft von heißer Schokolade. Und Maj erzählte. Etwas Wichtiges, etwas Aufregendes, etwas, das Ellens Herz lauter schlagen ließ …

Ja, genau! Sie hatte erzählt, was im Museum passiert war, an dem Tag, als Alice verschwand.

Und plötzlich erinnerte sich Ellen an jedes Detail in Majs Bericht.

Sie rief nach Georg.

Als er ins Schlafzimmer kam, saß sie aufrecht im Bett.

»Du bist aufgewacht!«, konstatierte er fröhlich. Er setzte sich auf die Bettkante und nahm ihre Hand. »Du siehst auch schon viel besser aus. Maggie hat gesagt …«

»Ja, ja«, sagte Ellen ungeduldig. »Aber hör mir jetzt zu. Mir ist gerade etwas eingefallen. Ich habe Maj gestern beim Skispringen getroffen.«

In einem einzigen Rutsch und ohne sich unterbrechen zu lassen, gab sie Majs Geschichte wieder, genau so, wie das Kindermädchen sie berichtet hatte. Sie war selbst erstaunt darüber, dass sie sich so gut an alles erinnern konnte, wo doch so viel anderes vom gestrigen Tag in einem Nebel verschwand.

»Du lieber Gott«, sagte Georg, als sie geendet hatte. »Meinst du, sie hat die Wahrheit gesagt?«

»Ja«, sagte Ellen und trank ein wenig Wasser aus dem Glas auf dem Nachttisch. »Ich glaube, sie hat endlich die Wahrheit gesagt.«

Er schüttelte verwundert den Kopf.

»Sie wusste es also die ganze Zeit. Während die Polizei suchte und der Vater die halbe Stadt mit seinen Plakaten tapezierte, wusste sie ganz genau, wo das Mädchen war. Wie lange hatte sie schweigen wollen? Hatte sie gewollt, dass der Körper dort liegen bleibt und verrottet, falls niemand ihn findet?«

Ellen dachte einen Moment nach und sagte dann:

»Maj hat eine eigenartige Gabe. Sie kann Wurzelgemüse in Edelmetall verwandeln und einen Wasserturm in König Winters Palast. Wenn sie will, dass es etwas gibt, dann gibt es das auch. Und wenn sie will, dass es etwas *nicht* gibt, dann gibt es das eben nicht.«

Georg schüttelte wieder den Kopf. »Das musst du natürlich der Polizei berichten.«

»Das habe ich auch Maj gesagt«, erklärte Ellen. »Das Allerbeste wäre natürlich, wenn Maj es selbst machen würde, nicht wahr? Aber sie hat sich geweigert. Sie will nicht ins Gefängnis und die Kinder ihrem Schicksal überlassen.«

»Ich glaube nicht, dass sie ins Gefängnis kommt. Sie ist noch zu jung. Und sie war unter schwerem Druck. Vermutlich waren ihre Nerven am Ende. Das wird das Gericht beachten. Aber sie braucht einen guten Anwalt, der ihre Sache vertritt. Ich kenne ein paar, ich kann mich umhören, ob einer von ihnen Zeit hat. Wann ist der Prozess gegen den Hausmeister?«

»Morgen.«

»Morgen! Dann musst du unbedingt sofort die Polizei anrufen.« Er stand auf. »Nimm das Telefon in meinem Arbeitszimmer, da kannst du ungestört reden.«

»Danke.«

»Danach kannst du mir vielleicht erzählen, was du später am Abend gemacht hast. Wenn du willst«, sagte er freundlich.

»Das will ich sehr gerne«, sagte Ellen. »Aber ich kann nicht. Ich habe wirklich nicht die geringste Ahnung.«

58

Vor dem Saal im Gericht von Göteborg drängten sich erheblich mehr Menschen, als auf den Zuhörerbänken Platz hatten. Einige von ihnen waren schon gestern da gewesen, ein Anschlag hatte jedoch informiert, dass die Verhandlung aufgeschoben worden war. Als die Türen zum Gerichtssaal nun geschlossen wurden, blieben ungefähr hundert Menschen draußen. Die meisten warteten geduldig in der Vorhalle, falls ein Platz frei werden würde.

Das allgemeine Interesse an der Verhandlung gegen Rudolf Oskarsson war groß, und es war nicht kleiner geworden dadurch, dass sie wegen eines neuen Zeugen und bisher unbekannter Tatsachen um einen Tag verschoben worden war, vom Dienstag auf den Mittwoch. Kommissar Nordfeldt hätte lieber noch mehr Zeit gehabt, um die neue Situation zu beurteilen, aber das Gesetz war unerbittlich. Spätestens acht Tage nach einer Festnahme musste eine Haftprüfung vor Gericht stattfinden.

Nils war als Polizeizeuge geladen. Er hatte sich gerade auf eine Bank im Gerichtssaal gesetzt, als er Ellen hereinkommen sah. Sie blieb in der Tür stehen und schaute sich unsicher um. Ein uniformierter Wachtmeister kam zu ihr und zeigte ihr ihren Platz, nicht weit von Nils. Er drehte sich zu ihr um, und sie bekamen Augenkontakt. Ihr Blick war müde und leer. Sie nickte und setzte sich.

Es war ihr nicht leichtgefallen, Maj anzuzeigen, das hatte Nils verstanden, als sie ihn anrief, und sie hatte sich außerordentlich ungern überreden lassen, als Zeugin vor Gericht auszusagen. Er hatte sie darauf hingewiesen, dies sei ihre staatsbürgerliche Pflicht. Dann hatte er ihr gedankt und gesagt, sie habe alles richtig gemacht.

Der Richter eröffnete die Sitzung, indem er den Angeklagten aufrief. Mit großen, sicheren Schritten trat der Hausmeister an die Schranke. Er trug einen schwarzen, etwas zerknitterten Anzug, den seine Frau ins Polizeirevier gebracht hatte. Die dünnen Haare waren nass gekämmt, mit einem Mittelscheitel. Er stand sehr aufrecht und schaute dem Richter mit festem Blick in die Augen. Der Richter bat ihn, kurz seine Lebenssituation zu schildern, und der Hausmeister erzählte von dem Sohn, der an Epilepsie litt, der rheumatischen Ehefrau und seiner schlechten finanziellen Situation.

Danach ging der Richter zu den Diebstählen im Museum über. Herrn Holzes Aufzeichnungen waren von der deutschen Polizei beschlagnahmt worden, sie hatten Kopien nach Schweden geschickt. Mit deutscher Gründlichkeit hatte Holze Buch geführt und jeden einzelnen Gegenstand, den Oskarsson für ihn gestohlen hatte, bewertet. Der Hausmeister gestand alles ohne Ausflüchte. Das Motiv war, Geld für die Unterbringung und Versorgung des Sohnes zu beschaffen. Er wandte sich an seine Frau, sie saß zwischen den Zuhörern, die beiden Eheleute schauten einander liebevoll an.

Mit überraschender Beredtheit und detailreich erzählte er dann, wie er zu Wege gegangen war, und von seinen Kontakten zu Herrn Holze. Der Richter schaute auf die Uhr und ermahnte ihn, sich kurz zu fassen, aber der Hausmeister ließ sich nicht bremsen. Nach seinem missglückten Selbstmordversuch war der bis dahin so schweigsame Mann eine richtige Plaudertasche geworden. Die Schlinge hatte wohl wichtige Teile des Sprechapparats berührt und dabei Hindernisse aus dem Weg geräumt.

»Danke, Herr Oskarsson«, unterbrach ihn der Richter. »Sie erkennen sich also der Diebstähle für schuldig.«

Dann ging er zum nächsten Anklagepunkt über, dem Mord an Alice Guldin. Aber jetzt versiegte der Redefluss des Hausmeisters. Nein, er hatte nichts zu berichten. Nein, er hatte nichts mit dem Tod des Mädchens zu tun. Jede Frage, die der Richter ihm stellte, wurde mit einem kurzen und sehr bestimmten »Nein« beantwortet.

Als das Verhör mit dem Hausmeister beendet war, musste Nils vortreten und wurde vom Richter befragt. Er berichtete, dass er den Hausmeister verdächtigt und ihn deshalb »unter Aufsicht« genommen hatte – eine Formulierung, die hoffentlich seine Gegenwart im Museum in jener Nacht erklären würde. Kurz gefasst berichtete er, wie er den Hausmeister auf frischer Tat ertappt hatte, als dieser die Luke öffnete, wo das tote Mädchen lag.

Und dann war Ellen an der Reihe. Mit dem Blick fest nach vorne gerichtet, ging sie zur Richterschranke. Die schreckliche Übelkeit war zum Glück vorbei, aber sie fühlte sich immer noch ein wenig schläfrig und matt. Sie hätte alles gegeben, um hier nicht stehen zu müssen und nicht zu sagen, was sie sagen musste.

Als sie vorne war, drehte sie sich zum Gerichtssaal um und erfasste die ganze Szenerie mit einem Blick.

Auf einer der vordersten Bänke saß ihr alter Journalistenkollege Hanson und betrachtete sie neugierig. Neben ihm saß ein Zeichner mit einem Skizzenblock auf dem Schoß. Der Stift flog wie von selbst über das Papier, er hatte seine zugekniffenen Augen auf Ellen gerichtet. Mein Gott, musste sie so in der Zeitung erscheinen? Als Beteiligte in einer Mordverhandlung. Welches pikante Detail ihres Aussehens würde der Zeichner hervorheben? Ihre Stupsnase? Ihre derzeit ziemlich schweren Lider und den trägen Blick? Oder die wirren Haare, die nach zwei Tagen im Bett nicht zu bändigen waren? Sie übertrieben ja immer etwas, damit es lustiger war.

Maj saß mit gesenktem Kopf zwischen zwei Polizisten, als versuche sie, unter der Krempe ihres Glockenhuts unsichtbar zu werden.

Nils' blonder Kopf ragte etwas über die anderen hinaus. Er nickte ihr freundlich und aufmunternd zu.

Ganz hinten im Saal entdeckte sie Herrn Guldins karottenfarbenen Schopf. Er hatte gebeten, als Zeuge geladen zu werden, aber seine Bitte war abgelehnt worden. Jetzt saß er vorgebeugt mit den Händen auf den Knien und starrte Ellen intensiv an. Sie fragte sich, wer jetzt wohl nach den Kindern schaute. Bei ihrem Telefongespräch mit Nils hatte er sie beruhigt und gesagt, die Polizei würde mit den Nachbarn sprechen. Irgendwer würde sicher helfen können. Zumindest vorübergehend. Dann würde man sehen, wie es weiterging.

Auf die Aufforderung des Richters hin legte Ellen die Finger auf die in Leder gebundene, lächerlich große Bibel, die sie an ein Theaterrequisit erinnerte. Mit klarer Stimme schwor sie den Zeugeneid, den der Richter ihr vorsagte, während er gleichzeitig in den Gerichtsakten blätterte und sich Notizen machte.

Danach berichtete Ellen von ihrem Treffen am Brageberg und gab wieder, was das Kindermädchen ihr gebeichtet hatte. Ellen betonte auch sehr ausführlich ihre Beobachtungen von Majs Verdiensten. Wie liebevoll sie sich um die Kinder gekümmert hatte. Ihr Pflichtgefühl und die unmenschlich große Arbeitsbürde.

Die Zuhörer lauschten gespannt. Darüber hatte noch nichts in den Zeitungen gestanden.

Herr Guldin rutschte auf der Zuschauerbank hin und her, während sie sprach, er wollte unbedingt selbst etwas sagen, er streckte die Hand hoch wie ein eifriger Schuljunge. Der Richter beachtete ihn überhaupt nicht.

Er ließ Ellen reden, ohne sie zu unterbrechen, und fasste schließlich zusammen: »Fräulein Stenberg hat Ihnen also gestanden, dass sie dem Mädchen mehrmals von einer Medizin gegeben hatte, die eigentlich für die Mutter gedacht war, und dass sie, als sie das Mädchen leblos entdeckte, es in einem Verschlag auf dem Boden versteckte, anstatt einen Arzt zu rufen? Habe ich das richtig verstanden?«

»Ja«, sagte Ellen.

Die Luft im Saal wurde stickig. Es roch nach nasser Wolle und Sensationsgier.

»Vielen Dank, Frau Forsell.«

Ellen drehte sich um, sie wollte zu ihrem Platz zurückgehen, hielt jedoch inne, als sie Maj sah.

Das Kindermädchen hielt nicht mehr den Kopf gesenkt. Mit der Haltung einer Königin fixierte sie Ellen, scharf und durchdringend. Ellen war zumute, als hätte sie einen Schöpfer voll schwarzen, kochenden Teer über den Kopf geschüttet bekommen. Der gleiche vernichtende Blick, wie damals, als sie am Brageberg standen und sie Maj aufgefordert hatte, ihre Beichte bei der Polizei abzulegen.

Wie in einer Laterna-magica-Vorführung traten die Bilder vor ihr inneres Auge: die heiße Schokolade, die so schlecht geschmeckt hatte, nachdem sie Maj den Becher zum Halten gegeben hatte. Das Medizinfläschchen, das Maj immer bei sich trug. Den eigenartigen Weg durch den einsamen Wald. Die Rücken von Maj und den Kindern, die sich entfernten. Die angenehme Müdigkeit und die Traumbilder.

Diese Erkenntnis ließ sie erschaudern. Alice' Tod war ein Unfall gewesen. Aber danach wusste Maj genau, wie stark das Medikament war und was es in hohen Dosen bewirken konnte. Sie hatte ganz absichtlich versucht, Ellen zu vergiften!

»Haben Sie Ihre Zeugenaussage beendet?«, fragte der Richter hinter ihr.

Ellen stand da wie festgefroren, den Rücken zur Schranke und das Gesicht Maj zugewandt, die sie anschaute, ohne mit dem Blick auszuweichen.

Auch wenn die Dosis Opium nicht gereicht hätte, um sie umzubringen, wäre sie eben erfroren. Das musste Maj bewusst gewesen sein.

Mordversuch, dachte Ellen. In diesem Fall gab es keine mildernden Umstände für Majs Handeln. Georgs Anwalt würde sie nicht retten können.

»Frau Forsell?«

Ellen drehte sich wieder um, zum Richter und zu der übergroßen Bibel, auf die sie kürzlich geschworen hatte.

Und jetzt, als sie den schwarzen Blick des Kindermädchens nicht mehr sah, trat ein anderes Bild hervor: Maj mit den Guldin'schen Kindern. Das breite, warme Lächeln, das ihr ganzes Gesicht zum Leuchten brachte. Maj mit dem frisch gebadeten Baby im Arm. Maj, die Gold-Silber-Bronze-Suppe kochte. Maj, die tröstete, wiegte und spielte. Und dann: die weinende Maj in Ellens Armen. Der weiche, zitternde Körper des jungen Mädchens und die duftenden Haare. Ihre bodenlose Verzweiflung über die verschwundene Alice.

Ihr ganzes Wesen bestand aus Zärtlichkeit und Liebe zu den Kindern. Was sie alles für sie getan hatte. Und dann der impulsive Versuch, Ellen loszuwerden.

»Nun, Frau Forsell«, wiederholte der Richter etwas ungeduldig. »Sind Sie fertig oder wollen Sie noch etwas hinzufügen?«

»Ich bin fertig«, sagte Ellen.

Sie ging rasch zu ihrem Platz zurück, ohne sich noch einmal umzuschauen.

Der Richter schlug mit dem Hammer auf den Tisch und erklärte, das Gericht würde jetzt fünfundvierzig Minuten Pause machen. Alle wurden aufgefordert, den Saal zu verlassen. Aber die Zuhörer wollten ihre Plätze nicht aufgeben, nicht riskieren, dass die von der wartenden Volksmenge draußen übernommen würden.

»Der Saal wird geleert und gelüftet. Los, verlassen Sie den Saal«, befahl der Richter.

Knapp die Hälfte der Zuschauer gehorchte ihm. Mit

einem Seufzer gab der Richter auf und verließ den Raum in seine wohlverdiente Pause.

Ellen eilte zu den geöffneten Türen. Sie brauchte Luft. Eigentlich konnte sie jetzt nach Hause gehen, oder? Sie hatte ihre Zeugenaussage gemacht. Aber vielleicht musste man bis zum Ende bleiben. Falls der Richter noch etwas fragen wollte.

Nils wartete vor dem Gerichtssaal. Als er Ellen herauskommen sah, machte er ein paar Schritte auf sie zu, aber sie ging weiter und tat so, als würde sie ihn nicht sehen. Sie war blass und sah angestrengt aus. Er folgte ihr zum Ausgang.

Vor der Tür der Rathaustreppe standen ein paar Damen und diskutierten die aktuelle Verhandlung:

»Diese Zeugin hat sich das bestimmt nur ausgedacht. Es ist doch klar, dass der Hausmeister es getan hat. Er ist irgendwie unangenehm.«

»Sie hat sich komisch benommen. Hat dagestanden und geradeaus geschaut.«

»Puh, wie kalt es ist. Ich verstehe gar nicht, warum wir rausgehen mussten. Wir können bestimmt nicht wieder auf unsere Plätze, und dann werden wir nicht erfahren, wie es ausgeht.«

»Wir können es morgen in der Zeitung lesen.«

»Das ist nicht das Gleiche.«

Weiter unten auf der Treppe, an einen Pfeiler gelehnt, stand Ellen und schaute über den schneebedeckten, fast leeren Platz. Sie sah so allein und klein aus. Nils spürte den starken Impuls, zu ihr zu gehen, sie in die Arme zu nehmen und seine Wange an ihre Haare zu legen. Stattdessen blieb er auf der obersten Treppenstufe stehen und schaute sie an. Er erinnerte sich genau, wie es sich anfühlte, sie im Arm zu haben. Wie sie tiefer in ihn hineinkroch und sich an ihn kuschelte. An ihren Duft. An den gespitzten Mund, der sich ihm für einen Kuss zuwandte. So eigenartig, dass all dies noch in ihm war.

Eine Straßenbahn bog zum Brunnsparken ab, das durchdringende Quietschen schnitt durch die Luft. Die plaudernden Damen auf der obersten Treppenstufe gingen wieder hinein. Aber Ellen blieb an ihrem Pfeiler stehen, die Arme über der Brust verschränkt, so bewegungslos wie die Königsstatue auf dem Platz.

Wo war sie eigentlich Sonntagnacht gewesen? Warum hatte sie so viel getrunken, dass sie nicht auf den Beinen stehen konnte? Nils hatte sie nicht gefragt, als sie ihn anrief. Ihr Privatleben ging ihn nichts mehr an. Aber er grübelte doch darüber nach.

Die Glocke der Deutschen Kirche schlug zwölf, und die Pause war beendet. Er ging zurück ins Rathaus.

59

Nach einem gewissen Durcheinander waren alle Zuhörer wieder auf ihren Plätzen und die Türen wurden geschlossen.

Nun war Maj an der Reihe, vor den Richter zu treten und auszusagen. Es dauerte ziemlich lang, der Richter musste ihr jede Aussage aus der Nase ziehen, Stück für Stück. Oft antwortete sie nur mit ja oder nein auf seine Fragen. Sie sprach so leise, dass der Richter sich immer wieder über den Tisch beugen musste, die Hand demonstrativ hinters Ohr legte und sie immer wieder aufforderte, zu wiederholen, was sie gesagt hatte. In allen wesentlichen Fakten bestätigte sie die Geschichte, die Ellen erzählt hatte.

»Sie geben also zu, dass Sie am Tod des Mädchens schuldig sind?«, fragte der Richter schließlich.

»Ja«, antwortete Maj leise. »Aber es war keine Absicht.«

Hinten auf der Zuhörerbank war Herr Guldin wieder sehr lebhaft. Er stand auf und kommentierte laut. Der Richter musste ihn deutlich zurechtweisen und damit drohen, ihn aus dem Saal führen zu lassen, wenn er sich nicht benehmen konnte. Er musste fünf Mal mit dem Hammer auf den Tisch schlagen, bis er still war.

Der Richter fragte, warum Maj den Körper des Mädchens versteckt und nicht um Hilfe gerufen hatte.

Sie dachte einen Moment nach und sagte dann mit ruhiger und gut hörbarer Stimme:

»Diese Luke ist von alleine aufgegangen. Sie war vorher nicht da. Das muss die Vorsehung gewesen sein.«

Das war der längste Satz, den sie im ganzen Verhör gesagt hatte.

Danach machte Fräulein Lind, Alice' Lehrerin, ihre Aussage. Sie hatte ihre Strickjacke gegen ein ordentliches, pflaumenfarbenes Kostüm getauscht, mit einer Silberbrosche in Form eines Eichenblatts am Revers. Die Lehrerin erzählte von Alice' Verwandlung vom Primus der Klasse zu einem kaum zu bändigenden Störenfried. Sie verwies auch auf die eigenartige, plötzlich entstandene Linkshändigkeit, und sie reichte dem Richter die Schreibhefte vor und nach der Veränderung. Er warf einen Blick darauf und gab sie dann weiter an die übrigen Mitglieder des Gerichts.

Und dann war Doktor Hedman an der Reihe, das Gutachten des Rechtschemikers vorzustellen, es war endlich fertig und dem Gericht in letzter Minute zugestellt worden. Ruhig und sachlich berichtete der Gerichtsmediziner von seinen Erkenntnissen bei der Obduktion, er warf ab und zu einen Blick in seine Papiere, die vor ihm auf dem Pult lagen.

Nils kannte das meiste von ihrem Gespräch aus der Ärztekantine. Außer den blauen Flecken am rechten Arm und an der Schulter und einer geheilten Wunde älteren Datums zeigte der Körper keine Spur von Gewalt oder sexuellen Handlungen. Die Verletzungen an Arm und Schulter stammten vermutlich vom Zusammenstoß mit der Vitrine.

Doktor Hedman referierte auch das Gutachten des Rechtschemikers und dessen Auffassung, dass der Tod durch eine Überdosis Opium eingetreten sei.

»Und ist dies auch Ihre Meinung?«, fragte der Richter.

Doktor Hedman faltete seine langen, mageren Hände und legte sie auf das Gutachten.

»Ich bin der Meinung, dass dies eine vernünftige Schlussfolgerung ist, wenn man bedenkt, was die toxikologische Analyse gezeigt hat«, sagte er. »Aber ich bin nicht ganz überzeugt davon, dass dies die Todesursache war. Die Obduktion legt nämlich noch eine andere Möglichkeit nahe.«

Der Richter schaute ihn skeptisch über den Brillenrand an. »Habe ich richtig verstanden, dass der Körper außer den blauen Flecken keine Verletzungen aufwies? Oder habe ich das falsch verstanden?«

»Fast keine Verletzungen, ja. Aber sie war nicht gesund. Der vordere Teil des Gehirns hatte eine ungewöhnliche Form. Es stellte sich heraus, dass da ein Tumor von der Größe eines Hühnereis war. Der ist wahrscheinlich auch die Erklärung für die veränderte Persönlichkeit des Mädchens, für ihre Wutausbrüche und Ungeschicktheit. Das Beispiel mit der veränderten Handschrift, von dem Fräulein Lind berichtete, ist typisch. Dass rechtshändige Menschen beginnen, die linke Hand zu verwenden, oder dass Linkshänder auf einmal rechts bevorzugen, ist ein weiteres Phänomen, das in der Literatur erwähnt wird. Eigentlich ist das auch nicht verwunderlich. Wenn die eine Hand verletzt ist, nimmt man die gesunde, auch wenn das Ergebnis nicht perfekt ist. Das Ungewöhnliche an so einem Fall ist ja, dass die Verletzung weder sichtbar noch spürbar ist, weil sie ja nicht an der Hand ist, sondern im Gehirn. Das Mädchen hatte natürlich keine Ahnung, warum ihre rechte Hand nicht mehr funktionierte und sie die linke nehmen musste. Wahrscheinlich hat sie es ganz automatisch gemacht, ohne darüber nachzudenken.«

»Sie sind also der Meinung, dass ein Tumor die Ursache für den Tod des Mädchens sein könnte?«, fragte der Richter.

»Das war natürlich eine Möglichkeit, die ich erwägen musste, ehe ich mein Gutachten abgegeben habe. Ich habe die Fachliteratur studiert und Neurologie-Experten konsultiert und bin danach zu dem Schluss gekommen, dass die Vermutung des Rechtschemikers korrekt ist. Das Mädchen ist an der Dosis Opium gestorben und nicht am Tumor.«

»Also Opium«, stellte der Richter fest und nickte. »Ist sie gleich gestorben? Oder besteht die Möglichkeit, dass sie noch lebte, als sie in das Versteck gelegt wurde?«

Ein empörtes Gemurmel war aus dem Saal zu hören. Der Richter hob beruhigend die Hand.

»Sie war vielleicht für kurze Zeit in einem Komazustand mit niedrigem Puls«, sagte Doktor Hedman. »Aber sie ist wohl nicht mehr zu Bewusstsein gekommen, bevor sie verstarb. Der Tod ist wohl sehr schnell eingetreten.«

»Wieso sind Sie zu der Schlussfolgerung gekommen, dass das Mädchen an einer Überdosis Opium gestorben ist und nicht am Tumor?«

»Wenn man bedenkt, dass das Mädchen vor seinem Tod so lebendig war, dass sie dem Kindermädchen davonlaufen konnte, ist es nicht sehr wahrscheinlich, dass der Tumor die Todesursache war. Der hatte noch nicht sein tödliches Stadium erreicht.«

»Noch nicht, sagen Sie?« Der Richter beugte sich über den Tisch. »Wie ist die Prognose für so eine Krankheit?«

»Sie führt zu hundert Prozent zum Tode. Auch wenn der Tumor früher entdeckt worden wäre, hätte man ihn nicht operieren können. Das Mädchen hätte noch ein halbes Jahr gelebt, vielleicht ein Jahr. Der Zustand hätte sich rapide verschlechtert, vermutlich begleitet von starken Schmerzen.«

Der Richter verzog nachdenklich den Mund.

»Das Opium hat also einen unausweichlichen Tod nur beschleunigt, wollen Sie das sagen?«

»Das sage ich nicht«, sagte Doktor Hedman nachdrücklich. »Aber wenn man will, könnte man es natürlich so ausdrücken.«

»Vielen Dank, Doktor Hedman.«

Nach einer kurzen Beratung verkündete der Richter den Beschluss des Gerichts.

Der Hausmeister Rudolf Oskarsson wurde zu eineinhalb Jahren Gefängnis wegen Diebstahls verurteilt. Von der Mordanklage wurde er freigesprochen.

Maj Stenbergs Fall würde separat verhandelt werden. Sie würde vorerst in ein Krankenhaus eingewiesen, zur Überprüfung ihrer mentalen Zurechnungsfähigkeit.

Und dann war es vorbei.

Ellen verließ eilig das Rathaus und ging über die Östra Hamngatan nach Hause. Die Stadt war in eine kalte, blaue Dämmerung gehüllt, die bald in Dunkelheit übergehen würde. Über den Kanälen schwebten Schleier von frostigem Nebel.

Sie schlug den Kragen ihres Pelzmantels hoch und schickte einen dankbaren Gedanken an die kleinen Tiere, die ihr Leben dafür hatten opfern müssen. Deren wärmendes Fell hatte vermutlich ihr eigenes Leben gerettet, in jener Nacht im Schnee.

Noch jemand hatte sie gerettet, aber da war ihre Erinnerung blank.

Um sie herum bewegten sich Menschen mit raschen Schritten, auf dem Weg nach Hause von der Arbeit. Zwei Mädchen schlenderten ihr langsam entgegen, die Schlittschuhe hingen an Riemen um den Hals.

Ellen dachte an Alice, das Mädchen, das sie nie gesehen, von dem sie sich jedoch ein Bild gemacht hatte. Das liebenswerte kleine Mädchen, das von allen bewundert und geliebt wurde. Das sauber schrieb und selbst Bücher mit wunderbaren Illustrationen machte. Was hatte sie wohl gefühlt, als die Hand ihr nicht mehr gehorchte, als die Füße stolperten und ihre Fähigkeiten ihr genommen wurden und sie stattdessen eine fremde Wut verspürte, die sie nicht kontrollieren konnte?

Aus dem Mädchen, das alle liebten, war ein Tunichtgut geworden, den alle mieden. Die Lehrerin war enttäuscht von ihrer Lieblingsschülerin. Die Klassenkameraden und die kleinen Geschwister hatten Angst vor ihr. Der Vater war wütend. Die Mutter gleichgültig und umnebelt hinter ihrer geschlossenen Schlafzimmertür. Für Alice muss der Krankheitsverlauf so unverständlich und fürchterlich gewesen sein wie die Verwandlung zum

Werwolf. Die Einzige, die sie auch in ihrer Werwolfgestalt noch geliebt hatte, war Maj.

Ellen spürte, wie ihre Tränen auf der kalten Haut brannten.

Kurz darauf war sie an ihrer Haustür. Sie ging ins Treppenhaus und drückte den Knopf für den Lift.

60

Professor Jägerskiöld ging durch die leere Hausmeisterwohnung und kontrollierte, ob alles in Ordnung war für die Ankunft des neuen Hausmeisters.

Man hatte Frau Oskarsson Hilfe angeboten, die Putzfrauen des Museums hätten ihr bei der Endreinigung helfen können, aber sie hatte das sehr bestimmt abgelehnt, sie war fast beleidigt. Das würde sie schon selbst schaffen, wenn man ihr nur ein wenig Zeit geben würde.

Am Tag zuvor war sie in ihr neues Zuhause gezogen. Professor Jägerskiöld hatte an einigen Fäden seines ausgedehnten Netzwerks gezogen, es war ihm gelungen, ein freundliches Zimmer in einem Pensionat für *mittellose Frauen* zu finden, wo sie bis auf weiteres umsonst wohnen konnte. Hausmeisterfrauen gehörten normalerweise nicht zu den Gästen des Pensionats, aber der Professor hatte sie überredet, eine Ausnahme zu machen. Die Kosten für das Epileptikerheim des Sohnes wurden durch die regelmäßige Unterstützung eines Spendenfonds für gefährdete Kinder gedeckt.

In der kleinen Personalwohnung gab es nichts auszusetzen. Alles, vom Boden bis zum obersten Regalbrett, war glänzend sauber und roch angenehm nach Schmierseife. Die Fenster waren geputzt. Sogar die Lüftungsgitter waren sauber gemacht. Er wusste gar nicht, wie Frau Oskarsson es geschafft hatte. Sie musste auf einem hohen Hocker oder einer kleinen Leiter gestanden haben. Wie hatte sie, mit ihrem verkrümmten Körper, da hinaufsteigen können? Sie hatte ihr Leben für diese Putzarbeit riskiert.

Als er aus der Wohnung kam, stand Hauptwachtmeister Gunnarsson auf der anderen Seite des Bogengangs und drückte ausdauernd die Türklingel.

»Das nützt nichts, Herr Hauptwachtmeister«, sagte der Direktor und verschloss die Tür zur Hausmeisterwohnung. »Dozentin Iversen ist nicht da. Ihr Stipendium endete am 28. Februar.«

Nils drehte sich um.

»Ich wollte nur etwas holen«, sagte er. »Wissen Sie, wo sie ist, Herr Professor?«

»Zurzeit befindet sie sich in Norwegen und bereitet eine Expedition ins nördliche Eismeer vor. Sie reist im Mai nach Spitzbergen ab.«

»Aha, verstehe.« Nils räusperte sich leicht. »Wissen Sie vielleicht, ob sie da drinnen etwas vergessen hat? In einer Kommodenschublade oder so?«

Vor ein paar Tagen war Nils der Revolver eingefallen, den er bei dem Großwildjäger Lans beschlagnahmen musste und den Beate Iversen aufs Polizeirevier bringen wollte. Das hatte sie doch getan? Seit jener Nacht war so viel passiert, dass es ihm völlig entfallen war. Er hatte seine Kollegen gefragt, und die berichteten, dass kein Revolver abgegeben worden war. Ein Herr Lans hatte sich auch nicht gemeldet und Ansprüche erhoben.

»Nein«, sagte Professor Jägerskiöld. »Ich habe selbst die Wohnung inspiziert, nachdem sie abgereist war, und da war nichts zurückgeblieben. Was wollten Sie holen?«

»Ach, nicht so wichtig«, sagte Nils. »Es war nur eine Kleinigkeit. Guten Tag, Herr Professor.«

Sie hat ihn also behalten, dachte er, als er kurz darauf den Museumshügel hinunterging. Vielleicht brauchte sie ihn dringender als Lans. Mit den Eisbären auf Spitzbergen war nicht zu spaßen.

Und der Großwildjäger Lans hatte auch seine letzte Kugel verschossen. Nils hatte ihn kürzlich im Hotel Eggers aufsuchen wollen, um ihm mitzuteilen, dass er des Hausfriedensbruchs und der Bedrohung verdächtigt werde. Vom Hotelchef erfuhr er, dass Lans einen Ausbruch von Delirium tremens hatte und sich nun in einer Alkoholikeranstalt befand.

Nils ging weiter durch die Stadt. Er versuchte, sich Beate Iversen in einer Robbenfellmütze und mit dem Revolver von Lans im Gürtel vorzustellen. Er konnte ihre Gestalt vor sich sehen, aber nicht ihr Gesicht. Zu seinem eigenen Erstaunen stellte er fest, dass er vergessen hatte, wie sie aussah. Während einer kurzen Zeit hatte er ständig ihr Gesicht vor sich gesehen, Tag und Nacht, deutlich und detailliert. Und jetzt: weg.

Eine bestimmte Art von Liebe war einfach so. Wie wenn man mit zusammengeknülltem Zeitungspapier im Holzofen Feuer macht, philosophierte er auf seine bodenständige Art. Es flammte schnell und heftig auf, um sich kurz darauf in dünne schwarze Flocken zu verwandeln.

Und dann gab es eine andere Sorte, die noch lange nachglühte, auch wenn man glaubte, dass sie schon längst gestorben war, wie die Glut in einem Scheit Eichenholz.

Auf dem Weg zum Revier kam er an dem Geschäft mit

dem schönen warmen Wintermantel vorbei. Er hatte jetzt seinen Monatslohn bekommen und hätte genug Geld. Er ging hinein und fragte nach dem Mantel, bekam jedoch den Bescheid, dass er nicht mehr da war.

Das spielte keine Rolle. Er brauchte ihn nicht mehr. Die Kälte hatte nachgelassen, es war um die null Grad, Schneematsch und Nebel, so wie Göteborg im Winter eben ist. Und bald würde es Frühling werden.

61

Milde Winde wehten durch die Baumkronen im Park des Krankenhauses. Maj saß auf einer Bank und schaute hinauf in die Blätter. Da oben war es wie in einem Haus, mit verschiedenen Stockwerken, dunklen Räumen mit grünem, gedämpftem Licht und Fenstern in den blauen Himmel hinaus. Binnen Sekunden konnte sie dort oben sein. Aber sie hatte gerade keine Lust. Es ging ihr gut auf der Bank. In einer kleinen Weile würde sie in ihre Abteilung gehen.

Es war ein ganz ausgezeichnetes Krankenhaus für jemanden, der solche Orte kannte und wusste, wie man sich benehmen musste. Und das wusste Maj. Sie liebte die Routinen, die sauberen Laken mit scharfen Mangelfalten, die antiseptischen Gerüche, die gestärkten Hauben der Schwestern, all das Helle und weiß Getünchte. Sie stand jeden Morgen um halb sieben auf und machte ihr Bett. Dann half sie den Helferinnen, die Betten der anderen Patienten zu machen und den Frühstückstisch zu decken. Zu Beginn hatten sie ihr nicht wirklich vertraut, aber als sie merkten, wie tüchtig und ordentlich sie war, durfte sie immer mehr Dinge tun, und sie waren dankbar für ihre Mithilfe.

Maj mochte es, wenn sie etwas zu tun hatte. Das half ihr, nicht zu viel an die Kinder zu denken. Sie vermisste sie. Aber die Ärzte und die Medizinalverwaltung hatten beschlossen, sie hier im Krankenhaus zu behalten. Sie war dankbar, dass sie nicht ins Gefängnis gesteckt wurde, wie sie geglaubt hatte.

Im Bett neben ihr lag eine ältere Frau, die sehr unruhig war und böse Stimmen im Kopf hörte. Manchmal war sie wütend auf die Stimmen und schrie und schimpfte und schlug sich selbst an den Kopf. Am Anfang hatte Maj Angst vor ihr gehabt, aber dann hatte sie gemerkt, dass diese Frau viel mehr Angst als sie selbst hatte. Sie hatte herausgefunden, wie sie die Frau beruhigen konnte; indem sie still neben ihr saß, ihren Arm um sie legte und freundlich mit ihr sprach.

Im Großen und Ganzen gefiel es ihr sehr gut im Krankenhaus. Es gab noch kein Datum für ihre Entlassung. Maj hoffte, dass es noch dauern würde. Dieses Mal würde sie nicht den gleichen Fehler wie im Sanatorium machen, wo sie entlassen wurde, weil sie gesund war. Wenn der Krankenhausaufenthalt angenehm war, dann musste man sich gut benehmen und den Ärzten und Schwestern gehorchen. Aber nicht zu gut, da konnte man für gesund erklärt werden und wurde hinausgeworfen. Man musste das Gleichgewicht halten, das wusste sie jetzt. Majs Plan war, die perfekte Patientin zu sein, aber wenn von einer Entlassung die Rede sein würde, dann würde sie ihnen zeigen, dass sie alles andere als gesund war. Sie wusste, wie ein hysterischer Ausbruch aussah, wie man sich benahm, wenn man Stimmen hörte, und welche Verrücktheiten man behaupten konnte, zum Beispiel dass man die Königin von Saba oder Gloria Swanson war. Sie würde sehen, was nötig war. Vielleicht genügte es, ein wenig unzusammenhängend vor sich hin zu murmeln und in die Weite zu starren. Sie würde auf keinen Fall Ärger machen. Solchen Patienten erging es schlecht.

Aber in diesem Fall hatte sie ja immer noch die Möglichkeit, sich an die Decke zu begeben. Sie überlegte, diesen Trick anderen Patienten beizubringen, es war wirklich gut, dass man das konnte, wenn man festgeschnallt wurde oder etwas anderes Schreckliches mit einem passierte.

Aber für eine ruhige und ordentliche Patientin war dieses Krankenhaus ein ausgezeichneter Ort. Keine Nadeln oder andere unangenehme Behandlungen wie im Sanatorium. Vielleicht war es am Ende doch gut, dass man sie dort entlassen hatte. Ohne Lottie war es nicht das Gleiche gewesen. Jener Herbst, als Maj allein im Wald spielen musste, war eigentlich sehr traurig gewesen. Sobald sie in die Nähe von Lotties Zimmer kam, hatten die Schwestern sie weggeschickt. Eines Tages war Doktor Ullgard da und hatte gesagt, dass sie zu Lottie hineingehen dürfe, wenn sie wolle.

»Ich glaube, es würde ihr guttun, dich zu sehen. Aber nur eine Viertelstunde und keine Aufregungen.«

Lottie war nicht an irgendwelchen Aufregungen interessiert. Sie lag still im Bett, die Hände auf der Decke, Hände, die Maj kaum wiedererkannte. Sie waren so mager und schlaff, als würden sie nie mehr etwas halten wollen. Maj hatte die eine Hand angefasst und sie sofort wieder losgelassen. Sie war heiß wie ein Bügeleisen.

Lotties Zimmer war voller herrlich duftender Blumensträuße gewesen. Sie hatte ein schönes Zimmer, ganz für sich allein, mit Aussicht auf den Wald, wo sie sonst immer spielten. Maj war ans Fenster getreten.

»Aber du kannst ja Doktor Skalpells Höhle von hier aus sehen!«, rief sie. »Warum hast du das nie gesagt?«

Doktor Skalpells Höhle war eine Grube unter einem umgestürzten Baum, wo der blutdürstige Doktor seinen Opfern auflauerte.

Lottie lächelte.

»Doktor Skalpells Höhle«, wiederholte sie flüsternd. »Ja, genau, das hatte ich fast vergessen. Was siehst du sonst noch?«

»Gelbe Blätter«, sagte Maj. »Verwelkten Farn. Weiter hinten gibt es Tannen.«

»Und dann?« Lotties Flüstern war so schwach, dass man es kaum hörte.

»Dann kommt man ja zu dem großen Ameisenhaufen.«

Lottie nickte ein wenig.

»Und der Bach. Und das Schlafzimmer der Elfen«, hatte Maj weitergesprochen und damit einen kleinen Hügel gemeint, der mit smaragdgrünem Moos bedeckt war.

Nichts davon konnte man aus Lotties Fenster sehen, aber Maj hatte keine Probleme gehabt, all das zu beschreiben. Sie hatte von all den Dingen im Wald gesprochen, als wären sie beide dort, und Lottie hatte zugehört, mit geschlossenen Augen, bis Doktor Ullgard die Tür geöffnet und gesagt hatte, es sei genug für heute.

Danach hatte Maj die Erlaubnis bekommen, jeden Nachmittag Lotties Zimmer zu besuchen, immer eine Viertelstunde. Bei diesen Besuchen hatte hauptsächlich Maj gesprochen. Lottie nickte und lächelte, auch wenn sie kaum antworten konnte.

Eines Tages, als Maj ins Zimmer kam, waren zwei Schwestern dort. Sie beugten sich über Lotties Bett. Eine von ihnen drehte sich zu Maj um und sagte ihr, sie solle wieder gehen, weil Lottie schlief und nicht gestört werden durfte.

Maj hatte nur einen Blick aufs Bett werfen müssen, um zu wissen, dass die Schwester log. Lottie schlief nicht. Sie war nicht einmal da. Im Bett lag eine Schlafpuppe, die weder Lottie noch sonst einem Menschen glich. Maj hatte noch nie verstanden, warum man mit Puppen spielen sollte. Ihre Fantasiefiguren waren tausendmal wirklicher als eine steife Puppe aus Zelluloid.

Sie ging zum Fenster. Die Schwestern waren mit der Puppe im Bett beschäftigt.

Draußen war es bewölkt, aber die Luft war klar. Die Espen leuchteten gelb und orange gegen die dunklen Tannen. Der Weg in den Wald war von ihren Blättern bedeckt.

Und da drinnen im Wald, mitten auf dem goldenen Weg, stand Lottie, sie trug ihre warme Strickjacke und ihre karierte Mütze mit Troddel. Sie sah gesund und stark aus und war offenbar zum Spielen hinausgegangen. Als sie Maj am Fenster bemerkte, winkte sie und lachte. Maj winkte zurück. Sie wollte Lottie rufen und sie bitten zu warten. Aber ihre Stimme würde durch die Scheiben nicht zu hören sein. Und Lottie schien ungeduldig. Sie hatte ihr bereits den Rücken zugedreht und ging auf dem Weg in den Wald hinein.

»Bist du immer noch da?«, rief eine der Schwestern aus und schaute von der Puppe im Bett auf. »Geh sofort raus!«

Aber Maj war am Fenster stehen geblieben und hatte zugesehen, wie Lottie immer weiter und weiter in den herbstlichen Wald hineinging, bis sie ganz verschwunden war.

Das war das Letzte, was sie von Lottie gesehen hatte. Zwei Monate danach war sie zu Doktor Ullgard gerufen worden, sie wurde für gesund erklärt und entlassen.

62

In der Bierkneipe Zum Greif war wie immer viel los. Filip Guldin gab eine Lage aus. Seine Freunde freuten sich, ihn zu sehen, das ganze Frühjahr und den ganzen Sommer über war er nicht aufgetaucht. Die Freunde hatten damals für einen Kranz für die Beerdigung der Tochter gesammelt. Eine schreckliche Geschichte, das mit dem Mädchen. Da schickte es sich nicht, in die Kneipe zu gehen. Aber jetzt, nach vielen Monaten der Abwesenheit, war er wieder da. Mit roten Wangen, lebhaft und ununterbrochen redend, war er das Zentrum der Gesellschaft.

Es stellte sich heraus, dass Filip Guldin in den letzten Monaten nicht vor Trauer gelähmt gewesen war. Tatsache war, dass er in letzter Zeit so viel zu tun gehabt hatte, dass er einfach keine Minute Zeit gehabt hatte, in die Kneipe zu kommen. Während die Biergläser geleert und wieder gefüllt wurden, berichtete er seinen Freunden.

Nach der Gerichtsverhandlung und der Beerdigung war er am Boden gewesen. Ja, wirklich. In jeder Hinsicht. Ganz unten. Er zeigte auf den gekachelten Boden und schüttelte traurig den Kopf. Die Beerdigung hatte seine letzten Kräfte gekostet. Er war nach Hause in eine leere Wohnung gewankt und ins Bett gefallen. Die Kinder waren bei Verwandten untergebracht. Die Ehefrau war in einer Klinik zum Entzug – dieser Doktor hatte ihr offenbar das pure Gift verordnet, aber wie hätte Filip das wissen sollen? Das Kindermädchen war im Irrenhaus. Wenn er etwas zu sagen gehabt hätte, dann hätte sie eine erheblich strengere Strafe bekommen, aber er hatte ja in der Gerichtsverhandlung nicht mal den Mund aufmachen dürfen. Das war die reinste Farce.

Da lag er also. Allein. Ein paar Flaschen Schnaps der billigsten Sorte neben ihm. Er trank und schlief und wachte auf und trank wieder. Wie ein richtiger Säufer. Er hatte alles verloren, seine Familie, sein Geld, sein Ansehen. Er hätte sich aufgehängt, wenn er imstande gewesen wäre, eine funktionierende Schlinge zu knüpfen. Tagelang lag er so herum. Er ging nicht ans Telefon und las keine Post.

Dann eines Tages wachte er davon auf, dass jemand an seinem Bett stand und ihn schüttelte. Wie durch einen Nebel erkannte er den Besucher. Es war sein Kompagnon, der Radiohändler, der gekommen war, um ihm die Bilanz der Firma zu zeigen, die er gerade beim Steuerberater geholt hatte. Er wedelte mit ein paar Papieren vor Filips halbgeschlossenen Augen. Filip drehte sich zur Wand und zog die Decke über den Kopf.

Aber sein Kompagnon blieb stur. Immer wieder erzählte er ihm von seinem Besuch beim Steuerberater, und ganz allmählich begriff Filips umnebeltes Gehirn, was er sagte.

Die Firma verzeichnete einen Rekordgewinn! Allein in den beiden letzten Monaten des Jahres war der Umsatz doppelt so hoch wie im ganzen Jahr davor. (Filip musste sich sehr anstrengen, den letzten Satz zu begreifen.) 1925 war ganz einfach ein fantastisches Jahr für das Radiogeschäft gewesen. Und der Verkauf war in diesem

Jahr gerade so weitergegangen, das konnte der Kompagnon bestätigen, auch wenn er noch keine Zahlen hatte. Im Weihnachtsgeschäft hatte sein fünfzehnjähriger Neffe ihm helfen müssen, so viele Kunden waren im Geschäft, und er hatte ihn dann halbtags behalten, natürlich ohne Lohn. Aber jetzt könnten sie es sich leisten, ihn zu bezahlen.

Der Radiohändler zeigte das Papier mit dem Saldo des Firmenkontos. Er hatte im Lauf des Winters mehrmals versucht, Filip zu erreichen. Immer wieder angerufen. Aber Filip war nie zu Hause. Der Steuerberater hatte vorgeschlagen, die Firma zu vergrößern und noch ein Geschäft aufzumachen. Was hielt Filip davon?

Binnen weniger Sekunden war Filip Guldin völlig nüchtern. Selbstverständlich würden sie ein neues Geschäft aufmachen. Selbstverständlich würde der Neffe angestellt werden. Er nahm das Papier mit dem Banksaldo und starrte auf die Zahlen. Es war unfassbar. Was war nur geschehen?

Nun ja, während Filip auf der Suche nach neuen Projekten und Teilhabern durch die Stadt gelaufen war, hatte die Radiotechnik sich fortentwickelt. Das war sehr schnell gegangen. In nur wenigen Jahren war das Radio etwas für jedermann geworden, nicht nur für technisch begabte Enthusiasten, die einzelne Komponenten kauften und selbst ihre Empfänger zusammenschraubten. Man konnte jetzt fertige Apparate von hoher Qualität kaufen, mit eingebauten Lautsprechern anstelle von Kopfhörern. Der Klang war besser und die Lautsprecher waren richtige Kunstwerke: gewölbte Portale aus Walnussholz oder Mahagoni, trichterförmige Blütenkelche oder mit Bronze eingefasste Geräte mit vergoldeten Schutznetzen, wie magische Spiegel. Eine Zierde für jedes Heim.

Und jetzt gab es auch etwas zu hören. Nicht nur Nachrichten, das Wetter und eine knisternde Sendung aus dem Ausland. Seit der Staatliche Radiodienst im letzten Jahr den Sendebetrieb übernommen hatte, war die Zahl der Lizenzzahler um das Dreifache gestiegen. Wenn die Leute sich trafen, sprach man über das, was man im Radio gehört hatte. Man kam ganz einfach nicht mehr ohne Radio zurecht, wenn man auf der Höhe der Zeit sein wollte.

Filip Guldin nahm alles in sich auf, was der Kompagnon berichtete. Als der gegangen war, war er aufgestanden, hatte sich ein Bad eingelassen und sich rasiert. Dann hatte er sein Leben wieder in die Hand genommen.

Er hatte eine Haushälterin angestellt, die die ganze Hausarbeit verrichtete. Kurz darauf war seine Frau aus dem Krankenhaus nach Hause zurückgekehrt, entgiftet und gesund – ihre Nervenerkrankung hatte ihre Ursache vor allem in dem starken Opiummedikament gehabt. Die Kinder waren bei den Verwandten abgeholt worden. Ihre Mutter konnte sich jetzt selbst um sie kümmern, von einem neuen Kindermädchen wollte sie nichts wissen. Filip und sein Kompagnon hatten ein weiteres Radiogeschäft eröffnet, attraktiv im Zentrum gelegen. Und er hatte sich natürlich auch selbst ein Radio zugelegt, das beste, was es auf dem Markt gab.

Also nein, die Freunde hatten sicher Verständnis dafür, dass da nicht mehr viel Zeit für Besuche im Greif blieb. Aber jetzt wollte er zu einer weiteren Runde einladen –

er winkte die Bedienung zu sich, machte seine Bestellung und kniff sie in den Hintern, als sie sich umdrehte.

Und dann musste er leider los. Das Geschäft im Zentrum hatte gerade eine Sendung erhalten, mit einem nagelneuen Modell, das er sich anschauen musste.

»Ein 7-Röhren-Superheterodyn. Oder 7-Super, wie wir sagen«, sagte Filip sachkundig.

Die anderen am Tisch schauten ihn ehrfürchtig an. Sie erhoben ihre Gläser und prosteten ihrem erfolgreichen Kumpel zu.

Aber Filip Guldin war schon fast aus der Tür und im nächsten Moment verschwunden.

63

Ellen hatte es sich zur Gewohnheit gemacht, sich nach dem Essen in den Sessel zu setzen und eine der Abendsendungen im Radio zu hören. Sie saß gern im milden Schein der Stehlampe, während es draußen dämmrig wurde und die Baumwipfel jenseits des Kanals mit dem Himmel verschmolzen. Die Stimmen aus dem Radio gaben ihr ein Gefühl der Geborgenheit. Distinkt und wohlartikuliert sprachen sie zu ihr, wie strenge, aber warmherzige Eltern.

Heute gab es die »halbe Stunde für die Hausfrau« und danach einen Vortrag über das Alltagsleben in einem japanischen Heim. Wenn dann um acht die Unterhaltungsmusik mit dem Radioorchester anfing, würde Georg ihr sicher Gesellschaft leisten.

Aber zuerst kam der »Kinderbriefkasten« mit dem ausgesprochen populären Radiomann Sven Jerring.

Das Kinderprogramm gehörte vermutlich zu den beliebtesten Sendungen. Kurze Geschichten, Lieder und einfache Sketche wurden überraschend gut angenommen. Für die Kinder war das Radio etwas Natürliches, sie fanden es nicht merkwürdig, dass Menschen aus einer Kiste sprachen. Es war, als hätten sie nur darauf gewartet, dass etwas da drin direkt zu ihnen sprechen würde. Und als sie endlich angesprochen wurden, wollten sie auch antworten. Die Radioredaktion ertrank beinahe in den

Briefen von Kindern, und Sven Jerring startete eine spezielle Sendung, in der er sie vorlas.

Ellen fand, es war eine nette Einleitung zum Radioabend, Onkel Sven zuzuhören. Er hatte etwas Steifes und Gehemmtes, und gleichzeitig besaß er so eine schüchterne und ganz echte Begeisterung, die irgendwie rührend war. Als wäre in ihm ein eingesperrtes Kind, das die anderen Kinder um ihre Unerschrockenheit beneidete.

»Guten Tag, Mädchen und Buben«, sagte Onkel Sven mit seiner knatternden Stimme. »Heute ist schreckliches Wetter hier in Stockholm. Man merkt wirklich, dass es Herbst wird. Und in Göteborg ist es bestimmt nicht besser. Von dort habe ich einen Brief von Tore Guldin bekommen, sieben Jahre alt. ›Lieber Onkel Sven‹, schreibt er. ›Ich freue mich so, dass Onkel Sven eine Radiosendung für uns Kinder macht. Mein Vater verkauft viele Radioapparate, Onkel Sven kann also zu vielen Kindern nach Hause kommen. Letzten Sommer war ich auf dem Land bei meinem Onkel und meiner Tante. Ich hatte Putte, meinen Teddy, dabei. Ich durfte auf einem Pferd reiten und im See baden. Jetzt sind Putte und ich wieder zu Hause. Tagsüber baue ich mit meinem Meccano-Baukasten. Ich würde gerne ein Radio bauen, aber mein Papa glaubt nicht, dass das geht. Adieu, Onkel Sven. Grüße von Mama. Sie hat mir beim Schreiben geholfen.‹«

Ellen wurde es warm ums Herz, als sie an den klugen kleinen Tore dachte.

Plötzlich blitzte eine andere Erinnerung in ihr auf. Ein surrealistisches Traumbild von zwei glänzenden runden Augen, die sie im Schein einer Taschenlampe ganz aus der Nähe anschauten. Sie hatte diese Erinnerung mit ihren Opiumhalluzinationen in Verbindung gebracht. Jetzt wusste sie plötzlich, dass sie die Glasaugen des Plüschteddys gesehen hatte, als sie in jener Nacht beinahe im Schnee erfroren wäre. Endlich wusste sie, wer ihr Retter war.

Sie beschloss, am nächsten Tag die Familie Guldin zu besuchen. Auf dem Weg würde sie bei Alida Söderdahls Spielwarengeschäft vorbeigehen und den größten Meccano-Kasten, den sie hatten, kaufen.

64

Als das Museum seine Tore geschlossen hatte, machte Professor Jägerskiöld seine übliche Runde durch die Säle, von den niederen Tieren zu den höheren.

In der Weichtierabteilung hatte die kaputte Vitrine eine neue Scheibe bekommen. Der Tintenfisch war in seinem mit Flüssigkeit gefüllten Behälter, die acht Arme elegant verdreht, wie bei einer indischen Gottheit.

Oben in der Vogelgalerie wandten die Papageien sich den Besuchern zu, ordentlich nach Arten aufgereiht.

Der Jagdfalke hatte wieder vier Eier in seinem Nest, alle ungeöffnet und glatt, ohne den kleinsten Riss.

Jedes Tier war an seinem Platz, mit dem richtigen Etikett an der Seite. Lücken waren mit neuen Exemplaren aus dem Magazin gefüllt worden oder mit den ursprünglichen Exemplaren, die man von Herrn Holze zurückbekommen hatte.

Vor dem Dioramaraum blieb Professor Jägerskiöld stehen. Er hatte ihn nicht besucht, seit das Mädchen gefunden worden war. Nach einem kurzen Zögern ging er hinein.

Unwillkürlich zog es seinen Blick auf den Boden und zur Luke, von der er nun wusste, dass sie da war. Im Dunkeln konnte man sie nicht erkennen. Man sah nur die mit Holz verkleidete Wand und die Sockelleiste. Sonst nichts.

Er hob den Blick zu den Dioramen. Langsam ging er von Fenster zu Fenster, trat auf die Stufe und betrachtete die Landschaften.

Er hatte sich ein wenig Sorgen gemacht, dass ihre Atmosphäre irgendwie von dem Geschehenen infiziert worden sein könnte. Für sie war ein totes Mädchen genauso natürlich wie der vermoderte Baumstamm im Moos des Urwalds oder der halb verschluckte Fisch im Schnabel der Trottellumme. Aber vielleicht würden sie ihm nicht mehr das gleiche Gefühl von Frieden schenken?

Diese Sorge war unbegründet. Die Dioramen ruhten in ihrer träumerischen Dämmerung, genauso jungfräulich und außermenschlich wie sonst. Da drinnen war der erste Tag der Erde oder der letzte, und alles, was außerhalb der gemauerten Wände geschah, war ihnen gleichgültig.

Kommentar der Autorin

Schon seit meiner Kindheit hat mich das Naturhistorische Museum in Göteborg fasziniert, besonders die Dioramen von Olof Gylling aus dem Jahr 1923. Im Informationstext über ihre Entstehung blieb ich an folgenden Zeilen hängen: »Nach ihrer Fertigstellung wurden die Dioramen sorgfältig mit geteerten Fugen verschlossen, um das Eindringen von Schädlingen oder Staub zu verhindern. Die Dioramen waren seither, bis auf wenige Ausnahmen, verschlossen.«

Ich möchte den Direktoren Magnus Gelang und Kennet Lundin danken, dass sie mir Teile des Museums gezeigt haben, die ich sonst nicht zu Gesicht bekommen hätte.

In meinem Roman habe ich fiktive Charaktere und authentische Personen (und Tiere) vermischt. Die Geschehnisse sind natürlich alle erfunden.